MICHAEL DIMERCURIO

Le Sous-marin de l'Apocalypse

ROMAN TRADUIT DE L'AMÉRICAIN
PAR LE COMMANDANT DENIS CHAPUIS

L'ARCHIPEL

Titre original :

VOYAGE OF THE DEVILFISH
par Donald I. Fine, Inc., New York, 1992.

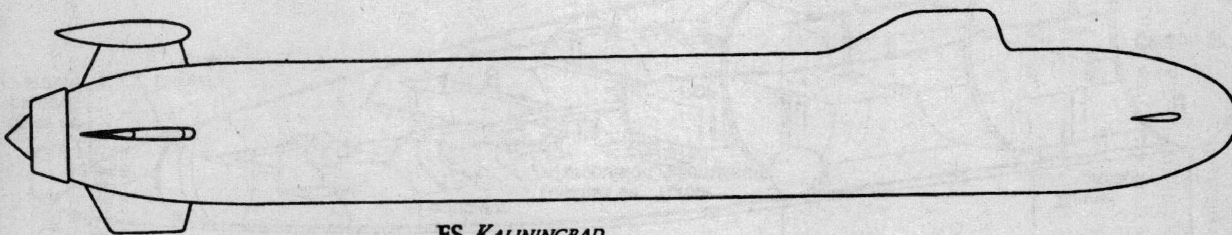

FS *Kaliningrad*

USS *Devilfish*

USS *Devilfish* (Type Piranha) SSN-666 (Section arrière)

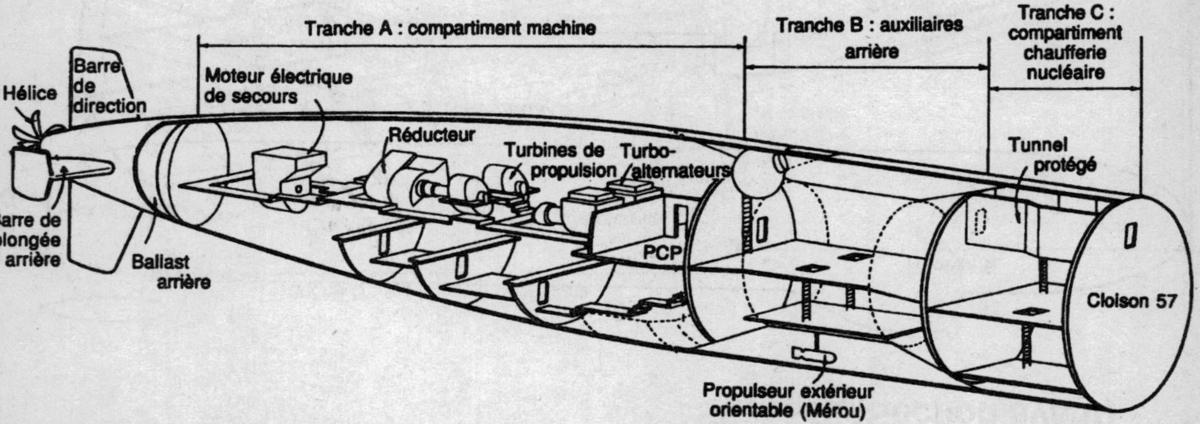

USS *Devilfish* (Type Piranha) SSN-666 (Section avant)

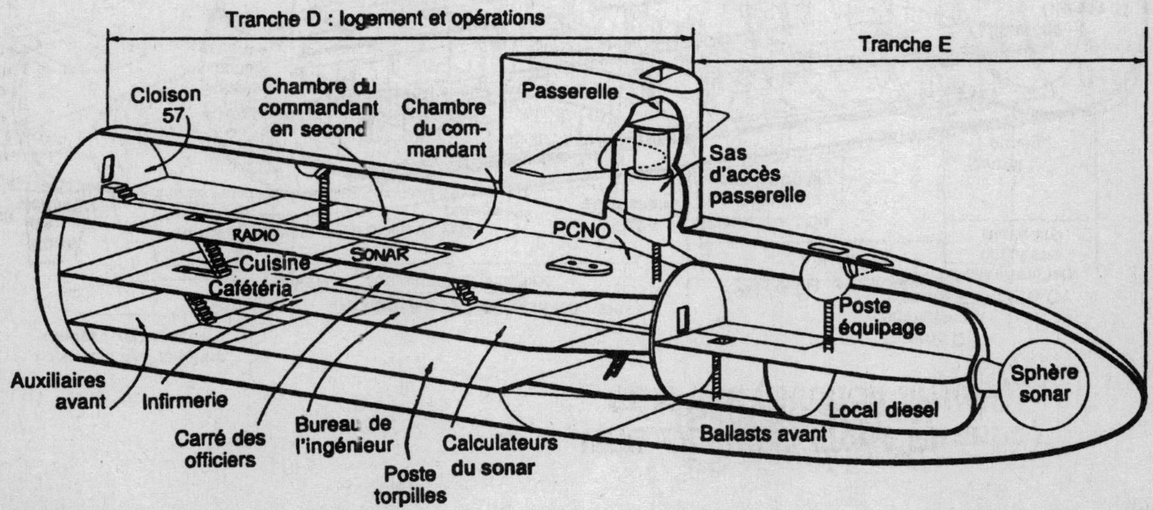

FS *Kaliningrad*
(Section arrière)

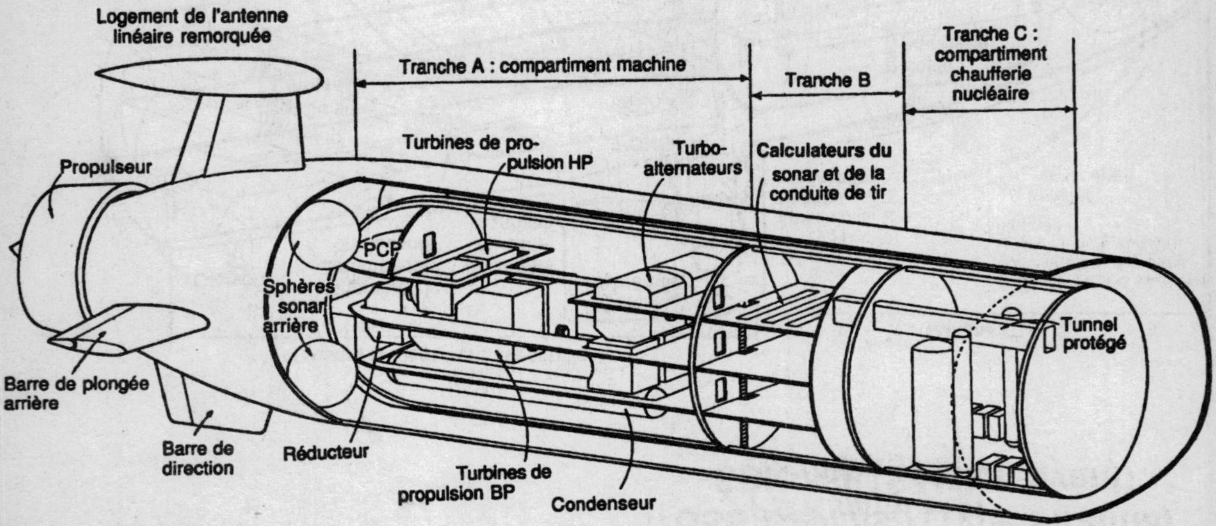

FS *Kaliningrad* (Section avant)

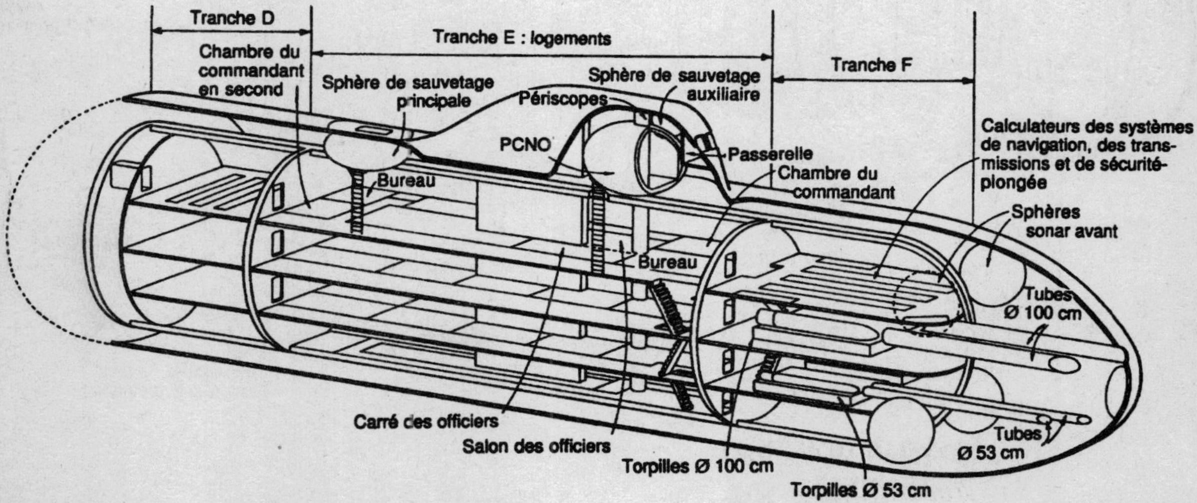

Prologue

13 décembre 1973

Océan Glacial Arctique

L'USS *Stingray* glissait silencieusement à 80 mètres sous la calotte polaire.

Dans le PCNO du sous-marin nucléaire d'attaque, chaque centimètre carré était exploité. La multitude de consoles, de vannes, de tuyaux et de câbles rendait l'endroit inconfortable, mais fonctionnel. La faible lumière rouge diffusée par les plafonniers et les nombreux cadrans lumineux, ainsi que la lueur des écrans du poste de pilotage éclairaient pauvrement le local. Le léger bruit de fond était dû au sifflement des gyros, au ronflement de la ventilation et aux murmures des conversations de l'équipage.

Sur une plate-forme surélevée, entourée d'une rambarde d'acier, un homme de haute taille, à la barbe rase et drue, était concentré sur un écran de télévision. La faible clarté révélait un visage sévère. Agé d'une petite quarantaine d'années, vêtu de noir, l'homme portait une feuille de chêne argentée à chaque pointe du col de sa combinaison. Sur la poche gauche était épinglé un insigne doré rappelant celui d'un pilote. De chaque côté d'un kiosque de sous-marin, deux « ailes » représentaient des poissons écailleux et surdimensionnés : les fameux dauphins, l'emblème des sous-mariniers. Le nom, Pacino, était brodé sur la poche droite.

Un téléphone grésilla. Sans quitter l'écran des yeux, l'homme porta l'écouteur à son oreille.

— Le commandant.

— *Commandant, ici le radio. Le rapport de patrouille pour COMSUBLANT est paré à transmettre.*

— Très bien, radio.

Pacino reposa le combiné.

Un lieutenant de vaisseau, debout près de la console de tir, leva les yeux vers la plate-forme du périscope.

— Commandant, nous sommes stoppés, parés à faire surface. L'épaisseur de la glace au-dessus de nous est de 30 centimètres.

— Bien, faites surface.

— Surface, ordonna l'officier de quart au maître de central assis derrière Pacino, face à des commandes qui ressemblaient à celles d'un avion. A cet ordre, un officier marinier, assis devant une console à bâbord du PCNO, poussa la commande du système de tenue automatique d'immersion sur la position « chasse ». L'indicateur d'immersion affichait une vitesse de remontée de 60 centimètres par seconde.

A la surface, la neige tombait presque à l'horizontale, dans la violence du vent arctique. Le hurlement de la tempête fut soudain couvert par le fracas des 3 000 tonnes du *Stingray* traversant la fine couche de glace. Plusieurs gros glaçons tombèrent du sommet du massif noir sur le pont du sous-marin, cinq mètres plus bas. Un mât s'éleva très haut au-dessus du kiosque : le périscope.

Un second aérien — l'antenne radio — fut rapidement hissé et commença à transmettre un message en priorité Flash pour COMSUBLANT, l'amiral commandant les forces sous-marines en Atlantique.

Il rendait compte de la position du plus récent des sous-marins d'attaque soviétiques, dont le nom de code OTAN était Victor III.

A 4 kilomètres de là, à bord du *Leningrad*, le commandant de première classe[1] Alexis Novskoy se pencha au-dessus de la console tactique indiquant la position du sous-marin américain, dans le sud. De longues heures d'insomnie lui avaient laissé des cernes bleuâtres, à peine visibles à travers la masse de cheveux en bataille qui lui tombaient sur le visage.

Il se redressa et s'adressa aux hommes dans l'espace restreint.

— Attention CO et central. Ainsi que vous le savez tous, il y a quatre mois, un sous-marin américain est entré en collision avec le *Kiev*, pas loin d'ici. La coque du *Kiev* a été brisée et il a coulé corps et biens. Nos forces sous-marines ont été surprises et déçues par notre réponse officielle, guère plus qu'une protestation diplomatique auprès de Washington. Nous sommes maintenant en position pour infliger la réponse officieuse de la Flotte du Nord.

Toutes les conversations s'interrompirent. Les quatre officiers gardaient les yeux fixés sur Novskoy, solide et massif. On entendait seulement le sifflement de la console tactique et le bruit sourd des circuits de ventilation. Novskoy alluma une cigarette et souffla la fumée vers le plafond.

Il fixa ses officiers l'un après l'autre. Chacun hocha la tête et se tourna vers sa console.

— Adjudant de lancement, téléréglez les torpilles des tubes 1 et 2 pour la solution entretenue, et préparez-vous à lancer. Poste torpilles, ouvrez les portes extérieures des tubes 1 et 2. Central, réduisez la vitesse à 8 nœuds.

1. Grade de la marine soviétique équivalant à capitaine de vaisseau *(N.d.T.)*.

Le trou laissé dans la glace par le *Stingray* se referma tandis que le bateau descendait doucement à 170 mètres et accélérait jusqu'à 5 nœuds. A côté de Pacino, le téléphone sonna de nouveau.

— Le commandant.

— *Commandant, ici le radio. Le message départ de rapport de patrouille pour COMSUBLANT est transmis au satellite. Nous avons reçu nos messages. Pas de trafic en Flash, commandant, mais nous avons les familigrammes à bord.*

— Très bien, radio. Y a-t-il quelque chose pour moi ?

— *Oui, commandant, un message de votre fils. Voulez-vous que je vous le lise ?*

— Non, faites-le-moi simplement porter.

Pacino reposa le combiné, un sourire aux lèvres. Environ une fois par mois, COMSUBLANT incluait des messages personnels — généralement moins de cent mots — dans le trafic opérationnel destiné au sous-marin. Ces trois derniers mois, ces messages avaient été les seuls liens avec les proches.

— On rentre à la maison, dit Pacino à l'officier de quart. Venez au 2-7-0 et faites une abattée d'écoute avant de vous stabiliser en cap. Je ne tiens pas à ce que le Victor se faufile derrière nous et nous piste jusqu'à Norfolk.

— Venir à l'ouest et faire une abattée d'écoute, bien reçu, commandant.

— Central, à droite 5, venir au 2-7-0.

L'officier de quart prit un micro et dit :

— Sonar de CO, abattée d'écoute par la droite.

Le haut-parleur grésilla, diffusant la réponse dans tout le PCNO.

— *CO de sonar, bien reçu.*

Pacino fixait l'écran du sonar, se demandant où pouvait bien se trouver le sous-marin soviétique. Un radio entra dans le PCNO et lui tendit une planchette métallique avec les messages qui venaient d'arriver. La première page était le familigramme personnel de Pacino, tapé par le radio à l'intérieur d'une carte de Noël.

Il sourit en ouvrant la carte. Sympathique attention...

PAPA,

ANNAPOLIS[1] EST VRAIMENT PÉNIBLE. JE SAIS BIEN QUE TOUT EST FAIT POUR QUE JE DÉTESTE L'ANNÉE DE FISTOT[2] ! J'ATTENDS NOËL AVEC IMPATIENCE. AINSI QUE TON RETOUR ET CELUI DU STINGRAY. À BIENTÔT. BONNE CHASSE ET FAIS ATTENTION À TOI, MIKE.

Pacino quitta la plate-forme des périscopes, au centre du PCNO, et se dirigea lentement vers la table à cartes. Il regrettait de ne pouvoir être davantage présent, alors que son fils entamait sa première année à l'Ecole Navale, mais le *Stingray* était si souvent en mer qu'il n'avait pu se manifester que par quelques coups de téléphone, et une lettre de temps à autre. Heureusement, pensa Pacino, rien n'empêcherait Michael de devenir officier. Il s'accrocherait, sortirait de l'Ecole Navale et ferait peut-être bientôt décoller un avion de chasse d'un porte-avions — à moins qu'il ne suive les traces de son vieux père et n'intègre le Silent Service[3]. Tout se passerait bien pour lui. Il devait s'en convaincre.

— Tubes parés, commandant, rendit compte l'adjudant de lancement à Novskoy.

— DLA parée, commandant, annonça le second.

— Lancez tube 1, ordonna-t-il, et il sentit le pont

1. Annapolis, dans le Maryland, est la ville où est installée l'Ecole Navale de la marine des Etats-Unis *(N.d.T.)*.

2. L'année de fistot est la première année à l'Ecole Navale, durant laquelle on apprend, parfois durement, les rudiments de la vie militaire *(N.d.T.)*.

3. Le « service silencieux », c'est-à-dire les forces sous-marines *(N.d.T.)*.

frémir sous lui alors que la lourde torpille de 53 centimètres de diamètre était éjectée du bâtiment.

— Lancez tube 2.

Après le second tremblement, Novskoy se pencha sur la console tactique pour regarder sa cible disparaître...

La violence de l'explosion projeta Pacino sur le tableau de sécurité-plongée. Son sang éclaboussa le panneau central. Devant ses yeux, l'indicateur d'immersion tournait de plus en plus vite. Ses cliquetis, normalement lents, accélérèrent, jusqu'à devenir un bourdonnement continu et obsédant. Les chiffres défilaient : 400 mètres, 450 m, 500 m. L'immersion de destruction de la coque épaisse du sous-marin approchait très rapidement. Pacino percevait les craquements de la coque autour de lui. Il entendit un cri, suivi immédiatement par le grondement de l'eau qui s'engouffrait dans le compartiment. Les lumières s'éteignirent et le bâtiment prit rapidement un tel angle de gîte que la cloison avant, qui avait constitué le « mur » de la pièce, était devenue le sol. L'indicateur d'immersion continuait à cliqueter, rythmant la descente vers les profondeurs.

La vision de Pacino se troubla. Pendant une seconde, il aperçut son fils Michael debout devant lui, grand, bronzé, beau et fier de son uniforme de *midship* de première année. *BONNE CHASSE ET FAIS ATTENTION À TOI...* Pacino prit sa dernière inspiration tandis qu'autour de lui le compartiment implosait au ralenti, la vague d'eau et d'acier l'écrasant avec la force d'un énorme piston. Le sang et l'eau de mer glacée emplirent d'un coup ce qui avait été le PCNO du *Stingray.*

Le bâtiment de l'état-major du commandant des forces sous-marines de l'Atlantique, COMSUBLANT, était une construction massive en briques, située dans le vieux quartier nord-ouest de Norfolk, en Virginie. Le bâtiment, terne et ramassé, rappelait une école de banlieue sordide, à demi enterrée. L'ensemble était entouré d'une double clôture, surmontée de fil de fer équipé de lames acérées comme des rasoirs. Un poste de garde surveillait l'unique entrée. Deux Marines armés y étaient en faction.

A l'intérieur du bâtiment, un ascenseur aux parois d'acier inoxydable permettait d'accéder à la salle de briefing amiral, vingt mètres plus bas. Le brigadier général de l'Air Force, Hermann Xavier Tyler, venait d'appuyer sur le bouton marqué « sous-sol ». Les grandes lettres capitales noires du badge orange accroché à la poche de son uniforme bleu l'identifiaient comme « visiteur ». Les étoiles de général de Tyler dataient de sa très récente promotion à l'Offut Air Force Base, le centre de commandement des forces stratégiques. Il paraissait jeune, mais donnait une impression de puissance et d'autorité, probablement due à son air perpétuellement renfrogné et à sa coupe de cheveux particulièrement rase. Il se rendait à une conférence sur les forces sous-marines, afin d'acquérir les connaissances nécessaires à ses futures fonctions à l'état-major interarmées, car il aurait à travailler la main dans la main avec des officiers de marine.

L'ascenseur s'arrêta et s'ouvrit lentement sur un hall aux murs épais, peints en blanc et décorés de photographies encadrées. Deux Marines armés de M-16 montaient la garde devant une large porte d'acier, au fond du hall.

La porte pivota lentement et les Marines se mirent au garde-à-vous tandis qu'un officier de marine en uniforme kaki en franchissait le seuil. Le général Tyler remarqua que la porte était massive et épaisse d'environ 30 centimètres, avec un système compliqué de ressorts et de contrepoids pour en faciliter l'ouverture. Elle était dotée de plusieurs verrous, larges chacun de plus de 5 centimètres. Une porte anti-souffle, pensa le général. La salle de briefing doit être à l'abri de tout, sauf d'une attaque nucléaire directe.

L'officier de marine s'approcha en tendant la main. Sur le col de sa chemise, les feuilles de chêne argentées étaient identiques à celles qu'aurait porté un lieutenant-colonel de l'US Air Force. Un instant, le général essaya de se souvenir quel pouvait bien être le grade équivalent dans la marine. Quand l'officier fut plus près, Tyler remarqua des ailes de pilote sur sa poche gauche. L'homme était mince, âgé d'une petite quarantaine d'années, presque chauve. Ses cheveux rares, qui avaient dû être bruns des années auparavant, étaient désormais presque entièrement gris et coupés très court au-dessus des oreilles. L'officier marchait en se tenant aussi raide qu'un piquet. En arrivant près du général, il sourit largement, laissant apercevoir des dents remarquablement blanches, puis tendit la main.

— Général Tyler ? Je suis le capitaine de frégate Dick Donchez, du service du renseignement de COMSUBLANT. Bienvenue en salle de briefing. L'amiral vous demande de l'excuser et m'a chargé de vous expliquer ce que nous faisons ici.

Le général Tyler observa plus attentivement l'insigne de Donchez. En fait d'ailes, il s'agissait de deux gros poissons écailleux à l'allure étrange, faisant face à un massif de sous-marin stylisé — on aurait dit celui d'un vieil U-Boat allemand. « Des dauphins de sous-mariniers, pensa-t-il. Bizarre, cette idée de représenter des dauphins avec des écailles. »

Les deux hommes traversèrent le hall étroit jusqu'à la porte anti-souffle et Donchez s'arrêta devant la photographie encadrée d'un sous-marin naviguant en surface, une coque cylindrique en forme de cigare labourant un sillage blanc, un massif effilé d'où débordaient des barres de plongée horizontales.

— Avant que nous entrions, mon général, dit Donchez, il faudrait que je vous explique quelques petites choses. Avez-vous déjà travaillé avec les forces sous-marines ?

— A l'état-major des forces stratégiques, à Omaha, je côtoyais quelques sous-mariniers, mais je ne les ai pas vraiment connus, dit Tyler en regardant la photo.

— Très bien, commençons donc par là. Dans les journaux, on parle de sous-marins chasseurs. Pour nous, ce sont des sous-marins d'attaque. Nous en possédons environ une cinquantaine, tous à propulsion nucléaire, extrêmement silencieux et rapides. Aucun n'emporte d'armes à charge nucléaire.

Le général parut surpris. Il s'était imaginé que tous les sous-marins modernes portaient un lot de missiles balistiques intercontinentaux. Donchez l'emmena devant une autre photographie, accrochée un peu plus loin dans le hall. Elle représentait également un sous-marin en surface. A l'arrière du massif, le pont apparaissait plat et long. Le bâtiment semblait plus gros.

— Mon général, voilà le type de bâtiment auquel vous pensiez. Il transporte des ICBM ou missiles balistiques intercontinentaux. Nous les appelons SLBM, ce qui signifie « missiles balistiques lancés par sous-marins ». L'acronyme officiel pour ces bâtiments est SNLE, qui signifie « sous-marins nucléaires lanceurs d'engins ». Nous les surnommons plus simplement les « bombardiers ». Nous n'en possédons qu'une trentaine. Ils ne sont pas sous notre commandement opérationnel. A la mer, ils sont sous les ordres directs du Président. Ils se cachent, simplement, attendant l'ordre de lancement de leurs missiles nucléaires, ordre qui ne peut venir que de Washington.

Donchez retourna à la première photo.

— Mais ceux-là, les sous-marins nucléaires d'attaque, ou SNA, nous appartiennent en propre, ici à SUBLANT. Ils ne portent pas de missiles, mais uniquement des torpilles. Leur mission principale est la lutte anti-sous-marine, puisqu'un sous-marin est l'outil le mieux adapté pour débusquer un autre sous-marin. Nous les utilisons également pour des missions de surveillance couverte — les sous-marins sont pratiquement invisibles de la surface et, face à un sonar, ils peuvent disparaître dans la couche. Les bâtiments de surface, les avions et les hélicoptères ne peuvent rien contre un sous-marin qui tient à rester discret.

— Permettez-moi une comparaison, dit Donchez : les sous-marins lanceurs d'engins ressemblent à vos bombardiers géants. Même mission : s'approcher discrètement, sans que l'ennemi sache que vous êtes là, et lancer très vite une grande quantité d'armes nucléaires.

Tyler hocha la tête en signe d'approbation.

— Les SNA, eux, sont l'équivalent de vos avions de chasse ou de vos intercepteurs. Une de leurs missions consiste à couler les bâtiments de surface, comme durant la Seconde Guerre mondiale. Aujourd'hui, nous disposons de torpilles intelligentes qui peuvent poursuivre un navire jusqu'à l'autre bout du monde, et nous travaillons sur des missiles anti-navires.

Passant devant les Marines, il conduisit le général par la porte anti-souffle et la ferma bruyamment derrière eux. Il fallut trente secondes pour actionner tous les verrous, puis Tyler se trouva dans une salle immense, aux murs hauts de six mètres recouverts de larges cartes lumineuses, représentant diverses parties des océans. Chacune de ces cartes était annotée de symboles, de cercles et de traits.

— Voici la salle de situation utilisée par l'amiral. On l'appelle « Flag Plot ». Les amiraux sont appelés « Flag Officers[1] », leur marque étant hissée sur les bâtiments quand ils sont à bord. De même que la vôtre figure sur les ailes de votre voiture de fonction.

1. *Flag :* pavillon. La tradition exige que lorsqu'un officier général monte à bord d'un bâtiment, sa marque, pavillon qui symbolise sa fonction, soit hissée à un mât particulier *(N.d.T.)*.

COMSUBLANT est le commandant en chef des forces sous-marines en Atlantique ainsi qu'en Méditerranée et dans l'océan Arctique, sous la calotte polaire.

Donchez nota que l'évocation de la calotte polaire avait éveillé la curiosité du général.

— Vous voyez cette carte, mon général ? L'océan Arctique, et, au centre, le pôle Nord... En ce moment, un de nos bâtiments est en train de pister un nouveau sous-marin russe sous la banquise.

Donchez montrait une carte, sur laquelle était représenté un X bleu, juste à côté d'un X rouge, tous deux à l'intérieur d'un cercle dentelé sur lequel était écrit : « Limite des glaces permanentes ».

— Nous passons beaucoup de temps à pister les Soviétiques. Cela nous est possible car nous sommes plus silencieux. Il leur est plus difficile de nous entendre. Tous les sous-marins sont pratiquement sourds sur l'arrière, c'est ce que nous appelons le baffle. L'hélice et la propulsion masquent les bruits sur l'arrière du bâtiment. De plus, la majeure partie des antennes sonar est située dans le dôme, tout à l'avant du sous-marin. Si vous êtes suffisamment habile, vous pouvez vous faufiler derrière un autre sous-marin et le suivre simplement dans son baffle, derrière l'hélice. Ce X bleu près du pôle Nord, ici, dit Donchez en le montrant du doigt, est commandé par mon ancien camarade de poste à Annapolis. Il piste le plus récent des sous-marins soviétiques dont le nom de code est Victor III. Chaque fois qu'ils lancent un nouveau bateau, nous essayons de le suivre pendant les essais à la mer pour voir comment il se comporte, nous surveillons les lancements de torpilles d'exercice et nous observons leurs tactiques. Un sous-marin étant invisible, il peut faire beaucoup de choses à l'insu de tout le monde. Enfin, c'est le but recherché...

Devant l'intérêt manifesté par le général, Donchez continua :

— Les X bleus isolés en Atlantique sont des sous-marins américains en opérations indépendantes. Ces X rouges, à proximité des X bleus au large de nos côtes, sont les bâtiments russes pistés par nos SNA. Jusqu'à maintenant, aucun Russe ne nous a pris en filature. Vous vous demandez probablement comment nous en sommes certains ? C'est bien simple, nous vérifions régulièrement. Deux de nos sous-marins opèrent parfois ensemble et s'assurent qu'aucun Russe ne se cache à proximité, dans le baffle de l'autre. Nous appelons cette technique : « faire de l'épouillage ».

Le général interrompit Donchez.

— Et ce gigantesque réseau d'hydrophones si coûteux que vous mouillez au fond de la mer pour détecter les sous-marins ennemis ? Ne suffit-il pas ? A-t-on vraiment besoin de ces sous-marins d'attaque tellement onéreux ?

— Vous voulez parler du SOSUS, le système de surveillance acoustique sous-marin. C'est effectivement très cher et très efficace. Mais toutefois pas suffisamment performant pour que nous puissions directement attaquer et détruire un sous-marin, même avec une arme nucléaire de très forte puissance. Regardez ici.

Donchez retourna vers la carte de l'océan Arctique en projection polaire. Une ligne verte courait d'un point au large de la côte norvégienne vers un autre, à proximité des X bleus et rouges près du pôle Nord.

— Voici le contact sur le Victor III dont nous parlions à l'instant, poursuivit-il. Il pourrait être n'importe où dans une zone de 250 kilomètres carrés. En plus, il est sous la glace, ce qui rend sa localisation plus difficile. Le seul qui puisse attaquer cet engin est un autre sous-marin, comme le *Stingray,* celui qui le piste actuellement. Le système de détection SOSUS détecte les bruits produits par le Victor III, mais pas ceux de notre propre sous-marin — le *Stingray* est bien trop silencieux pour que nous le percevions.

Un lieutenant de vaisseau fit irruption devant Donchez, un bloc de papier à la main.

— Commandant Donchez... on a des ennuis. Le SOSUS a détecté deux explosions dans l'azimut des deux sous-marins au pôle Nord. D'après les signaux enregistrés, on dirait le mélange des bruits d'une coque en train de se briser et de plusieurs minutes de bulles d'air.

Donchez se tourna vers le général. Son sourire avait disparu.

— Général Tyler, je dois vous demander de quitter le « Flag Plot ». Immédiatement. Nous avons à faire ici.

Tandis qu'un officier marinier le raccompagnait à l'extérieur, le général entendit Donchez discuter avec le lieutenant de vaisseau.

— Le SOSUS maintient-il encore le contact sur l'un des deux sous-marins ? Il a encore le Russe ? Bon Dieu de merde... Appelez l'amiral sur la ligne protégée NESTOR et dites-lui que je lui envoie un hélicoptère, ensuite prévenez CINCLANTFLEET, NMCC et la Maison-Blanche, toujours sur NESTOR, évidemment.

La porte d'acier claqua en se refermant. Alors que le brigadier général Tyler était escorté hors du hall, il s'attarda un instant devant l'image du sous-marin d'attaque dont le commandant s'était montré si fier. « Voilà un rude coup pour la soi-disant écrasante supériorité de la technologie américaine », pensa-t-il.

Six jours plus tard, 19 décembre 1973

Quai 7
Base navale de Norfolk
Norfolk, Virginie

Une petite pluie fine avait commencé à tomber environ quatre heures après l'heure prévue d'arrivée à quai du *Stingray.* Sur les banderoles détrempées on pouvait lire « BIENVENUE À LA MAISON, *STINGRAY* ! » La fanfare était partie depuis longtemps. Les familles se rassemblaient par groupes, sans parler, en proie à l'inquiétude.

Quand il s'avança sur le quai, l'officier chargé des relations publiques de la 7e escadrille de sous-marins fut littéralement assiégé.

— Mesdames et messieurs, j'ai une annonce à faire au sujet du *Stingray.*

Les familles et les amis de l'équipage du sous-marin se pressèrent autour du podium.

— J'ai là un communiqué du commandant en chef de la flotte américaine en Atlantique, CINCLANTFLEET. D'après des informations non encore confirmées, l'USS *Stingray* aurait disparu en mer au milieu de l'Atlantique alors qu'il rentrait d'une mission classifiée. Des navires de recherche ont patrouillé sur cette zone pendant ces derniers jours. L'annonce de la disparition possible du *Stingray* a été retardée dans l'espoir qu'il ait simplement été victime d'une avarie de transmissions et qu'il fasse surface aujourd'hui, comme prévu. Mais avec un tel retard de six heures environ, nous devons nous préparer au pire. Les recherches continuent.

Tout d'abord, ils restèrent sur le quai, comme s'ils pensaient que le *Stingray* pouvait encore surgir et venir accoster. Mais rapidement, la bruine se transforma en une pluie battante, et quand les lampadaires du quai s'allumèrent, quelques heures plus tard, les familles s'étaient finalement dispersées. Il ne restait plus que les sous-marins sombres de la 7e escadrille, amarrés de chaque côté du quai, avec, entre eux, le vide bien apparent laissé pour l'amarrage du *Stingray.*

Ecole Navale américaine
Annapolis, Maryland

Le capitaine de frégate Donchez entra dans la pièce et posa sa casquette sur l'unique bureau. Il passa la main sur sa tête chauve — une sorte de tic nerveux lorsqu'il ne savait plus bien quoi faire — et regarda autour de lui. Le local, comme à l'accoutumée, était occupé par l'officier de garde de Bancroft Hall, le bâtiment de granit, gigantesque et sinistre, qui abritait les dortoirs des *midships* de l'Ecole Navale. L'endroit n'avait guère changé depuis que lui-même y avait été élève. Les murs étaient toujours recouverts de ces carreaux bruns et tristes, évoquant une immense salle de bains. Donchez regarda par la fenêtre les briques brillamment éclairées et luisantes du Tecumseh Court, juste en dessous, retrouvant cette vue qu'ils avaient de leur chambre, lui et Anthony « Patch » Pacino, quelque vingt ans auparavant. En temps qu'ancien camarade de poste et meilleur ami de feu Anthony Pacino, il lui revenait d'annoncer la disparition du *Stingray* au fils de celui-ci. Le naufrage n'avait pas encore été rendu public et n'avait même pas été annoncé aux familles, qui attendaient toujours sur le quai.

Derrière lui, la porte de la pièce s'ouvrit et se referma avec un claquement. L'officier de garde amenait un *midship* grand, mince, les cheveux coupés court. Le jeune homme portait un pantalon et une chemise noirs. Il fit trois grands pas dans la pièce, pivota devant le bureau et se figea dans un garde-à-vous impeccable, les yeux regardant à l'infini, comme il se doit pour un élève de première année de l'Ecole Navale.

— Elève de première année Pacino, commandant ! s'annonça-t-il.

Donchez soupira.

— C'est moi, Mikey, Oncle Dick. Laisse tomber.

Donchez fit un signe de tête au lieutenant de vaisseau, qui s'éclipsa et ferma la porte.

Un instant, le jeune Pacino parut un peu déstabilisé, puis son visage s'assombrit.

— Commandant, dit-il, incapable de se départir du formalisme réglementaire, vous venez me voir à propos de mon père, n'est-ce pas ?

Donchez acquiesça.

— Mikey, le *Stingray* a coulé au large des Açores au milieu de l'Atlantique, il y a de ça une semaine environ. Nous ne pouvions en être sûrs jusqu'à sa date prévue de retour. Il ne s'est pas présenté à quai aujourd'hui. J'ai bien peur que nous devions déplorer la mort de ton père.

Pacino s'effondra sur une chaise aux pieds en tube d'acier et à l'assise légèrement rembourrée. Il ouvrit et ferma la bouche deux fois avant de retrouver la voix.

— ... Que s'est-il passé ?

Donchez prit une inspiration, se préparant à mentir. Le monde n'apprendrait jamais que le *Stingray* avait été coulé de façon délibérée — le fait même que les sonars américains étaient suffisamment performants pour percevoir un naufrage si loin des côtes américaines était encore un secret jalousement gardé. Une protestation officielle vers Moscou ne ferait que donner aux Soviétiques la certitude que les Américains étaient capables de les détecter depuis l'autre bout du monde. En outre, la mission du *Stingray* était top secrète, et reconnaître qu'il patrouillait sous la calotte glaciaire aurait été l'aveu d'une mission d'espionnage. Le Président n'apprécierait certainement pas un déchaînement des médias à propos du « sous-marin espion américain » coulé par les Russes. Mais une multitude de bonnes raisons liées à la sécurité nationale, bien que toutes parfaitement justifiées, ne rendaient pas plus facile le mensonge de Donchez. Pas quand il lui fallait regarder Michael Pacino droit dans les yeux.

— Nous pensons qu'une torpille a démarré et a explosé dans le poste avant, dit Donchez. Lors d'une opération de maintenance, quelqu'un a probablement commis une erreur, ce qui a lancé la propulsion de la torpille, armé la charge et fait exploser l'engin avant qu'ils n'aient eu le temps de s'en débarrasser. Ces torpilles Mark 37 sont vraiment des saloperies...

Donchez baissa les yeux. Il était l'auteur de ce mensonge officiel, destiné à couvrir la vérité.

Le jeune Pacino ferma les yeux et se prit la tête entre les mains. Donchez le fixa longuement, se sentant inutile, souhaitant manifester sa tendresse au garçon, le réconforter d'une façon ou d'une autre. Quand Michael se mit à trembler, Donchez ne put rester plus longtemps sans rien faire. Il releva le jeune homme et le serra contre lui.

— Papa... dit-il pour lui-même, la voix brisée.

Croyait-il réellement à l'histoire de Donchez ?

« Un jour, ils paieront », pensa Donchez.

En cet instant, le fils de son meilleur ami était peut-être en train de faire le même serment.

1

Lundi 13 décembre

Océan Atlantique Ouest

La date anniversaire du naufrage du *Stingray* n'avait jamais été commémorée, ni même mentionnée par la marine. Les Soviétiques non plus ne l'avaient jamais évoquée. Personne ne tenait vraiment à une guerre nucléaire. Mais personne n'était vraiment sûr qu'un tel incident ne puisse se reproduire.

En ce jour anniversaire, plus de vingt ans après, un exercice simulait une situation pratiquement identique. Un sous-marin nucléaire d'attaque américain était de nouveau à portée des armes d'un bâtiment ennemi. Le sous-marin de type Piranha était plus silencieux, plongeait plus profond et naviguait plus vite que le *Stingray*. Son équipement électronique, son système de lancement d'armes et son sonar étaient bien plus performants, son réacteur nucléaire plus puissant, la disposition de ses équipements mieux pensée et ses torpilles plus meurtrières.

Deux choses à bord du *Devilfish* rappelaient beaucoup l'ancien *Stingray* : son PCNO était aussi encombré et, sur la poche poitrine de la combinaison du commandant, on pouvait lire « Pacino ».

Accoudé à la rambarde de la plate-forme des périscopes, le commandant Michael Pacino fixait les écrans de la direction de lancement des armes. La faible lueur des moniteurs de la DLA ne permettait pas de distinguer les pattes d'oie au coin de ses yeux verts. Avec son mètre quatre-vingt-cinq, il atteignait pratiquement la taille limite pour l'aptitude au service sous-marin. Pacino était aussi svelte que le jour de sa sortie de l'Ecole Navale, essentiellement parce qu'il sautait régulièrement des repas pour aller courir à l'arrière, dans le compartiment machines, entre les turbines de propulsion brûlantes. Il portait une moustache, et son épaisse chevelure noire aurait certainement pu être coupée à une longueur plus réglementaire. Mais personne n'oserait chercher des ennuis au fils du sous-marinier légendaire, disparu en mer avec son bâtiment, le *Stingray.* Pendant des années, le jeune Pacino avait vécu avec le souvenir du jour où le capitaine de frégate Donchez lui avait annoncé la mort de son père. Et plus encore, en essayant d'imaginer ce qui s'était vraiment passé et comment cela avait bien pu arriver. Il avait réellement essayé de croire à la version officielle des faits, mais, au fond de lui-même, il n'était pas convaincu.

Depuis que Pacino avait rappelé au poste de combat dix minutes plus tôt, le CO du *Devilfish* s'était rempli de vingt et un hommes, la plupart équipés de téléphones autogénérateurs. Ils appelaient cela un « exercice », mais ce n'était vraiment qu'une façon de parler. Tôt ou tard, ils pourraient tous se retrouver en situation réelle. De l'avis de Pacino, cela n'arriverait jamais assez vite. Devant lui, les écrans de l'ordinateur du système de combat affichaient la position du *Devilfish* par rapport au sous-marin ennemi — baptisé *Sierra 1* — ainsi que la route et la vitesse de ce dernier. Les solutions étaient proposées par l'ordinateur de conduite de tir Mark I, qui n'était malheureusement pas infaillible malgré son coût de plusieurs millions de dollars.

— Attention CO, dit Pacino. Il semble que *Sierra* ne nous ait pas détectés. Espérons que cela durera jusqu'à ce qu'il soit trop tard pour lui. J'ai l'intention de tirer deux torpilles en salve à plat. Soyez prêts à dérober si *Sierra* riposte. Si *Sierra* évolue, nous ferons une baïonnette pour déterminer ses nouveaux éléments et modifier le cap des armes...

— Attention pour lancer, tubes 1 et 2 affectés au but *Sierra,* salve à plat, trente secondes entre les deux torpilles, écart entre les armes 10 degrés.

Les opérateurs de la conduite de tir vérifièrent la solution et effectuèrent la désignation d'objectif. Les paramètres furent envoyés aux armes, deux torpilles Mark 49 Mod B Hullbuster. Les tubes lance-torpilles du *Devilfish,* d'un diamètre de 533 mm et d'une longueur de 6 mètres, étaient implantés tous les quatre au niveau inférieur de la tranche D, au centre du bâtiment. Contrairement à ce qui se faisait auparavant, le sonar principal des Piranha était installé dans un dôme à l'extrême avant, et les tubes lance-torpilles au milieu du bâtiment, chaque tube étant incliné vers l'extérieur de 8 degrés par rapport à l'axe longitudinal du sous-marin. Les tubes 1 et 2 étaient les tubes supérieurs, le tube 1 sur tribord, le 2 sur bâbord. Chaque tube était plein d'eau et équilibré avec la mer, les portes extérieures ouvertes.

Lorsque Pacino avait rappelé au poste de combat, les gyroscopes des Mark 49 Hullbusters avaient été lancés. Leur calculateur avait été mis en route et avait effectué un autotest complet de l'arme avant de répondre « paré » à l'ordinateur central de conduite de tir. Chaque torpille avait, grosso modo, une intelligence comparable à celle d'un golden retriever, ce qui confine au génie pour ce genre d'engin. Pendant que le calculateur central affichait les résultats de l'autotest, au PCNO, l'adjudant de lancement commençait à entrer les données de la trajectoire, dans un langage pour le moins bizarre :

— Torpille 1, vous êtes dans le tube 1. Le lanceur fait route au 1-8-0, immersion 160 mètres. Après le lancement, faites route au 2-4-0 à 45 nœuds et descendez à une immersion de transit de 240 mètres.

Armez la charge militaire après un parcours de 5 000 mètres, votre parcours d'activation. Remontez alors à 100 mètres et démarrez votre recherche en mode actif, à 25 nœuds. Le but, un sous-marin, est estimé dans notre 2-2-5 et devrait pénétrer dans votre cône de détection à une distance d'environ 2000 mètres. Quand vous aurez accroché le but avec trois perceptions consécutives confirmées, accélérez à votre vitesse d'attaque de 50 nœuds. Quand vous détectez l'acier de la coque du but, déclenchez l'explosion de la charge de combat. Si vous évoluez de plus de 180 degrés, vous pouvez accrocher le lanceur au lieu du but. Si cela se produit, coupez votre propulsion, noyez votre pile et coulez. Si la cible évolue, nous vous donnerons d'autres instructions en utilisant le filoguidage.

Les Hullbusters accusaient réception de chaque nouvelle instruction, comme deux chiens fidèles, remuant la queue et haletant sous la main du maître, attendant l'ordre de départ.

Au PCNO, le compartiment supérieur de la tranche D haute de trois ponts, le capitaine de frégate Mike Pacino fixait les écrans de la DLA et du répétiteur sonar, sur le côté bâbord de la plateforme du périscope.

L'officier de quart, le lieutenant de vaisseau Scott Brayton, rendit compte :

— Sous-marin paré.

L'officier ASM, le capitaine de corvette Steve Bahnhoff, annonça :

— Torpilles parées.

— DLA parée, dit le capitaine de frégate Jon Rapier, commandant en second.

Pacino s'apprêtait à parler quand le lieutenant de vaisseau Stokes, le servant de la console centrale du système de conduite de tir, l'interrompit :

— Evolution possible sur *Sierra*.

— Changement de route confirmé, dit Rapier. Plot fréquence... Evolution possible vers la droite.

— Annulez le lancement, tubes 1 et 2, dit Pacino à son second, suspendant ainsi la séquence de tir.

Sierra avait évolué et ne serait plus là où Pacino avait prévu d'envoyer ses armes. Le lancement d'une torpille ressemblait à une passe au football américain : la torpille était dirigée vers le point où on supposait que se trouverait le but à la fin du temps de parcours. Si le but évoluait ou faisait une abattée, la solution n'était plus bonne et la torpille manquait sa cible.

— Second, mesure un défilement et au galop !

Par l'interphone, il appela le chef du module sonar, sur l'arrière.

— Sonar, ici le commandant, vous confirmez l'évolution de *Sierra* ?

Pacino portait un écouteur sur une seule oreille, ce qui lui permettait d'entendre à la fois les communications qui lui étaient adressées par l'interphone et ce qui se passait dans le CO.

— *CO de sonar, nous vérifions...*

Pacino attendait avec impatience.

— *CO de sonar ; abattée confirmée. Pas de changement dans le nombre de tours.* Sierra *continue à la même vitesse, il vient sur sa droite.*

— Pas d'indice de contre-détection par *Sierra* ?

Est-ce que cet enfoiré nous a détectés ? se demandait-il, essayant d'imaginer ce qui pouvait passer par la tête du commandant en face de lui.

— *Non... il stabilise sa route maintenant, commandant.*

Pacino s'adressa à Rapier.

— Second, as-tu un défilement ?

Rapier, le commandant en second le plus ancien de la 7e escadrille, avait à peu près l'âge de Pacino. Il était mince, ses cheveux grisonnaient, et à force d'heures passées au périscope, des pattes d'oie marquaient également le coin de ses yeux. Rapier aurait dû commander son propre bateau, mais son remplacement avait été retardé. Il se pencha par-dessus l'épaule du lieutenant de vaisseau Stokes.

Stokes était assis devant la DLA, à la console centrale, et fixait intensément l'écran, comme s'il voulait que tous les azimuts en provenance du sonar s'alignent proprement, indiquant ainsi l'obtention d'une solution parfaite. Hélas, le sonar était uniquement passif : il ne faisait qu'écouter et ne fournissait que l'azimut ou le gisement du sous-marin ennemi, pas sa positon, ni sa route ou sa vitesse.

Sous l'écran, des boutons permettaient d'affecter différentes valeurs aux paramètres route, vitesse et distance du but, la bonne combinaison de ces trois paramètres formant la « solution ». L'ordinateur permettait à l'opérateur d'essayer n'importe quelle solution, mais le lieutenant de vaisseau Stokes commença par entrer des paramètres vraisemblables et les affina jusqu'à ce que l'ensemble des azimuts soit parfaitement aligné sur une ligne verticale. La méthode était bonne quand le but était en route stable. Au contraire, si le but était en évolution constante, seul un expert comme Stokes pouvait s'en sortir grâce à son intuition et fournir une bonne solution.

Finalement, l'ensemble des points fut à peu près vertical et Stokes annonça au second qu'il avait une solution. Ex-joueur de football américain forcené, natif de l'ouest de l'Etat du Kentucky, Stokes avait un accent épouvantable qui le rendait difficilement compréhensible.

— GZ, vous avez un tronçon ? demanda le second.

— Affirmatif, commandant, tronçon acquis, défilement 1 degré par minute droite, distance latérale... 9200 mètres, annonça l'enseigne de vaisseau Fasteen depuis le GZ manuel.

Le second rendit compte immédiatement à Pacino :

— Commandant, tronçon acquis, nous avons une solution.

— Attention pour lancer, annonça Pacino, salve à plat, lancement tube 1 en premier.

Il s'arrêta un instant puis reprit :

— Allez, les gars, on se dépêche, on les lance, ces grenouilles ! *Sierra* pourrait nous détecter à n'importe quel moment et évoluer à nouveau. Bien, lancez tube 1, sur but futur ! ordonna Pacino, que l'action commençait à exciter, et qui transpirait à grosses gouttes. Il avait atteint le point de non-retour.

— Paré, dit Stokes, transmettant la solution adoptée à la console de commande des armes et à la torpille dans le tube 1.

— Attention...

Bahnhoff, à la console de lancement, poussa le commutateur de mise à feu complètement à gauche, sur la position « paré ».

— Lancez, commanda Pacino.

— Feu ! répéta Bahnhoff, poussant son commutateur complètement à droite, vers la position « feu ».

Tout le bateau frémit et une brutale surpression fit claquer les tympans des vingt et un hommes dans le CO. Malgré l'obscurité, Rapier pouvait apercevoir le large sourire de Pacino qui savourait toujours le bruit d'un lancement de torpille.

— Tube n° 1, lancement en télécommande, commandant, rendit compte Bahnhoff, réinitialisant sa console pour lancer la torpille du tube 2.

La voix du chef du module sonar parvint à l'écouteur de Pacino :

— *CO de sonar. Torpille partie, lancement nominal.*

Pacino regarda son chronomètre digital. L'intervalle de trente secondes s'écoulait rapidement.

— Tube 2, lancez sur but futur !

— Paré !

— Attention...

— Lancez !

— Feu !

De nouveau, la surpression brutale agressa les tympans de l'équipage.

— Tube 2, lancement en télécommande, commandant, annonça Bahnhoff.

— *CO de sonar, tube 2, lancement nominal. J'ai les deux torpilles à l'écoute.*

Dans l'océan, à l'extérieur de la coque du *Devilfish,* deux torpilles Hullbuster fonçaient en chuintant, non pas vers le sous-marin ennemi, mais vers le point où Pacino estimait que le but se trouverait dans six minutes. L'équipage au PCNO était calme, attendant que les torpilles passent en phase active. A partir de maintenant, elles étaient devenues des « armes », c'est-à-dire des engins amis, lancés par le *Devilfish.* Au contraire, une « torpille » était une arme assaillante lancée par l'ennemi.

Pacino regarda la console 3 de la DLA, attendant que la torpille rende compte du passage en phase de recherche. Trois minutes plus tard, l'indicateur d'état afficha le passage en actif de la première arme qui émettait alors un faisceau acoustique pour essayer de détecter l'ennemi dans un rayon de 2 000 mètres. En cas de succès, l'arme poursuivrait le but et l'attaquerait à une vitesse maximale de 50 nœuds. Une fois la Hullbuster accrochée, peu importaient les évolutions du but, tant que l'arme avait du carburant. Aucun sous-marin, dont la vitesse maximale était de 30 ou 35 nœuds, ne pouvait semer une Hullbuster lancée à 50 nœuds. Mais si l'ennemi détectait l'arme et changeait de route avant le passage en mode actif, il avait une chance de s'en sortir.

— *CO de sonar, bruits de cavitation sur* Sierra... *il accélère... évolution du but confirmée. Commandant, il a détecté la première grenouille et il dérobe à vitesse maximale.*

— Merde, murmura Pacino, à droite 15, venir au nord, réglez la vitesse à 15 nœuds. Second, tu as exactement une minute pour calculer sa nouvelle route et faire évoluer nos armes. Ensuite, il sera trop tard.

— C'est parti, commandant, répondit Rapier.

Au moins, le but n'avait pas riposté. Pas encore du moins.

— La barre est 15 à droite, commandant, annonça le barreur assis dans le siège proche de la cloison avant du compartiment. Affiché 15 nœuds... En route au nord.

Pacino revint à la console de conduite de tir. La première évolution du but avait été facile à traiter, mais une évolution en cap combinée avec une accélération était bien plus difficile à prendre en compte, d'autant que leur propre bâtiment évoluait également. A ce moment-là, les informations en provenance du sonar n'étaient plus qu'une masse d'azimuts sans grande signification. Les ordinateurs devenaient inutiles dans ce genre de situation. Seule l'intelligence humaine, avec peut-être un peu d'intuition et de chance, pouvait faire que les torpilles atteignent leur but.

Michael Pacino ferma les yeux, se frotta les tempes et tenta de se représenter la mer vue du dessus. Que ferait-il s'il se trouvait à la place de « l'ennemi » ? Il rouvrit les yeux, s'éloigna de la plate-forme du périscope, écarta du coude le lieutenant de vaisseau Stokes et manipula deux des trois boutons d'affichage des éléments buts.

— Gardez-moi ça, dit-il à Stokes, dont le visage trahissait son désaccord avec la solution adoptée par Pacino.

Pendant les trente secondes qui suivirent, Pacino transpira réellement. Deux azimuts sonar vinrent s'aligner verticalement... Sa solution était parfaite ! Il donna un grand coup dans l'épaule de Stokes et montra du doigt l'écran de l'ordinateur. Stokes se contenta de secouer la tête, incrédule...

— DLA, faites venir l'arme n° 1 au cap 1-7-5, ordonna Pacino à Bahnhoff, l'officier ASM. Cap 1-8-0 pour la seconde.

Il regarda par-dessus l'épaule de Bahnhoff pendant qu'il entrait les nouvelles données. La DLA dialoguait avec le calculateur du poste torpilles, qui transmettait les instructions à l'électronique des tubes, qui envoyait les commandes de guidage aux torpilles à travers un fil de flottabilité nulle, de 20 kilomètres de long, à peu près de la taille d'un fil de haut-parleur de chaîne stéréo. Les armes reçurent l'ordre et évoluèrent docilement vers le sud, surveillant leur sonar. Presque immédiatement, l'une d'elles reçut un écho.

— Perception, annonça Bahnhoff, en souriant, à Pacino. Arme n° 1, perception ! Elle passe en autoguidage ! Vas-y, petite, vas-y.

La première arme lancée avait capté trois bons échos consécutifs, lui permettant de décider que ses perceptions reflétaient la présence d'un but bien réel. La torpille accéléra à 50 nœuds, sa vitesse d'attaque. Les visages des hommes du PCNO s'éclairaient déjà.

— Arme n° 2, perception, dit Bahnhoff gaiement. Perception... Zut, fin des perceptions, on l'a perdu. Allez bébé, retrouve-moi ce salaud... Perception, acquisition et... autoguidage ! Commandant, cette fois, il est cuit.

— *CO de sonar,* appela une voix forte. *Détection torpille, azimut 2-3-5 !*

Sierra avait finalement riposté.

— En avant toute, ordonna Pacino, régime cavitant, immersion 450 mètres, assiette moins 35 degrés.

Quatre secousses de mauvais augure ébranlèrent le bâtiment quand les pompes primaires du réacteur passèrent en grande vitesse. A l'exception du lancement de torpille, les pompes primaires assurant la circulation de l'eau dans le réacteur étaient la source du bruit le plus intense que pouvait rayonner le *Devilfish.* Le sous-marin se mit à vibrer en atteignant sa vitesse maximale, 35 nœuds. Les deux turbines principales donnaient toute leur puissance, là-bas, loin à l'arrière dans le compartiment machines. L'hélice, tournant à toute vitesse et cavitant violemment, produisait un nombre énorme de petites bulles de vapeur qui claquaient en se condensant brutalement dans l'océan.

Pacino regarda les indicateurs du poste de pilotage, sur la cloison avant du compartiment. L'équipe du central se composait de trois hommes. Deux étaient assis de chaque côté d'une console centrale, et le troisième, debout derrière eux, avait pour tâche de les surveiller. Sur le siège bâbord se trouvait le pilote de barre de plongée arrière, qui venait de mettre sa barre toute à descendre. Soixante mètres sur l'arrière, les énormes safrans, commandés par des vérins hydrauliques, avaient contraint le sous-marin à prendre une assiette négative pour s'enfoncer dans les profondeurs. La vitesse et les barres de plongée avant sur le massif, orientées à descendre, avaient donné au sous-marin l'impressionnante assiette de – 35 degrés. Chaque homme au poste de combat devait se tenir afin d'éviter de tomber sur la cloison avant. La coque du sous-marin grogna et craqua sous l'effet de l'augmentation de pression extérieure liée à l'immersion.

— Malgré tout le temps passé à la mer, je trouve toujours ce bruit inquiétant et de mauvais augure, pensa Pacino.

— Rupture des fils des armes 1 et 2, commandant, dit Bahnhoff, ne réalisant pas encore que le but avait riposté. Il était bien trop occupé à amener ses deux torpilles au but.

— Poste torpilles de CO, ordonna Pacino, se saisissant d'un micro, fin de filoguidage tubes 1 et 2, fermez les portes extérieures et vidangez les tubes.

Soudain, le bâtiment se stabilisa à 450 mètres, l'immersion maximale, vibrant toujours sous l'effet des 30 000 chevaux qui le propulsaient à toute allure à travers l'eau noire des profondeurs.

— *CO de sonar,* une voix grésilla dans l'écouteur de Pacino, *la torpille se trouve maintenant dans l'azimut 2-2-3. Défile lentement droite. Elle fait une base de télémétrie.*

A travers la coque épaisse, ils pouvaient entendre

des émissions sonar de fréquence élevée, qui s'intensifiaient, devenaient plus nombreuses, plus insistantes. La torpille les avait trouvés. Et Pacino savait que sa seule chance était de rester à la vitesse maximale aussi longtemps que possible. Il essayait de rendre la poursuite suffisamment longue pour que la torpille finisse par être à cours de carburant.

— PCP, ici le commandant, dit-il dans un micro, déchargez autant que possible les alternateurs force et tirez sur la batterie. Je veux toute la puissance disponible à la propulsion.

Un haut-parleur au plafond du PCNO rompit le silence.

— *Déchargez les alternateurs force, tirez sur la batterie, mettre toute la puissance à la propulsion, central de PCP, bien reçu.*

Pacino se pencha pour vérifier le loch. Stable à 35 nœuds. Il observa, pour voir s'il gagnait encore un peu de vitesse, mais cela ne servirait à rien. Ce n'était plus qu'une question de minutes avant que la torpille ne les rattrape.

Le niveau sonore des émissions de la torpille augmentait.

Pacino regarda la synthèse tactique, affichée sur la console 1 de la DLA. L'opérateur de cette console essayait de trouver une solution sur la torpille, mais sans défilement, il n'avait aucune chance d'obtenir quelque chose de précis. La grenouille pouvait se trouver à 1 000 mètres aussi bien qu'à 100 mètres.

— *CO de sonar,* entendit Pacino dans son écouteur, *la torpille se rapproche toujours, distance moins de 1 000 mètres.*

Il secoua la tête. Il avait touché deux fois le but, et alors ? L'arme assaillante s'approchait à 50 nœuds, et le *Devilfish* n'en faisait que 35. Cela lui laissait moins de deux minutes pour réagir.

Pacino regarda le pavillon à tête de mort suspendu dans son cadre à l'arrière du PCNO, sur lequel était brodée la devise du *Devilfish* : « Tout essayer, même tricher. »

Chacun dans le PCNO restait pétrifié, attendant l'impact de la torpille. On entendait maintenant de plus en plus distinctement le bruit de son hélice, comme des ongles gigantesques griffant un immense tableau noir. Alors que Pacino gardait les yeux fixés sur le pavillon et sa devise, il lui vint une idée. Il escalada la plate-forme du périscope et interpella le maître de central, à bâbord, au pupitre de commande des ballasts :

— Chassez rapide au groupe avant.

— Chassez rapide au groupe avant, répéta l'officier marinier d'une voix qui trahissait sa perplexité devant cet ordre qu'il estimait pour le moins curieux. Cependant, il attrapa l'un des deux grands leviers et le tira à fond.

Instantanément, un rugissement subit et assourdissant emplit le PCNO, le bruit de l'air à très haute pression se précipitant dans les ballasts et chassant l'eau de mer. Un brouillard dense envahit le compartiment, provoqué par la détente de l'air provenant d'une fuite sur un joint du sectionnement de chasse rapide. On ne voyait plus à 30 centimètres. L'officier marinier poussa un petit levier vers la droite, faisant retentir dans tout le sous-marin une alarme prévenant que le bâtiment allait faire surface d'urgence. *Ouh-Gah, Ouh-Gah, Ooh-Gah...* Ce n'était plus le bon vieux klaxon des sous-marins des films de John Wayne. Le son était produit par un synthétiseur électronique et faisait penser à celui d'un jeu vidéo bon marché, considérablement amplifié et distordu.

Le maître de central empoigna un micro :

— Surface, surface, surface !

Pacino cria, pour couvrir le bruit de la chasse :

— Central, chassez rapide à l'arrière.

Le niveau de bruit augmenta encore, le rugissement était plus intense que lors d'un lancement de torpille et ressemblait à une sorte de hurlement prolongé. Le brouillard s'épaissit au PCNO. L'équipe de quart devait s'approcher au plus près des différents indicateurs pour pouvoir les lire.

Dans les ballasts du *Devilfish,* l'air à haute pression avait chassé l'eau de mer qui les emplissait quelques secondes plus tôt. Ils étaient vides quinze secondes après le déclenchement de la chasse rapide à l'arrière et, brusquement, le *Devilfish* s'était allégé de plusieurs centaines de tonnes. Il ne pourrait plus rester bien longtemps en plongée, maintenant.

— Tiens bon chasser, ordonna Pacino.

Le compartiment redevint brusquement calme, et à nouveau on n'entendait plus que les émissions et l'hélice de la torpille. L'indicateur d'immersion cliqueta une fois, deux fois, plusieurs fois. Le brouillard commença à se dissiper. Le sous-marin s'inclina, prenant de l'assiette positive, degré par degré.

Sur la diffusion générale, la voix de Pacino résonna dans tout le bâtiment :

— *Ici le commandant. Nous faisons surface d'urgence pour essayer d'éviter la torpille. Il est possible que nous ayons de la chance : si cette torpille est comme la nôtre, elle est programmée pour naviguer en dessous d'une immersion plafond. Si nous arrivons à remonter suffisamment rapidement et à passer au-dessus de ce plafond, nous pouvons peut-être lui échapper.*

Le sous-marin prenait de plus en plus d'assiette, 20 degrés, 25, jusqu'à 45 degrés. Le barreur de plongée arrière avait mis sa barre toute à descendre. Sans les barres pour le retenir, le bâtiment serait remonté presque verticalement.

L'indicateur de vitesse du sous-marin indiquait 40 nœuds. Pacino s'agrippait à une rambarde d'acier au-dessus du périscope n° 2. Le tableau de pilotage affichait l'immersion, 250 mètres... 150 mètres... 100 mètres. Le *Devilfish* remontait vers la surface telle une fusée.

Pacino jeta un coup d'œil au répétiteur sonar. Il avait peut-être évité la torpille d'exercice, mais il pouvait aussi s'être mis dans une situation autrement plus grave — si jamais quelqu'un se trouvait exactement au-dessus de lui, il était sur le point de se faire aborder par un sous-marin nucléaire d'attaque déplaçant 4 500 tonnes et lancé à une vitesse de 40 nœuds. La violence d'une telle collision provoquerait de façon certaine le naufrage des deux bâtiments.

L'USS *Diamond* avait la laideur caractéristique des navires de servitude. Il était chargé de repêcher les torpilles lancées aujourd'hui par les sous-marins pendant l'exercice grandeur nature. Son sonar lui avait permis de suivre la situation. Il savait que le *Devilfish* avait pu lancer deux torpilles le premier et qu'il avait fait but. L'*Allentown* avait tardé à riposter mais avait aussi pratiquement atteint le *Devilfish* quand l'opérateur sonar du *Diamond* arracha son casque et cria :

— Le *Devilfish* chasse rapide, azimut approximativement nord !

L'homme de barre, paniqué, mit la barre toute à droite pour venir rondement vers le sud et s'éloigner du sous-marin qui faisait surface d'urgence. A l'arrière du *Diamond*, dans son sillage, la mer sembla se mettre à bouillir tandis qu'il accélérait pour tenter de s'écarter de la zone dangereuse. L'équipage non de quart se précipita plage arrière pour assister au spectacle saisissant du sous-marin qui allait surgir des abysses.

Subitement, juste sur l'arrière du *Diamond* qui s'éloignait, la mer explosa et une gerbe d'écume jaillit de la surface. Une fraction de seconde plus tard, un nez noir et profilé bondit hors de l'océan. Pendant quelques instants, le temps sembla s'écouler au ralenti et, très lentement, le reste de la forme cylindrique émergea complètement, noire sur le dessus, rouge mat en dessous. En moins d'une seconde, la forme d'acier massive, de 90 mètres de long et de 10 mètres de diamètre, sortit complètement de l'eau sous un angle de 50 degrés, éclaboussant le *Diamond* lorsque l'énorme hélice de bronze du sous-marin émergea. Le mastodonte retomba en déchirant la surface de l'eau, provoquant une vague qui déferla par dessus les rambardes, arrosant les hommes qui assistaient au spectacle et emportant pratiquement l'un d'eux par-dessus bord. Quand le *Devilfish* flotta à nouveau normalement à la surface, au milieu d'un champ d'écume blanche et de bulles remontant des profondeurs, la plupart des membres de l'équipage du *Diamond,* trempés jusqu'aux os, manifestèrent leur admiration... Ce n'était pas tous les jours qu'ils pouvaient assister à la victoire éclatante d'un sous-marin qui méprisait toutes les règles du jeu d'une façon aussi évidente.

Un officier marinier, dégoulinant, se tourna vers l'un de ses camarades :

— Je te parie que ce genre d'exploit va coûter son macaron au pacha !

L'autre secoua la tête, amusé.

— Ça m'étonnerait. C'est le *Devilfish* ! Il triche tout ce qu'il sait ! Et en plus il s'en tire toujours...

Brusquement, le sous-marin revint à l'horizontale, projetant Pacino sur le dossier du siège du maître de central. Bien que son équipage et lui aient gagné la partie avec l'*Allentown,* il ne pouvait s'empêcher de s'interroger : cette tactique lui aurait-elle permis de s'en tirer face à une torpille russe ? Il rendit le périscope à l'officier de quart, le lieutenant de vaisseau Brayton, et s'adressa à l'équipage.

— Il semble que nous ayons réussi à éviter la grenouille de l'*Allentown.* Nous devons attendre la confirmation du *Diamond* pour savoir si nous avons touché *Sierra.*

A l'intention de Brayton, il ajouta :

— Dites au PCP de repasser les pompes primaires

en petite vitesse. Réglez la vitesse à 10 nœuds, venez au 2-7-0 par la droite.

Et enfin, pour Rapier :

— Second, fais rompre du poste de combat.

Près de Pacino, sur la plate-forme du périscope, un haut-parleur se mit à crachoter. Pacino se pencha et augmenta le volume. Une voix humaine lui parvenait des profondeurs.

— *Deep, Deep, Deep, coming up Echo*[1].

Le téléphone sous-marin, le TUUM, était une sorte de sonar actif qui utilisait les ultrasons pour transmettre la voix au lieu d'impulsions. Le message avertissait de la remontée de l'*Allentown* à l'immersion périscopique ou en surface.

— Passez-moi le périscope, demanda Pacino.

L'officier de quart céda le périscope à Pacino et attendit que l'*Allentown* — leur adversaire pour cet exercice — fasse surface. Pacino avait eu pour mission de pister et d'attaquer ce sous-marin sans se faire lui-même contre-détecter. Les renseignements fournis à l'*Allentown* par la direction de l'exercice ne lui avaient pas servi à grand-chose, pensa Pacino. Il ne s'était pas aperçu de la présence du *Devilfish* avant le passage en actif des deux Hullbusters.

Le capitaine de frégate Henry Duckett, à bord de l'*Allentown,* avait été le chef d'escouade de Michael Pacino quand il était fistot à l'Ecole Navale. Duckett lui avait rendu la vie infernale à Annapolis, à tel point qu'il avait failli démissionner. Aujourd'hui, Duckett commandait l'*Allentown,* un sous-marin d'attaque de type Los Angeles, tout neuf. Et pendant cet exercice, le *Devilfish,* le vieux sous-marin type Piranha, lui avait glissé une jolie peau de banane, faisant deux fois but et esquivant la contre-attaque. Pas mal, pas mal du tout, se dit Pacino.

Le TUUM grogna :

1. Cette communication est émise au téléphone sous-marin pour indiquer que le bâtiment remonte des profondeurs *(deep coming up)* et est en route à l'est *(Echo) (N.d.T.)*.

— Devilfish, *ici l'*Allentown, *parlez...*

Pacino reconnut la voix. C'était celle de Duckett. Il repassa le périscope à Brayton, prit le micro, appuya sur le bouton et parla. Un écho de sa voix lui revenait, rebondissant sur le fond de l'océan.

— *Allentown,* ici le *Devilfish.* Le commandant, parlez...

— L'*Allentown* fait surface, commandant, rendit compte Brayton depuis le périscope.

— Devilfish, *ici l'*Allentown... *« Uniform, Whisky, Mike. » Je répète... « Uniform, Whisky, Mike », parlez...*

— Nom de Dieu, dit Pacino à Rapier, d'un ton sec.

« Uniform, Whisky, Mike » était le code OTAN signifiant : « Vous m'avez manqué. »

— C'est du bluff, commandant, nous l'avons eu, répondit Rapier.

— *Allentown,* ici le *Devilfish,* reprit Pacino au micro. « Négatif Uniform, Whisky, Mike. » Duckett, je vous ai touché en plein dedans, et même deux fois.

— Commandant, regardez ça, dit l'officier de quart depuis le périscope.

Pacino s'installa au périscope alors que l'officier de quart marmonnait la litanie habituelle :

— Grossissement 1,5, site sur l'horizon, azimut 2-3-0.

Sur l'écran du répétiteur du périscope, le réticule de Pacino était centré sur le massif de l'*Allentown.* L'une des Hullbusters de Pacino s'était plantée dans la partie arrière de celui-ci et, après l'avoir traversé de part en part, dépassait des deux côtés.

— Préparez l'appareil photo du périscope. Nous devons immortaliser ça, dit Pacino.

— Appareil paré, commandant, répondit l'officier de quart.

Pacino retourna vers le téléphone sous-marin :

— *Allentown,* ici *Devilfish.* Je répète, « Négatif Uniform, Whisky, Mike »... Je vous ai eu et je vous conseille de jeter un œil sur votre massif... Une Hullbuster y est plantée...

La colère de Duckett était nettement perceptible dans sa voix, en dépit des distorsions dues au téléphone sous-marin.

— Devilfish, *ici* Allentown. *les tricheurs n'iront pas loin. Terminé.*

Pacino appuya sur son micro.

— *Allentown,* ici *Devilfish.* Vieux frère, tu devrais pourtant le savoir, si tu ne triches pas, tu n'essayes pas vraiment. Terminé.

L'*Allentown* roulait doucement en surface, bercé par la houle. L'officier de quart se tenait sur l'étroite passerelle en haut du massif et balayait l'horizon avec ses jumelles. Le sous-marin était stoppé et attendait que le *Devilfish,* son adversaire d'un jour, soit rentré à Norfolk pour embouquer à son tour le chenal des Thimble Shoals. Le soleil était bas sur l'horizon, l'air de l'Atlantique semblait doux et frais après deux semaines en plongée.

L'enseigne de vaisseau Ron Graves, l'officier de quart, prit un micro à l'avant de la passerelle.

— CO de passerelle, hissez le radar et l'antenne multifonction.

L'interphone crachota et une voix forte répéta :

— *Passerelle de CO, on hisse le radar et la multifonction.*

L'officier de quart reposa le micro et rechercha aux jumelles la silhouette du *Devilfish* faisant route vers Norfolk, qui s'amenuisait dans le lointain. Il attendait les claquements de l'hydraulique servant à hisser les mâts au-dessus du massif, mais il entendit seulement un bref grincement métallique, provenant de l'arrière. Il abaissa ses jumelles et se retourna pour tenter d'apercevoir ce qui se passait derrière lui. Aucun mât n'avait été hissé. Il allait rappeler le PCNO lorsque l'interphone annonça :

— *Passerelle de PCNO, le commandant monte à la passerelle.*

— Le commandant monte à la passerelle, reçu.

L'officier de quart se demandait comment le pacha avait pu savoir aussi rapidement que quelque chose n'allait pas. Il s'approcha du côté tribord de la passerelle et souleva la grille d'accès dans le massif qui permettait de descendre jusqu'au pont, six mètres plus bas.

La vitesse avec laquelle le capitaine de vaisseau Duckett extirpa sa silhouette massive hors du panneau d'accès était stupéfiante. Solide et large, la carrure de Duckett obligeait les membres de l'équipage à s'effacer dans les locaux adjacents quand il circulait dans les étroites coursives du bâtiment. Sa présence dans la ligne d'attaque de l'équipe de football américain de l'*Allentown* rendait celle-ci redoutable à l'escadrille. Il était également réputé pour la rudesse de son caractère. Il repoussa l'officier de quart hors de son chemin, se pencha loin par-dessus le pavois tribord de la passerelle et examina l'arrière du massif.

— Meeerde...

De nouveau, il bouscula Graves et redescendit vers le sas passerelle.

Le ton de sa voix montait et trahissait sa colère :

— Saloperie de massif en fibre de verre ! Enfoiré de Pacino !

— Bon après-midi à vous aussi, commandant, dit Graves, en regardant son pacha descendre.

Il se pencha également par-dessus le côté tribord de la passerelle, pour comprendre la cause de la mauvaise humeur de Duckett.

A moins de 3 mètres derrière lui, l'arrière d'une torpille Mark 49 Hullbuster, dont les hélices tournaient encore, était planté horizontalement dans les parois de fibre de verre du massif. Il allait y avoir du sport...

2

Lundi 13 décembre

Base navale de Severomorsk, Russie du Nord
Forme n° 4

La base navale de Severomorsk, près de Mourmansk sur la côte nord de la Russie, avait la taille d'une ville. Ceinturée par de hauts murs de béton, protégée par des fils de fer barbelés, la base abritait deux cales de construction neuve, des chantiers de réparation, des bases opérationnelles de sous-marins et de bâtiments de surface, un dépôt de munitions, ainsi que les nombreux bâtiments de l'état-major de la Flotte du Nord. L'ensemble était terne et massif. Les ouvriers se pressaient sur les trottoirs. Les marins et les officiers étaient à peu près aussi nombreux que les travailleurs des ateliers. Dans les chantiers de la base sous-marine, une demi-douzaine de cales inclinées et de bassins grouillaient d'une activité frénétique. Trois équipes par jour s'y succédaient, sept jours par semaine.

Le plus grand des bassins de construction, le bassin 4, mesurait plus de 500 mètres de long et 20 mètres de profondeur. On aurait pu y édifier un immeuble de six étages sans qu'il en dépasse. Le bassin avait été vidé de l'eau saumâtre du chenal. Tout au fond, le premier sous-marin d'attaque du type Project 985 reposait sur sa ligne de tins.

A l'extérieur de la double enceinte de sécurité entourant le bassin, deux hommes se rejoignirent et se serrèrent la main. Le premier, à la carrure imposante, était vêtu d'un long manteau d'officier, orné d'épaulettes rouges, sur lesquelles se détachaient quatre étoiles dorées. Il portait une toque de fourrure, arborant également les quatre étoiles. Le second était emmitouflé dans un long pardessus, dont le col entrouvert laissait apercevoir un costume et une cravate. Les ouvriers l'évitaient.

— Colonel Dretzski, dit l'homme aux étoiles.

— Amiral Novskoy, répondit Dretzski.

Ivan Dretzski était affecté à la première division du KGB, dont le quartier général était situé à Yasenevo. Sa spécialité était le renseignement militaire, et plus particulièrement en matière d'armes nucléaires.

Novskoy fit signe à Dretzski de le suivre dans le poste de garde et lui désigna une rangée de casques de chantier blancs, réservés aux visiteurs. La sentinelle tendit à Novskoy un casque rouge flamboyant. L'emblème de la Flotte du Nord était gravé sur le devant, et, entourant l'emblème, on pouvait lire en lettres capitales : « AMIRAL A. NOVSKOY, COMMANDANT EN CHEF DE LA FLOTTE DU NORD. »

Novskoy regarda le casque et se tourna vers Dretzski.

— Voilà pourquoi nous ne pouvons pas construire un sous-marin de qualité sans dépasser notre budget, colonel. Nous dépensons trop de roubles pour fabriquer ces jolis casques.

Novskoy le rendit à la sentinelle.

— Donnez-moi un casque visiteur, demanda-t-il en retirant sa toque de fourrure et en mettant un vieux casque rayé.

Novskoy conduisit alors Dretzski jusqu'à une passerelle qui surplombait le bassin. On y accédait par une porte située au fond du bâtiment. Sous les pieds des deux hommes, l'immense sous-marin s'étendait à perte de vue.

Dretzski ne put retenir un sifflement.

— *Yolki palki,* amiral. Gigantesque !

Novskoy approuva d'un signe de la tête.

— 200 mètres de long, un sous-marin de 60 000 tonnes, colonel. Six fois plus gros que les sous-marins de type Los Angeles. Ses réacteurs ont une puissance supérieure à 3 000 mégawatts, assez pour éclairer tout Moscou. Le Projet 985. *Mon* projet. Magnifique. Suffisamment d'armes pour couler une flotte entière et assez de missiles de croisière pour anéantir un continent. Ce bateau est le *Kaliningrad.* Les Américains l'appellent l'Oméga. C'est la dernière lettre de l'alphabet grec. La fin de tout, l'ultime.

Pendant un moment, les deux hommes restèrent à observer une immense grue transportant un périscope qui devait prendre place à l'intérieur du massif en forme de larme. La coque noire avait une section ovale, ce qui la faisait paraître énorme. Le safran supérieur de la barre de direction était surmonté d'un appendice en forme de goutte d'eau. L'hélice était masquée par une protection cylindrique. Plus haut, sur l'avant, deux panneaux étaient ouverts par lesquels circulaient des hommes et du matériel.

— Le bâtiment est paré à être mis en eau, mais auparavant, je voudrais vous le montrer par en dessous.

Le colonel Dretzski descendit au fond du bassin derrière Novskoy, jusque sous la quille du bâtiment. Quand ils furent en dessous, un ouvrier apporta une échelle que Novskoy posa devant une ouverture dans la coque du sous-marin. Il grimpa à l'échelle et disparut dans le trou béant, appelant Dretzski à le suivre. Celui-ci grimaça et escalada les barreaux à son tour. Il se retrouva debout à l'intérieur de la coque, à l'entrée d'un espace sombre. Le faisceau d'une lampe torche troua l'obscurité. Dans la lumière blafarde, il aperçut Novskoy, quelques mètres plus loin. Il se trouvait dans une sorte de réservoir. Le plafond au-dessus de lui était à plus de trois mètres de sa tête.

— Surprenant, n'est-ce pas, Ivan Ivanovitch ?

— Amiral, où sommes-nous ?

— Dans un ballast. Le *Kaliningrad* possède une double coque, une sorte de sous-marin à l'intérieur d'un autre sous-marin... Regardez là-haut.

Novskoy pointa sa lampe verticalement. Un homme pouvait se tenir sur les épaules d'un autre sans que sa tête touche le plafond.

— C'est la coque épaisse. Nous sommes à l'intérieur de la coque extérieure, en acier. Cet espace en forme de tore entre la coque interne et la coque externe est plein d'eau quand le bâtiment se trouve en plongée. Pour atteindre la coque intérieure et causer quelques dommages, il faudrait qu'une torpille ennemie traverse une épaisseur de 5 mètres d'eau. Cette eau joue le rôle d'un blindage. La coque intérieure, elle, est fabriquée à partir d'un alliage de titane, le plus résistant au monde. Ce sous-marin est pratiquement invulnérable, il résiste à tout, sauf sans doute à un coup au but avec une arme nucléaire.

Dretzski était impressionné.

— Dites-moi, Alexis, vous avez probablement une autre raison pour m'amener ici que de me montrer l'intérieur d'un ballast...

Novskoy fit redescendre Dretzski. Quand ils se trouvèrent à nouveau au fond du bassin, l'ouvrier boulonna une grille sur l'ouverture et les deux hommes remontèrent hors de la forme, non loin du poste de garde.

Debout sur la porte, un officier fit signe d'ouvrir les vannes de remplissage. L'eau sombre jaillit bientôt par huit énormes ouvertures percées dans les parois verticales du bassin. Presque immédiatement, le fond fut submergé, puis le niveau monta à peu près d'un mètre par minute. Ils restèrent un moment à contempler le sous-marin retrouvant l'élément liquide. La mer commençait à clapoter en petites vaguelettes sur la coque, grimpant rapidement le long des flancs du *Kaliningrad.*

Dretzski commença :

— La situation est pire que nous ne le pensions, amiral, bien pire. Les Américains disposent toujours de leurs missiles de croisière antiterre à charge nucléaire, les Javelots, embarqués à bord de leurs sous-marins d'attaque. Cette histoire des « dividendes de la paix » est une belle foutaise ! Nous pensons qu'ils en possèdent à peu près deux cent cinquante.

Novskoy plissa les yeux en regardant le bassin contenant l'énorme bâtiment, un peu en contrebas.

— Oui, exactement. Pendant ce temps, nos armes à nous attendent d'être détruites en présence d'observateurs des Nations unies. L'offre stupide d'éliminer les missiles de croisière lancés depuis la mer, qui sont tous stockés dans les dépôts de Severomorsk, vient d'être rajoutée au contenu des dernières négociations. Les missiles de croisière américains, quant à eux, sont toujours à bord de leurs sous-marins. Des sous-marins qui peuvent s'infiltrer jusqu'à proximité de la côte nord et lancer des dizaines de missiles, volant au ras des arbres, qui ne demandent qu'à exploser sur leur cible... Avez-vous entendu parler des derniers essais des Javelots ? demanda Novskoy.

Dretzski acquiesça de la tête.

— Oui, un Los Angeles a lancé un missile de croisière depuis l'océan Atlantique, à environ 300 kilomètres à l'est de Jacksonville, en Floride. Le missile n'a pas été détecté, ni par les radars civils ni par les radars militaires. Il a survolé la péninsule de Floride, l'Alabama, le Mississippi, la Louisiane et le Texas. Il a atteint sa cible, un village spécialement construit pour de tels essais à la Lone Star Naval Weapons Station à 100 kilomètres à l'intérieur de l'Etat du Texas. Son but était un bâtiment de trois étages situé derrière un immeuble de bureaux de cinq étages au milieu d'un centre ville composé d'une quarantaine de pâtés de maisons. Le missile a non seulement frappé le bon immeuble, mais encore la bonne fenêtre, au bon étage...

Pendant qu'ils parlaient, les deux hommes regardaient le bassin qui continuait à se remplir pour la mise à flot du *Kaliningrad.*

— Nos dirigeants font la paix, dit Dretzski pesamment, le peuple ne semble pas se poser de questions.

— Aux Etats-Unis, les présidents vont et viennent, dit rapidement Novskoy. Il n'y a pas si longtemps, ils avaient élu un vieil acteur fatigué qui plaisantait au sujet d'une attaque nucléaire visant nos populations. Le suivant aimait ses guerres... Ils continuent à investir des milliards dans la guerre des étoiles. Ils sont en train de construire de nouveaux sous-marins, les type Seawolf. Ils ont déjà des bombardiers et des chasseurs furtifs. Des réseaux de défense à base de radars à balayage électronique. Et n'oubliez pas... L'Amérique est le pays qui a lancé deux bombes atomiques sur des populations civiles, il y a tout juste cinquante ans. Pourquoi est-ce toujours à nous de faire preuve de bonne volonté ?

— Amiral, je crois bien que nous sommes tout à fait d'accord, répondit Dretzski, et c'est bien pourquoi nous nous trouvons tous deux ici en ce moment. Avez-vous une idée ou un plan d'action susceptible de faire évoluer la situation ?

Novskoy hocha la tête, apparemment pour lui seul, et son regard sembla se perdre dans l'infini du chenal.

— Oui, j'en ai une. Elle pourrait sembler extrême à certains, mais je suis absolument convaincu qu'elle est nécessaire à notre survie. Nous devons nous débarrasser de la menace déstabilisante que représentent leurs terribles missiles de croisière.

Dretzski apparut soudain mal à l'aise, même si c'était lui qui avait informé Novskoy de ce déséquilibre qui semblait n'intéresser personne ni au Kremlin, ni dans la République de Russie. Lui-même venait juste de se voir refuser le passage au grade supérieur, étant considéré comme un dinosaure, un rescapé de la guerre froide.

— J'ai cent vingt sous-marins nucléaires parés à appareiller. Chacun de ces sous-marins emporte un missile de croisière SSN-X-27 à charge nucléaire, que j'ai réussi à me procurer au dépôt de munitions. Ils rallieront une position d'attente au large de la côte Est des Etats-Unis et prendront pour cible tous les ports qui abritent des sous-marins capables d'emporter des Javelots. Quand nous informerons nos deux gouvernements, il sera trop tard, plus aucun missile ne subsistera. La menace aura simplement disparu.

— Tout cela me paraît bien risqué...

— Bien sûr que non. En lançant nos missiles, nous restaurerons l'ancien équilibre des forces. La naïveté de nos gouvernants est consternante. Croire que les Etats-Unis sont devenus pacifistes, que leur complexe militaro-industriel est démantelé et qu'ils n'ont pas gardé secrètement une arme ou deux, au cas où, relève de la plus haute fantaisie. Que disait un de leurs philosophes, déjà ? Ceux qui ignorent l'histoire sont condamnés à la répéter. Mon ami, il est dans leur intérêt de nous voir complètement désarmés pendant qu'eux-mêmes, comme vous venez de le dire, conservent les moyens de nous annihiler.

Novskoy étudia le visage de Dretzski pour voir l'effct produit par son discours. Plus d'une fois, il s'était demandé si son plan fonctionnerait sans avoir à lancer aucun missile. Il avait tenté de se convaincre qu'après tout, c'était bien possible. Dans le cas contraire, il devrait improviser, selon la tournure que prendraient les événements. Ses idées l'avaient déjà amené à détruire un sous-marin américain. Il s'en souvenait parfaitement. Jamais il n'avait oublié cet incident, il y a plus de vingt ans, sous la calotte glaciaire, alors qu'il commandait le *Leningrad.* Si c'était nécessaire...

Dretzski sentit qu'il devait au moins se faire l'avocat du diable.

— Amiral, souvenez-vous du plan d'urgence n° 12, celui que nous a communiqué l'espion Walker. Si le commandant d'un sous-marin américain remonte à l'immersion périscopique et est convaincu que son pays est victime d'une attaque surprise — en cours ou éventuelle —, il est autorisé à faire usage de ses armes. Que faites-vous de leurs quarante sous-marins à la mer ?

— Nous surveillons leur position avec nos chalutiers et nos satellites.

L'eau du bassin atteignait maintenant les trois quarts de la hauteur du bordé du *Kaliningrad,* et un haut-parleur aboya à travers le bassin :

— *Décollage de la ligne de tirs. Le bâtiment est à flot.*

Novskoy s'agrippa solidement à la rambarde et sourit.

— Colonel, je commence à me faire du souci pour vous. Permettez-moi de vous rappeler que les armes nucléaires sont sous votre responsabilité. Si jamais on venait à apprendre que j'ai pu subtiliser ces armes sans que vous le sachiez, je pense que cela ne vous serait pas favorable, c'est le moins que l'on puisse dire. Si vous commettiez une imprudence, comme par exemple aller raconter à quelqu'un ce que je viens de vous dire, je vous le promets, vous le regretteriez.

Dretzski savait que l'amiral avait raison. Il était tout bonnement embarqué dans cette galère, qu'il le veuille ou non.

— Mais si quelqu'un entend parler de l'appareillage de vos cent vingt sous-marins ?

— Colonel, vous connaissez la réponse. Il s'agit d'un simple exercice.

— Mais vous ne pensez pas que l'état-major risque de se douter de quelque chose, si vous ne rentrez pas d'ici une semaine ? Et c'est au moins le temps qu'il faudra, n'est-ce pas, pour que vos sous-marins soient en position de lancement...

— En effet, colonel, ils pourraient avoir des soupçons. Et c'est là le rôle que je vous ai réservé. Vous n'êtes sans doute pas l'homme le plus influent auprès du gouvernement, mais vous n'aurez probablement aucun mal à les convaincre que tout est normal, simple routine, en quelque sorte. Et de toute façon, une fois qu'ils auront compris ce que je suis en train de faire, s'ils y parviennent, il sera trop tard. Nous serons en position pour menacer de destruction les ports américains. Ils ne pourront plus rien faire, ni à Moscou, ni n'importe où ailleurs.

— Et en supposant, amiral, que Moscou prévienne Washington de votre déploiement ? Que les Américains apprennent son but réel ? Tous les sous-marins américains seront là, dehors, à vous attendre.

— C'est encore à vous de jouer, colonel. Votre taupe dans l'armée américaine, l'Hameçon, alias le général Hermann Tyler il me semble, insistera sur le fait qu'il s'agit d'un exercice et laissera entendre que ce n'est pas le moment de manifester de la méfiance vis-à-vis des Russes, qui se sont montrés si coopératifs au cours des récentes négociations sur la réduction des armements...

— L'Hameçon ? Mais, amiral, ça risque de lui coûter sa couverture. Le KGB l'a placé dans l'US Air Force voici plus de trente-cinq ans. Il semble être un officier brillant mais un agent bien médiocre... Entêté et critique. Au quartier général du commandement des forces stratégiques, il n'a jamais fourni la liste des cibles que nous lui avions demandée avec insistance. Devant son inefficacité, nous avions même envisagé de le rapatrier, mais nous avons finalement décidé de le laisser en place, au cas où. C'était une erreur, à mon sens. Il est passé général, et, de manière complètement incompréhensible, a été nommé chef d'état-major de l'armée de l'air et, un an plus tard, chef d'état-major des armées. Une victoire écrasante et inattendue des services de renseignement, me direz-vous. Hélas non ! Si les Américains avaient le moindre indice de l'infiltration d'un agent russe à un échelon aussi élevé de leur hiérarchie, ils feraient le ménage chez eux comme jamais auparavant. En fait, nous avons laissé l'Hameçon plus ou moins tranquille depuis qu'il a été nommé général.

— Cependant, colonel, étant donné sa position élevée, il pourrait facilement convaincre ses dirigeants que ce déploiement n'est qu'un exercice. Souvenez-vous, les Américains eux-mêmes ont organisé un déploiement du même type en 1984. Et nous avons d'abord cru à une frappe stratégique préventive : ils réagiront probablement de la même façon.

Dretzski n'appréciait pas, mais réalisait aussi qu'il n'avait pas beaucoup d'arguments à sa disposition, à part peut-être demander à l'amiral comment il envisageait de donner des ordres à sa flotte une fois que celle-ci serait déployée. La réponse, il s'en doutait, était que le *molniya,* le mot-code de déclenchement de l'attaque, serait envoyé par l'amiral lui-même depuis le *Kaliningrad.*

En dessous d'eux, l'eau à l'intérieur de la forme avait atteint le même niveau que dans le chenal. Un bâtiment auxiliaire tirait la lourde porte du bassin à l'extérieur, du côté mer. Bientôt, on pourrait remorquer l'énorme sous-marin hors de sa cale de construction, vers un poste à quai.

— Voici comment nous éviterons d'être détectés, reprit l'amiral. J'appareillerai avec ce sous-marin vers le nord, en direction de la calotte polaire, pendant que ma flotte fera route vers l'Atlantique. Là-bas, je serai invisible, cachant un bâtiment silencieux au milieu des bruits de la glace qui craque et qui se déplace. Personne ne viendra m'ennuyer et je serai pratiquement invulnérable. Mon bâtiment de commandement, le *Kaliningrad,* est une véritable forteresse. Le moment venu, je ferai surface à travers la glace et transmettrai mes messages vers

Washington et Moscou. Et, si cela devient nécessaire, j'enverrai le *molniya.*

Les remorqueurs commençaient à tirer le *Kaliningrad* hors de son bassin.

Novskoy tendit la main à Dretzski, qui l'ignora.

— Je n'aime pas cela, amiral. C'est terriblement risqué.

Novskoy laissa retomber sa main. L'air grave, il approuva.

— Bien sûr, vous avez raison, Ivan Ivanovitch. Mais on ne nous a pas laissé le choix. Venez, je vous raccompagne à votre voiture.

Alors que Dretzski suivait Novskoy vers le poste de garde, il jeta un dernier coup d'œil au gigantesque sous-marin que l'on remorquait vers le chenal en eaux profondes. A cet instant, il se prit à détester ce bâtiment, ainsi que l'homme qui en prendrait bientôt le commandement. Et en ce qui le concernait, lui, le colonel Ivan Ivanovitch Dretzski ? Que pensait-il de lui-même...

3

Lundi 13 décembre,
15 h 45, heure de la côte Est des Etats-Unis

Chenal de Tbimble Shoals, baie de Chesapeake

Pacino était assis dans sa chambre située à l'arrière bâbord du PCNO du *Devilfish,* au pont supérieur de la tranche D. Sur son bureau pliant, une montagne de papiers lui faisait face : traiter l'énorme quantité de paperasse imposée par la bureaucratie de la marine était le prix à payer pour gagner le gros lot, le commandement du *Devilfish.*

Il avait passé la plus grande partie de la nuit à poursuivre l'*Allentown,* et maintenant, la vue de cette marée blanche conjuguée à l'effet du roulis lui donnait envie de dormir. Il avait demandé du café et venait d'en boire la première gorgée lorsque l'interphone qui le reliait à la passerelle se mit à siffler.

— *Commandant, de passerelle...*

Pacino appuya sur un bouton et parla dans l'interphone situé entre son bureau et une table placée contre la cloison opposée.

— J'écoute.

— *Commandant, ici l'officier de quart. Les radios sont en train de recevoir un message urgent de COMSUBLANT. Il porte la mention « RÉSERVÉ COMMANDANT ».*

— Autre chose ?

— *Oui, commandant. La piste* Sierra 14, *pétrolier sortant du port, a franchi son CPA et s'éloigne à plus de 10 000 mètres. La piste* Sierra 15, *commerce sortant de Norfolk par le disposif de séparation de trafic, distance 10 nautiques, défile très lentement droite.*

— Bien reçu. Gardez-le à l'œil, il ne nous voit peut-être pas. Où se trouve l'*Allentown* ? Pacino avait donné des consignes pour qu'ils restent devant lui et qu'ils rentrent à vitesse maximale vers Norfolk. La meilleure place à quai était réservée pour le vainqueur, qui rentrait le premier au port. Le perdant devait patienter, parfois longtemps, jusqu'à ce que l'équipe de quai ait fini d'amarrer le vainqueur.

— *L'*Allentown *est derrière, commandant, je l'ai à la vue. Azimut 0-9-5. Distance radar 12 000 mètres.*

Pacino sourit.

— Encore une chose, dit-il, avez-vous hissé le Jolly Roger là-haut ?

— *Oui, commandant. Il flotte haut et clair.*

— Bien reçu.

Pacino coupa la communication, s'adossa à sa chaise et bâilla.

Avec ses 3 mètres carrés, la chambre du commandant était de loin l'espace privé le plus grand à bord. Le bureau de Pacino était situé à côté de la porte d'entrée, derrière laquelle se trouvait un lavabo escamotable en acier inoxydable. Contre la cloison opposée à la porte, une table et deux chaises se repliaient pour former une bannette. Sur la cloison arrière, des répétiteurs affichaient la route du sous-marin, sa vitesse et son immersion, et un écran de télévision pouvait recevoir l'image provenant d'un périscope ou d'un magnétoscope. Une porte donnait sur le minuscule W.-C. aux cloisons en acier inox, que Pacino partageait avec son second.

La seule décoration de la chambre, sur les murs de formica imitation bois, était un grand pavillon dans un sous-verre encadré d'une baguette d'acajou

— le pavillon à tête de mort, l'emblème des pirates, le Jolly Roger.

Chaque fois que le *Devilfish* partait en mer ou rentrait de mission, un autre Jolly Roger claquait dans la brise, à côté du pavillon américain. Cette violation flagrante des règlements de la marine faisait la joie et la fierté de l'équipage. Chaque mois, l'état-major de la 7e escadrille adressait à Pacino un rappel concernant l'interdiction d'arborer ce pavillon et, invariablement, il l'épinglait sur le tableau d'affichage à la cafétéria équipage. Le commandant de la 7e escadrille devait savoir que ce pavillon représentait quelque chose de spécial pour Pacino, et il tolérait plus ou moins cette fantaisie.

Pacino se souvenait avec émotion d'une semaine passée à pêcher dans le Wyoming, vers l'âge de quinze ans. Il dormait avec son père et le capitaine de frégate Donchez dans une cabane. Alors qu'ils racontaient leurs souvenirs de campagne autour d'un grand feu de bois, Pacino père avait fait remarquer à Donchez à quel point il serait excitant de rentrer à Norfolk avec le Jolly Roger claquant sur sa drisse.

Longtemps plus tard, lors d'une de ces rares journées de liberté laissées aux fistots, Pacino avait trouvé ce pavillon dans une brocante poussiéreuse et l'avait acheté pour l'offrir en cadeau de Noël à son père, à son retour de patrouille, en 1973.

Des années après le naufrage, Pacino n'avait toujours pas été capable de déballer le pavillon de son papier cadeau. Lorsqu'il s'y décida enfin, il lui sembla que cette tête de mort comblait un peu le vide que la disparition de son père avait laissé en lui.

Le pavillon résumait assez bien ce que son père avait été — un sous-marinier courageux, un meneur d'hommes, un battant. Parfois, Pacino s'épuisait à force de le fixer. Le plus souvent, il y trouvait une source de courage. Il espérait qu'un jour, il pourrait faire quelque chose pour venger son père...

On frappa à la porte. Pacino ouvrit et le radio de

quart lui tendit un message sur une planchette métallique.

132045ZDÉC
Immédiat — Immédiat — Immédiat
De : COMSUBLANT Norfolk Va
Pour : USS Devilfish *SSN-666*
Objet : Transfert sur rade
Copie : COMSUBRON 7 Norfolk Va
Réf : (A) COMSUBLANT SUBEX 13 décembre

Confidentiel défense
Réservé Commandant — Réservé Commandant
Texte
1. Rendez-vous à 16h 30 au point 12 de l'ordre d'opération cité en ref (A) pour transfert sur rade.
2. Le capitaine de frégate Pacino prendra l'embarcation pour entrevue urgente avec COMSUBLANT.
3. Signé : Amiral R. Donchez
BT

Pacino secoua la tête à la lecture du message. Quel événement si urgent pouvait motiver son débarquement deux heures avant son retour à quai ? Même si les autorités étaient mécontentes de sa remontée d'urgence au point de le relever de son commandement, elles le laisseraient probablement ramener son sous-marin jusqu'au port. Elles ne le feraient relever de son commandement par le chef d'escadrille qu'une fois à quai. Tout cela n'avait aucun sens.

— Second, appela Pacino à travers la cloison.

Rapier frappa à la porte et entra, en traversant les W.-C. communs.

— Fais préparer l'équipe de pont pour un transfert sur rade. Nous avons rendez-vous avec la vedette à l'entrée du chenal.

— Qui devons-nous embarquer ? Ou débarquer ?

— Je débarque. Pendant mon absence, tu assumeras le commandement du *Devilfish*. Et tu as intérêt à en prendre soin !

Rapier fronça les sourcils.

— Que se passe-t-il, commandant ? C'est à propos de ton retour en surface d'urgence ? Tu penses que ça les a énervés ?

— On ne devrait pas tarder à le savoir, répondit Pacino.

L'équipe de pont du *Devilfish* attrapa les amarres de la vedette de 12 mètres qui se présentait pour accoster. Le sous-marin et la vedette naviguaient de conserve à 5 nœuds, vitesse juste suffisante pour conserver un peu de manœuvrabilité. La vedette raidit ses amarres, venant en contact avec le galbe des superstructures d'acier du *Devilfish*. Pacino, vêtu d'une épaisse parka de toile verte et d'une brassière de sauvetage orange vif, s'approcha de la partie du pont dangereusement en pente et s'agrippa au bras tendu d'un des matelots de l'embarcation. Quand on l'eut hissé à bord, la vedette se largua et s'éloigna doucement du sous-marin. Pacino entendit à peine, dans le haut-parleur de la passerelle, l'annonce traditionnelle faite sur le circuit de diffusion générale :

— *Le commandant quitte le bord.*

Le moteur diesel accéléra et le sillage de la vedette se transforma en un brouillard blanc. Pacino se tenait à une rambarde et regardait le *Devilfish*, toujours pratiquement stoppé.

Le sous-marin était gracieux et puissant. Sa coque noire et cylindrique était si basse qu'elle restait pratiquement submergée, même quand le bâtiment naviguait en surface. La vague d'étrave monta doucement jusqu'au niveau du panneau d'accès avant alors que le *Devilfish* prenait un peu de vitesse et passait à proximité de la vedette. Le massif était implanté loin sur l'avant, pratiquement à l'endroit où la coque s'arrondissait pour plonger dans la mer.

Le massif ressemblait à une belle nageoire haute

de 7,50 mètres, dont la section horizontale avait la forme d'une larme. Les bords d'attaque et de fuite en étaient verticaux et le sommet incurvé. Deux officiers vêtus de parkas vertes et portant des jumelles se tenaient debout à la passerelle, tout en haut de la partie avant du massif. Derrière eux, au sommet d'un mât d'acier de 3 mètres, flottaient le Star and Stripes[1] américain, et le Jolly Roger. A mi-hauteur du massif, deux surfaces horizontales faisaient saillie, les barres de plongée avant, dont la forme rappelait celle des gouvernes de profondeur d'un avion de ligne. Dépassant très haut au-dessus du massif, tels deux poteaux téléphoniques, se trouvaient les périscopes, dont le plus en avant était un engin rustique, comparable à ce qui existait lors de la Seconde Guerre mondiale. Le second, un peu plus en arrière, était un mât de haute technologie, pratiquement indétectable au radar, qui intégrait les fonctions de périscope, de caméra de télévision et de contre-mesure électronique. En arrière des périscopes se dressait un autre poteau, plus haut, plus fin, l'antenne radio multifonction.

La coque s'allongeait loin derrière le massif, lisse et cylindrique, jusqu'au point où elle s'enfonçait lentement dans la mer. La pente de la plage arrière était plus douce que celle de la plage avant. Quelques mètres plus en arrière, le safran supérieur de la barre de direction faisait saillie hors de l'eau, profilé comme l'empennage d'un avion. Quelques marques de peinture blanche y indiquaient le tirant d'eau du sous-marin.

Le *Devilfish* déplaçait 4 500 tonnes, mesurait 88 mètres de long et 9,60 mètres de diamètre. Son hélice était complètement immergée et invisible dans l'eau du chenal. Pacino se souvenait de la première fois qu'il avait vu son sous-marin au bassin. Il semblait énorme, sans la mer pour se cacher. Les formes de la partie arrière étaient complexes, com-

1. Pavillon national américain *(N.d.T.)*.

portant un autre safran de barre de direction sous la coque, les barres de plongée arrière horizontales et l'hélice, tout à l'extrémité. Les dix pales de l'hélice — très déversée — s'enroulaient en spirale, chacune ressemblant à un cimeterre, le moyeu de l'hélice s'allongeant bien au-delà de la racine des pales.

Pacino pouvait passer des heures à observer le *Devilfish*. A bord de la vedette, il imaginait la brise salée lui frappant le visage, sur sa passerelle, le claquement des pavillons derrière lui, le ronronnement du mât radar en rotation derrière les pavillons... Il sentait ses mains se serrer sur les rambardes, espérant qu'il ne serait pas relevé de son commandement. Ce n'était pas sa carrière qui l'inquiétait, mais plutôt l'idée de ne plus jamais commander un sous-marin, de ne plus jamais sentir le bâtiment vibrer sous lui quand il fendait la mer à vitesse maximale.

Tandis qu'il la contemplait, la silhouette du *Devilfish* diminuait dans le lointain, jusqu'à ce qu'il ne puisse plus distinguer que le massif et les barres de plongée avant, formant une croix noire qui se détachait sur l'arrière-plan plus clair de la côte.

Lorsque la vedette accosta, ce fut un peu comme s'il s'éveillait d'un rêve. Pacino jeta un dernier regard au loin et descendit sur le quai. Un lieutenant de vaisseau, les cheveux retenus en un chignon serré sous son tricorne d'officier féminin, se mit au garde-à-vous et salua. Pacino rendit le salut et la suivit dans une voiture officielle noire. Il ne posa pas de question. Il saurait bien assez tôt ce qui se tramait.

4

Lundi 13 décembre
19 h 20, heure de la côte Est

Norfolk, Virginie
Etat-major de COMSUBLANT

La voiture de service passa la porte d'accès de l'enceinte de COMSUBLANT et se gara à l'entrée du bâtiment principal. Plus loin, la nouvelle aile, aux murs de verre, atténuait la mauvaise impression laissée par l'ancienne bâtisse.

Pacino descendit de voiture et fut saisi par la fraîcheur de cette soirée de décembre. Le ciel était sombre et les étoiles, masquées par la clarté des lampadaires, étaient invisibles. Accompagné du lieutenant de vaisseau, il franchit le poste de garde en montrant son badge d'accès. Tandis qu'il attendait, Pacino examina une rangée de peintures à l'huile accrochées au mur du fond. Elles représentaient différents types de sous-marins naviguant en surface, dont certains dataient de la Seconde Guerre mondiale. Il s'attarda un moment sur le tableau figurant un Piranha. A sa gauche, se trouvait le type le plus récent, le Los Angeles, un sous-marin que les équipages considéraient comme un gigantesque pas en arrière par rapport à la génération adulée des Piranha. Les Los Angeles, trop coûteux, avaient souffert des coupes budgétaires des années 70 et du début des années 80.

Empruntant un couloir aux murs de parpaings, le lieutenant de vaisseau conduisit Pacino sous une coupole d'acier et de verre qui s'incurvait jusqu'au sommet de la nouvelle aile. Ils prirent un ascenseur jusqu'au dernier étage et Pacino entra dans le salon d'attente, devant le bureau de COMSUBLANT. L'aide de camp l'introduisit immédiatement, et s'éclipsa rapidement, laissant Pacino en tête à tête avec l'amiral.

Pacino s'avança vers le bureau en chêne massif, fabriqué avec des pièces de bois récupérées sur une frégate qui avait combattu en 1812. Il retira sa casquette et se mit au garde-à-vous.

— Capitaine de frégate Pacino, commandant le *Devilfish,* à vos ordres, amiral.

L'homme chauve assis au bureau leva les yeux. Un léger sourire éclaira son visage étroit, la bouche soulignée par une moustache grisonnante. Il se leva. Il paraissait mince dans son uniforme qui portait de nombreuses décorations de couleurs vives et de larges galons dorés. Il serra fermement la main de Pacino.

Il fit le tour de son bureau et posa un bras sur l'épaule de Pacino, tout en le reconduisant vers la porte :

— Mikey ! Je t'aurais bien offert un verre, mais il faut que nous descendions tout de suite à la salle de briefing.

— Bonjour, amiral, répondit Pacino... Oncle Dick.

Donchez jeta un coup d'œil sur Pacino, ouvrit la porte et se dirigea vers l'ascenseur.

— Mikey, tu as l'air en pleine forme. Comment ça va, à l'escadrille ?

— Pas mal, amiral, répondit Pacino, un peu mal à l'aise.

Donchez était resté en contact avec lui durant toutes ces années, mais Pacino avait gardé une certaine distance. En partie pour éviter de donner l'impression qu'il avait des accointances avec les amiraux, mais également parce que la présence de Donchez réveillait en lui le souvenir des jours heureux, ainsi que l'épouvantable moment où il lui avait annoncé la disparition en mer d'Anthony « Patch » Pacino, à bord du *Stingray.*

A mesure qu'il progressait dans la hiérarchie militaire, Donchez s'était montré plus distant. Maintenant qu'il avait été promu vice-amiral et commandait les sous-marins de l'Atlantique, les deux hommes ne se voyaient presque jamais.

— J'ai entendu parler de tes prouesses, aujourd'hui, dit Donchez dans l'ascenseur, en sortant un de ses cigares. Tu as fait preuve d'un sacré courage en cherchant à éviter cette torpille. On n'en fait plus beaucoup des comme toi. Beau travail. Ça m'a bien plu de voir un Piranha écraser un Los Angeles de cette façon.

— Merci, amiral, répondit Pacino, soulagé.

— Comment vont Hillary et ton fils ?

Probablement malheureux comme les pierres, pensa Pacino, à attendre sur le quai qu'il débarque enfin de son sous-marin.

— Ils vont bien tous les deux, amiral. Tony veut devenir pilote de Formule 1 et passe son temps à courir autour de la maison en faisant « Vroum ! Vroum ! ». Il rend sa mère folle. Je crois qu'elle aurait souhaité une fille...

Donchez répliqua :

— Peut-être sera-t-il sous-marinier, plus tard.

Les portes de l'ascenseur s'ouvrirent au sous-sol. Donchez montra le chemin vers un autre poste de contrôle, gardé par une sentinelle. Ils passèrent une porte et accédèrent à un second hall au fond duquel se trouvait une porte anti-souffle. Il pianota sur un large clavier et la lourde porte d'acier s'ouvrit lentement, dans le ronflement d'un puissant moteur.

Dans l'entrée suivante s'ouvraient quatre portes. Au-dessus de l'une d'elles, on pouvait lire « salle de situation ». Ils pénétrèrent dans la pièce baptisée

« salle de conférence n° 1 — TOP SECRET ». Au centre se dressait une large table en bois, suffisamment grande pour une douzaine de personnes. Des sièges supplémentaires étaient rangés le long du mur. Pacino s'assit à la table de conférence, se souvenant que c'était dans cette même salle qu'il avait reçu ses instructions avant le déploiement du *Devilfish* en Méditerranée, quelques mois plus tôt. L'amiral Donchez s'assit en face de lui et se décida enfin à parler.

— Tu aimerais bien savoir ce que tu fais ici, dit-il, en se débarrassant de sa veste d'uniforme. Sur sa chemisette blanche, il portait des épaulettes ornées de trois étoiles et d'une ancre. Pacino réalisa qu'il n'avait toujours pas ôté sa tenue kaki, imprégnée de l'odeur grasse caractéristique des sous-marins.

— Nous avons un problème sérieux, Mikey. Nous avons besoin du meilleur des sous-marins Piranha pour une opération urgente. Vers le nord, sous la banquise.

Pacino se sentait partagé entre l'excitation provoquée par la perspective d'une mission intéressante et une certaine déception due au moment où elle se présentait. Cela faisait six mois que le *Devilfish* était en mer et une période de permissions était programmée pour l'équipage, aux alentours de Noël. Il jeta un coup d'œil furtif à sa montre, elle indiquait la date du 13. Brusquement, il réalisa que le 13 décembre était la date anniversaire de la mort de son père à bord du *Stingray.* Dans la bousculade de la bagarre avec l'*Allentown,* puis l'élan de la victoire, il n'y avait pas songé. Maintenant qu'il y pensait, le chagrin, ce vieux compagnon de route, le reprenait. Ainsi qu'un certain sentiment de culpabilité.

— Amiral, le *Devilfish* a passé 230 jours en plongée cette année. Mes hommes ont à peine eu le temps de voir leurs familles. Plus de 120 jours sans faire surface, amiral...

— Désolé, Mikey. Ton équipage et toi êtes ceux qu'il nous faut.

Sa voix se fit plus froide.

Donchez réduisit l'éclairage de la pièce, tira un clavier d'ordinateur d'une étagère murale et le posa sur la table. Il lança une vidéo-projection sur le mur le plus éloigné. L'insigne de COMSUBLANT se fondit en une carte du pôle Nord.

— Voici une carte de l'océan Glacial Arctique, commenta Donchez. Tu y es déjà allé plusieurs fois. La limite de la banquise est représentée en vert.

La carte s'agrandit lentement, montrant les détails de la côte nord de la Russie. Le nom d'une ville appelée Severomorsk était encadré en rouge.

— Comme tu le sais, la base de Severomorsk est un chantier majeur de construction navale, elle abrite un dépôt de munitions et le quartier général de la Flotte du Nord russe. Cette flotte intègre entre autres une partie des forces sous-marines, la composante la plus importante et la plus performante de la marine russe.

Sur l'écran apparut une vue de la base de Severomorsk. Pacino, en raison des curieuses lignes inclinées qui la zébraient, comprit que cette photographie avait été prise par satellite. Par temps clair, depuis son orbite, un satellite pouvait prendre des clichés aussi nets que celui-ci. On se serait cru sur place.

Pacino reconnut aussitôt une immense forme de construction, pleine d'échafaudages et d'équipements divers, et remarqua les petits points formés par les ouvriers. Il appréciait le gigantisme du chantier. Les nombreux camions garés le long de la barrière de sécurité suffisaient à donner l'échelle du lieu. Des grues sur rail entouraient le bassin et y descendaient des équipements.

— La guerre froide est terminée, mais la construction de sous-marins continue de plus belle. Ces dernières années, nous avons ainsi suivi la construction d'un sous-marin d'un type nouveau. Le premier de série est pratiquement prêt à être mis à l'eau. C'est le plus récent, le plus moderne des sous-marins d'attaque dans le monde, du moins dans l'état actuel de nos connaissances.

— On le devine à peine, dit Pacino, pensant que sa prochaine mission consisterait probablement à pister le nouveau sous-marin russe sous la calotte glaciaire.

Donchez commanda le passage de la vue suivante et Pacino sursauta. Le cliché était pris selon la même perspective, mais le fouillis d'équipements et d'échafaudages avait été retiré. On distinguait clairement le mastodonte au fond du bassin. Sa silhouette était élégante. Il devait être très rapide. Son massif avait la forme d'une goutte d'eau et se fondait en pentes douces vers les superstructures. Plus loin, sur l'arrière, la coque s'amincissait en direction de l'hélice. Pacino contemplait ce bâtiment avec une réelle envie, se demandant quelles sensations il pouvait bien procurer à son commandant.

— Voici un sous-marin d'attaque russe de type Oméga.

L'image suivante présentait un schéma du sous-marin. Le bâtiment était élancé. Les superstructures avant et arrière s'étiraient en ellipses presque parfaites. A l'intérieur était représentée une seconde forme oblongue, soulignée d'un trait plus épais.

— Une double coque, dit Pacino.

Il se leva et se dirigea vers l'écran, pour regarder l'image de plus près. Les Piranha et les Los Angeles n'en possédaient qu'une. Une simple brèche dans la coque épaisse d'un sous-marin américain perforait la mince protection de l'équipage, noyant le bâtiment et les hommes. Une déchirure dans la coque extérieure de ce sous-marin russe ne provoquerait pas de réels dommages. Le seul inconvénient de la double coque tenait à l'augmentation de poids et de prix : le supplément de métal et l'accroissement du volume d'eau transporté ralentissait le sous-marin, et, bien sûr, la seconde coque n'était pas gratuite.

— La coque épaisse des Oméga est en titane, expliqua Donchez. C'est le matériau le plus résistant au monde pour une coque de sous-marin. L'enveloppe extérieure est en acier. L'espace mort entre les deux coques mesure environ 4,50 mètres au-dessus et en dessous du bâtiment, environ 7,50 mètres sur les côtés. Pour pénétrer à l'intérieur, une torpille devrait d'abord traverser une épaisseur de 7,50 mètres d'eau. L'Oméga mesure 197 mètres de long, continua Donchez, 25 mètres au maître-couple, il est plus long et plus gros que nos Trident. Un sous-marin de type Trident — que j'estime déjà être une sacrée baleine — déplace 18 000 tonnes. Ce bateau en déplace environ 60 000 !

— Dans ce cas, il doit être lent, intervint Pacino.

— Beaucoup plus rapide qu'un Piranha, répondit Donchez.

— Comment ? s'étonna Pacino.

— Il possède deux réacteurs, le fluide primaire est du sodium liquide. Nous pensons qu'ils fournissent à eux deux une puissance de l'ordre de 3 000 mégawatts. C'est plutôt énorme quand tu penses que la centrale de Three Mile Island ne produit qu'environ 1 300 mégawatts. Ce qui doit donner une puissance d'environ 600 000 chevaux sur l'hélice.

Pacino réfléchit un instant.

— 600 000 chevaux ! Seigneur ! Aucune hélice au monde ne permet de propulser un bâtiment avec unc telle puissance sur l'arbre. Elle caviterait tout de suite au milieu d'une énorme bulle de vapcur.

Il pensait aux conférences qu'il avait subies à l'Ecole Navale... La pale d'une hélice qui tourne dans l'eau crée une dépression sur l'une de ses faces et une surpression sur l'autre. La surpression propulse le bâtiment et la dépression le tire en avant. Mais si la dépression devient trop forte, l'eau de mer se met à bouillir et forme des bulles de vapeur qui claquent violemment en s'effondrant sur elles-mêmes lorsque la pression redevient normale. Ce phénomène bruyant est baptisé cavitation.

— Pas de cavitation, rétorqua Donchez. C'est justement pour éviter ça que le type Oméga n'a pas d'hélice, à proprement parler. Il est équipé d'une pompe-hélice et doit filer 45 nœuds sans problème, peut-être 50.

Pacino consulta le plan. Sous la tuyère, à l'arrière des safrans des barres, on pouvait distinguer plusieurs rangées de pièces ressemblant à des aubes de turbines. Ce sous-marin était doté d'une sorte de propulsion à réaction. Il serait à la fois silencieux, efficace et rapide.

— S'il peut atteindre une vitesse de 50 nœuds, dit Pacino, il peut distancer une torpille Mark 49 Hullbuster. Cela n'a sans doute d'ailleurs aucune importance. Je ne pense pas qu'une Hullbuster puisse lui causer un quelconque dommage, avec un tel sandwich acier-eau-titane.

Il secoua la tête.

— Et même si ce bébé est rapide, il lui faudra bien une heure pour atteindre sa vitesse maximale.

— Regarde bien la tranche avant, reprit Donchez.

Pacino aperçut les tubes lance-torpilles et remarqua un petit équipement en forme de sphère, installé tout à l'avant, à l'intérieur du dôme sonar.

— Non, dit Pacino, pas un système d'injection de polymères...

— Eh bien ! si, des polymères. Suffisamment pour au moins dix minutes de fonctionnement. L'Oméga peut donc injecter des polymères dans la couche limite depuis l'avant du dôme sonar. La coque extérieure deviendra alors glissante comme du savon et le sous-marin filera simplement dans l'eau, comme un fantôme. Il accélérera suffisamment rapidement pour laisser sa peinture derrière lui...

— Le système ne fonctionnera pas à la température de l'océan Arctique.

— Hélas si, Mikey. D'après ce que nous savons, la limite basse de température se situe à – 4°C.

— Pourquoi ne demandons-nous pas au Congrès de nous en acheter quelques-uns ?

— Ce n'est pas drôle, petit, répondit Donchez,

jetant un coup d'œil à sa montre. Finissons-en. L'Oméga plonge jusqu'à 2 250 mètres et, étant donné la façon dont le titane flue avant de se déchirer, il peut sans doute descendre jusqu'à 3 000 mètres pendant quelques minutes. C'est-à-dire six fois plus profond que ce dont tu es capable, Mikey. Et tu ne te trompes pas en pensant que nos torpilles Hullbuster imploseraient sous l'effet de la pression qui règne à une telle profondeur. Il est armé de torpilles conventionnelles de 533, des nouvelles Magnum d'un mètre et des missiles de croisière antiterre à tête nucléaire SSN-X-27 — bien sûr s'ils trichent avec le traité et continuent à embarquer ces missiles de croisière.

« Tout essayer, même tricher », pensa Pacino.

— Les torpilles Magnum peuvent poursuivre leur but à 60 nœuds pendant 60 nautiques et emportent une charge nucléaire. Même si tu réussis à en esquiver une, elle retourne simplement à l'endroit où elle pense que tu te trouves et elle explose, juste au cas où. Elle n'a pas besoin de s'approcher pour détruire ta fragile petite coque avec une explosion nucléaire. Pendant ce temps, l'Oméga fuit à toute vitesse en utilisant son système d'injection de polymères et évite tout dégât. Pour finir, l'Oméga possède un revêtement anéchoïque plus épais que les sous-marins précédents. Ce revêtement fait subir aux ondes sonores ce que produit la surface d'un chasseur furtif aux ondes radar — il les absorbe sans les réfléchir. Non seulement cela le rend très silencieux, mais une torpille en actif n'aura probablement aucun écho sur lui.

— Cette saloperie a l'air invincible...

— Presque. Mikey, il faut que nous réussissions à enregistrer la signature acoustique de ce bateau. Et je veux que ce soit toi qui le fasses.

Un enregistrement, pensa Pacino. Une signature acoustique complète, obtenue en faisant naviguer un sous-marin d'attaque américain à quelques mètres d'un sous-marin russe et en utilisant un enregistreur sophistiqué pour recueillir les bruits large bande et les différentes fréquences dans chaque azimut et chaque site... Une sorte de carte des bruits rayonnés par l'Oméga.

Chaque type de sous-marin russe émet un bruit très spécifique. Les auxiliaires tournent à une vitesse différente, produisant une note particulière, comme la fréquence pure d'un diapason. Chaque type de bâtiment est caractérisé par un ensemble de raies que les sonars peuvent détecter et identifier à grande distance.

La seule façon d'obtenir un bon enregistrement était de naviguer tout près, à une distance inférieure au dixième de la longueur du bâtiment et de manœuvrer autour de la cible, sans qu'elle ne se rende compte de rien, décrivant des cercles autour du sous-marin à enregistrer.

Il existait toujours un risque de collision. Pacino et l'amiral le savaient parfaitement.

Pacino leva les yeux vers Donchez, qui le dévisageait

— Amiral, les Russes déposent leurs missiles de croisière à charge nucléaire aux pieds des Nations unies. On a dû oublier de prévenir le chantier que la guerre froide est terminée. Ou peut-être finissent-ils ce bâtiment pour sauver les emplois.

Il tâtait le terrain.

— Je crois ce que je vois, mon cher commandant.

Donchez se leva, le visage fermé.

— Remontons là-haut. J'ai quelque chose à te montrer.

Une fois dans le bureau de l'amiral, Pacino s'assit dans un fauteuil profond et confortable, et accepta le cigare que lui offrait Donchez. Le ciel était noir à l'extérieur des baies vitrées. La montre de Pacino indiquait pratiquement huit heures du soir. Son estomac protestait bruyamment.

Donchez était plongé dans un coffre-fort, manifestement à la recherche de quelque chose, qu'il finit par trouver. Pacino emprunta le briquet de Donchez, un vieux Zippo usé, marqué de l'insigne du Piranha, le SSN-637, le premier du type. Donchez l'avait commandé, des années auparavant. Pacino alluma son cigare et goûta la fumée douce sur sa langue.

Lorsque l'amiral se rassit, son visage était sombre. Il poussa vers Pacino un dossier dont la reliure portait la mention « SECRET » à l'encre rouge.

— Qu'est-ce que c'est ? demanda Pacino.

— Cela fait plus de vingt ans, Mikey, dit-il. Ce dossier n'est pas encore déclassifié. Voici le rapport sur la disparition du *Stingray.*

La voix de Donchez se faisait pesante.

— Amiral, pourquoi me montrez-vous ça ?

Pacino se revoyait vingt ans plus tôt, en ce jour de son année de fistot où Donchez était venu dans le bureau de l'officier de garde à Annapolis et lui avait annoncé la mort de son père.

— Les mots qui figurent là-dedans sont exactement ceux que j'ai prononcés ce jour-là. C'est moi qui ai écrit tout ça.

— Et alors, amiral ?

— C'est du flan, du flan d'un bout à l'autre.

Donchez hésita.

— Oue voulez-vous dire ? Ses vieux soupçons le reprenaient.

— Mikey, selon ce rapport, ton père serait fautif. Il n'aurait pas fait évoluer son bâtiment à temps pour inhiber la torpille qui s'était amorcée.

Donchez baissa les yeux vers son bureau et poursuivit doucement.

— Le capitaine de frégate Anthony Pacino était le meilleur de tous les sous-mariniers que j'ai jamais connus. A l'exception d'un seul.

Il releva les yeux vers Michael, qui garda le silence.

— Patch Pacino n'est pas mort dans l'océan Atlantique. Il n'a pas été tué par sa propre foutue torpille. Patch Pacino était un vrai héros, ce qui se fait rare, de nos jours. Le *Stingray* effectuait une mission ultra-secrète sous la banquise. Il avait ordre d'enregistrer la signature d'un Victor III.

Donchez alla ouvrir la double porte d'un meuble en bois, faisant apparaître un large écran de télévision. Il sortit une cassette vidéo du coffre-fort et la plaça dans le magnétoscope en dessous de l'écran.

La fraîcheur du bureau, que Pacino avait trouvée agréable quelques instants auparavant, le fit soudain frissonner. Il regardait l'image qui prenait forme sur l'écran et présentait un mini sous-marin, suspendu par plusieurs câbles. Un engin de recherche. Les câbles le descendaient dans la mer. Donchez commenta, d'une voix soudain enrouée.

— Voici le sous-marin utilisé par le Docteur Robert Powell de l'Institut océanographique de Woods Hole, près de Boston. C'est lui qui a exploré les épaves du *Titanic* et du *Bismark*. Il a également plongé sur le *Thresher,* notre sous-marin qui a coulé en 1963. Son submersible était conçu pour investiguer les épaves des sous-marins russes et récupérer des renseignements. Il est construit autour de trois sphères, qui constituent la coque épaisse. Il possède des bras manipulateurs pour recueillir des échantillons, et des hydroréacteurs qui lui permettent de se mouvoir. Il est équipé d'un petit robot télécommandé qui peut introduire une caméra vidéo dans un espace exigu. L'année dernière, nous avons décidé de tenter de retrouver l'épave du *Stingray,* sous la banquise. Au lieu d'utiliser un sonar à balayage latéral depuis un bâtiment hydrographique, nous avons dû forer des trous dans la glace, descendre un sonar et chercher. Pendant près d'un an, nous n'avons obtenu aucun résultat. Nous avons répété la manœuvre à des centaines d'endroits différents. Enfin, nous l'avons localisé. Nous avons aussitôt installé un camp sur la glace et descendu le mini sous-marin.

Sur l'écran, on voyait maintenant les images d'un

campement dans l'Arctique : des tentes et des igloos regroupés autour des installations de levage. On apercevait également le submersible qui descendait à travers un trou profond dans la glace.

— Nous avons trouvé les restes du *Stingray* par plus de 3 500 mètres de fond. Les premières images de ce document ont été filmées par la caméra télécommandée que l'on a envoyée à l'intérieur de l'épave. Cette vue est prise dans le compartiment avant.

L'intérieur du *Stingray* était complètement détruit, tuyautages arrachés et acier déchiqueté. Pacino essaya de parler, mais il restait sans voix, la gorge serrée.

— Voici le PCNO, poursuivit Donchez alors que l'image changeait. Pacino avait l'impression de regarder à l'intérieur d'un cercueil ouvert, se demandant bien pourquoi Donchez lui infligeait un tel supplice.

— Nous avons retrouvé quelque chose d'identifiable, ici.

La lumière du projecteur de la caméra télécommandée vacilla en passant à proximité d'un couple brisé. Un objet entra lentement dans le champ de la caméra, puis apparut en gros plan. C'était une casquette bleue, sur laquelle on pouvait toujours parfaitement lire, brodé autour des dauphins de sous-marinier : « USS *Stingray* SSN-589 ».

Sous le choc, Pacino se sentit soudain vidé de toute énergie.

L'image montra une autre vue, prise à l'extérieur de la coque.

— Ces images ont été prises par les caméras principales du submersible, dit Donchez.

Le massif éclaté et une barre de plongée apparurent, se détachant sur un arrière-plan de sable clair.

— Le massif a été arraché de la coque épaisse. Une partie de celle-ci a été écrasée comme une crêpe. Elle a percuté le fond à une vitesse de

100 km/h. Sur l'arrière, tu peux voir que la coque, au lieu d'être aplatie comme à l'avant, est pliée en accordéon. La partie conique de la coque a été forcée vers l'intérieur, le petit bout du cône se retrouvant encastré dans le gros bout. Il a fallu une énergie prodigieuse pour provoquer ce genre d'enfoncement. Voici le compartiment avant, qui n'a pas implosé comme le reste de la coque. Il était équilibré avec la mer.

La vidéo montrait la forme arrondie du compartiment avant, les portes des tubes rouillées au fond du dôme sonar. La caméra tournait autour de l'épave. Un trou béant apparut soudain sur l'avant du compartiment. Donchez fit un arrêt sur image.

— Mikey, tu possèdes un doctorat de mécanique. A ton avis, ce trou est-il dû à une explosion qui s'est produite à l'intérieur ou à l'extérieur de la coque épaisse ?

Pacino se leva lentement de son siège et s'approcha de l'écran. Des gouttes de sueur froide lui coulaient dans le dos, sa chemise kaki lui collait à la peau. Il examina les bords de la déchirure de 3 mètres de diamètre.

— Ces pointes sur les bords de la déchirure sont orientées vers l'intérieur, et non vers l'extérieur. L'explosion a donc forcément eu lieu à l'extérieur de la coque. Le *Stingray* s'est fait tirer dessus, n'est-ce pas, amiral ? dit Pacino, sur un ton qui était plus une affirmation qu'une réelle question.

Il n'y avait plus de doute, maintenant. Donchez acquiesça à peine.

— Pourquoi a-t-on gardé le secret ? Pourquoi cette affaire a-t-elle été étouffée ?

— Mikey, tu es déjà allé là-haut, dans le Nord. Tu connais les règles du jeu. A l'époque, on a pensé que c'était la meilleure solution. Aurions-nous dû porter plainte auprès de l'ONU ? Comment aurions-nous pu expliquer au Congrès qu'un Soviétique pouvait pister un de nos meilleurs sous-marins et l'envoyer par le fond ? Que serait-il advenu de notre surveillance du Grand Nord ? Pouvions-nous dire au monde entier que nous savions ce qu'ils avaient fait, alors que le SOSUS qui avait permis de découvrir le pot aux roses était lui-même ultra-secret ?

Pacino resta silencieux quelques instants, puis demanda :

— Pourquoi avez-vous décidé de me montrer cela aujourd'hui ? Après toutes ces années ?

Donchez arrêta le magnétoscope et éjecta la cassette. Dans le pesant silence qui suivit, il ouvrit son coffre, y replaça le rapport et la cassette et y saisit un dossier dans un classeur violet. Il claqua la lourde porte du coffre, manœuvra la molette et se tourna vers Pacino, dont le visage était crispé de colère et d'émotion, au souvenir des images du PCNO du *Stingray*. Donchez poussa le dossier violet sur le bureau, devant Pacino.

— Ouvre-le.

Pacino s'exécuta. A l'intérieur, un homme en uniforme de la marine russe semblait le dévisager. Il portait des épaulettes à quatre étoiles. Des cheveux épais et grisonnants encadraient son visage sombre, buriné par les ans et la mer. Légèrement plissés, ses yeux semblaient fixer l'horizon.

— Voici l'amiral Alexis Viktorovitch Novskoy, le commandant en chef de la Flotte du Nord russe. Un faucon réactionnaire, qui ne désespère pas de restaurer l'Union soviétique de l'époque où lui et ceux de son espèce étaient au pouvoir.

Pacino attendit.

— C'est également l'homme qui a assassiné Patch Pacino.

Pacino regarda la photographie, abasourdi. Il releva la tête et fixa Donchez dans le blanc des yeux.

— En êtes-vous absolument certain ?

— Alexis Novskoy a commandé le sous-marin *Leningrad* de 1973 à 1976, un sous-marin d'attaque de type Victor III. Je dois ajouter qu'à cette époque, le *Leningrad* était le seul sous-marin de ce type. C'est lui qui en a assuré l'armement et les essais à la mer.

Il a été décoré de la médaille des Héros de l'Union soviétique en 1973 pour une opération classifiée. En océan Arctique. C'est lui, aucun doute possible.

— Qu'est-il devenu ? Tout cela s'est produit il y a si longtemps...

— Le nouveau sous-marin type Oméga a appareillé il y a trois heures, Mikey.

Suivant le regard de Donchez, Pacino examina à nouveau le dossier. Il prit la photo satellite qui se trouvait juste en dessous. C'était une vue prise à la verticale, sur laquelle on distinguait l'énorme sous-marin Oméga écarté du quai, en train d'appareiller.

— Que distingues-tu ?

— Un sous-marin qui appareille. Il reste une aussière à quai, l'équipage se dispose à la rentrer. Deux grues sur le quai. Probablement une pour les câbles de terre et une pour la coupée.

— Et quoi d'autre ?

— Une voiture sur le quai. Une limousine. Avec des pavillons sur les ailes. Et des étoiles sur les pavillons.

Pacino leva la tête.

— C'est la voiture de l'amiral.

Donchez acquiesça.

— Combien d'étoiles vois-tu ? demanda-t-il, en lui tendant une loupe.

Pacino étudia la photographie.

— Quatre étoiles.

— Exact. Et peux-tu distinguer les pavillons à bord de l'Oméga ?

— Oui. Le pavillon de la Flotte du Nord et le pavillon russe.

— Et encore ?

— Un pavillon avec des étoiles. Quatre étoiles.

Pacino regarda Donchez droit dans les yeux.

— *L'amiral Novskoy est à bord ?*

— Gagné ! Novskoy est à bord de l'Oméga. Pour autant que nous puissions le savoir, il part pour une semaine d'essais à la mer sous la banquise. Et l'amiral a embarqué pour vérifier les performances de son bébé. Il est lui-même à l'origine de ce bâtiment.

Pacino retomba sur son siège. Il comprit soudain l'urgence de la mission. Et la raison pour laquelle l'amiral avait besoin de lui en particulier. Le salopard qui avait assassiné son père se trouvait à bord...

Pacino sursauta lorsque le téléphone sonna. Donchez lui indiqua l'appareil.

— C'est pour toi, Mikey.

Incrédule, Pacino se demandait comment Donchez pouvait se montrer aussi catégorique.

— Ici Pacino !

— Commandant, ici le second. Ils m'ont dit que tu étais en réunion, mais ils m'ont quand même passé la communication.

— Qu'est-ce que tu veux, second ? demanda Pacino en regardant Donchez.

— Commandant, nous avons accosté au quai n° 7. J'ai pris sur moi de prendre les câbles de terre et j'ai ordonné la mise bas les feux... Il se passe quelque chose de bizarre ici. L'escadrille a envoyé une équipe et environ dix palettes de vivres. Ils sont en train de les embarquer à bord en ce moment même.

Pacino fixa Donchez, qui lui rendit son regard.

O.K., second. Et quoi encore ?

— Des équipements polaires, commandant, quatre palettes. L'escadrille veut nous embarquer ça aussi, dans le secrétariat et le local ventilation. Je leur ai demandé d'attendre jusqu'à ce que je t'en parle. Il y a encore un camion avec cinq torpilles. Elles sont peintes en orange au lieu du vert habituel. L'équipe d'embarquement dit qu'il s'agit de nouvelles torpilles, des Mark 50. Ils les appellent des Hullcrushers. Ils demandent la permission de les embarquer à bord. J'ai dit qu'il n'en était absolument pas question ! Commandant... que se passe-t-il, as-tu des consignes pour moi ?

Pacino n'hésita pas.

— Second, tu as la permission d'embarquer les armes et le matériel polaire. Et préviens l'équipage que toutes les permissions sont annulées. Nous appareillons demain matin, à l'aube. Pendant que tu y es, demande un *subnote* à COMSUBLANT.

— Commandant, j'ai déjà le *subnote* en mains. Je pense que tu vas me mettre au courant de ce qui se trame ?

— C'est un téléphone protégé, intervint Donchez.

— O.K. ! Jon, le *Devilfish* appareille pour une mission classifiée demain matin. Tu peux annoncer à l'équipage qu'ils ne seront pas chez eux pour Noël.

Il coupa la communication avant que Rapier n'ait eu le temps de protester.

Donchez prit son long cigare dans le cendrier et l'alluma. A travers la baie vitrée, il regarda un terrain vague, de l'autre côté de la rue, où des véhicules de chantier avaient été garés pour la nuit.

— Tu sais, Mikey, dit Donchez, la calotte polaire est synonyme de solitude. Il s'y passe des choses que personne au monde ne soupçonnera jamais. Pense au *Stingray*. Il n'y a que très peu de gens qui soient au courant de ce qui lui est réellement arrivé.

Donchez pivota dans son fauteuil et regarda Pacino dans les yeux.

— Ces torpilles Mark 50, les Hullcrushers, sont toutes nouvelles, expérimentales. Elles sont équipées de charges creuses, pour pénétrer les sous-marins à double coque, ce qui leur procure une puissance cent fois supérieure à celle de la bonne vieille Mark 49. Elles ne nécessitent aucune modification des tubes ni de la conduite de tir, et elles ressemblent comme deux gouttes d'eau aux Mark 49. Elles filent 55 nœuds. Leur autodirecteur possède maintenant un filtre Doppler performant. Leur immersion de destruction est supérieure à 3 000 mètres. Nous pensons qu'elles peuvent constituer un antidote efficace à l'oméga.

Pacino réfléchit rapidement. Il se demandait s'il comprenait bien les sous-entendus de Donchez.

— En réalité, Mikey, poursuivit Donchez, ces cinq torpilles sont si nouvelles et expérimentales qu'elles n'apparaissent même pas dans l'inventaire. C'est pourquoi, si tu rentrais du Grand Nord sans ces torpilles, personne ne s'en rendrait compte. Pour l'escadrille et SUBLANT, ces torpilles n'existent pas.

Pacino se leva, les poings serrés.

A son tour, Donchez se leva et tendit la main.

Pacino salua, fit demi-tour et marcha vers la porte, coiffant sa casquette bleue portant l'emblème du *Devilfish*.

— Joyeux Noël, Oncle Dick, dit-il en fermant la porte derrière lui.

L'amiral Donchez se rassit et répondit :

— Joyeux Noël, Mikey... et bonne chasse.

Il regarda de nouveau le terrain vague, de l'autre côté de la rue. La construction qui sortait de terre était un projet qu'il avait lui-même conçu : ériger un monument de marbre, en l'honneur des officiers et de l'équipage du *Stingray*. Donchez aspira une longue bouffée de son havane.

— Joyeux Noël à toi aussi, Patch, dit-il doucement, repose en paix, vieux frère.

5

Lundi 13 décembre
23 h 50, heure de la côte Est

Sandbridge Beach, Virginie

Sandbridge, une petite station balnéaire, où se côtoyaient les restaurants de poisson, les petits commerces et les boutiques de pêche, baignait dans la clarté de la lune. Les grandes maisons étaient calmes en dehors des vacances scolaires. Quelques-unes étaient décorées de guirlandes lumineuses de Noël. Il était presque minuit et seules de rares lumières brillaient encore.

La vieille Chevrolet Corvette de Michael Pacino se gara bruyamment sur le parking devant une grande maison de trois étages sur pilotis, qui faisait face à la mer. Il coupa le contact. Le silence le ramena à la réalité et il fut surpris d'avoir parcouru les 65 kilomètres qui séparaient la base de son domicile sans même s'en rendre compte.

Lentement, se sentant vieilli, Pacino s'extirpa de l'habitacle étroit, attrapant son sac de mer sur la banquette arrière. Il se redressa, regarda les vagues se briser de l'autre côté de la propriété, puis monta au second niveau, où se trouvait l'entrée de la maison. Hillary avait acheté cette propriété sur la plage avec ses propres deniers. La solde d'un capitaine de frégate lui aurait permis de s'offrir une modeste maison de type colonial dans les quartiers périphériques, mais certainement pas une maison au bord de l'océan à Sandbridge. Pour cette raison, pendant longtemps, il s'était senti un peu mal à l'aise d'habiter ici. Alors qu'il cherchait ses clés, la porte s'ouvrit.

Revoir le visage d'Hillary représentait toujours quelque chose de merveilleux après une longue patrouille. Elle était magnifiquement bronzée, ses yeux, au-dessus de pommettes hautes, étaient bleu foncé et ses lèvres bien pleines. Grande et mince, elle portait de longs cheveux blonds. Elle se plaignait seulement de sa poitrine, qu'elle jugeait trop petite. En ce qui le concernait, il n'avait pas de remarque à formuler.

Elle était également volontaire, débordante d'idées, attentionnée mais parfois trop portée à broyer du noir. Bien des nuits, alors que Tony était au lit, elle avait passé des heures à regarder la plage, fumant des cigarettes et scrutant la mer, écrivant parfois, sur les pages d'un carnet à spirale, des poèmes qu'elle ne ferait jamais lire à Pacino. Quand il était affecté à terre, elle avait tendance à s'extérioriser davantage, riant et parlant plus facilement. En fait, elle le lui avait avoué une fois, elle mourait de peur de le perdre et cette crainte restait très présente dans leur vie quotidienne. Elle avait essayé de le convaincre de quitter la marine et de travailler pour son père, cadre à la DynaCorp International, une entreprise travaillant pour la Défense. Pacino n'y songeait même pas.

L'argent comptait peu pour lui. Il conduisait toujours la même voiture que lorsqu'il était *midship*, une Chevrolet Corvette de 1969 complètement cabossée. Pour Pacino, quitter la marine s'avérait impensable. Sous-marinier, sa raison de vivre consistait à faire des trous dans l'océan, d'être là où on avait besoin de lui. Comme son père. Il comprenait les sentiments de son épouse, et cela ne manquait pas de le tracasser, mais il ne pouvait pas démissionner. Hillary n'était pas du style enfant gâtée et capricieuse. Elle avait fait de gros efforts, et lui également. Mais rien de tout cela n'avait été facile...

Ce soir, pensait-il, serait une répétition de scènes déjà vécues. Dès qu'il eut passé la porte, il s'aperçut qu'il avait vu juste.

— Michael, nous avons attendu sur le quai pendant des heures. Ni toi, ni ton escadrille ne m'avez laissé supposer que tu n'étais pas à bord. Il a fallu que ce soit Jon Rapier qui me prévienne que tu avais été convoqué à COMSUBLANT. Et maintenant, Julie Rapier appelle et veut savoir pourquoi tu appareilles pour Noël. Seigneur Dieu, Michael, que se passe-t-il ?

Elle le suivit à l'étage pendant qu'il se débarrassait de son uniforme kaki encore imprégné de l'odeur du sous-marin, passait un vieux sweat-shirt noir sur lequel on pouvait lire, en lettres passées, « PROFONDES, SILENCIEUSES, RAPIDES, MORTELLES — FORCES SOUS-MARINES DES ÉTATS-UNIS D'AMÉRIQUE ». Quand il eut enfilé son jean, il descendit dans le salon et se dirigea vers le bar. Il chercha la bouteille de Jack Daniels, versa le liquide doré sur quatre glaçons dans un verre à whisky et en but la moitié d'un trait.

Comment, se demandait-il, pourrait-il parler à Hillary de ce qu'il allait faire ? S'il avait seulement pu lui dire, peut-être aurait-elle compris, mais cette mission était vraiment top secrète.

— Hillary, s'il te plaît... commença-t-il avant de s'apercevoir qu'elle pleurait.

Il était sur le point de la prendre dans ses bras, quand il entendit Tony qui appelait à l'étage. Il se précipita dans l'escalier et, alors qu'il montait les marches, il vit Hillary sortir sur la terrasse.

En haut de l'escalier, Pacino prit Tony dans ses bras et le porta dans sa chambre. Il alluma la lumière, saisit l'ours en peluche du petit garçon et s'assit dans le fauteuil où ils lisaient ensemble, les rares soirs où il rentrait à la maison à une heure décente.

— Papa, dit Tony, Maman dit que tu t'en vas pour Noël. Elle dit qu'elle ne sait pas quand tu reviendras.

— Tony, il *faut* que je parte. Cela m'ennuie, mais je dois faire quelque chose de très important avec mon bateau. Je suis vraiment désolé, mon grand, mais il faut que je parte maintenant. Mais je rentrerai bientôt et quand je serai de retour à la maison, nous fêterons notre Noël ensemble. D'accord ?

Bien sûr que non, pas d'accord. Les larmes de Tony en étaient la preuve.

— Il est plus que temps que tu te couches et il faut que j'aille faire mon sac. Allons, va vite te mettre au lit.

Quand Pacino répéta les mots de la prière de Tony — « Si je meurs durant mon sommeil, je demande à Dieu d'emporter mon âme avec Lui » — , il se sentit ému jusqu'au plus profond de lui-même. Il espéra que Tony ne s'en apercevrait pas. Heureusement le petit garçon avait les yeux fermés et, à la fin de la prière, sa respiration était déjà calme et profonde.

Pacino embrassa Tony sur la joue et quitta la chambre, fermant doucement la porte derrière lui. La maison était déjà plongée dans l'obscurité. Hillary était couchée. Une faible lueur provenait de la cuisine. Pacino descendit l'escalier, dans l'intention d'essayer la thérapie d'Hillary et d'aller sur la terrasse regarder la mer quand le téléphone sonna, le faisant sursauter.

— Pacino.

— Ici l'officier de garde, commandant. Vous aviez demandé que je vous appelle à une heure du matin. Êtes-vous bien éveillé ?

C'était le lieutenant de vaisseau Stokes.

— Allez-y, Stokes, dit Pacino, faisant un effort pour se concentrer sur les préparatifs du *Devilfish*. Il devait répondre à la demande de divergence du réacteur et écouter la masse d'informations nécessaires pour que, malgré les 65 kilomètres de distance, il s'imagine à bord de son bâtiment et guide les actions du jeune Stokes.

— Autorisation de diverger, dit Pacino. Passez à l'autonomie et faites venir la grue pour six heures. Larguez les câbles de terre dès que vous serez parés.

— Bien commandant, répondit Stokes, en répétant les consignes. Commandant, dois-je demander des remorqueurs et un pilote ?

— Pas de remorqueurs, Stokes, ni de pilote. Le *Devilfish* appareillera par ses propres moyens.

— A vos ordres, commandant. Désirez-vous que je vous rappelle quand le réacteur sera critique ?

— Non. Je serai là dans quelques heures. Faites en sorte que le café soit bouillant !

— D'accord, commandant. Bonne fin de nuit.

— Bonne nuit, Stokes.

Pacino reposa lentement le téléphone, il se sentait comme englué dans de la mélasse. Son regard parcourait les photographies accrochées au mur, son mariage, les sabres croisés devant la chapelle de l'Ecole Navale, Hillary l'embrassant sous la voûte formée par les sabres de ses camarades de promotion, Hillary tenant dans ses bras Tony le jour de sa naissance, lui-même saluant sur le pont du *Devilfish* pendant sa prise de commandement, sanglé dans son uniforme blanc empesé et resplendissant sous le soleil de Virginie. C'était il y a longtemps. Tellement longtemps. Enfin, son regard se posa sur une photographie fanée, prise pendant l'été de son année de fistot : on l'y voyait avec son père en uniforme blanc, avec ses galons de capitaine de frégate. Il semblait tellement fier...

Pacino passa les deux heures suivantes debout sur la terrasse face à la mer. Il pensa réveiller Hillary et lui expliquer, mais il savait que c'était une mauvaise idée. Il finit par rentrer pour préparer ses affaires, laver sa tenue kaki, repasser quelques chemises et refaire son sac. Au bout d'une heure, il se décida à écrire un mot pour Hillary et un autre pour Tony. S'il ne rentrait pas, il voulait que Tony sache ce qui s'était passé, et il voulait être celui qui lui aurait expliqué. Il laissa courir son stylo — sans parler des détails de sa mission. Il expliquait qu'il faisait cela pour Anthony « Patch » Pacino. Il essaya, dans une lettre de douze pages, de transmettre l'expérience d'une vie ainsi que son amour, se souvenant combien lui-même avait cherché un petit mot, un signe dans les affaires de son propre père. Il n'avait rien trouvé.

Il écrivit une seconde lettre pour Hillary, lui expliquant ses sentiments, essayant de lui rappeler l'époque où ils ne se lassaient pas de se découvrir l'un l'autre... la première fois qu'ils avaient fait l'amour dans sa voiture aux vitres embuées, sur le parking désert de Hasley Field, et comment le *midship* de garde avait pointé sa lampe-torche sur eux, comment elle s'était moquée de lui quand il avait maladroitement entrepris de renfiler son uniforme, la chemise dépassant de son pantalon, les cheveux en bataille, le visage couvert de traces de rouge à lèvres laissées par ses baisers, comment il lui avait annoncé qu'il était passé au rapport pour cette infraction, une infraction de « classe A » pour « manifestation d'affection en public », et avait été consigné pendant six semaines dans sa chambre spartiate à Bancroft Hall. Après avoir essayé d'évoquer les bons jours, et un peu les mauvais, Pacino cacheta la lettre et la mit dans le paquet de café, dans le freezer, là où il était sûr qu'elle la trouverait le lendemain matin, longtemps après que le *Devilfish* ait quitté le quai. Quant à la lettre de Tony, qui ne devait être lue que s'il ne rentrait pas, il la rangea dans un classeur, à l'intérieur d'un dossier étiqueté « DERNIÈRES VOLONTÉS », où on finirait bien par la dénicher, le cas échéant...

Il jeta un coup d'œil à sa montre. La nuit s'était dissipée. Il enfila rapidement son uniforme kaki, posa son sac près de la porte et monta dans la chambre de Tony. Il regarda un moment son fils dormir, si calme et confiant dans son sommeil. Il lui caressa les cheveux, et sortit.

Hillary était roulée en boule au milieu du lit, tournée de son côté, un oreiller entre les genoux. Pacino s'avança jusqu'à la tête de lit et s'agenouilla, plaçant son visage près du sien, il l'embrassa sur les lèvres. Elle soupira, et l'espace d'un instant, un semblant de sourire éclaira son visage.

La montre-bracelet de Pacino sonna. Il était temps d'y aller.

Il regarda une dernière fois Hillary, puis quitta la chambre en fermant doucement la porte derrière lui.

6

Mardi 14 décembre
07 h 56, heure de la côte Est

Norfolk, Virginie
Base navale de Norfolk
Quai n° 7

Le soleil se levait au-dessus des quais de la 7e escadrille de sous-marins quand Pacino sortit son sac de mer de sa voiture et se dirigea vers le *Devilfish.* La faible lumière orange ne donnait que peu de chaleur. L'air était vif et frais.

Pacino marcha jusqu'au bout du quai et rendit leur salut aux gardes, puis chercha sa carte d'identité militaire. Le quai n° 7 avait pas mal changé au cours des vingt dernières années, pensait-il. A l'entrée du quai, on avait construit des chicanes de béton, ainsi qu'une clôture à double rangée de fils de fer barbelés. Des Marines, tous armés de M-16, étaient responsables du contrôle au poste de garde. En haut du massif de chaque sous-marin à quai se tenait un homme armé d'un fusil. Les factionnaires sur le pont ne portaient plus le Colt 45 avec les munitions à la ceinture. Ils étaient équipés de pistolets mitrailleurs chargés. De telles mesures antiterroristes n'existaient pas en 1973, quand le *Stingray* de son père avait appareillé pour sa dernière mission.

Ce jour-là, les familles, les enfants et les petites amies étaient tous sur le quai. L'escadrille avait organisé une cérémonie de départ, avec fanfare, bannières de crêpe rouge, blanc et bleu et une banderole sur laquelle on pouvait lire « BONNE CHANCE *STINGRAY* ». Sur des tables, petits gâteaux, tartes et sandwichs s'étalaient à profusion. Les équipages des autres sous-marins leur adressaient des signes amicaux. Michael Pacino, sanglé dans son uniforme de *midship* de quatrième année, arborant au revers ses ancres de laiton, saluait les officiers qui passaient.

Cet appareillage serait bien différent. Le *Devilfish* partirait sans fanfare. Un attroupement sur le quai aurait occasionné un problème de sécurité. Tout se passait comme si le bateau n'était déjà plus là.

Pacino s'avança sur le quai, suivi des yeux par les sentinelles armées. Il ne paraissait y avoir aucune activité sur les autres bâtiments. A sa demande, le *Devilfish* était toujours amarré à l'extrémité du quai. Il pouvait ainsi appareiller sans remorqueurs. Il semblait en quelque sorte inconvenant à Pacino qu'un bâtiment de guerre ait besoin de l'aide de deux remorqueurs pour manœuvrer. Les escorteurs et les frégates, deux quais plus loin, appareillaient en battant « en arrière toute », puis « en avant toute », laissant derrière eux un profond sillage d'écume blanche, leurs radars en rotation rapide, les pavillons flottant fièrement sur les mâts, leurs cheminées crachant de la fumée. Des sous-mariniers envieux regardaient les surfaciers qui ricanaient, tandis que deux remorqueurs écartaient doucement des quais la coque fragile de leurs sous-marins, en faisant spécialement attention aux dômes en fibre de verre qui recouvrent les sphères de leurs sonars. Non, décidément, pas de remorqueurs pour Pacino.

Quand il arriva devant le *Devilfish,* l'officier de garde, le lieutenant de vaisseau Stokes, le salua.

— Bonjour, comandant. J'ai pensé que vous souhaiteriez un point de la situation avant de monter à bord.

— Allez-y, Stokes.

— Commandant, le réacteur est critique. Nous sommes à l'autonomie électrique, les quatre pompes primaires en petite vitesse, les turbines principales sont réchauffées et l'équipe de quart est complète à l'arrière. J'ai fait enlever les câbles de terre. Le second a passé en revue la liste des opérations préparatoires à l'appareillage en compagnie des chefs de service et rend compte que le bâtiment est paré partout. Je demande l'autorisation de rappeler au poste de manœuvre.

Pacino regarda la rivière, évaluant le vent et le courant. Il se retourna vers Stokes.

— Rappelez au poste de manœuvre. Faites sortir le mérou, hissez ou rentrez les mâts selon vos besoins. Quand vous serez paré, sortez le radar et émettez.

Pacino venait juste d'éviter à l'officier de garde trois coups de téléphone pour obtenir les autorisations nécessaires.

— Et demandez au second de venir dans ma chambre.

Stokes répéta les ordres du commandant et retourna à bord. Pacino s'attarda sur le quai, contemplant un instant la coque luisante du *Devilfish,* puis il franchit la coupée.

— *Le commandant monte à bord*... mugit la diffusion générale à travers tout le bateau.

Pacino salua les factionnaires et s'accroupit au-dessus du panneau de descente, qui servait également à embarquer les torpilles.

— Attention dessous ! cria-t-il, en lançant son sac par le panneau, puis en se faufilant lui-même par l'étroite ouverture.

L'odeur du sous-marin surprit Pacino, comme à chaque fois. Un mélange d'huile et de gazole, de tabac froid, d'huile de friture, d'ozone, de vieille sueur et d'égouts. Cela ne sentait pas vraiment mauvais, mais c'était fort et caractéristique. Ce relent imprégnait vêtements et cheveux. Hillary le détestait et nul n'aurait songé à l'en blâmer. Il retrouvait les bruits familiers du sous-marin — le chuintement aigu de la centrale de navigation inertielle, le ronflement sourd des circuits de ventilation. Il descendit le long de l'échelle et atteignit la coursive supérieure de la tranche D, juste en face de la chambre du second.

A l'avant, l'étroite coursive donnait sur le PCNO. Du côté tribord, une porte s'ouvrait sur le local sonar. La porte bâbord donnait accès à la chambre du commandant. Entre la chambre du commandant et le PCNO, une échelle raide permettait d'accéder au niveau intermédiaire de la tranche D, qui abritait le carré et les logements des officiers, ainsi que la cafétéria équipage.

Pacino ouvrit la porte de sa chambre, remarquant avec satisfaction qu'elle était propre et nette, et trouva une tasse de café fumant sur son bureau. L'officier de garde avait dû la faire porter alors qu'il longeait le quai. Pacino jeta son sac sur l'un des sièges près de la table, ouvrit son bureau pliant et s'assit pour boire son café. Sur la tasse était peint l'emblème du *Devilfish*.

Dès le début, le nom et l'emblème du *Devilfish* avaient été controversés. Un cercle entourait la tête d'un bélier à l'air menaçant. Les cornes du bélier s'enroulaient en spirale. Entre ses cornes, il enserrait la silhouette d'un sous-marin d'attaque. Au-dessus du bélier, on pouvait lire « USS *DEVILFISH* », et en dessous, « SSN-666 ». C'était le numéro de coque qui avait donné l'idée d'appeler le bateau *Devilfish*. Des protestations avaient bien été adressées au Congrès, mais n'avaient jamais obtenu un écho considérable. Nixon avait démissionné cette semaine-là. Si la presse ne s'était pas trouvée là pour jeter de l'huile sur le feu, le débat concernant le nom du *Devilfish* aurait été rapidement clos. Pacino aimait ce nom. Il sonnait bien : à la fois méchant et féroce.

Il n'en était qu'à sa seconde gorgée de café lorsqu'il entendit Stokes et son accent nasillard du Kentucky annoncer sur la diffusion générale :

— *Au poste de manœuvre général...*

On frappa à la porte. Le capitaine de frégate Rapier venait lui rendre compte de la préparation du bateau.

— Entrez, dit-il.

La porte s'ouvrit et Rapier entra en passant par les toilettes, vêtu d'une parka de toile verte par-dessus son uniforme kaki, une pile de papiers et la planchette messages à la main. Il tendit celle-ci à Pacino.

Le poste de second était considéré par beaucoup comme une corvée dans une carrière. Le rôle du second consiste à soulager le commandant d'un certain nombre de tracasseries administratives, afin que celui-ci puisse se concentrer sur les choses importantes. Durant l'affectation de second, on prenait son mal en patience, se chargeant des tâches les plus ingrates, alors que le commandant recevait les honneurs. Mais quand venait votre tour de commander, un autre officier effectuait le même travail à votre profit.

Rapier regardait maintenant Michael Pacino et, en l'espace d'un instant, il parvint à oublier ses rancœurs. Une fois le commandant à bord, les panneaux fermés et verrouillés, le bateau paré à plonger, la vie changeait. Soudain, le sous-marin créait un univers à part dont seul Pacino et lui étaient responsables. Ils bravaient les éléments, les profondeurs glacées de la mer qui n'attendaient qu'une faute d'inattention de leur part pour les broyer. Sous l'eau, avec Pacino, la vie prenait de l'intérêt. Il se demandait quelquefois si le pacha avait le pouvoir de lui laver le cerveau, tellement il se sentait dévoué à cet homme, quand il était en mer. Mais une fois la mission terminée, alors que le *Devilfish,* Pacino et lui-même seraient rodés et fonctionneraient ensemble comme une machine bien huilée, ils devraient rentrer à quai et la paperasserie reviendrait inonder le bord... Des messages de compte rendu, la notation du personnel, le rapport annuel sur les doses de radiations subies par le personnel, la comptabilité du bâtiment pour les services administratifs de l'escadrille, la visite des vétérinaires désirant contrôler la qualité des vivres, des amiraux allant et venant, les heures de propreté du sous-marin, les pièces de rechange manquantes, les hommes obligés de partager leur temps entre les exigences du bâtiment et celles de leurs femmes et de leurs enfants qui les attendaient avec impatience chez eux.

Et maintenant, le cycle recommençait. Une nouvelle mission. Juste eux, le bateau et la mer. Rapier inspira lentement.

— Bonjour, commandant.

— Bonjour, second. Pacino sourit imperceptiblement. L'équipage est-il vraiment mécontent ?

— Très, commandant. Je pense que le club des épouses du *Devilfish* va brûler nos portraits en place publique.

— Le mien, tu veux dire. Je n'y peux rien. Je mettrai les officiers au courant une fois que nous aurons plongé.

— Combien de temps serons-nous partis, commandant ?

— Au minimum trois semaines.

— Ça doit être important.

Pacino regarda Rapier par-dessus sa tasse de café.

— Oui, ça l'est. Où en sommes-nous dans les préparatifs pour l'appareillage ?

— La machine est parée. Les deux turbines réchauffées. Les aussières sont dédoublées. L'avant est paré également. Toutes les listes d'opérations ont été exécutées la nuit dernière. Tout le personnel est à bord. Il ne manque que l'autorisation de l'escadrille pour appareiller.

Pacino avala la dernière gorgée de son café. Le haut-parleur de son interphone résonna d'un appel de la passerelle.

— *Commandant, ici l'officier de quart,* dit Stokes.

Pacino appuya sur un bouton.

— Ici le commandant.

— *Le chef d'escadrille vous attend sur le quai, commandant.*

— Très bien. Etes-vous paré à appareiller, Stokes ?

— *Oui, commandant, dès que vous serez remonté à bord, nous retirerons la coupée avec la dernière grue et nous serons parés. Le Jolly Roger est déjà en haut, paré à être hissé au changement de pavillon.*

— Très bien, répondit Pacino. Second, je serai en haut après avoir vu le chef. A tout à l'heure.

Rapier retourna au PCNO et Pacino sortit sur le pont par le panneau d'accès, clignant des yeux dans le soleil froid du petit matin.

A la passerelle, un espace étroit en haut du massif, le lieutenant de vaisseau Nathaniel Stokes accepta la tasse de café que lui tendait le planton de quart. Il ne s'était pas couché de la nuit pour préparer le bateau. Il avait dû gérer les réparations de dernière minute, l'embarquement du matériel arctique, des torpilles et des approvisionnements d'urgence. Inutile d'avoir fait Polytechnique pour comprendre que le bateau s'apprêtait à aller faire un tour sous la banquise.

Stokes et le maître de service avaient sorti la liste des opérations à accomplir pour préparer le bâtiment à la navigation sous la glace. Elle leur demandait de coller de la bande adhésive sur chaque trou ou fissure des superstructures, afin de rendre le sous-marin encore plus silencieux. Sous l'effet des filets d'eau, la plus petite irrégularité pourrait provoquer des résonances aiguës, créant des bruits analogues à ceux produits lorsque l'on souffle dans le goulot d'une bouteille, risquant de trahir leur présence.

Stokes, de taille moyenne, les cheveux foncés, la barbe raide et le cou épais, était bâti comme un taureau, les épaules carrées et les cuisses puissantes.

Homme du sud, et fier de l'être, la première chose que Stokes disait à quelqu'un qu'il rencontrait, avec son accent lourd et traînant, était qu'il était originaire de Mayfield, Kentucky, et qu'aucun endroit sur cette bonne vieille terre bénie de Dieu ne pouvait supporter la comparaison. Bloqueur d'élite dans l'équipe de football américain de la marine, il avait deux bonnes raisons de prétendre à la célébrité. Lors de sa dernière année à Annapolis, pendant le match Marine-Armée de terre, il avait intercepté une passe et avait couru pour marquer les points de la victoire dans le quatrième quart-temps. Il avait également séduit la fille du directeur des études de l'Ecole Navale et avait été surpris dans le lit de la jeune fille par l'amiral en personne. La seule chose qui avait évité que Stokes ne soit renvoyé de l'Ecole était la colère noire qui s'était emparée de la demoiselle lorsqu'elle avait entendu parler de son passage en conseil de discipline. Stokes avait rallié le *Devilfish,* mais sa réputation de footballeur et de séducteur l'y avait précédé.

Stokes avala sa dernière goutte de café et rangea la tasse, puis il entendit l'interphone diffuser :

— *Passerelle de PCP, je demande l'autorisation de balancer la ligne d'arbres pour maintenir la température des turbines.*

— PCP de passerelle, répondit Stokes laconiquement, balancez la ligne d'arbres.

— *Balancez la ligne d'arbres, bien reçu de PCP.*

Pourquoi l'appareillage tardait-il, se demandait Stokes avec une impatience lasse. Le soleil commençait à monter dans le ciel froid de décembre. Il était plus que temps de faire décoller du quai ce fichu tas de boulons.

Le radio le poussa du coude. Le commandant sortait du panneau d'accès, montant sur le pont.

Alors que Pacino passait la coupée, Stokes utilisa la diffusion générale, permettant une fois de plus à l'équipage d'apprécier son accent.

— *Le commandant quitte le bord !*

Le chef de l'escadrille des sous-marins, le capitaine de vaisseau Benjamin Adams, attendait sur le quai. Adams était un homme replet d'une cinquantaine d'années, dont le front commençait à se dégarnir. Sa voix était rocailleuse, ses manières vives, et il était doué d'un sens de l'humour très acéré.

— Alors Patch, prêt pour cette mystérieuse mission ?

— Oui, commandant, répondit Pacino, heureux de s'entendre attribuer le surnom de son père.

— Vous pouvez me dire de quoi il s'agit ?

Il était fréquent que le chef d'escadrille ne soit pas au courant de la mission d'un de ses sous-marins. Quand les bâtiments étaient à quai, ils dépendaient administrativement d'Adams. Dès qu'ils avaient appareillé, leur seul chef était COMSUBLANT. Depuis que les sous-marins à la mer avaient pour consigne de garder normalement le silence radio, les commandants étaient livrés à eux-mêmes dès qu'ils étaient en plongée.

Pacino fit mine de tirer une fermeture éclair sur ses lèvres. Adams approuva de la tête.

— O.K., Patch ! Où que vous alliez, bonne chance.

— Merci, commandant. Je demande la permission d'appareiller.

Adams jeta un coup d'œil sur le *Devilfish*.

— Vos remorqueurs sont en retard ?

— Non, commandant.

— Pas de remorqueurs, alors ? demanda Adams, connaissant d'avance la réponse.

— Pas de remorqueurs, commandant.

— Pas de pilote ?

— Pas de pilote, non plus !

— Vous pouvez appareiller, commandant. Je suppose que vous serez parti jusqu'en janvier. Oh ! à propos, Patch, pas de pavillon pirate cette fois-ci. D'accord ?

— D'accord, commandant.

Un silence gêné s'installa entre les deux hommes, des amis que leurs fonctions respectives séparaient.

Adams serra la main de Pacino.

— Très bien, et encore bonne chance, Patch. Et bonne chasse.

Pacino remonta par la coupée, à nouveau frappé par tout ce qui différenciait cet appareillage de celui de son père.

— *Le commandant monte à bord !*

Pacino se dirigea vers l'avant du massif, escalada les barreaux d'acier soudés à l'extérieur et atteignit l'étroite passerelle, 7,50 mètres plus haut. Stokes et un des téléphonistes y étaient déjà serrés. Sur l'arrière, se tenait le veilleur qui passait la tête par une trappe. Dans le petit réduit entre le pont et le poste du veilleur, un autre téléphoniste était rentré avec un chausse-pied, sans vue sur l'extérieur ni air frais. Son rôle consistait à relayer les ordres au cas où l'interphone de passerelle tomberait en panne. A chaque fois que l'officier de quart donnait un ordre de barre ou de vitesse, les téléphonistes de la passerelle le transmettaient au PCNO, en bas.

Pacino monta sur le sommet du massif, derrière la passerelle. Des rambardes d'acier, retirées avant de plonger, étaient vissées au sommet de celui-ci, sur l'avant et l'arrière de la passerelle. De là-haut, Pacino pouvait voir à des kilomètres à la ronde. Il regarda sa montre.

— Stokes, faites retirer la coupée.

Une grue, sur le quai, enleva la coupée du pont du *Devilfish.*

Pacino fit signe de la tête à Stokes.

— Allons-y.

Stokes prit le porte-voix et cria aux hommes équipés de gilets de sauvetage, sur le pont et le quai :

— Rentrez la pointe et la garde !

L'équipe de quai décapela les lourdes aussières des bittes d'amarrage et les lança à l'équipe de pont.

L'avant du bateau, repoussé par le courant, commença à se dégager du quai.

— Rentrez tout !

Stokes se penchait du côté tribord du massif pour surveiller l'équipe de manœuvre de la plage arrière. Lorsque l'équipe de quai lança les épaisses aussières à bord, il saisit son micro.

— Effectuez le changement de pavillons !

Une sirène à air comprimé placée à la base du massif déchira l'air durant huit secondes, signalant que le bâtiment avait appareillé. Au même moment, le pavillon américain fut rentré sur le pont et, à la passerelle, un pavillon plus petit fut hissé sur un mât démontable, derrière Pacino. Sur l'autre drisse, près du pavillon américain, on envoya le Jolly Roger qui claqua fièrement dans la brise.

Sur le quai, le capitaine de vaisseau Adams ne put réprimer un sourire.

Pacino descendit dans la passerelle, avec l'officier de quart et son adjoint.

— Plus personne là-haut, dit-il à Stokes. Hissez le radar et prenez la veille.

Stokes transmit les ordres au PCNO. Au-dessus et derrière lui, le radar tournait en bourdonnant et en grinçant. Il permettait à l'équipe du CO de les aider à naviguer pour sortir de Norfolk. Les deux périscopes tournaient furieusement, faisant des points, et le CGO, un Irlandais du nom de Christman, aux cheveux roux et au caractère vif, dirigeait la manœuvre.

— *Passerelle du CGO, 100 mètres du point tournant, prochaine route 0-8-1.*

— CGO de passerelle, bien reçu, répondit Stokes d'une voix traînante.

Pacino regardait la mer et le ciel. Le vent froid et sec engourdissait sa joue gauche. Dans le ciel bleu profond s'étiraient de longs et fins nuages blancs. Le soleil brillait mais restait froid et bas sur l'horizon.

La brise faisait clapoter la mer dans l'embouchure sud de la baie de Chesapeake. L'eau paraissait vert foncé, les vagues moutonnaient. En regardant au-delà de la première boucle du chenal, Pacino aperçut avec ses jumelles un pétrolier lourdement chargé qui avançait dans leur direction, en route vers le terminal international de Norfolk.

— *Passerelle de CGO, point tournant. Venir au 0-8-1.*

— Central de passerelle, à droite 15, venir au 0-8-1, ordonna Stokes.

Pacino fit un signe approbateur.

— Réglez la vitesse à 15 nœuds, ordonna Stokes dans l'interphone.

— Stokes, faites passer les pompes primaires en grande vitesse, dit Pacino. On va bientôt mettre la gomme !

Le bâtiment commençait à réagir à l'augmentation de vitesse de 10 nœuds, une vague d'étrave se formait, des embruns balayaient le pont en arrière du massif et le sillage bouillonnait.

Stokes ordonna dans l'interphone :

— PCP, passez les pompes primaires en grande vitesse.

— *Bien reçu, passez les pompes primaires en grande vitesse. Passerelle de PCP, les pompes primaires sont en GV.*

Stokes accusa réception. Il regardait Pacino, qui se tenait debout à côté de lui sur la passerelle encombrée.

— Mettez à fond, Stokes, dit Pacino, en observant à nouveau dans ses jumelles le pétrolier et le chenal des Thimble Shoals.

— Central, en avant toute, ordonna Stokes.

— *Avant toute affiché. Nous sommes réglés avant toute !*

— Bien reçu...

La voix de Rapier crachota dans l'interphone passerelle.

— *Passerelle du commandant en second, je voudrais parler au commandant sur le téléphone privé.*

Un circuit téléphonique particulier reliait uniquement la passerelle au CO. Plus discret, il était utilisé pour échanger des informations dont on ne souhaitait pas faire profiter l'ensemble du bâtiment.

— Ici le commandant, dit Pacino dans le combiné.

— Je te conseille de rester à petite vitesse dans le chenal, commandant, dit Rapier. La dernière fois que nous avons joué à ça, les Coast Guards nous ont flanqué une amende pour excès de vitesse. La vitesse maximale dans le chenal est de 15 nœuds.

— Les Coast Guards ont leurs impératifs, nous avons les nôtres, second.

— Tu triches, commandant, dit Rapier en souriant.

La vague d'étrave submergeait largement la plage avant. Le courant d'eau se brisait sur le massif, éclaboussant le personnel de quart. La puissance de la propulsion du bâtiment, deux énormes turbines attaquant un réducteur qui entraînait une seule hélice, faisait vibrer la coque sous eux. Le sillage bouillonnait à l'arrière. Le vent soufflait fort, forçant l'officier de quart à crier pour se faire comprendre.

Le *Devilfish* roulait de 5 degrés de chaque bord, dans la houle. Les périscopes tournaient, le mât radar grinçait, les pavillons claquaient dans le vent et la vague d'étrave rugissait.

D'habitude, les bruits de l'appareillage remplissaient Pacino de satisfaction.

Aujourd'hui, il ne pensait qu'à son père, et à un amiral russe qui l'avait envoyé par le fond.

7

Mardi 14 décembre
11 h 00 GMT

Océan Glacial Arctique
Sous la calotte polaire

En hiver, la banquise atteignait presque la côte nord de la Russie. Un brise-glace avait dû ouvrir un passage pour que le *Kaliningrad* puisse se frayer un chemin vers le large. Après avoir plongé, il fonçait maintenant à pleine vitesse en direction de la calotte polaire.

L'amiral Alexis Novskoy défaisait son sac et rangeait ses affaires dans les grands placards de la chambre du commandant. Le capitaine de vaisseau Youri Vlasenko avait été surpris par l'arrivée de Novskoy sur le quai, peu avant l'appareillage. Il n'avait pas eu le temps, s'excusa-t-il, de prévoir l'installation à bord d'un amiral et de son état-major. Novskoy avait écarté toute protestation. L'état-major n'embarquerait pas, il serait seul. Vlasenko avait rapidement mis sa propre chambre à la disposition de Novskoy, qui était en train de s'y installer.

Les appartements du commandant comportaient un grand bureau, dont la porte donnait sur la coursive de la tranche E, flanqué d'une petite chambre à coucher attenante. On frappa. Novskoy ferma les placards et déverrouilla la porte extérieure.

Le capitaine de vaisseau Vlasenko se tenait debout dans l'encadrement de la porte, vêtu de sa tenue de mer, une vareuse vert olive sur un pantalon rentré dans ses bottes. Novskoy lui fit signe d'entrer, lui désigna un siège et ferma la porte derrière lui.

Vlasenko était trapu. A l'école de navigation sous-marine « Maréchal Grechko », il avait été champion de lutte. Ses épaules étaient si larges qu'il devait faire confectionner ses uniformes sur mesure. Maintenant qu'il approchait de la cinquantaine, il perdait un peu de son tonus. Ses cheveux autrefois blonds étaient désormais argentés, et des pattes d'oie soulignaient légèrement le contour de ses yeux.

Vlasenko jeta un coup d'œil à la taille de Novskoy. L'amiral portait un ceinturon de cuir brillant, auquel pendait un étui luisant contenant un pistolet semi-automatique du modèle réglementaire. Exactement comme sur le *Leningrad,* se souvint Vlasenko, sentant monter la colère en lui. L'homme aimait se donner des airs, et en particulier ressembler à ce général américain dont il avait lu l'histoire... Comment s'appelait-il, déjà ? Patton ! Celui qui portait des revolvers à la crosse rehaussée de perles, comme un cow-boy du dimanche...

— Amiral, commença-t-il, je venais vous inviter à faire le tour du bord.

Novskoy sourit légèrement à Vlasenko. Pourquoi son ancien subordonné lui proposait-il de le promener à travers le bateau qu'il avait lui-même conçu ? Toute la gloire lui en revenait. Vlasenko n'en était le commandant que par effet de sa bonté.

— Non, je n'ai pas le temps. J'ai du travail d'état-major à faire, commandant. Et d'autre part, je connais ce bâtiment mieux que n'importe qui au monde, vous compris. Je suppose qu'il est prêt au combat ; ou plutôt, j'exige qu'il le soit. C'est votre devoir, commandant. Vous pouvez disposer.

Vlasenko fixa l'amiral, réussit à approuver de la

tête et prit congé. Quand il fut dans la coursive, il entendit Novskoy verrouiller la porte de l'intérieur.

Vlasenko tentait de ravaler sa colère. Refuser de faire le tour du bord avec le commandant était une insulte, une violation flagrante du protocole de visite d'un amiral. Il se demandait ce que signifiait cette mission. Dès son arrivée à bord, Novskoy avait annulé le programme des essais propulsion initialement prévus. Partir en opération sous la calotte polaire avec un bâtiment n'ayant pas effectué ses essais était non seulement sans précédent, mais pouvait également se révéler suicidaire. Novskoy se comportait comme s'il commandait lui-même le sous-marin. Vlasenko avait l'impression d'être le second plutôt que le commandant de son propre bâtiment.

Il se concentra sur l'inspection de son sous-marin. L'équipée de Novskoy ne durerait pas longtemps — dans une semaine ou deux, il serait à nouveau à terre, à l'état-major, lui laissant le commandement du sous-marin nucléaire d'attaque le plus moderne de la Flotte du Nord russe. Au moins, un tour du bord le sortirait de son placard à balais et l'amènerait à discuter avec l'équipage, ce dont l'arrogant Novskoy ne se souciait certainement pas.

Vlasenko sortit de la chambre du commandant en second, dans laquelle il avait dû s'installer, et s'avança vers tribord, dans une coursive étroite encadrée de deux cloisons recouvertes de panneaux clairs. Elle communiquait avec la coursive principale qui s'étendait sur toute la longueur du bâtiment.

L'automatisation du *Kaliningrad* était si poussée qu'il suffisait de très peu de personnel pour sa mise en œuvre. L'équipage était composé de dix-huit officiers, treize officiers mariniers et seize quartiers-maîtres, tous engagés. En cas d'urgence, la sphère de sauvetage principale, accessible depuis le pont supérieur de la tranche E, permettrait d'évacuer environ trente des quarante-sept hommes. Les autres devraient utiliser la sphère auxiliaire du PCNO, prévue pour dix-huit personnes. Mais la plupart des missions du *Kaliningrad* se déroulaient sous la calotte polaire, là où les sphères de sauvetage devenaient rigoureusement inutiles.

Vlasenko continua vers l'avant, dans la coursive principale, passa devant la cuisine et la cafétéria sur bâbord, jusqu'au carré des officiers, un grand local équipé d'un magnétoscope et d'une bibliothèque, et meublé de fauteuils profonds. Vlasenko se souvenait combien, par comparaison, on était à l'étroit dans le *Leningrad*. Bien sûr, ces officiers appartenaient à une nouvelle génération : ils avaient été formés en temps de paix, même si celle-ci semblait précaire. Pourtant, il restait persuadé qu'ils étaient séparés par bien plus que cela. Il avait connu davantage de combats qu'il n'aurait souhaité. Il avait été témoin du naufrage du sous-marin américain... le *Stingray*... coulé par le *Leningrad* et en était resté profondément marqué. Il avait servi comme officier ASM sous les ordres du même amiral Novskoy. C'était lui qui avait appuyé sur le bouton de mise de feu, lançant les torpilles vers ce bâtiment américain, en ce jour, lointain peut-être, mais dont le souvenir restait toujours vif dans son esprit. Il avait essayé de comprendre... Les ordres venaient de Novskoy, donnés sous la menace de son pistolet... Il n'y était jamais tout à fait parvenu. Il continuait à faire des cauchemars. Et maintenant, des années plus tard, la présence de l'amiral lui pesait.

Il était sur le point de quitter le carré, lorsqu'il s'aperçut avec fureur que la porte de communication directe avec les appartements du commandant avait été soudée. Un sous-marin tout neuf ! Cet individu, à peine embarqué, se permet de faire souder une porte. Mais dans quel but ?

Vlasenko retourna dans la coursive principale, tourna à gauche vers l'avant et passa devant l'autre porte de la chambre de Novskoy. Il ne put s'empêcher d'essayer la poignée. Verrouillée. Que diable pouvait-il bien cacher ?

Il s'avança jusqu'à la cloison avant du compartiment qui formait une barrière étanche entre les tranches E et F. En cas de voie d'eau dans une des tranches, le bâtiment pouvait encore survivre et remonter en surface. Avec deux compartiments envahis, le problème devenait plus sérieux, mais les chances de s'en sortir restaient bien réelles. La tranche E était conçue pour présenter un maximum de garanties de survie — aucune arme qui puisse exploser, pas de circuits d'eau de mer qui risquent de fuir, pas d'huile HP ou de bouteilles d'air susceptibles de prendre feu, pas d'équipements lourds risquant de se détacher de leurs bâtis. Pour cette raison, les deux sphères de sauvetage y avaient été implantées.

Vlasenko s'accroupit pour passer par le panneau étanche à fermeture automatique et pénétra en tranche F — là où étaient stockées les armes. Il inspira avec plaisir, appréciant la forte odeur un peu âcre se dégageant des armoires électriques installées au niveau supérieur. Là se trouvaient les meubles contenant les matériels électriques et électroniques nécessaires aux transmissions et à la navigation. Ils contenaient des circuits sous très haute tension qui vomissaient de l'ozone et donnaient cette odeur particulière à son sous-marin, la ventilation ne permettant pas la dispersion rapide de ce gaz.

Vlasenko revint vers le panneau de la tranche E, en face duquel une échelle étroite et raide menait au niveau inférieur. Il descendit et le décor changea brusquement. Il se trouvait au pont milieu du poste torpilles, là où étaient implantés les trois tubes de 100 centimètres et où les torpilles Magnum à tête nucléaire reposaient sur leurs rances de stockage.

La dimension de ces armes était impressionnante. Les torpilles avaient la taille des mini sous-marins utilisés pendant la Seconde Guerre mondiale par les Japonais. Elles pouvaient atteindre la vitesse de

100 km/h. Leur embonpoint leur donnait également une incroyable endurance. Elles pouvaient poursuivre un but à vitesse maximale pendant plus d'une heure, parcourant ainsi plus de 100 kilomètres. Aucun adversaire sous-marin ne pouvait filer plus vite qu'une Magnum.

Les mortelles torpilles Magnum, peintes d'un noir brillant, luisaient dans la lumière intense du compartiment. Passant la main par-dessus la bande rouge qui signalait la radioactivité des torpilles, Vlasenko toucha la surface douce et froide de l'arme la plus proche. Immédiatement, il sentit le canon froid d'un pistolet se poser sur son cou.

— Tournez-vous très lentement et mettez les mains derrière la tête.

Vlasenko obtempéra et se trouva face au premier maître Dimitri Danalov, le capitaine d'armes, responsable de la sécurité à bord, dont la lèvre supérieure disparaissait presque sous une épaisse moustache.

— Commandant ! s'exclama-t-il, en baissant son arme et la replaçant dans l'étui à sa ceinture. Avec le respect que je vous dois, personne ne peut toucher les armes nucléaires sans que j'en sois informé.

Vlasenko balaya les excuses de Danalov d'un revers de la main.

— Non, non, vous ne faisiez que votre devoir. Je vous félicite.

— L'amiral ne serait pas d'accord, commandant...

— L'amiral ? Novskoy est venu ici ?

— Il a jeté un coup d'œil sur les Magnum, il y a une heure environ.

— A-t-il dit quelque chose ? A propos des Magnum ?

— En fait, oui. Il a dit qu'il espérait que les ingénieurs qui les avaient conçues savaient ce qu'ils faisaient.

Vlasenko enregistra la remarque.

— Premier maître, je descends au niveau inférieur, voulez-vous m'accompagner ?

— Je préfère, commandant, je ne voudrais pas que mon officier ASM vous descende si vous le surprenez.

Ils descendirent l'échelle d'accès au niveau inférieur, là où se trouvaient les six tubes de 53 centimètres. En suivant Vlasenko, Danalov était impressionné par son allure malgré ses quarante-huit ans et se rappela son prestigieux passé sportif.

Les deux hommes se trouvaient maintenant en bas de l'échelle. Le jeune lieutenant de vaisseau Vasili Katmonov, l'officier torpilleur, sortit de l'un des recoins du poste torpille et se mit au garde-à-vous.

— Puis-je faire quelque chose pour vous, commandant ?

— Non, je fais simplement un petit tour dans le bord.

Vlasenko regarda autour de lui. L'espace paraissait propre et bien tenu. Ils avaient devant eux les six tubes de 53 centimètres et les torpilles conventionnelles. Les armes étaient posées sur deux rances larges, équipées de vérins hydrauliques pour les mettre aux tubes. Ces torpilles, peintes en noir mat, paraissaient aussi sinistres que les Magnum.

Vlasenko félicita Katmonov pour la tenue des deux niveaux inférieurs de sa tranche, en insistant particulièrement sur l'efficacité de la sécurité.

— Le premier maître Danalov est une valeur sûre à bord de ce bateau.

Katmonov et Danalov échangèrent un regard rapide.

— Ce n'était pas l'avis de l'amiral, dit Danalov.

— Qu'a dit l'amiral ?

— Il voulait que je dégrade le premier maître. Il disait que Danalov devrait être désarmé. Il semble que Danalov ait pointé son arme sur la nuque de l'amiral alors que celui-ci regardait les Magnum. Je n'aime pas qu'un officier porte une arme chargée ici, commandant, et Danalov non plus. Mais l'amiral Novskoy a refusé de déposer son pistolet. C'est une violation grave aux ordres permanents en vigueur dans la Flotte, tout particulièrement au poste torpilles. Je ne sais que faire, commandant. Comment dire à l'amiral qu'il enfreint les règles ?

— Vous ne dites rien, Katmonov. Vous m'avez rendu compte, je m'en occupe.

Il les laissa et retourna dans la coursive principale, en tranche E, et regarda à nouveau la porte de la chambre de Novskoy, fermée à clé. Il se souvenait de l'endroit où était rangée une autre clef de cette porte, mais écarta rapidement cette idée. Ne pas provoquer cet homme pendant cette mission, se sermonna-t-il, il serait bientôt parti et le bâtiment lui appartiendrait de nouveau.

Vlasenko s'éloigna de la porte et s'approcha de l'échelle d'accès au niveau inférieur, où il trouva le capitaine de corvette Vladimir Ivanov, qui se tenait 10 mètres en arrière dans la coursive devant la porte de sa chambre. En temps normal, Ivanov remplissait les fonctions d'officier opérations. Il était responsable des armes, des transmissions et de la détection sous-marine. Mais pour cette mission, il remplaçait également le commandant en second, malade.

Ivanov lui fit signe et Vlasenko s'avança vers lui, se dirigeant vers l'arrière.

— Bonjour, commandant. Nous avons un problème. Deux en fait.

Ivanov, âgé d'environ trente-cinq ans, paraissait toutefois plus jeune. Il était capable de boire de la vodka pendant toute la nuit et prétendait au titre de célibataire du bord, celui qui ne prenait généralement pas la vie trop au sérieux. Depuis qu'il avait pris les fonctions de second à l'appareillage de Severomorsk, il paraissait tendu et préoccupé en permanence.

— De quoi s'agit-il, Ivanov ?

— Tout d'abord un problème technique, commandant. L'émetteur lié à l'antenne multifonction n'arrête pas de disjoncter. Nous avons déjà changé deux fois un étage de génération de signaux. Nous cherchons la panne, mais je pense que la liaison UHF satellite sera indisponible pour quelque temps.

Vlasenko haussa les épaules. Rien de très grave. Bientôt, ils seraient sous la banquise et ne pourraient de toute façon plus transmettre par satellite. Les émetteurs de réserve suffiraient largement pour appeler au secours s'ils avaient besoin d'aide.

— Commandant, cela nous amène au second problème. L'amiral Novskoy... il exige que la liaison UHF et l'antenne multifonction soient disponibles en permanence, et dès maintenant.

« Quel enfoiré ! Je suis seul à pouvoir donner ce genre d'ordre », pensa Vlasenko. « Cet amiral de passage n'a pas compétence pour commander mes propres officiers. »

— Je parlerai à l'amiral, Ivanov. D'ici là, continuez à travailler sur le problème. Où en êtes-vous ?

— On avance doucement, commandant. Je pense que j'y travaillerai jusqu'à ce que tout fonctionne. L'amiral insiste pour que le matériel soit disponible pour ce soir.

— Ce soir ? A-t-il précisé pourquoi ?

— Non, commandant. Il a simplement précisé que j'avais intérêt à ce que cela fonctionne ce soir.

Ivanov semblait prêt à aller directement discuter avec Novskoy quand il monta l'échelle vers le niveau supérieur. Vlasenko le comprenait, mais espérait que cette jeune tête brûlée saurait se maîtriser pendant la durée de la mission. Il savait que cela ne serait facile pour aucun d'entre eux.

Vlasenko, écourtant sa ronde en tranche E, se rendit vers l'arrière, au PCP. Le poste de commande propulsion n'était en fait qu'un vaste terminal d'ordinateurs, dont les claviers étaient installés à hauteur de la taille. Le pupitre principal était divisé en deux parties formant un angle droit. Une petite plate-forme surélevée était installée un peu en arrière des écrans, sur laquelle était boulonné un fauteuil réservé à l'ingénieur de quart, qui pouvait ainsi surveiller tous les pupitres à la fois. Le capitaine de corvette Mikhail Geroshkov y était assis, tel un roi sur son trône. Geroshkov était passionné par son métier et, vraiment, cela n'avait rien d'étonnant. La propulsion du *Kaliningrad* était bien plus moderne que celle de n'importe quel autre sous-marin actuellement en service dans la Flotte. Elle était également bien plus avancée que tout ce que possédaient les Américains, avec leurs réacteurs à eau pressurisée qui ne permettaient qu'une faible densité de puissance. Le *Kaliningrad* disposait de deux réacteurs dont le fluide primaire était du sodium maintenu à l'état liquide. Les pompes primaires n'avaient aucune pièce en mouvement et forçaient la circulation du sodium par induction magnétique. L'ensemble était évidemment très silencieux.

Vlasenko ne prétendait pas être un expert en matière de propulsion nucléaire. La marine russe était divisée en deux branches : les officiers du pont, dont il faisait partie, et le corps des ingénieurs dont le rôle était de mettre en œuvre et de maintenir en état les installations propulsion.

— Pas de problèmes avec la machine ? demanda Vlasenko à Geroshkov.

— Jusqu'à maintenant, tout est parfait, commandant.

— Pas de soucis avec les calculateurs ?

— Non, commandant. Au début j'avais des doutes, mais ils facilitent vraiment les choses.

Vlasenko observa un instant les écrans, souhaitant partager l'optimisme de Geroshkov au sujet des calculateurs.

— L'amiral est-il passé ici ?

— Non, commandant. Pourquoi serait-il venu ?

— Pour rien, Geroshkov, je repars sur l'avant, tout à l'air en ordre.

Vlasenko avait l'intention de protester auprès de l'amiral Novskoy au sujet des ordres que celui-ci donnait directement à ses officiers, mais en arrivant près du carré, au pont supérieur de la tranche E, un maître d'hôtel lui indiqua que l'amiral se reposait dans sa chambre. Eh bien ! il allait passer au PCNO, et attendrait d'avoir bien affûté ses arguments pour discuter avec Novskoy. Il ne voulait pas commencer une guerre à bord de son propre bâtiment. Quoique...

8

Mardi 14 décembre
10 h 14, heure de la côte Est

Océan Atlantique Ouest
40 nautiques au nord-est de Norfolk, Virginie

Le capitaine de frégate Jon Rapier commença sa ronde dans le sous-marin pour s'assurer que le bâtiment était paré à appareiller. Pacino avait toujours tenu à s'en charger personnellement — il insistait pour jeter lui-même un coup d'œil aux moindres recoins. Mais aujourd'hui, il avait demandé à Rapier de le remplacer et était resté dans sa chambre.

Il n'est pas dans son état normal, pensa Rapier. Durant ces deux dernières années, concilier les intérêts divergents de la vie de famille et de la vie professionnelle n'avait pas été une mince affaire. Mais même pendant les moments les plus durs, Pacino ne s'était jamais départi de son sens de l'humour.

Cette mission semblait différente. Quelque chose préoccupait le pacha et ce n'était certainement pas une simple dispute conjugale.

Dans sa chambre, Rapier s'était changé pour faire son tour du bord ; il portait maintenant une combinaison en coton bleu sur laquelle était brodé son nom, au-dessus de la poche de poitrine droite. Il boucla la ceinture kaki à laquelle était accroché son dosimètre, épingla son macaron de sous-marinier et enfila ses chaussures de mer. Il sortit et se dirigea vers l'avant, par la coursive centrale. Il descendit au pont milieu par une échelle étroite, puis prit à gauche vers les logements des officiers.

Chaque chambre était occupée par trois officiers et mesurait deux mètres sur deux. Elle était meublée de deux chaises et de deux bureaux escamotables. Quelques placards étaient intégrés dans les cloisons recouvertes de faux bois. Les trois bannettes cercueils qui faisaient office de lit ressemblaient aux tiroirs d'une morgue. Un rideau en masquait l'ouverture latérale. Une petite lampe de lecture était installée à la tête de chaque couchette.

Les officiers mariniers anciens étaient logés en chambre à trois, les autres partageaient des chambres à quatre. Les hommes les plus gradés avaient chacun leur couchette. Les autres pratiquaient la « bannette chaude », c'est-à-dire que trois personnes occupaient à tour de rôle deux lits, l'une d'entre elles étant toujours de quart. Une vingtaine d'hommes d'équipage dormaient au-dessus des torpilles, au niveau inférieur de la tranche D.

Le carré s'ouvrait sur l'arrière des logements officiers. La pièce mesurait environ 6 mètres sur 4,50 mètres, et son centre était occupé par une table. Par une porte au fond, on accédait à un office, qui donnait lui-même sur la cuisine. Le carré était la pièce à tout faire, salle à manger, salle de conférence, salle de cinéma, salle de préparation des missions et même lieu de détente après le quart.

L'un des plus grands espaces à bord était la cafétéria équipage. Une trentaine d'hommes pouvaient y prendre place ensemble. Sur la cloison tribord étaient peints deux clippers à voiles carrées naviguant sur une mer démontée. Un cordage de chanvre était enroulé sur les épontilles centrales, en haut desquelles étaient vissées des lampes de cuivre. Un miroir, lui aussi encadré de cordage de chanvre, était suspendu sur la cloison opposée. Les sièges de cuir et les nappes étaient bleus. Le sol était recouvert de carreaux bleus et blancs. La pièce faisait davantage penser à un *fish and chips* bon marché qu'à la cafétéria d'un sous-marin. Peu importe, pensa Rapier en lui-même, au moins l'équipage l'apprécie.

Sur l'arrière de la cafétéria, se trouvait le local du sas vide-ordures. Le SVO se composait d'un tube vertical, dont l'extrémité supérieure était obturée par une porte, et la partie inférieure par un sectionnement à boisseau rotatif. Une sorte de petit tube lance-torpilles, utilisé pour éjecter les ordures à la mer. Les déchets, compactés par une presse hydraulique, étaient enfermés dans des sacs en plastique lestés de plomb, afin que rien ne remonte à la surface et ne trahisse leur présence. A côté du SVO, une échelle d'acier permit à Rapier de descendre au niveau inférieur.

Il traversa ensuite le local du compas gyroscopique, sous la cafétéria équipage, puis les auxiliaires avant, et arriva enfin au poste torpilles. Dans chaque compartiment, il s'assurait de l'absence de matériel non arrimé ou mal rangé, qui pourrait être endommagé si le bateau prenait un coup de roulis.

Il s'attarda au poste torpilles, un vaste local conçu pour le stockage et le lancement des armes. Un passage central était ménagé entre les rances supérieures. Des torpilles Mark 49, peintes en vert et portant chacune l'inscription « HULLBUSTER MOD B » en lettres capitales blanches, garnissaient les postes de stockage en abord. Au centre se trouvaient les cinq Mark 50 expérimentales, peintes en rouge brillant et marquées « HULLCRUSHER ».

Le panneau de commande locale des tubes était installé à l'avant de la zone de stockage des armes. Depuis ce panneau, le patron torpilleur remplissait et vidangeait les tubes et commandait le déplacement et le chargement des torpilles, poussées par de puissants vérins hydrauliques. De chaque côté du panneau de commande locale étaient disposés les tubes eux-mêmes, montés en oblique par rapport à l'axe longitudinal du bâtiment, puisque le compartiment était situé au milieu du sous-marin. Depuis que les torpilles étaient devenues des armes intelligentes, la direction dans laquelle on les lançait n'avait plus d'importance : elles étaient capables de se diriger seules vers le point qui leur avait été fixé. L'arrière des tubes était en partie encastré dans des réservoirs d'eau, reliés au réseau d'air à haute pression du sous-marin. L'air pressurisait l'eau dans les capacités, qui étaient brutalement mises en communication avec l'extrémité arrière du tube lance-torpilles. L'eau sous pression poussait alors l'arme hors du tube et la chassait. Aucune bulle d'air ne s'échappait, et ainsi le sous-marin restait-il discret.

Sur la porte intérieure de chaque tube était accroché un panneau portant l'inscription « TORPILLE DE COMBAT ». Rapier vérifia les tubes, constata qu'ils étaient secs et que leurs sécurités étaient en place. Il fit un signe de tête approbateur au maître[1] Robertson, assis devant le panneau de commande locale. Il appela alors le central pour prévenir qu'il allait entrer dans le compartiment batterie, en dessous du poste torpilles. Il souleva le panneau et risqua un coup d'œil en bas. L'espace mesurait 1,50 mètre de haut et 9 mètres de long sur 6 de large. Une fois à l'intérieur, il fallait s'allonger sur le dessus des accumulateurs. Pour entrer, on devait se débarrasser du moindre objet métallique, afin d'éliminer tout risque de court-circuit. Chaque élément avait la taille d'une chaudière de chauffage central et était rempli d'acide sulfurique. Satisfait, Rapier se releva, referma la trappe et quitta le poste torpilles.

Le commandant en second savait que l'arrière serait paré. Les équipes de l'ingénieur Matt Delaney étaient toujours plus sérieuses et méthodiques que

1. Grade d'un officier de marine correspondant à sergent-chef dans l'armée de terre *(N.d.T.)*.

les autres, ou du moins croyaient l'être. Il traversa la coursive centrale pour gagner la chambre du pacha et frappa à la porte. Aucune réponse. Il ouvrit et aperçut Pacino assis à son bureau, les yeux dans le vague.

— Commandant ?

Pacino s'extirpa de ses pensées et regarda Rapier.

— J'ai terminé ma ronde. Le sous-marin est paré à plonger, commandant. Rien de spécial à signaler.

— C'est bien, second, répondit Pacino d'une voix sans timbre.

— Autre chose, commandant ?

Pacino lui fit signe que non de la tête et Rapier sortit. Manifestement, le pacha avait des soucis.

Alors que la porte se refermait et que le bruit des pas de Rapier s'éloignait, Pacino chassa de son esprit l'obsession de son père et de l'amiral russe qui se trouvait quelque part, là-bas... Il se leva de son bureau et se dirigea vers la table à cartes, au PCNO. Même à vitesse maximale, ils ne pourraient pas plonger avant le milieu de l'après-midi, en raison du plateau continental qui s'étendait jusqu'à environ 150 nautiques à l'est de la côte de Virginie. Le *Devilfish* était avant tout conçu pour naviguer en plongée... En surface, il ne pouvait filer que 20 nœuds, car il devait lutter contre sa vague d'étrave et poussait beaucoup d'eau. Pacino regarda l'heure avec quelque impatience et commença à calculer le temps qu'il lui faudrait pour atteindre la limite de la banquise, au nord de l'Islande.

Vingt minutes plus tard, les officiers se pressaient autour de la table du carré. Certains avaient les mains posées sur le revêtement de cuir bleu, d'autres feuilletaient les pages de leurs carnets. Rapier s'assit à la droite de la place traditionnellement réservée au commandant, au bout de la table.

Le CGO Ian Christman se tenait debout dans un coin de la pièce, près d'un rideau. Christman ne semblait pouvoir adopter que deux types de comportement diamétralement opposés : il paraissait soit hyperexcité, soit complètement endormi.

Pacino entra dans le carré, accepta une tasse de café, s'assit en bout de table et fit signe de la main à Christman.

— Allez-y, CGO.

Christman passa dans l'office, le petit réduit situé entre le carré et la cuisine, et ferma la porte extérieure dont il tira le verrou, ainsi que les deux portes du carré, isolant complètement la pièce. De retour près du siège du commandant, il tira le rideau, faisant apparaître une carte de l'océan Arctique et un schéma du sous-marin russe Oméga. Les deux documents portaient le tampon « TOP SECRET ». Il se tourna vers les officiers présents et désigna la carte.

— Messieurs, voici l'océan Glacial Arctique, et voici le nouveau sous-marin d'attaque russe de type Oméga.

Christman aimait les introductions dramatiques.

— Pendant cette patrouille, notre mission consiste à trouver ce fils de pute, tout juste sorti du chantier, qui accomplit actuellement ses essais à la mer. Une fois que nous l'aurons débusqué, nous recueillerons sa signature acoustique et nous la rapporterons aux petits génies de COMSUBLANT qui l'analyseront et la découperont en tranches fines. La manip est un peu compliquée, alors écoutez bien. Nous avons un problème de recherche acoustique... Aucun sous-marin, personne, n'a jamais entendu un type Oméga auparavant. J'ai fait régler nos filtres de menace sur les fréquences d'un Akula. Nous espérons que la propulsion est construite à peu près de la même façon...

— Ouais, CGO, interrompit Stokes, au grand agacement de Christman.

Le contraste entre le caractère nerveux de Christman et le calme légendaire de Stokes provoquait entre eux une friction permanente.

— Si nous ne savons pas comment trouver ce

type, comment veux-tu que nous l'enregistrions ? Nous pouvons nous trouver juste à côté de lui sans même avoir un indice de sa présence.

Balourd ou pas, pensa Pacino, Stokes avait mis le doigt sur un point crucial.

Christman le regarda en fronçant les sourcils.

— En fait, il se pourrait que la durée de cette mission ne suffise pas pour que nous le trouvions. Mais nous pouvons peut-être le débusquer grâce à une indiscrétion, peut-être un transitoire inattendu. Avec un peu de chance, nous pourrions tomber sur un lancement de torpille d'exercice... Il y a plusieurs sous-marins d'attaque russes dans les parages, qui seront, eux, détectables par nos filtres de menace. Ou alors, COMSUBLANT pourrait nous envoyer un message annonçant la détection de l'Oméga par le SOSUS. C'est peu probable, je l'admets. Le SOSUS n'est guère performant face à un but vraiment silencieux. En plus, si loin dans le nord, étant donné l'imprécision des relèvements, même une bonne détection laisserait encore une zone d'incertitude de plusieurs milliers de kilomètres carrés. Notre dernier atout concerne le renseignement photographique. Vous savez, les satellites de surveillance. Nous pourrons peut-être détecter un retour en surface avec le scanner infrarouge du satellite KH-17 en orbite polaire.

— Peu de chances, interrompit Stokes d'une voix traînante. Ce gars-là ne fera pas surface du tout. Pourquoi le ferait-il ?

— Peut-être que non, mais s'il y a une chose que nous avons apprise des Russes, c'est qu'ils sont parfaitement imprévisibles.

Même Stokes ne pouvait qu'approuver.

— La route est tracée en noir jusqu'à notre zone de patrouille, ici. Il est prévu que nous transitions trois jours sous la banquise. Notre position initiale de recherche est située dans la zone où COMSUBLANT suppose que l'Oméga fait ses essais à la mer. Christman désigna une zone entourée de rouge, au nord de l'île de la Nouvelle-Zemble, en forme de banane.

— Comme vous pouvez le voir, la zone de recherche est très vaste et cela ne nous aide pas vraiment pour notre opération. O.K. ! C'est tout pour la phase de recherche. Maintenant, envisageons que nous ayons une bonne détection sur l'Oméga. C'est là que nous commençons l'enregistrement. Il me déplaît de devoir le préciser, messieurs les jeunes officiers, mais l'enregistrement d'un Russe est autrement plus difficile que l'exercice que nous avons effectué avec le *Billfish* en Méditerranée. Nous serons à quelques mètres de la coque du Russe, nous en ferons le tour, dessus, dessous, devant, derrière et nous enregistrerons tout ce que nous pourrons. De plus, contrairement au *Billfish,* le Russe n'aura pas pour consigne d'être coopérant et d'adapter sa route et sa vitesse pour nous faire plaisir. Il pourrait commencer à se débattre à n'importe quel moment, jouer à Ivan le Fou, nous aborder et nous causer une voie d'eau. Ou pire, nous tirer dessus.

— Ce que je vais vous dire est extrêmement classifié, intervint Pacino. Voici quelques années, un de nos bateaux, de type Piranha, est entré en collision avec un sous-marin d'attaque russe pendant un enregistrement. Le Russe a tiré sur lui deux torpilles de combat de 533. Sale façon de terminer une patrouille dans le Grand Nord...

— Que s'est-il passé exactement, commandant ? demanda Brett Fasteen, l'ingénieur adjoint responsable du secteur électricité.

— Notre sous-marin, à vitesse maximale, avait eu la chance d'éviter les crêtes de pression. Une des torpilles n'a pas explosé, la seconde est tombée à cours de carburant après une chasse d'une vingtaine de minutes. Et comme vous le savez, vingt minutes, c'est très, très long, quand on se fait courser par une torpille de combat russe. Le commandant a rendu son macaron après cette mission.

Pacino jeta un coup d'œil autour du carré. Si l'un

des officiers avait eu le moindre doute quant au danger présenté par cette opération, il était maintenant fixé sur la situation. Et encore, ils ne savaient pas tout...

Dans sa chambre, Pacino lisait les documents relatifs à l'Oméga, que Donchez lui avait fait porter avant que le *Devilfish* n'appareille, et réfléchissait au reste. Il s'agissait en quelque sorte de venger son père en défiant et en détruisant Novskoy, l'homme qui l'avait envoyé par le fond, l'homme qui se trouvait à bord, comme lui avait affirmé Donchez. Mais comment faire ? Comment... L'imagination prit le dessus... S'il pouvait aborder le Russe, peut-être l'Oméga lancerait-il le premier. Si une torpille se précipitait vers eux, personne ne discuterait lorsque le commandant donnerait l'ordre de riposter. Le seul problème, mais de taille, consisterait à esquiver la torpille russe.

Un bourdonnement le sortit de sa rêverie. Mais était-ce vraiment une simple rêverie...

Le téléphone du CO grésillait avec insistance.

— Le commandant, dit Pacino, trempé de sueur.

— *Ici l'officier de quart, vous avez demandé que l'on vous réveille, commandant.*

— Merci. Je serai au CO dans quelques minutes.

Il s'étira, se lava le visage à l'eau chaude et se regarda dans le miroir. Il se laisserait pousser la barbe pendant cette patrouille. Normalement, il ne le faisait pas... cela le faisait trop ressembler à son père. Mais, c'était le moment ou jamais.

160 nautiques au nord-est de Norfolk, le *Devilfish* naviguait encore en surface, mais était paré à plonger. Le quart avait déjà été passé de la passerelle au PCNO. Le lieutenant de vaisseau Stokes, l'officier de quart, effectuait déjà de lents tours d'horizon au périscope n° 2.

Pacino pénétra dans le PCNO. Tout au fond étaient assis les quatre hommes qui pilotaient le sous-marin. Devant deux des sièges étaient disposés deux grands écrans séparés par un clavier. Devant chaque siège se trouvait un volant. Un autre siège était placé entre les deux premiers, un peu en arrière. Les pupitres de commande s'étendaient également vers bâbord, là où était assis le mécanicien de central. En fait, l'ensemble ressemblait au poste de pilotage d'un gros avion.

Le siège de gauche était celui du barreur qui commandait les barres de plongée avant, disposées horizontalement sur le massif. Le siège de droite accueillait l'homme qui commandait la barre de direction et les barres de plongée arrière, les ailerons horizontaux placés tout à l'arrière du sous-marin. Le siège derrière eux était celui du maître de central, chargé de surveiller l'immersion et l'assiette du bâtiment. Il supervisait les deux barreurs et le mécanicien de central, dont le pupitre commandait les différentes capacités du sous-marin, les ballasts, les régleurs et les caisses d'assiette ainsi que le système de tenue automatique d'immersion à vitesse nulle.

L'officier de quart se tenait sur une plate-forme surélevée, de 2,40 mètres sur 1,20 mètre, traversée par les fûts des deux périscopes. A bâbord se trouvait une console portant les interphones, le TUUM, un répétiteur sonar et un terminal d'ordinateur.

Sur la droite de la plate-forme du périscope, une longue rangée de consoles, la direction de lancement des armes ou DLA, le système de conduite de tir, s'étendait sur tout le côté tribord du PCNO. Le sondeur de glace Sharktooth était installé à bâbord de la plate-forme des périscopes. Ce sondeur, qui regardait vers le haut et vers l'avant pour détecter la glace, était une sorte de sonar actif qui émettait des impulsions acoustiques de haute fréquence d'un niveau si faible qu'il était à peu près indétectable. La table à carte était placée dans le coin bâbord arrière du PCNO, à côté du système de navigation inertiel, le SINS, installé le long de la cloison arrière, sur l'axe du bâtiment.

— Où en sommes-nous, Stokes ? demanda Pacino.

— Commandant, le capitaine de corvette Bahnhoff, l'enseigne de vaisseau Fasteen et le lieutenant de vaisseau Brayton ont vérifié que le bâtiment, en ce qui les concerne, est paré à plonger. Rien à signaler. 1 200 mètres de fond. Un contact, un pétrolier, azimut 2-0-5, distance 11 000 mètres, inclinaison 120 droite. Il a passé son CPA et s'éloigne. Nous faisons route au 0-3-5, à 8 nœuds. Le dernier point satellite nous place à 2 nautiques au nord-est du point de plongée. La navigation inertielle est calée. Je demande l'autorisation de plonger, commandant.

Les mains dans les poches, Pacino fixait l'écran de télévision qui affichait l'image de l'extérieur vue à travers le périscope. Il monta sur la plate-forme et jeta un coup d'œil au répétiteur sonar, puis redescendit et regarda la console n° 2 de la DLA, qui affichait la situation tactique. Il disparut de l'autre côté de la plate-forme des périscopes, étudia quelques instants la carte et vérifia le sondeur. Il revint près du maître de central assis entre les deux barreurs.

— Stokes, plongez, venez à l'immersion périscopique.

Stokes approuva de la tête.

— Central, alerte, 20 mètres.

Fasteen collationna l'ordre.

— Alerte, 20 mètres. Ouvrir les purges de tous les ballasts. Klaxon de plongée. Diffusion générale.

Le maître Robertson bascula huit interrupteurs, et huit témoins passèrent du vert au rouge sur son panneau de commande.

— Toutes purges ouvertes !

Il tira un petit levier au-dessus de lui, qui fit résonner le klaxon de plongée à travers tout le bâtiment. « Rheeeeeuh... Rheeeeeuh... Rheeeeeuh... »

— *Alerte, alerte, alerte !* annonça Robertson sur la diffusion générale.

Stokes régla le site du périscope au plus bas, pour regarder l'étrave du sous-marin et aperçut un geyser d'écume jaillissant vers le ciel.

— Purges de l'avant ouvertes, annonça Stokes en faisant tourner son périscope vers l'arrière.

Sur le répétiteur d'image du périscope, Pacino et les hommes du central regardèrent alors un brouillard d'eau pulvérisée s'échapper des purges des ballasts arrière.

La plage arrière s'enfonçait maintenant dans la mer, au milieu d'un bouillonnement d'écume blanche, et Stokes rendit compte :

— Le pont est sous l'eau.

Bientôt, l'arrière du sous-marin disparut complètement et les vagues se formèrent plus près de la glace de tête du périscope.

— Immersion 13 mètres, annonça le maître de central.

— Bien, répondit Stokes.

Doucement, le *Devilfish* s'enfonçait dans les vagues. Après la disparition du pont, le massif restait la seule partie visible du bâtiment. Rapidement, les barres de plongée avant traversèrent la surface de la mer, suivies par le reste du massif. Seul le périscope n° 2 s'élevait encore au-dessus des vagues, jusqu'à ce qu'il ne dépasse plus que d'un mètre, laissant derrière lui un fin sillage blanc.

— Immersion 20 mètres, annonça Fasteen.

— Toutes purges fermées, bâtiment balancé, dit le maître Robertson.

— Central, on pèsera le bâtiment à 5 nœuds, prévenir quand on pourra réduire.

— On peut réduire, rendit compte le maître de central presque aussitôt.

— Réglez la vitesse à 5 nœuds. Stokes n'avait pas cessé de regarder au périscope, continuant ses lents tours d'horizon, alternant grossissement faible et fort, site haut et site bas, à la recherche d'un avion, l'ennemi mortel du sous-marinier.

Après avoir admis et pompé de l'eau pendant dix minutes, Fasteen avait enfin pesé correctement le *Devilfish.*

— Commandant, nous sommes pesés à 5 nœuds, je demande l'autorisation de descendre et de faire route vers le nord, dit Stokes.

— Descendez à 163 mètres, et faites cap au nord-est à vitesse maximale, répondit Pacino.

Les sous-marins américains naviguaient à des immersions curieuses, comme par exemple 163 mètres. Le but consistait à éviter toute collision avec les Russes : on supposait en effet que les Russes mesuraient également l'immersion à partir de la quille du sous-marin et qu'ils naviguaient à des immersions rondes, mesurées en mètres, comme 200 mètres. Pacino se demandait toujours si les Russes eux-mêmes ne naviguaient pas à une immersion étrange, comme 304 mètres, pour éviter également les collisions avec les Américains...

— Central, réglez la vitesse à 8 nœuds, ordonna Stokes. Immersion 163 mètres.

Pacino consulta l'écran de télévision qui présentait l'image du périscope et vit la surface de la mer s'approcher rapidement.

— 20 mètres, 20,50 mètres... récita Fasteen.

Le périscope fendit les vagues. L'écume bouillonnait autour de l'objectif. La vue se dégagea un instant. Et de nouveau des vagues.

— Top la vue... annonça Stokes.

— Immersion 21 mètres, répondit Fasteen.

Une dernière lame déferla sur la glace de tête du périscope, puis on ne distingua plus que le dessous des vagues. Stokes mit le site du périscope en butée haute et regarda la surface s'éloigner. Lorsqu'elle fut à dix mètres au-dessus du périscope, Stokes rabattit les poignées le long du fût et attrapa l'anneau de hissage au-dessus de lui. Il le fit pivoter en annonçant :

— Je rentre le périscope n° 2.

Le bloc optique disparut rapidement dans le puits, suivi du fût en acier inoxydable, jusqu'à ce que la tête du périscope soit rentrée à l'intérieur du massif. Le moniteur s'éteignit automatiquement et le bâtiment prit doucement de l'assiette pour rallier son immersion.

— Central, réglez la vitesse à 34 nœuds ordonna Stokes.

Quand le sous-marin s'enfonça, la coque grinça et craqua sous l'effet de l'augmentation de la pression extérieure.

— 34 nœuds affichés, rendit compte l'homme de barre.

— Bien.

— On passe 100 mètres, annonça le maître de central.

— Très bien, central.

Stokes jeta un œil au répétiteur sonar. Un seul contact disparaissait sur l'arrière, le pétrolier.

— Immersion 163 mètres.

— Bien.

Stokes empoigna le micro de la diffusion générale.

— *Prendre la situation silence patrouille.*

Pacino regarda Stokes appuyé sur le fût du périscope, les bras croisés sur la poitrine.

— Je vais dans ma chambre, dit-il en se dirigeant vers l'arrière.

163 mètres au-dessous des vagues, le USS *Devilfish* entamait son transit vers le nord-est, en direction de la calotte polaire.

Vers la confrontation que Pacino attendait.

9

Mardi 14 décembre
11 h 35, heure de la côte Est des Etats-Unis.

Norfolk, Virginie
Quartier général de COMSUBLANT

L'amiral Richard Donchez alluma son premier cigare de la journée, ignorant délibérément l'expression peinée que prit le capitaine de vaisseau Fred Rummel. L'officier chargé du renseignement à SUBLANT avait demandé à Donchez de descendre immédiatement à la salle de briefing, pour un exposé urgent et très secret. Donchez était arrivé à son bureau avant l'aube pour étudier les plans d'un monument à la mémoire du *Stingray.* Ce projet de mémorial avait soulevé les critiques de nombreux services de la marine, qui souhaitaient que cette affaire soit totalement passée sous silence.

— Amiral, commença Rummel, la CIA nous a fait parvenir ces photos.

Les lumières de la pièce furent éteintes et un projecteur cliqueta en introduisant la première diapositive, une vue de la péninsule de Kola, sur la côte Nord de la Russie. La plus grande partie du paysage était bleu foncé, et on apercevait une demi-douzaine de points orange, très brillants, répartis le long de la côte.

— Infrarouge, dit Rummel. Le bleu est froid,

l'orange est chaud. Vous distinguez clairement des points chauds, correspondant aux bases des sous-marins de la Flotte du Nord, le long de la côte Nord de la Russie.

Donchez acquiesça de la tête et dit :

— Rien d'anormal, jusqu'ici.

Les centrales électriques, les bâtiments mal isolés et même les lampadaires de l'éclairage public constituaient de nombreuses sources de chaleur détectables avec une caméra infrarouge.

— Tout à fait, reprit Rummel, c'est pour cela qu'il nous a fallu quelques heures pour découvrir ce qui se cache derrière tout cela.

Une autre diapositive montra l'une des bases sous-marines, avec un grossissement plus important.

Donchez se leva lentement.

— Oh merde ! dit-il à voix basse, en laissant tomber les cendres de son cigare sur la moquette.

— En effet, amiral. Comme vous l'apercevez ici, chacun des vingt-cinq sous-marins de cette base présente un point chaud environ à mi-longueur de la coque. Ce sont les réacteurs nucléaires. On les distingue de la même façon, qu'ils soient en puissance ou à l'arrêt, puisqu'on ne les refroidit pratiquement jamais. Mais regardez un peu plus en arrière. On remarque également les gros collecteurs de vapeur. Les réacteurs de tous ces sous-marins sont critiques et produisent de l'énergie.

Rummel projeta ensuite une douzaine de vues qui représentaient différentes zones de la péninsule de Kola, où tous les sous-marins semblaient prêts à appareiller.

On frappa à la porte. Un officier marinier tendit à Rummel une grande enveloppe scellée portant un tampon rouge, puis il sortit rapidement.

— De quand datent ces photos ? demanda Donchez.

— Un peu plus de trois heures.

— Nous devons absolument savoir ce qui se passe en ce moment même.

Rummel ouvrit l'enveloppe.

— Cela vient de sortir du fax protégé, amiral.

Il retira un long rouleau de papier, portant les mêmes couleurs que les diapositives. Donchez ralluma l'éclairage de la pièce tandis que Rummel étalait le fax d'un bout à l'autre de la longue table. Tous les 30 centimètres s'étalait une nouvelle photo des bases de sous-marins.

Donchez regarda rapidement toutes les vues.

— Ils sont partis ! Tous ces enfoirés ont appareillé.

Rummel acquiesça en silence, l'air grave.

Les clichés avaient été pris une heure plus tôt et tous les postes à quai étaient vides.

— Combien de sous-marins d'attaque dans la Flotte du Nord ?

— Cent vingt, amiral.

— Combien au bassin pour réparation ?

— Aucun, zéro, pas un seul...

— Aucun signe d'activité du côté de Vladivostok ?

— Rien, amiral, la Flotte du Pacifique se tient absolument tranquille. Pratiquement tous leurs sous-marins sont au port, réacteurs à l'arrêt, en entretien de routine. Seule la Flotte du Nord semble en action.

Donchez se rassit alors que Rummel rangeait le fax dans son enveloppe. Le mégot de son cigare était maintenant complètement froid.

— Appelez-moi le PC SOSUS sur téléphone protégé, ordonna-t-il.

Il faisait allusion au centre, situé sur la côte du Maryland, où l'on exploitait les détections obtenues par les milliers de kilomètres d'antennes sonar passives mouillées sur le fond de l'océan Atlantique.

Il fallut deux minutes pour obtenir l'officier de suppléance de SOSUS, ainsi que celui de COMSUBLANT.

— *Ici l'officier de suppléance de SOSUS,* tonna le haut-parleur.

Donchez fit signe à Rummel.

— SOSUS, ici SUBLANT. Annoncez les nouvelles détections en Atlantique Nord et en mer de Barents, qui datent de moins de trois heures.

— *SUBLANT, ici SOSUS. Désolé du contretemps. Vous devriez recevoir incessamment un message immédiat. Nous avons des contacts multiples, trop nombreux pour permettre une identification individuelle. Ces contacts sont des bâtiments de guerre, très probablement des sous-marins. Les azimuts donnent à penser qu'ils proviennent des alentours de la péninsule de Kola et de la Nouvelle-Zemble.*

Rummel accusa réception et coupa la communication. Donchez se tourna vers son officier de suppléance.

— Convoquez immédiatement l'état-major et prévenez l'amiral McGee que je lui exposerai la situation dans une demi-heure.

L'officier quitta précipitamment la pièce.

— Qu'en pensez-vous, Rummel ? demanda Donchez en tirant de sa poche son briquet à l'emblème du Piranha pour rallumer son cigare.

— De quoi pourrait-il s'agir sinon d'un exercice de déploiement rapide ? Tout va bien entre nous ces temps-ci.

Donchez montra le rouleau de fax.

— Vous trouvez que tout ça semble vraiment normal ? Appelez Langley et demandez-leur ce qu'il savent des missiles de croisière SSN-X-27. Posez la même question à OP 019, au Pentagone[1]. Je veux savoir si ces sous-marins emportent quelque chose qu'ils pourraient lancer contre nous. Normal, tu parles !

Rummel s'éclipsa sans un mot.

Donchez regarda la fumée de son cigare s'élever

1. L'OP 019 est le bureau chargé entre autres des questions relatives aux armes nucléaires *(N.d.T.)*.

vers le plafond et se demanda ce que l'amiral Novskoy pouvait bien avoir en tête.

Océan Glacial Arctique
Sous la calotte polaire

Le capitaine de vaisseau Vlasenko frappa à la porte de sa propre chambre. Il estimait qu'il était temps pour lui de reprendre le commandement de son propre bâtiment.

— Qui est là ? demanda Novskoy.

— Le capitaine de vaisseau Vlasenko, amiral.

A travers la porte, Vlasenko entendit le bruit de papiers que l'on remue et le claquement sec de la porte du coffre-fort. Après quelques instants, Novskoy fit entrer Vlasenko qui eut juste le temps d'apercevoir l'amiral en train de regagner son bureau. Une carte marine retournée, dont le dos portait six marques de tampon rouge « TOP SECRET », recouvrait les documents étalés devant lui.

— Que puis-je pour vous, commandant ?

Vlasenko s'était attardé à lancer un coup d'œil circulaire à la chambre.

— Amiral, je voudrais discuter avec vous de..., comment dire..., de ce que vous êtes en train de faire à bord. Vous avez pratiquement pris le commandement de ce bâtiment, annulant mes essais à la mer sans me laisser prévenir l'équipage du changement de programme, vous donnez des ordres directement à mes officiers, vous menacez l'officier marinier chargé de la sécurité des armes nucléaires, vous transmettez des messages sans ma signature, vous faites exécuter des opérations d'entretien à l'officier transmissions... Amiral, je me permets de vous rappeler que je suis le commandant de ce sous-marin et que tous ces ordres doivent passer par moi.

Epuisé par sa tirade, Vlasenko se sentait furieux contre lui-même. Il avait l'impression de quémander son bâtiment : « s'il vous plaît, amiral, rendez-le moi... »

Novskoy semblait avoir à peine entendu.

— Comme vous voudrez, Vlasenko. Maintenant, si vous voulez bien me laisser, j'ai à faire. A propos, j'ai demandé à l'officier de quart de démarrer le sondeur de glace et de trouver la polynia la plus proche. Nous ferons surface dès que la glace sera suffisamment mince au-dessus de nous.

Vlasenko le regarda d'un air absent. Quelles étaient vraiment les intentions de Novskoy ? Il avait donné l'ordre de faire surface et avait demandé à l'officier transmissions de se tenir paré à émettre avec tous les moyens disponibles. Vlasenko commença à protester, mais Novskoy l'interrompit sèchement.

— Commandant, disparaissez de ma chambre et fermez cette porte, s'il vous plaît.

Tandis qu'il prononçait cette phrase, les yeux perdus dans le vide, il n'avait même pas regardé Vlasenko. Sans un mot supplémentaire, l'amiral rouvrit son coffre-fort alors que Vlasenko quittait la pièce et il reverrouilla la porte.

Vlasenko pensa alors au double de la clé qui se trouvait dans le coffre du commandant en second. Il avait choisi une combinaison simple, de façon à pouvoir la mémoriser facilement : la date de sa sortie de l'école de navigation sous-marine « Maréchal Grechko », le jour où il avait reçu son macaron de sous-marinier — trois fois à droite jusqu'à 05, puis à gauche deux tours jusqu'à 28, enfin à droite jusqu'à 68. La porte du petit coffre cliqueta et s'ouvrit, faisant apparaître une simple enveloppe marron, contenant une petite clé, celle de la chambre du commandant. Après ce qu'il avait vu, ou plutôt entr'aperçu, Vlasenko n'hésitait plus. Il devait se débrouiller pour apprendre ce que mijotait Novskoy.

L'amiral Novskoy garda un instant les yeux fixés sur la porte par laquelle Vlasenko venait de disparaître, puis se remit au travail, étudiant le déploiement de ses sous-marins. Ils imposeraient le désarmement des Etats-Unis. S'il le fallait, il utiliserait la force... L'excitation liée à la mise en œuvre de son plan se teintait d'un profond sentiment d'épuisement. Il n'avait plus éprouvé cet enivrant mélange de sensations fortes depuis une vingtaine d'années, au moment du naufrage de l'USS *Stingray*.

Vlasenko était assis devant une table de travail rabattable en chêne poli, maudissant la situation dans laquelle il se trouvait, celle d'un commandant privé de son bâtiment. Il avait suivi les cinq ans de la construction du *Kaliningrad*, depuis l'arrivée de la première pièce de titane sur le premier wagon. Il avait assisté au formage puis à la pose du premier couple. Il avait pu observer la croissance de la coque gigantesque, tranche après tranche, module après module, pont après pont. Et chaque jour, il avait attendu l'instant où le *Kaliningrad* disparaîtrait sous les vagues, avec lui, Vlasenko, au commandement de ce navire superbe.

Il avait consacré trente ans de sa vie à la marine, trente ans essentiellement passés à la mer. Il était resté célibataire, n'avait fait l'amour qu'aux prostituées de Severomorsk et de Vladivostok. Quand il mourrait, son nom s'éteindrait avec lui. Il avait tout donné aux forces sous-marines, et n'acceptait pas d'être le jouet de Novskoy.

Vlasenko ferma les yeux et laissa vagabonder ses pensées, espérant qu'elles l'éloigneraient du problème actuel. Au contraire, elles le ramenèrent immédiatement à celui-ci. Il se revit très nettement, environ vingt ans plus tôt, déjà sous les ordres de Novskoy, lancer la torpille qui avait coulé ce sous-marin américain.

C'était en décembre 1973. De la neige mouillée était tombée pendant tout leur transit en surface. La mer était très forte, arrosant d'embruns glacés le personnel de quart à la passerelle. Vlasenko, alors lieutenant de vaisseau, était l'officier de quart. En temps normal, il aurait été heureux et fier de faire accoster le tout nouveau sous-marin d'attaque de type Victor III au quai de la base de Polyarnyy, mais cette fois-ci, il était épuisé et envahi d'un très fort sentiment de malaise. Au moment où les aussières furent passées à l'équipe de quai, une grande limousine noire, une Zil, vint à leur rencontre. Deux drapeaux rouges, dont la hampe était fixée au pare-chocs avant, flottaient dans le vent. Chacun de ces drapeaux portait cinq étoiles, la marque de l'amiral Konalev, le commandant en chef de toute la Flotte du Nord. La voiture dérapa un peu en s'arrêtant sur le quai recouvert de verglas et Vlasenko reposa son porte-voix, l'équipe de quai ayant terminé l'amarrage du sous-marin. Par l'interphone, il demanda au central de faire prendre les câbles de terre et de faire passer le réacteur en arrêt chaud. Le capitaine de vaisseau Novskoy était sur le point de quitter la passerelle.

— Commandant... commença Vlasenko.

Novskoy grimaça, surpris.

— Qu'y a-t-il, Vlasenko, l'amiral attend sur le quai que je lui fasse mon rapport.

— Commandant, je voulais juste savoir... qu'allez-vous dire à l'amiral ?

Sa question était très claire. Novskoy allait-il avouer à l'amiral qu'il avait coulé un sous-marin américain sans provocation de la part de celui-ci, simplement parce qu'ils avaient été pistés pendant quelque temps, risquant ainsi la confrontation nucléaire avec les Etats-Unis ?

L'expression de Novskoy devint aussi sombre que la météo environnante.

— Vlasenko, vous êtes un impertinent, mais pour

votre éducation... Je dirai la vérité à l'amiral Konalev.

— La vérité ?

Les mots s'échappèrent des lèvres de Vlasenko avant qu'il n'ait pu les retenir.

Novskoy, d'un œil terne, regarda à travers Vlasenko comme s'il était devenu transparent. Il ajouta, en se rapprochant de lui à le toucher :

— La vérité, jeune homme, est que ce sous-marin américain nous a attaqués d'une salve de torpilles. Nous avons riposté en légitime défense, pour sauver notre vie. Après avoir évité les torpilles, nous avons coulé cet Américain, qui n'a eu que ce qu'il méritait.

Novskoy continuait à fixer son interlocuteur de ses yeux gris.

Une goutte de sueur coula le long du menton de Vlasenko, malgré le froid intense. Il était comme hypnotisé. Après quelques secondes, Novskoy brisa l'envoûtement et descendit dans le massif.

S'il s'était arrêté un instant pour regarder Vlasenko, il aurait aperçu un jeune lieutenant de vaisseau figé au garde-à-vous. S'il avait pu lire son âme, il y aurait découvert un mépris incommensurable, caché sous un épais manteau de peur. Il lui faudrait des années pour s'en débarrasser...

Norfolk, Virginie
Etat-major de COMSUBLANT

L'amiral Richard Donchez entra dans la salle de conférence et referma la porte derrière lui.

— Fixe ! hurla quelqu'un.

Les officiers présents se mirent au garde-à-vous. Donchez leur fit signe de s'asseoir et s'installa à sa place, en bout de table.

— Bonjour messieurs. Ce matin à 09 h 00 GMT, notre satellite de reconnaissance Bigbird II est passé au-dessus des bases de sous-marins de la péninsule de Kola et de la côte Nord-Est de la Russie. Le

Bigbird a trouvé tous les postes à quai absolument vides. Vides. Au passage précédent, trois heures plus tôt environ, les cent vingt sous-marins étaient tous à quai. Les hydrophones du SOSUS nous ont annoncé l'appareillage d'un grand nombre de sous-marins en mer de Barents. Apparemment, ils font route vers l'Atlantique Nord, en direction de chez nous...

— Nous pensons que le commandant de la Flotte du Nord, l'amiral Alexis Novskoy, pourrait ne pas être étranger à ce déploiement inhabituel. Des renseignements nous permettent de croire que l'amiral Novskoy a embarqué la nuit dernière à bord du nouveau sous-marin nucléaire d'attaque de la classe Oméga, le *Kaliningrad,* qui a appareillé de Severomorsk pour l'Arctique, officiellement pour une série d'essais à la mer. Pendant ce temps, sa flotte se déploie rapidement et avec précision. La position exacte de Novskoy est actuellement inconnue, mais on sait qu'il se trouve quelque part sous la calotte polaire.

Donchez s'arrêta un instant, laissant à ses officiers le temps de s'imprégner de la situation.

— Chacun de vous peut imaginer ce qu'il est en train de faire. La DIA[1], la CIA et la NSA[2] sont évidemment sur l'affaire. Leur travail ne consiste pas à affronter un ennemi sur mer. C'est notre métier à nous. Voilà pourquoi j'ordonne le déploiement immédiat de tous les sous-marins de la côte Est. Je veux que les opérations de maintenance en cours soient accélérées et que tous les bâtiments soient en patrouille au plus vite. Malheureusement, nous ne possédons que soixante-sept sous-marins, ce qui veut dire que chacun de nos bâtiments devra pister deux des leurs. Ces informations sont classifiées

1. Defense Intelligence Agency, agence de renseignement militaire chargée plus particulièrement de l'évaluation des moyens de l'adversaire potentiel *(N.d.T.)*.

2. National Security Agency, agence de renseignement travaillant essentiellement pour le président des Etats-Unis *(N.d.T.)*.

« TRÈS SECRET ». Une seule fuite, et je garantis au fautif une fin de vie paisible dans la prison militaire de Fort Leavenworth. C'est tout, messieurs. Rompez.

Norfolk, Virginie
Base navale de Norfolk
Quai n° 7

Le soleil de ce milieu d'après-midi réchauffait faiblement l'atmosphère tandis que le commandant de la 7e escadrille, le capitaine de vaisseau Benjamin Adams, frissonnant dans sa veste kaki, descendait la longue coupée inclinée de l'*Hercules*, le bâtiment-atelier de soutien de l'escadrille. Les moteurs diesel des quatre grues du quai n° 7 grondaient, alors qu'elles enlevaient les câbles de terre et les coupées. Deux des sous-marins de l'escadrille étaient déjà dans le chenal, et un troisième en train de larguer ses amarres.

Adams s'avança vers le poste à quai du *Billfish*. Le capitaine de vaisseau Toth le salua depuis le sommet du massif. Il lui rendit son salut et leva le pouce. Les remorqueurs écartèrent le sous-marin du quai et le tirèrent jusqu'au milieu du chenal, au bout de la jetée. Après avoir largué les aussières, Toth ordonna de régler la vitesse à 15 nœuds. Un sillage blanc bouillonna à l'arrière du bâtiment en pleine accélération.

Ben Adams observait la même scène que celle qui s'était déjà déroulée pour le *Spadefish*, l'*Archerfish*, le *Whale*, le *Barracuda*, le *Pargo*, le *Sturgeon* et le *Piranha*. Au coucher du soleil, le quai n° 7 était désert, le seul navire encore amarré était le bâtiment-atelier *Hercules*.

Bill Sweeney, le commandant de la 12e escadrille, rejoignit Adams sur le quai.

— Cette histoire est vraiment incroyable !

— Ont-ils tous vraiment appareillé ? demanda Adams, en ignorant la remarque.

— Oui, tous, à part le *Charleston,* qui se trouve encore au bassin, lui répondit Sweeney. Le chantier remplaçait les résines échangeuses d'ions du circuit d'épuration du primaire. On dit qu'ils remontent la machine et le réacteur à toute vitesse et que le *Charleston* appareillera sans ses résines.

— Bon Dieu, soupira Adams.

Il savait que les résines échangeuses d'ions piégeaient les particules radioactives afin d'éviter qu'elles ne se promènent dans le circuit primaire. Sans résines, le niveau de radiations dans le compartiment augmenterait terriblement. La situation devait vraiment s'avérer très sérieuse pour que COMSUBLANT ordonne de faire appareiller un sous-marin dans ces conditions...

Sweeney prit une profonde inspiration.

— Je n'ai pas vu cela depuis 1982, et encore, dans ce cas précis, il était clair que COMSUBLANT et COMSUBPAC avaient fait un pari pour savoir qui ferait appareiller ses sous-marins le plus rapidement.

— Je m'en souviens parfaitement, répondit Adams.

Il était second du *Whale* à cette époque, mais les exercices de déploiement étaient passés de mode depuis de nombreuses années.

— Tu ferais appareiller un sous-marin sans résines pour un simple pari ? dit Sweeney.

— Qu'est-ce qui se dit au carré ? demanda Adams.

Le carré de la base était le lieu de tous les petits potins.

— Mon officier de renseignement n'a rien voulu me dire. Tu te rends compte ! Ce sinistre crétin, qui sert sous mes ordres, craint que son propre chef ne laisse filtrer l'information !

Adams n'avait pas eu le temps de se faire mettre au courant. Il avait mobilisé toute son attention et tout son temps pour la préparation de l'appareillage d'urgence de ses sous-marins.

— Bill, dis-moi, qu'est-ce que c'est que ce bordel ? Je ne suis vraiment au courant de rien.

— Eh bien ! il paraît que ce matin, les Russes ont fait appareiller cent vingt sous-marins d'attaque. Tous leurs satanés rafiots de la Flotte du Nord. Personne ne sait pourquoi. Ils ont dû bichonner leurs bâtiments depuis des mois pour être prêts tous ensemble. On croit savoir que leurs problèmes de maintenance sont encore bien pires que les nôtres...

— Et pourquoi donc ? Ils ne sont tout de même pas fous. Qu'est-ce que cela peut bien vouloir dire ? Et pourquoi réagissons-nous comme cela ?

Sweeney haussa les épaules.

— Je ne suis pas dans le secret des dieux, Ben. Je vais rentrer à la maison et regarder CNN jusqu'à plus soif. Il n'y a rien d'autre à faire pour l'instant.

Après l'appareillage, les sous-marins dépendaient directement de l'amiral Donchez, COMSUBLANT. Les commandants d'escadrille n'avaient aucun rôle tactique ni opérationnel, ils n'étaient en somme que les patrons du garage.

Adams fit un signe de la main à Sweeney et retourna vers la coupée du bâtiment-atelier *Hercules,* épuisé. Il gagna sa chambre, prit sa mallette, salua son chef d'état-major et redescendit sur la jetée, en direction du parking. Sa Mercedes était garée sur le premier emplacement, au bout du quai.

Alors qu'il introduisait sa clé dans la serrure de la porte côté conducteur, il remarqua, collé sur la vitre, un adhésif à l'emblème du *Devilfish,* grand comme une assiette. La tête de bélier grimaçante semblait le fixer droit dans les yeux.

C'était la façon du fils de Patch Pacino de lui dire au revoir. « Bonne chasse », murmura-t-il, regrettant de n'être plus qu'un bureaucrate condamné à rester à terre.

10

Vendredi 15 décembre

Océan Glacial Arctique
Sous la calotte polaire

L'amiral Novskoy, debout au PCNO du *Kaliningrad*, regardait l'écran du sondeur de glace. On entendait nettement le sifflement très aigu que celui-ci émettait à travers les deux coques du sous-marin. Il cherchait une polynia — une petite étendue d'eau libre qui s'ouvrait dans la banquise, quand les énormes radeaux de glace qui la composaient se brisaient en plusieurs fragments. L'amiral savait que la surface d'une polynia ne pouvait rester complètement libre qu'une dizaine de minutes, avant qu'une mince peau ne regèle sous l'effet de la température ambiante extrêmement basse. En un ou deux jours, les blocs séparés seraient de nouveau soudés en une masse solide de glace compacte.

Novskoy jeta un coup d'œil à la table de navigation, reliée également au sondeur de glace à haute définition. Celui-ci mesurait l'épaisseur de la banquise et en traçait le relevé sur la table. Le graphique obtenu était bi-dimensionnel, mais en utilisant une technologie hybride d'holographie, il était projeté en relief devant les opérateurs. Un quadrillage serré se déformait en montagnes, vallées et plateaux. Les montagnes figuraient la glace épaisse, les plaines la glace fine. Au centre de la table de navigation, un petit cercle lumineux représentait la position du bâtiment. Le *Kaliningrad* se trouvait maintenant au milieu d'une vaste zone plate, de forme elliptique, une vallée cernée par des crêtes élevées mais éloignées. La polynia était assez grande pour que quatre sous-marins de la taille de l'Oméga puissent simultanément y faire surface sans se gêner.

Le capitaine de vaisseau Vlasenko, qui avait pris la manœuvre pour la reprise de vue, se tenait debout près des périscopes.

— Central, pompez au régleur milieu, jusqu'à atteindre une vitesse verticale d'un mètre par seconde.

Le maître de central, le lieutenant de vaisseau Katmonov, effleura les touches des fonctions pré-programmées de sa console. Devant lui, l'écran affichait un graphique multicolore représentant le système des régleurs, une série de capacités logées dans les entrailles de l'énorme bâtiment et reliées par un réseau de tuyautages. Une pompe volumétrique à pistons, de la taille d'un petit camion, constituait le cœur du système. Un robinet trois voies, installé sur le circuit de vidange du régleur central, passa du blanc au vert, indiquant l'ouverture du sectionnement en télécommande. Près de la pompe apparurent à la fois un symbole « MARCHE » clignotant et l'inscription « 750 tonnes/heure », indiquant que la pompe expulsait des milliers de litres d'eau depuis le régleur vers la mer. Le *Kaliningrad* se faisait plus léger au fur et à mesure que la capacité se vidait. Il amorça son retour en surface sous l'effet de la flottabilité positive. L'indicateur d'immersion décomptait régulièrement les mètres, et les 60 000 tonnes du sous-marin d'attaque remontaient rapidement vers la fine couche de glace, juste au-dessus. La luminosité ambiante augmentait autour de la coque noire. A 30 mètres, il était déjà possible de distinguer la silhouette du sous-marin de l'eau sombre environnante.

Le bâtiment vibra doucement et Novskoy se sentit momentanément plus léger sous l'effet de la décélération provoquée par l'arrêt assez brutal de la remontée. Le *Kaliningrad* avait fait surface.

— Commandant, immersion 11 mètres, rendit compte Katmonov. Nous sommes en surface[1].

— Bien, chassez cinq secondes partout et prenez la situation « surface dans la glace ».

— Bien reçu, commandant.

— Ivanov, je vous passe le manche, dit Vlasenko, prenez la suite. Amiral, nous sommes en surface dans la polynia.

Novskoy approuva de la tête et s'assit devant le terminal qui commandait les installations de transmission. Il pianota l'ordre de hissage de l'antenne multifonctions, regardant alternativement l'écran de l'ordinateur et un dossier bourré de notes manuscrites. Il avait évidemment une bonne raison pour avoir demandé à Ivanov de réparer les émetteurs radio. Vlasenko ne pouvait attendre plus longtemps. Il devait absolument découvrir ce que préparait l'amiral.

— Amiral, je demande la permission de descendre, dit Vlasenko.

Novskoy lui donna son accord d'un geste, continuant à tapoter sur le clavier de son ordinateur.

Vlasenko avança tranquillement dans la coursive au niveau supérieur de la tranche E, passa devant la porte du carré des officiers et se rendit jusqu'à la cloison de la tranche F.

1. L'immersion d'un sous-marin est calculée à partir de la quille, partie la plus basse du bâtiment. Le *Kaliningrad* mesurant environ 20 mètres de hauteur totale, une immersion de 11 mètres fait émerger le bâtiment de 9 mètres. Il est donc bien en surface *(N.d.T.)*.

Sur sa gauche se trouvait la porte de la chambre du commandant. Il ne pouvait pas se permettre de sembler hésiter. Il était le commandant, après tout. Et il ne faisait qu'entrer dans sa chambre.

Il déverrouilla donc la porte et pénétra dans la pièce, se dirigea directement vers le coffre qui contenait la documentation tactique et afficha la combinaison. Il retint sa respiration et tira le levier d'ouverture.

Le coffre cliqueta en s'ouvrant.

A l'intérieur étaient stockés de vieux documents poussiéreux et périmés, comme le plan d'urgence du Pacte de Varsovie ainsi que l'extension navale de ce plan. Les codes de lancement des armes nucléaires s'y trouvaient également. Sur le dessus de la pile, on remarquait une carte marquée « TOP SECRET » et un petit dossier, un fin volume de plastique rouge, qui ressemblait à celui que Novskoy avait jeté sur son bureau pour cacher ses papiers.

Vlasenko sortit la carte et la déplia. Elle représentait l'océan Atlantique. Une douzaine de positions géographiques étaient soulignées à l'encre rouge le long de la côte Est des Etats-Unis. Une centaine de cercles bleus entouraient également des villes de la côte Est. Des grappes de cercles bleus autour de Washington, New York, Boston, Philadelphie. D'autres villes comme Portsmouth, New London, Norfolk, Charleston, Jacksonville et Port Canaveral étaient repérées par des étoiles bleues. Toutes ces étoiles correspondaient à des bases navales américaines.

Pourquoi ? Novskoy pouvait difficilement envisager d'attaquer les Etats-Unis avec des missiles balistiques. Les sous-marins nucléaires lanceurs d'engins étaient pratiquement tous désarmés. Et même s'ils avaient été opérationnels, ils étaient placés sous le commandement des forces stratégiques. Novskoy n'avait aucun pouvoir sur eux.

Les points bleus en mer — des positions de lancement ? — semblaient bien trop proches des cibles potentielles. Il pouvait en compter au moins une centaine... et il ne restait plus aujourd'hui à la Flotte qu'une douzaine de SNLE. De plus, un missile balistique, même lancé selon une trajectoire surénergétique basse[1], devait être tiré au minimum à plusieurs centaines de kilomètres de son but... Evidemment, l'attaque des villes *pourrait* être envisagée avec des missiles de croisière, si la flotte en était équipée et qu'elle était déployée en position de lancement. Mais pour cela, il faudrait que la centaine de sous-marins se retrouvent simultanément à la mer, ce qui signifiait des mois et des mois de préparation. Vlasenko savait pertinemment que fort peu des sous-marins de la Flotte du Nord étaient prêts à partir en mission au milieu de l'Atlantique avec un préavis court. D'un autre côté, un tel déploiement ferait beaucoup de bruit, et il en aurait entendu parler par ses camarades, les autres commandants.

Donc, il *devait* s'agir d'un *wargame*, un exercice...

Tout de même... Pourquoi Novskoy se faisait-il donc si secret, si tout cela était un exercice ou un test des systèmes de transmission ?

Vlasenko se pencha sur le dossier rouge et l'ouvrit. La première page suffisait pour répondre aux questions qu'il se posait.

Etude 93-1169
Attaque coordonnée de la côte Est des USA par missiles de croisière à charge nucléaire

Sujet : *Examiner l'effet, si nécessaire, d'une attaque coordonnée de la côte Est des Etats-Unis par missiles de croisière à*

1. La trajectoire « à énergie minimale « est celle qui donne la plus grande portée. Pour tirer plus près, on peut employer des trajectoires surénergétiques hautes (tir en cloche) ou basses (tir tendu) *(N.d.T.)*.

charge nucléaire lancés par une force de sous-marins d'attaque déployés en Atlantique Ouest.

Résumé : *L'attaque nécessiterait un minimum de 100 missiles de croisière SSN-X-27 antiterre lancés depuis autant de plates-formes que possible, pour éviter la destruction des sous-marins lanceurs. L'attaque coordonnée permettrait à toutes les charges nucléaires d'exploser sur leurs objectifs au même instant, quels que soient les temps de vol.*

Une telle attaque sur la côte Est pourrait décapiter les Etats-Unis.

Vlasenko referma violemment le dossier, le rangea avec la carte et verrouilla le coffre. Il regarda autour de lui pour s'assurer qu'il n'avait laissé aucune trace de son intrusion, sortit dans la coursive et se rendit rapidement dans la chambre du commandant en second, claquant la porte derrière lui.

Il tenta de se rassurer avec les mots « si nécessaire », « pourrait »... Novskoy n'était pas fou, il avait simplement en réserve un plan au cas où... Peut-être envisageait-il d'effectuer la désignation d'objectif, affectant un missile à chacun des cercles bleus sur la carte, sans réellement lancer une seule arme. Mais même cette éventualité s'avérait extrêmement dangereuse. L'amiral était persuadé d'avoir raison, comme d'habitude... Vlasenko ne pouvait pas oublier l'attaque délibérée du sous-marin américain, des années auparavant. Novskoy regrettait la disparition de la vieille Union soviétique, et avec elle, la perte de sa puissance. Il avait concocté cette opération. Pour lui, l'ennemi d'un jour le restait à jamais. C'était un homme d'une autre époque, un dinosaure qui ne reconnaîtrait jamais avoir eu tort.

Non, il n'était pas fou. C'était bien pire. L'amiral était un homme désespéré, intelligent, très compétent, et bourré de certitudes. Beaucoup plus dangereux qu'un simple illuminé...

Il fallait arrêter Novskoy.

Orbite terrestre basse
Cercle polaire arctique

Le satellite KH-17 Bigbird II avait été lancé cette même année sur une orbite polaire. Cette orbite permettait d'observer aussi bien les activités chinoises dans l'Antarctique que de suivre les forces navales russes dans le Nord. Ce qui permettait de vérifier que les clauses du traité de désarmement naval étaient bien respectées. Ainsi que l'avait précisé Reagan des années auparavant : « Faire confiance, mais vérifier. » Les KH-17 avaient été construits dans ce but.

Alors que le satellite espion de 12 tonnes traversait le cercle polaire, il orienta le miroir de sa caméra vers l'est de sa trajectoire. Pour ce passage, il avait reçu pour consigne de prendre des clichés de la banquise, sur la droite de la trace du satellite.

Une fois les senseurs optiques orientés dans la bonne direction, les capteurs infrarouge suivirent, recherchant des variations de température attribuables à des formes de vie à sang chaud ou à des activités humaines. Au cours des cent derniers passages, on n'avait détecté que sept traces de chaleur. Toutes s'étaient avérées être des ours polaires.

Maintenant, le calculateur du Bigbird en détectait une huitième, bien plus importante que les autres. Douze mètres de long, cinq de haut. L'ordinateur rechercha dans sa mémoire, ainsi que le prévoyait son programme. Durant tout son vol, il n'avait jamais rien vu de si gros. L'instruction suivante de son logiciel lui demandait de démarrer son émetteur radio et de transmettre un message d'alerte à

Langley, à destination du centre d'interprétation des données photographiques satellitaires de la CIA.

Pendant la transmission du message, le déroulement normal du programme ordonnait au télescope optique de venir se pointer vers la trace de chaleur et d'augmenter progressivement le grossissement. Le Bigbird retransmettait les images en direct à Langley jusqu'à ce qu'elles s'estompent dans le lointain, puis disparaissent totalement dans les nuages au-dessus de l'horizon.

Du début à la fin, le processus de détection avait duré moins de quatre minutes.

A 6 000 kilomètres de là, dans l'aile ouest du Centre d'interprétation photographique de la CIA à Langley, les quatre minutes d'images s'imprimaient lentement en haute résolution sur le fax.

L'analyste de service sortit le rouleau de papier de la machine. Probablement encore un ours polaire, pensa-t-il.

Il posa l'image sur la table attenant au fax et siffla doucement.

C'était le massif d'un sous-marin qui avait fait surface à travers la glace. Un massif énorme. Il saisit un téléphone protégé et composa le numéro de l'état-major de COMSUBLANT, à Norfolk, Virginie.

11

Mardi 16 décembre

Norfolk, Virginie
Etat-Major de COMSUBLANT

L'amiral Donchez observait la carte murale électronique de l'Atlantique Nord, dans la salle de situation. La masse de X rouges clignotants s'écartait de la Grande-Bretagne et se dirigeait vers l'Atlantique Ouest. Pour rejoindre les côtes américaines, Donchez en était persuadé.

Sur la carte voisine, celle de l'Atlantique Ouest, apparaissaient des X bleus qui s'éloignaient de la côte Est des Etats-Unis. Les sous-marins d'attaque se déployaient pour une défense en profondeur. Avec un peu de chance, les bâtiments seraient capables de faire face aux Russes quand ils arriveraient au large des côtes américaines, ou, si le besoin s'en faisait sentir, de les intercepter. Seul problème : les règles d'engagement stipulaient qu'une action offensive ne devait être entreprise qu'en cas d'agression confirmée. Pas le droit de faire usage des armes, sauf en cas de légitime défense.

Donchez secoua la tête et regarda la photo posée sur la table. On y voyait le sous-marin Oméga en surface, au milieu de la banquise. Le cliché, fourni par les services de la CIA, était suffisamment précis pour que l'on puisse distinguer les échelons qui montaient le long du massif jusqu'à la baignoire. La mission de Pacino était devenue bien plus importante qu'un simple enregistrement de l'Oméga. Avant le mouvement des Russes, il avait laissé croire au fils de Patch que son déploiement lui permettrait de venger également la mémoire du *Stingray.* Mais maintenant... Novskoy ne devait sûrement pas être étranger à l'action en cours. Il devait également avoir anticipé une sorte de contre-déploiement, et peut-être même s'attendait-il à la visite d'un sous-marin américain. Tout ceci ouvrait des possibilités de confrontation générale...

Donchez rendit au radio le message donnant les derniers éléments de la situation et retourna jeter un œil sur les positions des différents bâtiments. Un X bleu isolé se trouvait à plus de mille nautiques au nord-est de Norfolk. En lettres capitales noires, à côté du X, on lisait : « USS *DEVILFISH*, SSN-666, TRANSIT EN PLONGÉE ».

Donchez essayait d'imaginer Pacino à bord de son sous-marin. Valait-il mieux l'avertir dès maintenant que l'Oméga avait fait surface, et lui parler ensuite du déploiement russe ? Mikey avait déjà l'esprit suffisamment troublé par les buts, avoués ou non, de sa mission. Il était certainement préférable d'attendre un peu avant d'envoyer au *Devilfish* de nouveaux ordres de mission. Bientôt, cependant, il faudrait annoncer à Pacino qu'il était possible que l'Oméga s'attende à sa visite, et qu'il se pourrait bien que ses intentions à son égard ne soient pas précisément amicales.

Trois heures plus tard, Donchez fut rejoint dans la salle de situation par l'amiral Casper « Bobby » McGee. De son cigare, il désigna les X rouges qui progressaient sur la carte et approchaient maintenant du milieu de l'Atlantique.

— Les X rouges représentent les sous-marins

d'attaque russes, dit-il. Les bleus, au large du plateau continental américain, sont les miens.

McGee observa la carte murale.

En tant que commandant en chef de la Flotte américaine de l'Atlantique, CINCLANT, il était le supérieur hiérarchique de Donchez. Légèrement plus petit que lui et un peu rond, McGee avait les sourcils broussailleux et les tempes grises. Il faisait penser à ces célèbres caricatures de petits juges autoritaires des tribunaux des Etats du Sud. Originaire de Waycross en Georgie, il en avait conservé l'accent. Les apparences sont parfois trompeuses... Tous ceux qui avaient pris son allure bonhomme pour un signe de stupidité s'étaient heurtés à une intelligence redoutable et à un caractère sans scrupule. Et il n'était pourtant pas sous-marinier !

— Pourquoi ces X rouges clignotent-ils ? demanda-t-il à Donchez.

— Le clignotement signifie que leur position n'est qu'approximative. Le SOSUS nous permet de les localiser à peu près dans un carré de cinquante nautiques de côté. Cette précision suffit pour avoir une idée de leurs évolutions, mais pas pour que nous puissions... disons... leur tirer dessus. Je sais que les Russes sont ici, dans un rayon de trois centimètres sur cette carte, mais je ne peux pas les envoyer par le fond...

— Qui parle de les couler ? Je n'ai peut-être pas tout compris, mais quelques X rouges sur une carte... il s'agit toujours d'un exercice, jusqu'à nouvel ordre.

— Ce déploiement me semble franchement menaçant, pour un exercice, amiral. Ce n'est pas comme à la surface. Rien n'est simple, ici. On ne peut pas voir ces sous-marins. Les faire appareiller comme cela, d'urgence, et les envoyer à toute vitesse vers le sud-ouest ne peut pas être interprété pour un geste spécialement pacifique ou amical. Selon nos prévisions, amiral, leur route actuelle les conduit tout droit vers la côte Est des Etats-Unis. Ils y seront dans deux jours exactement.

— Donc, ils arrivent. Que vont-ils faire, nous lancer des fusées éclairantes ? Ils n'ont plus d'armement à bord, ils viennent de détruire leurs derniers missiles de croisière cette semaine. Nous en avons la confirmation par les observateurs des Nations unies.

Donchez grimaça.

— Je ne m'attendais pas à cette réaction de votre part, amiral.

Cela ne ressemblait pas à McGee, qui, quelques années plus tôt, avait fait partie des plus durs. Signe des temps, sans doute...

— J'ai également été surpris, dit McGee, quand la Maison-Blanche a appelé pour annoncer qu'ils avaient des informations à propos de ce qui se passait. La Maison-Blanche était probablement au courant avant nous. Il semble que les Russes aient téléphoné à notre président pour lui recommander de ne pas se faire de souci. Il ne s'agirait que d'un exercice.

— Mais, amiral, pourquoi vous a-t-il fallu si longtemps pour me prévenir ? Pourquoi ne pas m'en avoir parlé plus tôt ?

— Désolé, Dick. Après la destruction des missiles, tout cela ne me paraissait pas avoir une grande importance. Le Pentagone pense que les Russes en ont assez de l'océan Arctique et qu'ils recherchent un climat plus clément. Qui les en blâmerait ?

— Amiral, nous devrions rendre compte à la Maison-Blanche de ce qui se passe. Il se pourrait que ce soit une sorte... de feinte.

Donchez savait qu'il paraissait paranoïaque, mais que pouvait-il dire d'autre ?

— Nous ne pouvons pas en parler aux grands chefs avant d'avoir des preuves formelles de leurs mauvaises intentions, Dick, répondit calmement McGee. D'un autre côté, la Maison-Blanche n'est pas la seule à m'avoir appelé. Il y a aussi le général Tyler, au Pentagone. Il a même cité votre nom, Dick. Il a dit qu'il ne voulait pas vous entendre parler de fin du monde et de guerre nucléaire ouverte à propos de cet exercice. Vous connaissez les positions de l'individu à ce sujet. Il m'a pratiquement affirmé que les Russes avaient demandé la permission à la Maison-Blanche de procéder à ce déploiement. Je vous préviens en toute amitié, Dick, si vous faites du bruit à propos de cette opération des Russes, le général Tyler vous brisera les reins.

— Amiral, avec tout le respect que je vous dois, le général Tyler est un sacré enfoiré.

— Attention, Dick, c'est du chef d'état-major de l'Armée dc l'air que vous parlez. Et également du prochain chef d'état-major des armées. Notre futur patron à tous les deux.

— Jusqu'à ce qu'il soit mon chef, il reste un trou du cul.

McGee soupira.

— Ce n'est pas entièrement de sa faute, Dick, après tout, c'est un aviateur... Bien, maintenant ça suffit. J'ai fait ce que j'ai pu pour comprendre cette merde de sous-mariniers. Je suis un gonfleur d'hélice, pas un marin de tuyau d'égout[1] ! On verra bien ce que l'avenir nous réserve.

McGee avait été COMAIRLANT, le commandant de l'aéronautique navale basée en Atlantique et, avant cela, il avait commandé un porte-avions et, quelques années plus tôt, une escadrille de chasseurs F-14.

— Bon, il faut que j'y aille, Dick. Tenez-moi au courant. Mais souvenez-vous, il me faut plus que ces fichus mouvements de sous-marins pour demander au Président l'autorisation de modifier les règles d'engagement. Vous pouvez les pister, mais pas de bêtises, n'y touchez pas !

1. Appellations irrespectueuses données aux pilotes de l'aéronautique navale et aux sous-mariniers par le personnel des autres branches de la marine américaine *(N.d.T.)*.

Donchez, debout dans son bureau, regardait par la baie vitrée le site de construction du monument à la mémoire du *Stingray*, de l'autre côté de la rue. Une bétonneuse coulait les fondations. Il appuya sur le bouton de son interphone et demanda au capitaine de vaisseau Rummel de venir dans son bureau.

— Oui, amiral, dit Rummel en refermant la porte.

— Ces missiles SSN-X-27, les missiles de croisière des Russes...

— Oui, amiral ?

— Une équipe des Nations unies a bien été témoin de leur destruction, n'est-ce pas ?

— En effet, amiral.

— Y a-t-il des chances pour qu'ils aient assisté au démantèlement de missiles d'exercice ?

— Aucune, amiral. Ils ont commencé par démonter les engins pour examiner les charges militaires. Avec un compteur Geiger, il est impossible de se tromper. Le rayonnement alpha du plutonium a bien été identifié avec certitude. Pour chacune des armes, amiral, une par une. Ces missiles étaient bien des engins de combat et ils n'existent plus aujourd'hui.

— Quelle est la probabilité pour que les Russes aient détenu des missiles de croisière dont nous n'ayons pas eu connaissance auparavant ?

— Faible. Peut-être un ou deux engins nous ont-ils échappé. Peut-être une douzaine, au maximum. Mais il n'y a aucune chance pour que la totalité de leur flotte de sous-marins d'attaque en soit équipée. Absolument aucune. S'il y avait cent vingt SSN-X-27 dans la nature, nous le saurions certainement.

— Et s'il n'y avait qu'une dizaine de missiles de combat sur les bâtiments à la mer, et que le reste soit constitué d'engins d'exercice se comportant comme les vrais, mais dont la charge est factice. Cela foutrait une sacrée pagaille et nous serions dans de sales draps, qu'en pensez-vous ?

— Eh bien... tous les missiles voleraient au ras

des arbres, les engins inertes comme les autres, et ils seraient tous furtifs...

Donchez réfléchit un instant.

— Et si quelques sous-marins russes seulement sont porteurs d'armes à charge nucléaire et que les autres soient simplement là pour les protéger ?

Rummel secoua négativement la tête.

— Tous les sous-marins naviguent indépendamment les uns des autres. Ils ont tous une cinématique d'approche différente, des destinations différentes. Ils ne sont pas en formation.

— On me demande de rester bêtement assis dans ce bureau et d'attendre que le pire se produise. Impossible ! marmonna Donchez.

— Amiral ?

— Non, non, rien, Rummel. Allons-y ! Il est temps de donner quelques nouvelles à nos sous-marins.

De retour dans la salle de situation, l'officier de suppléance se mit au garde-à-vous à l'entrée de Donchez.

— J'ai deux messages Flash à envoyer. Etes-vous prêt ? demanda Donchez.

Le stylo de l'officier de suppléance était posé sur son carnet.

— Allez-y, amiral.

— Premier message. Destinataire : USS *Devilfish,* actuellement en route vers la banquise pour un rendez-vous avec le premier sous-marin de type Oméga. Message « Réservé Commandant ». Classification : Top Secret — Thunderbolt. Objet : nouveaux ordres de mission.

Donchez dicta le texte du message.

— Vous avez tout pris ? Relisez, s'il vous plaît.

Donchez écouta l'officier de suppléance collationner le message.

— Bien. Faites-le transmettre tout de suite et revenez prendre le second.

En attendant que l'officier de suppléance ait remis

le message au radio de quart, Donchez et Rummel regardèrent clignoter le X qui symbolisait la position approchée de l'Oméga, dans l'océan Arctique.

Au retour de l'officier de suppléance, Donchez dicta le second message.

— Rappelez-moi, Rummel, quel était le sous-marin ayant subi des avaries l'autre jour, vous savez, ce Los Angeles ?

— Probablement l'*Allentown,* amiral.

Donchez chercha d'un coup d'œil le point qui représentait l'*Allentown* dans l'océan Atlantique. Il se trouvait à plusieurs centaines de nautiques de Norfolk, dans l'alignement des autres sous-marins de la Flotte de l'Atlantique, pour former une ligne de défense des côtes. Donchez fronça les sourcils. Il n'avait jamais aimé ce genre de formation en ligne, préférant de loin le corps à corps ou le duel sous-marin contre sous-marin. Mais les Russes étaient à deux contre un.

— Son massif a-t-il été réparé ? demanda Donchez.

— Non, amiral, répondit avec embarras l'officier de suppléance, comme si c'était de sa faute. Le chantier était complètement surchargé et n'a pas eu le temps de commencer les travaux sur l'*Allentown.*

— L'*Allentown* a-t-il des missiles de croisière Javelot à bord ?

L'officier de garde consulta rapidement un listing dans son classeur.

— Oui, amiral. Il fait partie des Los Angeles équipés VLS. Il a tous ses missiles.

— Très bien, dit Donchez.

A bord des sous-marins d'attaque les plus récents, le système de lancement vertical était implanté dans les ballasts avant, dans un espace normalement inutilisé. Les douze tubes externes étaient chargés de missiles de croisière Javelot, libérant ainsi de la place au poste torpilles et permettant d'emporter un nombre total d'armes plus important. L'*Allentown* serait bruyant avec son massif endommagé, pas assez discret pour pister un des sous-marins russes faisant route vers la côte. Cela faisait de lui un candidat idéal pour l'idée suivante de Donchez.

— O.K. ! Message Flash, à destination du USS *Allentown,* actuellement en patrouille au large de la côte Est des Etats-Unis. Mention de manipulation : « Réservé Commandant ». Classification du message : Top Secret — Thunderbolt. Objet du message : nouveaux ordres de mission. Voici le texte. Le premier paragraphe sera le même que celui adressé au *Devilfish.* Il décrira à Duckett la situation actuelle. Deuxièmc paragraphe : « L'*Allentown* transitera vers le nord de la mer de Barents, au large de la côte russe. Employez les routes de navigation du temps de guerre, conformément aux ordres de CINCLANTFLEET, vitesse maximale compatible avec la sécurité du sous-marin. Mettez-vous en patrouille devant Severomorsk, autour du point 1. »

Rummel leva les yeux. Le point 1 était situé bien à l'intérieur des eaux territoriales russes, juste devant le complexe militaire de Severomorsk, une position bien délicate pour un sous-marin nucléaire américain.

— Paragraphe trois : « L'*Allentown* devra veiller VLF et ELF, stade d'alerte maximale pour lancement de missiles de croisière, dispositions du temps de guerre prises. » Paragraphe quatre : « Les objectifs des missiles de croisière seront affectés conformément aux ordres permanents de CINCLANTFLEET, dans la section "Sites militaires et industriels". » Paragraphe cinq : « Le stade de veille maximale (lancement des missiles en moins de trois minutes) devra être maintenu à titre de précaution face à une possible agression russe. » Paragraphe six : « Il est vital que l'*Allentown* ne soit pas détecté. » Paragraphe sept : « Détruire ce message après exploitation. »

Ce ne serait sûrement pas une très bonne idée d'être capturé par les Russes avec à bord un message ordonnant la violation délibérée de leurs eaux territoriales.

— Paragraphe huit : « Nous espérons ne pas avoir besoin de vous. Bonne chance, Hank[1]. » Paragraphe neuf : « Signé : Amiral R. Donchez. »

L'officier de garde relut le message et se précipita sur les consoles des transmissions. Rummel fixait Donchez, paralysé.

— La meilleure défense, c'est l'attaque, mon bon Rummel...

Atlantique Centre
USS Devilfish

Pacino se faufila à travers l'étroit passage qui menait au local navigation situé à bâbord arrière du PCNO, entre les centrales inertielles et le récepteur NAVSAT. La carte était scotchée sur une table éclairée par en dessous par un tube fluorescent. Pacino s'appuya sur la table et joua distraitement avec un crayon, regardant la route qui s'étirait vers le nord-est. Où pouvait bien se trouver l'Oméga ? Et où exactement était le *Devilfish* ?

Il vérifia le dernier point porté sur la carte, obtenu par relevé bathymétrique. Le sondeur de navigation émettait des impulsions acoustiques et captait les échos provoqués par la réflexion des ondes sur le fond. Le calculateur comparait alors les profils obtenus avec les données en mémoire, recueillies par d'autres moyens, comme des bâtiments hydrographiques ou d'autres sous-marins. Si le fond était rocheux et un peu accidenté, la qualité du point était excellente, de l'ordre d'une dizaine de mètres. Si le fond était plat ou sablonneux, la méthode ne donnait aucun résultat.

— Nous avons besoin d'un bon point, commandant, dit derrière lui Ian Christman. Le fond est plat

1. Diminutif de Henry, prénom du commandant Duckett *(N.d.T.)*.

comme une crêpe depuis plus de douze heures, maintenant.

Le CGO traça un cercle autour du dernier relevé porté sur la carte.

— Nous pouvons être n'importe où à l'intérieur de ce cercle, commandant. Actuellement, il fait déjà 40 nautiques de diamètre et grandit chaque minute, sans un point précis. Et naviguer à vitesse maximale augmente la taille de la zone d'incertitude encore plus vite. Il faudrait que nous reprenions la vue pour un point GPS.

Le réseau des satellites GPS permettait d'obtenir un point avec une précision de l'ordre d'une dizaine de mètres, mais imposait de réduire fortement la vitesse pour remonter à l'immersion périscopique et ne pas arracher le périscope ou l'antenne radio, pensait Pacino. Mais comme il n'y avait pas de hauts-fonds dans cette zone, le risque d'une erreur de navigation était acceptable, étant donné l'urgence de progresser vers le nord et d'être au rendez-vous avec l'Oméga — et Novskoy — avant qu'il ne prenne le chemin du retour vers Severomorsk.

— Impossible, CGO, dit Pacino, en secouant la tête. Remonter à l'immersion périscopique impose de ralentir, de faire une abattée d'écoute pour être sûr qu'il n'y a aucun bâtiment proche et de naviguer à quatre nœuds à l'immersion périscopique, jusqu'à ce que le point soit fait. Cela nous ferait perdre au moins quarante minutes. Le radio voudra sûrement prendre la vacation. Le second voudra également en profiter pour évacuer les poubelles par le sas vide-ordures. L'ingénieur voudra faire une extraction aux générateurs de vapeur. Et tout ça va durer une éternité. Nous sommes à 70 nautiques sur l'arrière de notre PIM. Pas question. Il faut que nous soyons sous la banquise dans quelques jours. Nous remonterons à l'immersion périscopique avant de pénétrer sous la glace. Jusque-là, nous devrons faire avec l'estime actuelle. Est-il possible que nous réduisions la zone d'incertitude en tenant compte de la position inertielle ?

Christman secoua négativement la tête.

— Les courbes d'erreur des centrales inertielles ne sont pas constantes. Nous sommes très nord. Il nous faut vraiment un point satellite pour recaler les centrales.

— Faites de votre mieux, CGO. Nous avons peu de temps. Nous devons continuer à vitesse maximale. Si nous nous empalons sur un haut-fond, j'en prends la responsabilité. Vous pouvez le consigner dans le journal de bord, si cela vous rassure.

Pacino sentit le regard de Christman quand il passa près de lui. Il n'était pas dans ses habitudes de prendre de tels risques en matière de navigation : la marine ne pardonnait pas de telles erreurs. Mais tout ce qui lui importait pour l'instant, c'était que le *Devilfish* risquait d'être en retard à un rendez-vous, un rendez-vous qu'il attendait depuis plus de vingt ans.

Le téléphone sonnait lorsque Pacino ouvrit la porte de sa chambre. Cela devait être Stokes au CO. Au lieu de répondre, il fit demi-tour et retourna au PCNO, et se plaça près de la plate-forme du périscope. Quand Stokes l'aperçut, il reposa le combiné sur la console, derrière les périscopes.

— Commandant, le radio demande à ce que nous remontions. Nous recevons un signal d'appel ELF, probablement pour nous. Je demande à ralentir afin de remonter à 50 mètres pour préparer la reprise de vue.

Pacino secoua négativement la tête.

— Non, Stokes. Nous continuons à vitesse maximale vers le nord. Je vais au PC radio pour ce message ELF.

Pacino sortit et retourna vers l'arrière par la coursive centrale. Il dépassa sa chambre et le local sonar, puis pianota le code d'accès sur le verrou à touches de la porte du PC radio et tourna la poignée. Un passage étroit séparait deux rangées d'étagères bourrées d'équipements. Le seul siège du local était un petit banc dont l'assise pouvait basculer, découvrant un espace dans lequel le radio stockait son menu matériel. Derrière le banc, sur une tablette coulissante, une imprimante ronronnait doucement, en attente de données.

Le radio, le premier maître Gerald, était plus âgé que Pacino. Sa corpulence ne lui permettait pas de se mouvoir facilement dans cet espace confiné. Pacino l'avait toujours apprécié — il était rapide et compétent. Il aurait dû être maître principal depuis des années, s'il n'avait eu tendance à boire en escale et à se laisser bêtement entraîner dans des bagarres.

Gerald leva les yeux.

— Bonjour, commandant. Nous recevons un signal d'appel en ELF. J'ai déjà deux lettres, Bravo et Delta. Il en reste encore une à prendre.

Les ondes radio de fréquence extrêmement basse, les ELF, étaient les seules qui pouvaient pénétrer profondément sous la mer, mais au prix d'un débit d'informations très lent : il fallait plusieurs minutes pour recevoir une seule lettre. Les émetteurs, près d'Annapolis dans le Maryland, étaient normalement utilisés pour transmettre l'indicatif d'appel d'un sous-marin, pour lui demander de reprendre la vue et de venir lire les messages le concernant dans la boîte aux lettres du satellite.

— Quel est notre indicatif, aujourd'hui ?

— Bravo Delta Whisky, commandant, lui répondit Gerald. Voici la dernière lettre.

L'imprimante cracha une ligne de W, le Whisky de l'indicatif.

— C'est pour nous, commandant. Quelqu'un a sûrement quelque chose d'important à nous dire.

12

Jeudi 16 décembre

Océan Atlantique
Au large des côtes de Virginie
USS Allentown

Le PCNO de l'*Allentown* aurait paru gigantesque à un habitué des sous-marins de type Piranha. Son aménagement intérieur était bien pensé, contrairement à celui du *Spadefish,* le dernier Piranha à bord duquel avait plongé le capitaine de vaisseau Henry Duckett. La plate-forme des périscopes, surélevée, se trouvait au centre du local. Sans se déplacer, l'officier de quart pouvait facilement suivre la position du bâtiment sur la table à cartes, placée juste sur l'arrière. Le tableau central de sécurité plongée semblait très loin sur bâbord. De même, sur tribord, un large espace séparait la plate-forme de la longue rangée des consoles de conduite de tir. Pour un sous-marinier, disposer d'un local aussi spacieux était aussi agréable que de prendre une bouffée d'air en surface. Le local sonar, le local ESM, et le PC radio donnaient directement sur le PCNO et non pas dans une coursive sur l'arrière, comme dans les Piranha. Cela permettait le contact direct des principaux acteurs en situation d'urgence.

La voix du radio de quart grésilla dans l'interphone du CO.

— *CO de radio, nous recevons un message ELF sur l'antenne cadre...*

— Officier de quart, vous avez la manœuvre, dit Duckett, en disparaissant au PC radio.

Il y resta six minutes, puis revint au PCNO, l'air préoccupé.

— Que se passe-t-il, commandant ?

— On nous demande de reprendre la vue. Faites vite, pas d'abattée d'écoute.

— Bien commandant. Central, stoppez, prévenez au passage à 5 nœuds. Immersion 18 mètres, assiette plus 10. Sonar, de CO, nous remontons à l'immersion périscopique... L'*Allentown* prit rapidement de l'assiette positive.

— Vitesse 5 nœuds, annonça le maître de central environ quatre-vingt-dix secondes plus tard, alors que le sous-marin était à l'immersion de 45 mètres, en cours de remontée.

— Bien, réglez la vitesse à 5 nœuds. On reprendra la vue au périscope n° 2.

L'officier de quart hissa le périscope. Le jeune lieutenant de vaisseau le fit tourner, s'appuyant de tout son corps sur le bloc optique et le fût. Cela lui faisait l'effet de danser avec une très grosse dame ! Duckett était accoudé au périscope d'attaque, juste à côté, et le périscope perça enfin la surface.

Quelques minutes plus tard, le radio apporta une planchette portant un message Flash.

A la lecture du premier paragraphe, le cœur de Duckett manqua un battement. Cent vingt sous-marins nucléaires d'attaque russes en route vers la côte Est des Etats-Unis ? Jésus, Marie, Joseph ! Duckett poursuivit sa lecture : le paragraphe suivant lui ordonnait de gagner le Grand Nord, et plus précisément le point 1, défini dans les ordres d'opération du temps de guerre, juste en face du complexe naval de Severomorsk, à l'intérieur des eaux territoriales russes. Avec les missiles de croisière parés...

Duckett appela l'officier de quart.

— Faites rassembler les officiers au carré, j'ai une

communication importante à leur faire. Faites également descendre le classeur des ordres du temps de guerre.

L'officier de quart ouvrit grand les yeux.

— Les ordres du temps de guerre, commandant ?

— Vous avez bien entendu, jeune homme. Quelque chose vous tracasse ?

— Non, non, commandant. Je sors les ordres du coffre et je vous les fais descendre.

Il en a de la chance, pensa Duckett. En effet, l'officier de quart devait bien être le seul à qui cet ordre ne posait aucun problème...

Atlantique Nord

Le *Devilfish,* conformément à ce qui lui avait été demandé, était remonté à l'immersion périscopique et se faisait rouler bord sur bord par une longue houle. Pacino regardait au périscope n° 2, tournant lentement, sans voir grand-chose d'autre que les montagnes d'eau qui déferlaient sur le périscope, dans la tempête. Régulièrement, il poussait du coude l'officier de quart pour savoir où en était la réception des messages. Ils avaient perdu une première fois la liaison avec le satellite à cause d'une vague qui avait submergé l'antenne multifonction.

Les messages destinés aux sous-marins n'étaient transmis qu'une fois toutes les quinze minutes. Quand il manquait un créneau de réception, le sous-marin devait rester à l'immersion périscopique un quart d'heure de plus, pour attendre le suivant. Et ainsi de suite si une nouvelle vague venait à nouveau brouiller la réception.

Pacino appela l'officier de quart sans cesser la veille au périscope.

— Stokes, appelez le satellite et récupérez nos messages.

— Mais, commandant, dit Stokes, si nous émettons, on pourra nous détecter. Il est vrai que nous utilisons des émissions brèves, mais les Russes sont équipés d'intercepteurs et de goniomètres.

Pacino secoua la tête.

— Pensez-vous vraiment que nous ayons été suffisamment discrets jusqu'à maintenant ? Nous avons parcouru 1 100 nautiques à plus de 30 nœuds avec les pompes primaires en grande vitesse. Actuellement, nous faisons du surplace avec deux poteaux téléphoniques qui dépassent au-dessus de l'eau, attendant simplement que quelqu'un nous découvre à l'œil nu. Appelez ce foutu satellite tout de suite, prenez les messages et redescendons en immersion le plus vite possible.

— Bien, commandant, répondit Stokes, sans conviction. Radio de CO, appelez le satellite.

Stokes mit à zéro le volume de l'audio du détecteur de radar, juste à temps pour ne pas entendre les sons stridents produits par l'émission vers le satellite. Le détecteur produisait des bruits bizarres, des « *boops* » et des « *beeps* », lorsque le périscope était balayé par un radar. Il réagissait également aux émissions de l'antenne multifonction, qui se trouvaient dans la même bande de fréquences.

A l'instant où les servo-valves du circuit hydraulique de l'antenne multifonction claquèrent, indiquant que le radio rentrait le mât, le haut-parleur diffusa :

— *CO de radio, messages reçus, en cours d'impression, je rentre l'antenne multifonction.*

— On descend, ordonna immédiatement Pacino.

— Central, dit Stokes d'une voix traînante, immersion 163 mètres, assiette moins 30, rapidement.

La vague suivante, haute comme une montagne, explosa sur la glace de tête du périscope de Pacino et, pendant un moment, celui-ci contempla les vagues de l'intérieur, passant au site maximale. Finalement, tout devint sombre.

— Je rentre le périscope, annonça Pacino, en faisant pivoter l'anneau de la commande hydraulique d'affalage.

Le bloc optique du périscope disparut dans le puits et continua à descendre jusqu'à ce qu'il atteigne sa butée, 9 mètres plus bas.

Pacino regarda l'immersion alors que la coque grognait et craquait. Le temps qu'ils atteignent 163 mètres, le loch affichait 34 nœuds et le bâtiment commençait à vibrer. Pacino revint à la table de navigation pour vérifier ce que donnait le point satellite. Alors qu'il étudiait la carte, espérant voir diminuer la distance avec la banquise, Gerald, le radio, lui tendit la planchette métallique et le cahier d'enregistrement top secret.

— Voici le trafic, commandant, dont un message Flash classifié top secret.

Pacino signa le cahier d'enregistrement et lut le message à ce point urgent qu'il avait obligé le *Devilfish* à interrompre son transit sous-marin.

FLASH

150304 ZDÉC
Flash flash flash flash
De : COMSUBLANT, Norfolk VA
Pour : USS DEVILFISH *SSN-666*
Objet : change 1 à vos ordres de mission
Réf : ordre d'opération COMSUBLANT 54-0964 du 13 décembre

TOP SECRET — THUNDERBOLT

Réservé commandant — Réservé commandant
BT
1. Le déploiement de tous les sous-marins d'attaque russes depuis leurs bases de la côte Nord a été détecté. Au moins 120 unités ont appareillé ; elles se trouvent en mer de Barents et se dirigent vers l'Atlantique. Vitesse de progres-

sion rapide. Destination probable : la côte Est des Etats-Unis. L'Oméga pourrait avoir un rôle dans ce déploiement. Pas de confirmation pour l'instant.

2. Oméga détecté. Position estimée bonne. Coordonnées alpha deux un point deux tiret cinq trois point six, Carte Z-SUB-UN.

3. Sous-marin en surface dans une polynia avec une antenne hissée. Pas d'émission radio détectée.

4. Nouveaux ordres de mission pour le Devilfish : *déterminer comportement hostile éventuel de l'Oméga ainsi que toute relation de ses activités avec le déploiement russe en direction de la côte américaine. Les règles d'engagement normales de SUBLANT ne s'appliquent plus. Le* Devilfish *a ordre de tester les intentions de l'Oméga en utilisant les méthodes de son choix. Le lancement délibéré reste cependant interdit.*

5. Informations complémentaires vous seront fournies dès que possible.

6. Bonne chance et bonne chasse, Mikey.

7. Signé : Amiral R. Donchez

BT

Pour la première fois depuis longtemps, Pacino sourit. La question de la légitimité de l'engagement de l'Oméga par le *Devilfish* venait d'être résolue. Un déploiement russe que les services de renseignements n'avaient pas prévu... Quel beau cadre pour le duel qu'il attendait.

— Stokes, appela Pacino, venez au 0-4-5. Demandez au second et au CGO de me rejoindre ici.

Tandis que Pacino attendait, un doute lui vint à l'esprit. Ce déploiement était-il bien réel ? Et d'abord, pourquoi Novskoy avait-il fait surface ? Il repoussa cette pensée et se concentra sur sa confrontation avec l'amiral russe. Il pourrait approcher l'Oméga pendant qu'il était dans la polynia, se placer juste à la verticale de celui-ci et remonter tout droit... Au lieu de traverser la glace fine de la polynia, il aborderait l'Oméga par en dessous. Si le Russe avait mis bas les feux sur la propulsion, il lui faudrait au moins une heure pour appareiller de la polynia. L'Oméga, déjà très silencieux en mer libre, serait pratiquement indétectable au milieu de la banquise si sa propulsion était arrêtée. Il était donc fort possible que le *Devilfish* ne puisse pas le trouver dans cette polynia. Enfin, un sous-marin de cette taille, à double coque, pouvait encaisser des coups incroyablement violents sans subir aucun dommage. Le réveiller avec un choc brutal pouvait s'avérer plus dangereux pour le *Devilfish* lui-même que pour l'Oméga... Survivrait-il à cette mission ?

Rapier et Christman étant arrivés au PCNO, Pacino leur fit lire le message.

— Nous devons trouver ce salopard, commandant, dit Rapier.

— Et le flinguer, ajouta Christman.

— N'oubliez pas, messieurs, dit Pacino, que nous n'avons pas l'autorisation d'utiliser nos armes. Nous ne pouvons tirer que s'il prend l'initiative de l'attaque.

Rapier fit non de la tête.

— COMSUBLANT précise que les règles d'engagement ne s'appliquent plus. Nous n'avons pas besoin d'attendre.

— Non, second, il nous dit également que nous ne pouvons lancer qu'en cas de légitime défense. Mais il nous suggère de prendre des initiatives, et c'est bien ce que nous allons faire.

13

Mardi 16 décembre

Moscou
Le Kremlin, bâtiment du ministère de la Défense
Salle de conférence n° 4

Le colonel Ivan Dretzski consultait ses notes juste avant le début de la réunion. A l'ordre du jour : le déploiement de la Flotte du Nord en Atlantique. Il fallait déterminer les raisons pour lesquelles la Flotte avait appareillé sans l'autorisation de Moscou, ainsi que les éventuelles mesures à prendre.

La pièce faisait penser à une salle d'audience officielle. Une tache plus claire sur le mur sale du fond, haut de 4 mètres environ, permettait de deviner l'endroit où avaient été accrochés la faucille et le marteau, symboles de l'Union soviétique. Il pensa à Novskoy, convaincu que c'était les espions des Etats-Unis d'Amérique qui avaient provoqué la chute de l'URSS. Peut-être Novskoy avait-il raison de s'opposer aux forces armées américaines, mais pour le reste... Les problèmes de la Russie ne se réduisaient pas à l'installation d'un McDonald's sur la place Rouge. Son économie s'effondrait. Sans les exportations de pétrole, la Russie n'était qu'un pays agricole pauvre.

Depuis qu'il avait accepté le plan de Novskoy,

contraint et forcé, les faiblesses de cette stratégie le tourmentaient et semblaient encore plus évidentes maintenant que l'amiral était en mer. Son éloquence et sa forte personnalité n'étaient plus là pour dissiper ses craintes. D'un point de vue strictement logique, le plan paraissait extrêmement risqué, au point de pouvoir provoquer une guerre nucléaire. La confiance mutuelle et le contrôle des armements semblaient vraiment la meilleure solution...

Alors que les participants entraient les uns après les autres, Dretzski devait faire face à ses doutes. L'Amérique représentait le *glavni protivnik*, l'adversaire principal. C'était pour lui une certitude. Il était militaire, et les militaires étaient payés pour risquer leur vie. Sa propre patrie était encore en danger... Les armes nucléaires de l'Amérique étaient toujours en place, ainsi que ses énormes capacités offensives et défensives. Des sommes fabuleuses dépensées pour des chasseurs furtifs et des systèmes d'armes basés dans l'espace, des sous-marins à 2 milliards de dollars l'unité, des missiles de croisière à plusieurs millions de dollars chacun... Novskoy prenait des risques fous, mais il se pouvait également qu'il ait raison...

Les participants rejoignirent leur place sur une estrade légèrement surélevée disposée en arc de cercle en face du bureau de Dretzski. Tous étaient présents, hormis le Président, qui avait prévenu qu'il serait quelque peu en retard.

Dretzski abandonna ses notes et ses pensées pour observer l'assistance. En face de lui, à l'extrême gauche d'une table en fer à cheval, se trouvait le général Anton Voskod, chef des forces stratégiques russes, le service qui, à une certaine époque, avait été chargé de la mise en œuvre des silos de missiles balistiques intercontinentaux. Avec les traités de désarmement et la course à la paix, Voskod avait perdu son gagne-pain. Agé d'une cinquantaine d'années, il était l'un des plus jeunes généraux du pays. Il avait fait partie de la ligne des durs, à l'époque où ses missiles étaient constamment pointés sur les villes américaines.

A gauche du général Voskod, était assis le général Dimitri Pallin, le chef du premier directoire du KGB, chargé du renseignement dans les pays étrangers. Quelques années plus tôt, Pallin avait déjà été affecté au premier directoire du KGB, où il avait été le chef de Dretzski.

« Il vaut mieux que ma présentation soit convaincante, se dit Dretzski, sinon j'aurai certainement des soucis avec ces deux-là. »

Assis à la gauche de Pallin, se trouvait un civil, le chef du KGB, Victor Maksoy, un vieillard fatigué qui avait tendance à céder aux désirs de Pallin ou à ceux du bureaucrate du rang le plus élevé présent dans les environs. Maksoy était un faible, facile à contrôler. C'était bien sûr pour cette raison que le président Yulenski, qui voyait d'un mauvais œil un KGB trop ambitieux, l'avait nommé à ce poste.

Au centre, une chaise vide attendait le Président. La réunion ne commencerait pas sans lui.

Sur l'autre branche du fer à cheval, à droite de la chaise du Président, était assis Tavel Fasimov, le ministre de la Défense. Un dur, comme Voskod. Il n'avait jamais apprécié ni le capitalisme, ni les négociations avec les Américains. « Quand les derniers dinosaures vont-ils enfin disparaître ? « se demanda Dretzski.

A gauche de Fasimov se tenait Anatoly Kirova, le ministre des Affaires étrangères. Kirova avait appartenu à l'Organisation des Nations unies pendant de longues années, se remémora Dretzski. Il semblait à moitié américanisé, si l'on en jugeait par le nombre de hot-dogs et de pizzas qu'il ingurgitait. Kirova serait très certainement opposé au déploiement de Novskoy et au harcèlement des Américains.

Enfin, dans le dernier siège à droite, était assis l'amiral Mikhail Barisov, le commandant en chef de la Flotte du Pacifique, l'équivalent de Novskoy à Vladivostok. Barisov et Novskoy étaient aussi dissemblables que deux hommes peuvent l'être. Barisov était un penseur, amateur de ballets et d'histoire. Il avait également assoupli ses positions vis-à-vis du *glavni protivnik* après un mois passé à l'Ecole de guerre navale de Newport, dans l'Etat du Rhode Island.

A cet instant, le Président Misha Sergeiyvich Yulenski entra dans la salle de conférence. Dretzski n'avait jamais pu comprendre ce Yulenski, qui pouvait passer de la jovialité à la colère noire en quelques secondes. Il faisait partie des politiciens de la nouvelle génération : il croyait à la démocratie.

Yulenski ouvrit la séance et demanda à Dretzski de prendre la parole.

— Monsieur le Président, messieurs, je suis le colonel Ivan Dretzski, et je suis ici devant vous à la demande du général Pallin et de M. Maksoy. Je travaille au premier directoire du KGB, où je suis responsable de l'évaluation des capacités opérationnelles des pays étrangers et du renseignement en matière d'armes nucléaires. J'ai une déclaration à vous lire concernant le déploiement de la Flotte du Nord, après quoi j'essaierai de répondre à toutes les questions que vous voudrez bien me poser. Monsieur le Président ?

— Oui, allez-y, colonel Dretzski, lança Yulenski, en y mettant le ton et la forme, comme s'il était en campagne électorale.

— Messieurs, commença Dretzski, mardi, les cent vingt sous-marins nucléaires d'attaque de la Flotte du Nord ont appareillé ensemble depuis leurs bases de la côte nord. Cet exercice, en préparation depuis plusieurs mois, a débuté sur l'ordre de l'amiral Alexis Novskoy, commandant la Flotte du Nord. Ce déploiement comporte plusieurs phases. La première est maintenant terminée. Elle avait pour but de tester la rapidité et l'efficacité de la mise en œuvre de la Flotte...

Dretzski pouvait sentir le regard de l'amiral Barisov fixé sur lui. Rien n'échapperait sans doute à

Barisov, ce qui expliquait probablement pourquoi on l'avait fait venir de Vladivostok.

— ... avec un préavis minimal. La seconde partie de l'exercice consiste à pénétrer en Atlantique Nord et à gagner en un temps record la côte Est des Etats-Unis.

Un bourdonnement de voix emplit la salle.

— Je dois insister sur le fait qu'il ne s'agit que d'un exercice. Les sous-marins s'entraînent pour l'éventualité d'un déploiement rapide. Ainsi que le disait l'amiral Novskoy, sans entraînement, les capacités opérationnelles de notre Flotte s'étiolent et disparaissent. Après un ou deux jours en patrouille face aux côtes américaines, les sous-marins se retireront et rentreront à leurs bases. Ce sera la troisième phase. Nous évaluerons les capacités personnelles de chacun de nos commandants et leur aptitude à remplir cette mission. Nos sous-marins nucléaires n'ont évidemment jamais participé à une action réelle en temps de guerre. Contrairement à l'artillerie, dont l'expérience du tir au canon est séculaire, les SNA relèvent d'une science encore relativement jeune et encore jamais utilisée au combat. L'exercice de l'amiral Novskoy permettra de réécrire la doctrine d'emploi opérationnel de nos bâtiments.

— Colonel, commença le Président, comment se fait-il que ce soit vous, un simple officier du premier directoire du KGB, qui vienne nous informer de cet événement capital ? Où se trouve l'amiral Novskoy ? Où sont donc les officiers de son état-major ?

La question de Yulenski était claire : qui êtes-vous exactement, colonel, le mandataire de Novskoy ?

Avant la réunion, Dretzski savait qu'il aurait à répondre à cette question. Il n'avait pas pour autant réussi à préparer une réponse convaincante.

— Monsieur le Président, le général Pallin et M. Maksoy ont accepté l'invitation de l'amiral Novskoy pour observer cet exercice. L'amiral disait qu'un déploiement tel que celui-ci attirerait immédiatement l'attention des services de renseignement américains. Le premier directoire du KGB a reçu l'ordre de faire comme si la Flotte du Nord appartenait à un pays étranger...

— C'est pratiquement le cas, interrompit sèchement l'amiral Barisov. Apparemment, il semblait y avoir peu de coordination entre les flottes...

— ... et de vérifier si nous pouvions prévoir le déploiement alors que la Flotte était encore au port.

— Et qu'avez-vous trouvé, colonel ? demanda Pallin, comme s'il jouait l'avocat de la défense.

— Nous n'avons pas pu détecter quoi que ce soit d'inhabituel, ni grâce aux satellites, ni en utilisant les écoutes radio et téléphoniques. Nous n'avons rien observé non plus en surveillant l'activité des chantiers et des entrepôts, ainsi que les relèves d'équipage.

— Très pratique, colonel, lança l'amiral Barisov. Novskoy vous paie pour ne rien voir et ne rien entendre...

— Je suis plus objectif et impartial que n'importe quel officier de la Flotte du Nord, s'insurgea Dretzski. J'aurais sincèrement aimé pouvoir vous annoncer dès maintenant que nous avions détecté les activités de l'amiral Novskoy, mais hélas, ce n'est pas le cas. Une faiblesse de notre part, mais une victoire pour notre pays.

Le président Yulenski prit la parole, toute bonne humeur disparue.

— Colonel, pourquoi les sous-marins ont-ils été envoyés sur la côte Est des Etats-Unis sans ma permission expresse, et sans même que j'en sois simplement averti ? Pour quelle raison menaçons-nous les Américains ? A quelle réaction de leur part devons-nous nous attendre quand ils verront tous ces sous-marins au large de leurs côtes ?

— Monsieur le Président, nous cherchons à éviter toute détection. Si les sous-marins atteignent la côte discrètement, alors nous aurons prouvé la valeur de la Flotte et validé l'entraînement imposé par l'amiral Novskoy. Si au contraire chacun de nos sous-marins se trouve en face de bâtiments de surface, de sous-marins ou d'avions de patrouille maritime, nous aurons appris quelque chose de plus précieux encore, et nous pourrons travailler à améliorer nos performances, pour le cas où... Il s'agit en fait d'une expérience ingénieuse...

— Donc, colonel Dretzski, dit Yulenski, ne serait-il pas plus correct de passer un coup de fil aux Américains et de les avertir que nos sous-marins jouent pratiquement dans leurs eaux territoriales ?

Dretzski sentit la sueur perler sur son front. Il était crucial que le Kremlin n'appelle pas la Maison-Blanche — cela viendrait contredire l'analyse de situation que l'Hameçon, l'agent en place au Pentagone, s'efforçait de faire adopter par les autorités américaines. Son rôle dans ce plan était peut-être discret, mais certainement vital.

— Personnellement, je ne vous le conseillerais pas, monsieur le Président, dit Dretzski, se sentant vraiment mal à l'aise. Le but essentiel de cet exercice est de savoir si les Etats-Unis, non alertés, sont capables de détecter notre déploiement. Comme je vous le disais, s'ils ne le peuvent pas, nous aurons démontré notre capacité opérationnelle. S'ils nous détectent, nous aurons également prouvé que nous avons encore des progrès à faire.

— Ce petit jeu est très dangereux, colonel. Fasimov, dit Yulenski en s'adressant au ministre de la Défense, ce genre de choses n'arrivera plus sans des ordres formels de ma part. Il m'est impossible de conduire une politique étrangère si mes généraux et mes amiraux agitent en secret leurs jouets dans mon dos. Messieurs, vous provoquez le destin. Je veux rencontrer l'amiral Novskoy dès ce soir, Fasimov. Faites-le venir et accompagnez-le, nous avons à discuter.

— Monsieur le Président, l'amiral Novskoy n'est pas à terre.

— Et où se trouve donc cet imbécile ?

— Sous la calotte polaire, à bord d'un tout nouveau sous-marin nucléaire d'attaque qui effectue actuellement ses essais à la mer. Il devrait rentrer un peu avant le reste de la Flotte.

— Nom de Dieu, pourquoi est-il à la mer sous la banquise ? Comment peut-il suivre le déroulement de son exercice depuis là-bas ?

Dretzski avala sa salive avant de répondre. S'il avouait que Novskoy allait faire surface et utiliser les moyens radio du *Kaliningrad,* cela aurait vraiment l'air un peu gros. Cela signifierait que Novskoy disposait vraiment d'un bâtiment de commandement à la mer. D'autre part, s'il mentait en disant que Novskoy ne pouvait pas recevoir de messages, Barisov le saurait tout de suite. Une petite touche de vérité était donc nécessaire.

— Comme je vous l'ai dit, monsieur le Président, commença Dretzski, l'amiral Novskoy pensait indispensable de recueillir les éléments d'un observateur impartial, sans obligations politiques vis-à-vis de lui. C'est pourquoi il a fait appel à nos services de renseignement. L'amiral veut toute la vérité et rien que la vérité, pas une appréciation de situation édulcorée, faite par un sous-fifre obséquieux. Ses intentions sont de démontrer la valeur opérationnelle de la Flotte. Il cherche à connaître les points faibles de son organisation, et le KGB l'aidera à les mettre en évidence.

— Très bien, colonel, dit Yulenski.

Dretzski retint un soupir de soulagement. Apparemment, Yulenski croyait à son histoire, de même que les autres membres de l'assemblée.

Yulenski se leva, brusquement pressé. Il quitta la pièce alors que l'un de ses assistants ramassait les documents ayant servi à la présentation.

Alors que les participants de la réunion gagnaient la sortie, Dretzski avait repris confiance en l'avenir... jusqu'à ce que l'amiral Barisov se dresse devant lui.

Barisov, le commandant en chef de la Flotte du Pacifique, était plutôt jeune pour ce poste, bien qu'il n'en ait pas l'air : maigre jusqu'à en paraître efflanqué, avec de profondes rides marquant son visage, et les cheveux complètement blancs. Barisov avait passé sa jeunesse aux forces sous-marines, à partir de l'année où Youri Gagarine avait pris le chemin de l'espace. Après vingt ans aux sous-marins et le commandement du *Volgograd,* un bâtiment de type Victor III, Barisov était revenu à la surface et avait commandé un escorteur, un croiseur et un porte-aéronefs. Après quoi, il avait dû passer quelques années tristes dans les bureaux du ministère de la Défense à Moscou, jusqu'à ce que l'amiral Gorshkov lui donne ses étoiles et le commandement de la Flotte du Pacifique.

— Dretzski, qu'est-ce qui se cache derrière cette histoire de déploiement ?

Dretzski essaya de paraître embarrassé.

Barisov commença à poser des questions, tel un procureur conduisant le contre-interrogatoire d'un témoin important.

Dretzski tenta de répondre calmement, tout en se disant qu'il faudrait peut-être bien prendre des mesures à l'encontre de Barisov. Peut-être un accident d'avion durant le trajet retour vers Vladivostok ?...

Océan Glacial Arctique
En surface dans la polynia
FS Kaliningrad

On frappa à la porte de l'amiral Novskoy. Celui-ci leva les yeux du dernier message qu'il venait de recevoir et qui portait la mention « Réservé pour commandant de la Flotte ».

Rapidement, il rangea le message et la carte sur laquelle étaient portées les positions d'attaque des cent vingt sous-marins, puis fit entrer Vlasenko. Novskoy alla se rasseoir à sa table de travail. Vlasenko s'assit en face de lui.

— Je vous écoute, commandant.

— Amiral, voilà deux jours que nous restons dans cette polynia. N'est-il pas temps de reprendre les essais à la mer du sous-marin ?

Novskoy fixa Vlasenko un long moment.

— Les essais à la mer sont suspendus. Quelque chose de plus urgent est en cours. Il est possible que nous restions ici encore une petite semaine.

L'estomac de Vlasenko se retourna.

— Dans ce cas, amiral, nous devrions isoler les turbines principales. Il n'y a aucun intérêt à les maintenir chaudes si nous avons l'intention de rester ici.

— Il n'en est pas question. Je veux pouvoir disposer rapidement de la propulsion. Il n'est pas possible de savoir quand cette polynia va se refermer et menacer de nous écraser. Nous devons pouvoir appareiller dès que cela s'avérera nécessaire.

Vlasenko hésita. Il était impossible de provoquer directement Novskoy en s'appuyant sur ce qu'il avait trouvé. Cela lui vaudrait d'être enfermé à double tour dans une soute quelconque.

Il chercha un autre plan d'action. Il pourrait sans doute saboter la boîte d'accord au pied de l'antenne multifonction. Peut-être retirer quatre ou cinq tiroirs et arracher quelques fils, ou bien retirer quelques composants vitaux et détruire les rechanges... Evidemment, si Novskoy était au PCNO devant la console transmissions, le sabotage serait découvert avant qu'il n'ait eu le temps d'endommager les équipements de façon irréparable. Peut-être n'y avait-il pas moyen d'empêcher Novskoy d'envoyer son message à la Flotte. Au moins Vlasenko en était-il convaincu : le déroulement de l'opération n'était pas complètement automatique. Personne ne lancerait quoi que ce soit avant d'avoir reçu le mot-code. S'il n'en était pas ainsi, pourquoi seraient-ils en surface ici dans cette polynia ? Le *Kaliningrad* jouait le rôle d'un bâtiment de commandement. Ce qui voulait dire que la seule façon d'empêcher l'attaque serait de s'emparer de la personne de Novskoy, voire de le tuer.

Vlasenko se leva et quitta la chambre.

Novskoy revint au message que Dretzski venait de lui envoyer de Moscou :

> *1. Le Kremlin a des doutes.*
>
> *2. Je viens d'exposer la situation au Président et aux VIP du ministère de la Défense, et en particulier à l'amiral Barisov, commandant la Flotte du Pacifique.*
>
> *3. A l'exception de Barisov, tous pensent pour le moment que vous conduisez un exercice. Le temps joue contre nous. Je vous conseille de terminer l'opération au plus vite.*
>
> *4. Barisov est extrêmement intéressé par le déploiement de la Flotte, il a posé des questions précises et demande des détails. Il a évoqué la possibilité d'un déploiement identique avec la Flotte du Pacifique. Je lui ai dit que des mois de préparation avaient été nécessaires. Il n'a rien répondu.*
>
> *5. Barisov reste à Moscou. L'état-major de Vladivostok est en pleine activité. Il est probable que Barisov mijote quelque chose. Raison de plus pour conclure au plus vite.*
>
> *6. Nouveaux éléments : les sous-marins américains de la côte Est ont appareillé d'urgence. Plus de soixante sous-marins. Vous suggère repenser toute l'opération s'ils sont réellement capables de pister nos sous-marins. Il faut supposer qu'ils possèdent à bord des missiles de croisière Javelot. Une provocation pourrait avoir des conséquences dangereuses.*
>
> *7. Un sous-marin nucléaire d'attaque classe Piranha est en route vers l'Atlantique Nord, probablement vers la calotte polaire.*
>
> *8. Les Nations unies ont assisté aujourd'hui à la destruction de cent vingt missiles SSN-X-27*

de combat. Ils pensent que nous n'en avons plus.

9. L'Hameçon, comme il en a reçu l'ordre, tente de convaincre les autorités US que le déploiement de la Flotte du Nord est bien un exercice.

10. La conclusion rapide, je répète, rapide, de l'opération est vitale. Bonne chance !

Novskoy relut le message et le passa dans le broyeur de Vlasenko. Il regarda son calendrier. Avec un peu de chance, la Flotte serait en position face à la côte Est des Etats-Unis d'ici deux jours, soit vers le 18 décembre.

Le reste était du ressort de l'Hameçon, le général Tyler. Il devrait faire en sorte de retenir les sous-marins américains assez longtemps pour permettre la mise en place de l'attaque.

14

Samedi 18 décembre

Océan Atlantique Nord

Sur le répétiteur vidéo du périscope, n'apparaissaient que l'eau sombre, la limite de la glace au loin et le soleil bas de l'Arctique, lueur froide dans le petit matin. Située si loin dans le nord, la « zone marginale de la banquise », là où le soleil rase l'horizon durant la plus grande partie de l'année, était dangereuse : semée d'icebergs et de glaces flottantes, elle constituait la transition entre l'eau libre et la banquise.

Les sous-marins évitaient généralement de remonter à l'immersion périscopique dans la ZMB. Le risque de collision était important et la coque pouvait facilement être endommagée par un iceberg. Mais Pacino avait voulu jeter un dernier coup d'œil. Depuis une vingtaine de minutes, il regardait au périscope, effectuant de lents tours d'horizon.

Il découvrait un paysage ressemblant à une région montagneuse couverte de neige. Froid, désertique, désolé, sans vie. Mais au moins, c'était la surface, l'extérieur, avec l'eau, la glace et le soleil. Et de l'air, de l'air bien propre, non filtré par des charbons actifs, ni débarrassé de son gaz carbonique par des usines de décarbonatation, ni passé à travers des brûleurs catalytiques ; ni même électrisé par les filtres Trion. Ce n'était pas non plus cette sorte d'air au goût de cuivre produit par la « bombe », l'usine qui fabriquait de l'oxygène et de l'hydrogène par électrolyse de l'eau, stockant le premier et rejetant le second. En cas de problème, le mélange des deux gaz était suffisamment puissant pour faire exploser le sous-marin, d'où le surnom donné à l'usine.

La voix de Christman, teintée d'incertitude, interrompit les réflexions de Pacino.

— Commandant, le sonar indique un radeau de glace sur l'avant à moins de 1 500 mètres.

Le capitaine de corvette Christman, l'officier de quart, se tenait devant le sondeur de glaces Sharktooth, une console comportant un *joystick* et un grand écran vidéo vertical. Sur le haut de l'appareil, un graphique enregistrait l'épaisseur de glace au-dessus du sous-marin. Le centre du panneau frontal ressemblait à l'écran d'un radar. Il affichait les échos recueillis par un hydrophone monté sur l'avant du massif, qui émettait des séries d'impulsions de niveau faible, de haute fréquence, modulées comme celles d'une sirène de police. Si les fréquences d'émission étaient représentées sur un graphique temps/fréquence, elles ressemblaient à des dents de requin, ce qui avait donné son nom au sonar. Grâce au changement incessant de la fréquence émise, le sonar pouvait à la fois émettre et recevoir les échos renvoyés par la glace environnante, donnant en permanence l'azimut, la distance et la forme des radeaux proches. La banquise compacte était à moins d'un nautique sur l'avant.

Un instant, Pacino eut la sensation qu'il voyait le ciel et le soleil pour la dernière fois... phénomène malheureusement guère original parmi les sous-mariniers... et il s'efforça aussitôt de chasser cette désagréable impression alors qu'il rentrait les poignées du périscope et actionnait la commande d'affalage. Le périscope chuinta en rentrant dans son puits et parut vraiment très froid à Pacino lorsqu'il l'effleura de l'épaule.

— Venez à 50 mètres, ordonna Pacino sans regarder Christman, tandis qu'il se plaçait devant le répétiteur sonar du PCNO.

L'écran du répétiteur, dans les tons rouges afin de ne pas gêner la vision nocturne de l'officier de quart, affichait un *waterfall* ou « cascade ». L'axe horizontal représentait l'azimut — le nord à gauche, le sud au centre, et encore le nord à droite —, et l'axe vertical, le temps — en haut, le temps présent, en bas, le passé. Les lignes de points semblaient tomber vers le bas, comme une cascade.

Un contact lointain laisserait une trace à peu près verticale sur l'écran, alors qu'un contact proche présenterait une trace inclinée, traduisant son défilement, le passage d'un azimut dans un autre en fonction du temps.

A cet instant, l'affichage ne montrait que du bruit de fond. Puis une trace très inclinée apparut fugitivement. Défilement fort, très proche. Pacino prit l'interphone.

— Sonar, ici le commandant, annoncez le contact dans le 0-4-0 !

— *Commandant, ici sonar, le contact azimut actuel 0-6-4 est classé biologique.*

Pacino grimaça. Une baleine ou un banc de poissons.

— Sonar, ici le commandant. Lancez une analyse bande étroite dans l'azimut du biologique.

— *Bien reçu, commandant.*

Pacino appuya sur un bouton situé sous l'écran du répétiteur sonar et le *waterfall* fut aussitôt remplacé par six petits graphiques niveau/fréquence. Le sonar analysait les signaux de l'antenne linéaire remorquée et cherchait les raies connues pour appartenir aux sous-marins russes, comme par exemple la raie à 300 Hz provenant d'une résonance du système de génération électrique. L'un des petits graphiques était centré sur la fréquence attendue de 300 Hz. Si le contact était un Russe, la probabilité était forte de voir une étroite pointe de bruit dans cette zone de fréquence.

Il fallut cinq minutes environ pour que les graphiques se remplissent peu à peu et présentent une quantité d'informations utilisable. Comme un appareil photo prenant un cliché la nuit, le sonar devait intégrer l'information sonore pendant un temps suffisamment long pour être sûr que les raies observées n'étaient pas simplement du bruit de fond. Durant cinq bonnes minutes, Pacino resta les yeux fixés sur le graphique à 300 Hz, sans remarquer le regard de Christman posé sur lui. Le graphique était plat. Rien autour de 300 Hz. Pacino secoua la tête et appuya sur un bouton. L'affichage large bande réapparut aussitôt.

— Sonar, du commandant, reprenez la veille normale.

La trace était bien un biologique.

— *Bien reçu, commandant.*

L'affichage se remplit de traces, les bruits du frottement des radeaux de glace entre eux ou contre la banquise. Bientôt, ces bruits seraient audibles sans le secours du sonar, directement à travers la coque du sous-marin.

Pacino passa devant la console du radar, qui était arrêté et totalement inutile en plongée. En face du radar était installé le sonar Sharktooth. Pacino regarda l'écran représentant la vision horizontale. La limite de la banquise était maintenant sur l'arrière, et quelques crêtes de glace apparaissaient sur l'avant : des stalactites s'enfonçant dans la mer, suspendues au plafond de glace solide. Ces crêtes, pour le moment, étaient petites, mais elles deviendraient bientôt nettement plus massives, suffisamment pour occasionner de gros dégâts au sous-marin si l'officier de quart ne prenait pas garde de les éviter. Pacino entendit distraitement Christman donner de brefs ordres de barre pour s'éloigner des crêtes de glace. Pendant le reste du temps passé sous la glace, l'officier de quart ou son adjoint se tiendrait ici, près du sondeur de glace, pour gouverner le bateau. L'adjoint participerait également à la tenue de la navigation sous la banquise, ou armerait la direction de lancement des armes et s'assurerait qu'une torpille était programmée et parée. Au cas où...

— Christman, faites une abattée d'écoute, ordonna Pacino. Et recommencez au moins toutes les deux heures. Je ne veux pas de mauvaise surprise.

— Faire une abattée d'écoute, bien commandant. Central, à droite 5, venir au 1-3-0.

Christman attrapa un micro sur le sondeur de glace.

— Sonar, de CO, nous effectuons une abattée d'écoute sur la droite.

— *CO de sonar, bien reçu.*

Pacino monta sur la plate-forme du périscope et regarda distraitement le répétiteur du sonar, en pensant au Russe brutalement sorti du baffle du *Stingray* des dizaines d'années auparavant.

Norfolk, Virginie
Etat-major de COMSUBLANT

Dans la salle de situation, l'amiral Donchez observait les cent vingt X rouges qui clignotaient. Ces fils de putes étaient en place, pensait-il. Les sous-marins étaient alignés au large des côtes du Maine, en direction de la Caroline. Les secteurs les plus au sud de la côte étaient toujours clairs, les derniers Russes étant probablement en route pour ces zones de patrouille plus éloignées.

Ses sous-marins d'attaque avaient appareillé, mais soixante-sept bateaux contre cent vingt... les conditions n'étaient guère favorables dans le cas d'un affrontement face-à-face. Les mots de son message aux sous-marins avaient été soigneusement choisis : ils étaient suffisamment vagues pour laisser aux commandants une certaine autonomie et pour qu'ils puissent prendre l'initiative d'attaquer... si nécessaire.

> *1. Sous-marins d'attaque russes prévus prendre position au large des côtes est-américaines en Atlantique Ouest au plus tard le 18 décembre 20 h 00 Z.*
>
> *2. Tous bâtiments doivent faire le maximum, je répète, le maximum pour prendre le pistage d'au moins un sous-marin russe. Distance maximale de pistage 5 000 (cinq mille) yards. Distance minimale de pistage à la discrétion des commandants. Restez discrets dans la mesure du possible.*
>
> *3. Intentions russes inconnues.*
>
> *4. Les commandants useront de leur meilleur jugement. Les règles d'engagement de SUBLANT s'appliquent, mais elles doivent être interprétées pour préserver la sécurité des USA.*
>
> *5. En cas de détection de lancement hostile, les bâtiments sont autorisés à attaquer leurs buts.*
>
> *6. Signé Amiral R. Donchez.*

C'était le mieux qu'il pouvait faire. Personne n'avait le droit de lancer sans que les sous-marins russes n'aient attaqué les premiers. Mais à quoi donc rimait ce déploiement ? Cherchait-on à éprouver les nerfs des Américains ? Donchez se rendit jusqu'à l'ascenseur et regagna son bureau où il regarda une fois de plus la construction du monument au *Stingray.* Condamné à attendre la suite des événements, il aurait aussi bien pu sortir et aller les aider à couler du béton.

Avant de quitter la salle de situation, il avait regardé les cartes et s'était promis de ne pas y remettre les pieds avant que les Russes n'aient fait demi-tour et n'aient abandonné leur jeu de cache-

cache, ou leur guerre des nerfs, ou ce que diable ils tentaient de faire.

Océan Arctique
En surface dans la polynia

L'amiral Alexis Novskoy s'assit face au terminal de transmissions au PCNO, et regarda l'imprimante laser cracher page après page les messages stockés dans la mémoire de l'ordinateur. Cinq minutes après l'hcure à laquelle Novskoy avait ordonné que les bâtiments soient à leur poste, il recevait cent vingt messages de ses sous-marins. Il prit la pile de papiers et l'emporta. En quittant le PCNO, il fit un signe de tête à l'officier de quart, le capitaine de corvette Ivanov, seul autre occupant du local.

— Bonsoir, Ivanov.

— Bonsoir, amiral.

Novskoy descendit par l'échelle, traversa la coursive jusqu'à sa chambre, où il alluma une petite chaîne stéréo et s'assit sur son lit. Il lui fallut une heure pour déchiffrer les messages, mais quand il eut fini, il vérifia la liste avec satisfaction.

Chacun des cent vingt sous-marins était bien en place au large des côtes américaines, et aucun n'avait rencontré la moindre opposition. Les Américains semblaient leur ouvrir grand les bras.

Il s'adossa à sa chaise et laissa son regard se perdre dans le vide. Il s'était attendu à au moins une douzaine de rapports de contact avec les sous-marins d'attaque américains en Atlantique, peut-être même à des escadres ASM quadrillant la mer avec leurs sonars en émission, des avions volant à basse altitude et mouillant des bouées, des flottilles d'hélicoptères au ras des vagues trempant leur sonar au bout d'un long câble. Mais rien, pas même l'ombre d'un des sous-marins d'attaque américains dont Dretzski avait annoncé la présence.

Quelque chose n'allait pas. Tout se passait trop bien.

Novskoy ôta ses lunettes de lecture et ferma les yeux. L'Hameçon devait en être la cause. Ça et l'inspection des Nations unies. Le plan avait fonctionné.

Il se laissa aller en arrière pour écouter la musique symphonique dans laquelle il baignait, mais une pensée continuait de le harceler... pourquoi la Flotte avait-elle atteint ses positions sans rencontrer la moindre opposition ?

Océan Atlantique Ouest

Le USS *Billfish* avançait lentement vers le nord-est, à 4 nœuds, ayant juste assez de vitesse pour être manœuvrant, à une immersion de 200 mètres. Le bâtiment était en situation super silence. Tout le personnel hors quart était consigné dans les bannettes. Dans tout le sous-marin, les lumières étaient éteintes ou réduites à une faible lueur rouge. Les haut-parleurs de la diffusion générale étaient coupés, une annonce faite par ce moyen pouvant être détectée depuis l'extérieur de la coque. Dans chaque local, les hommes d'équipage portaient des téléphones auto-générateurs, reliés à un même circuit de communications internes, parés à transmettre à la voix les ordres urgents.

Chaque pompe ou chaque équipement à bord existait au moins en double. Pour chaque type de matériel, on avait choisi d'utiliser l'équipement le plus silencieux. Toutes les activités de maintenance avaient été arrêtées. Les équipements non essentiels, comme la cuisine, avaient été isolés — l'équipage mangerait froid pendant toute la durée de la situation super silence. Les chaussures à semelles dures étaient interdites, les hommes portaient des tennis ou des chaussures à semelle de corde. Les chaînes stéréos, les radios, les télévisions étaient arrêtées. Le gyro de secours aussi, de même que la

« bombe ». Les pompes de circulation du réacteur fonctionnaient en petite vitesse.

Le bâtiment était vraiment silencieux.

Dans le poste torpilles, sur les portes intérieures des quatre tubes, on pouvait lire : « Arme de combat au tube ». Les tubes 3 et 4 étaient en eau et équilibrés, les portes extérieures ouvertes, et les armes sous tension, gyro démarré, calculateur paré, en attente d'un ordre de lancement.

Dans le PCNO, seuls étaient audibles le sifflement du gyro et le léger chuintement de la ventilation de la DLA. L'équipe de CO était parée pour pister et, si besoin, engager tout contact.

Le lieutenant de vaisseau Culverson, l'officier de quart, était debout au CO, et regardait le répétiteur sonar, un écran de télévision couvert par un filtre de verre rouge. Texan lourdement charpenté, Culverson portait une paire de chaussures bleu marine à semelle de corde. La situation super silence l'avait privé de ses habituelles bottes de cowboy. Culverson, les yeux protégés par des lunettes rouges afin de préserver sa vision nocturne au cas où le bâtiment aurait à remonter à l'immersion périscopique, fixait le répétiteur sonar et cherchait à distinguer ce qui pourrait être un sous-marin dans la masse des traces laissées par le bruit de fond de l'océan et par les bruiteurs biologiques.

Trois mètres plus en arrière, le local sonar était plongé dans une obscurité totale, éclairé de la seule lueur des consoles. Le maître principal Dawson, chef du module sonar, était assis au milieu de la rangée des consoles, et aucun bruit n'était perceptible hormis le faible sifflement aigu des écrans vidéo. L'écran du bas, au centre, représentait les données de la voie du travers de l'antenne linéaire remorquée, une ligne d'hydrophones tractée derrière le sous-marin par un câble long d'un kilomètre. La voie du travers explorait une mince tranche d'océan, cherchant les raies caractéristiques d'un sous-marin de type Akula, dont la présence dans la zone de patrouille du *Billfish* avait été signalée par COMSUBLANT.

Les graphiques de la console centrale représentaient les fréquences autour de la raie à 314 Hz, caractéristiques du turbo-alternateur de l'Akula. Alors que Dawson observait son écran, un pic étroit apparut, juste au milieu du graphique. Les minutes passèrent, et le minuscule pic s'enfla jusqu'à devenir une montagne.

314,0 Hz, exactement.

Bien trop net et persistant pour s'avérer un phénomène naturel. Dawson jeta un coup d'œil aux autres graphiques. Une harmonique de la 154 Hz était aussi nettement perceptible. Les raies à 154 et 314 Hz étaient parfaitement caractéristiques d'un sous-marin de type Akula.

Dawson appela l'image Demon, l'analyse basse fréquence qui permettait d'obtenir la signature du propulseur 8 pales. Toutes ces informations permettaient de classer le contact comme un sous-marin nucléaire d'attaque russe Akula situé à environ à 150 nautiques à l'est de Norfolk, Virginie. Il n'avait absolument rien à y faire.

Dawson enclencha l'interphone et annonça :

— CO de sonar, contact bande étroite *Sierra 1*, relèvement 3-5-0 ou 1-7-0 classé sous marin nucléaire russe type IV, en plongée, probablement un Akula, 30 tours ligne d'arbre, hélice à huit pales. Je propose une abattée au 0-3-0 pour lever l'ambiguïté en azimut.

— *Sonar de CO, bien reçu, attendez.*

Dawson appela l'image *waterfall* bande large, qui affichait toutes les sources de bruit dans l'océan environnant. Il fixa son attention sur les deux azimuts possibles du contact bande étroite. Une faible trace semblait apparaître vers le 3-5-0. Il posa la main sur la boule de commande et amena le curseur d'analyse sur la trace, pour écouter le bruit qui provenait de cette direction, et de cette direction seulement. Il ferma les yeux et écouta. Juste du bruit de fond, un bruit blanc, comme le bruit de la pluie ou d'un petit ruisseau.

Il sélectionna un filtre passe-haut qui retirait toutes les fréquences basses. Petit à petit, il augmenta la fréquence de coupure du filtre et finit par entendre : « Pouch... Pouch... Pouch... » Il augmenta encore la fréquence et perçut : « Rouch... Rouch... Rouch... » Encore un peu plus haut : « Flouch... Flouch... Flouch... » Il augmenta le volume. Les nouvelles pompes primaires installées sur les Akula faisaient exactement ce bruit. « Flouch... Flouch... Flouch... »

— CO de sonar, le contact bande large azimut 3-4-7 est classé Akula certain, défilement gauche en augmentation. Le contact se rapproche et va passer au CPA. Je propose de venir au 1-8-0 pour acquérir un second tronçon.

— *Sonar de CO, bien reçu,* répondit Culverson. *Le baptême de cette piste est Kilo. Kilo est le but. Je viens par la gauche au 1-8-0.*

— CO de sonar, dit Dawson dans l'interphone, je vous suggère de venir par la droite. Si vous venez par la gauche, vous ferez tête sur lui et risqueriez la collision.

— *Non, nous venons par la gauche. Mieux vaut le toucher que de le perdre dans le baffle. Ordre du commandant.*

Dawson secoua la tête d'un air réprobateur, c'était ainsi que se produisaient les accidents.

Le personnel de quart fit passer l'ordre de rappel au poste de combat à travers tout le bateau et les équipes se précipitèrent pour rallier leur poste.

Au PCNO, Culverson entrait la solution sur Kilo et la téléréglait sur les armes des tubes 3 et 4, quand le capitaine de vaisseau Harrison Toth IV arriva et regarda par-dessus son épaule. Culverson leva les yeux vers Toth, un homme corpulent et chauve qui approchait de la cinquantaine. Pas vraiment un

Apollon donc, mais ancien officier marinier sonariste sorti du rang, il en savait plus à propos des sous-marins que n'importe qui d'autre. Il faisait d'ailleurs en sorte que ses officiers ne l'oublient jamais. Malgré toutes les réticences que ressentait Culverson à l'égard de Toth, il se sentit soulagé de le voir arriver au CO.

Atlantique Ouest
FS Vladivostok

Le capitaine de vaisseau Dimitri Krakov se tenait à la rambarde du puits du périscope du sous-marin *Vladivostok*, un type Akula, au large du plateau continental américain. Le *Vladivostok* avait rejoint sa position de patrouille au large de la ville de Norfolk, Virginie, depuis une vingtaine d'heures, roulant et tanguant à l'immersion périscopique dans l'attente de nouveaux ordres. Depuis la semaine précédente, l'équipage était devenu de plus en plus nerveux, et il y avait de quoi. Jusqu'à maintenant, Krakov s'était trouvé dans l'incapacité de leur dire exactement quelle était leur mission. Il n'avait lui-même aucune certitude.

Il tapota l'épaule de l'officier de quart pour lui demander le périscope. L'enseigne de vaisseau s'effaça promptement, et Krakov trouva sans mal les deux poignées horizontales, vaguement rassuré par ce contact familier. Il colla l'œil au caoutchouc qui protégeait l'oculaire et regarda les vagues se briser sur le périscope et les embruns qui montaient de la mer. Rester ainsi à l'immersion périscopique par forte houle était une bonne façon d'attraper le mal de mer, mais regarder les vagues à travers un périscope était encore bien pire ! Un estomac sensible constituait un handicap pour un sous-marinier, mais il n'y pouvait pas grand-chose.

Krakov fit signe à l'officier de quart de reprendre le périscope. Il était impatient, vraiment impatient.

Comme Vlasenko, il était à bord du *Leningrad* en 1973 mais, contrairement à lui, il n'avait pas été choqué du torpillage du sous-marin américain. Après tout, il était militaire, entraîné à détruire l'ennemi, et l'adversaire d'autrefois c'était... incroyable comme on oublie vite... c'était les Américains. Les politiciens avaient pris leurs responsabilités, et voilà que le pays était en cours de désarmement, détruisant sa propre capacité d'autodéfense. Ces réflexions lui étaient depuis longtemps familières et, sous la férule de l'amiral Novskoy, ces sentiments s'étaient encore développés. C'était grâce à Novskoy qu'il s'était élevé dans la hiérarchie, jusqu'à être promu au commandement du *Vladivostok* l'année précédente. L'amiral était l'homme qu'il admirait le plus au monde, en qui il avait le plus confiance, celui qui savait ce qui était bien pour lui comme pour l'avenir de son pays. Il se sentait un peu vis-à-vis de l'amiral comme un fils face à son père — son propre père étant mort alors qu'il était tout juste adolescent. C'était certainement à cause de cette admiration pour Novskoy qu'il avait choisi d'entrer dans la marine, et en particulier dans les sous-marins. Si l'amiral Novskoy le voulait en patrouille à cet endroit, il avait ses raisons. Pour Krakov, cela suffisait.

Commandant... Il adorait le son de ce mot et la responsabilité qu'il devait assumer. Il aimait ce métier, passionnément... hormis bien sûr les petites misères que son estomac lui faisait endurer. Rien n'est parfait, en ce bas monde...

Il pensa à l'embarquement du SSN-X-27, qui avait eu lieu dans le plus grand secret. Le missile dans son conteneur était maintenant dans le tube 4 et apparaissait sur la documentation du bord comme un missile d'exercice. Il pensa à toutes les opérations de maintenance et d'entretien qui avaient eu lieu à bord de son bâtiment ces derniers mois en prévision de cette mission. Il pensa au déploiement lui-même, si évidemment préparé par l'embarquement de grandes quantités de vivres et de pièces de rechange, mais qui s'était déclenché sans aucun préavis avant l'appareillage.

Krakov était absolument persuadé que les longues heures qu'il passait à l'immersion périscopique seraient bientôt récompensées. Et, en un sens, il était appelé à jouer un rôle historique au côté du légendaire amiral Alexis Novskoy. Cette simple pensée suffisait à surmonter les maux d'estomac les plus rétifs.

Océan Glacial Arctique
Sous la calotte polaire

Le *Devilfish* venait d'atteindre le point A21.2-53.6, selon les coordonnées de la carte ultra-secrète Z1, conformément aux ordres de Donchez. Sa position était pointée au crayon à papier sur la carte de navigation, ainsi que la position estimée de l'Oméga, qui figurait en orange.

Pacino se pencha sur la carte, sans cesser d'écouter tous les bruits perceptibles dans le PCNO. Le sondeur de glace Sharktooth grognait doucement en émettant ses faisceaux qui insonifiaient la mer devant eux, se réfléchissant sur les crêtes de glace et les stalactites. Stokes, l'officier de quart, ordonnait de légers changements de route afin de ne pas passer trop près des crêtes de pression. On entendait nettement les craquements de la banquise dont les morceaux jouaient les uns contre les autres.

La position de l'Oméga, donnée par COMSUBLANT, n'était bien sûr qu'approchée, mais il n'avait pas obtenu de détection en parcourant un cercle de 30 nautiques de diamètre autour de ce point. Il avait dû y avoir une erreur dans la position transmise par le satellite. Aucun contact bande large, rien non plus dans le filtre de menace centré sur les raies supposées de l'Oméga.

Où avait-il bien pu passer ? Ou alors, y avait-il une

astuce, quelque chose d'autre ? Au lieu de chercher le *Kaliningrad,* ne faudrait-il pas plutôt chercher une polynia ? Pacino alla jusqu'à la console du Sharktooth.

— Démarrez le sondeur vertical, demanda-t-il à Stokes.

Stokes hocha la tête et tourna le commutateur d'alimentation du sondeur vertical. Composé seulement d'un hydrophone monté au sommet du massif, le sondeur émettait une impulsion acoustique à très haute fréquence et recueillait deux échos, celui de la limite inférieure de la glace, puis celui de la limite supérieure. La comparaison des temps d'arrivée des échos permettait de déterminer la distance verticale de la banquise au sommet du massif, ainsi que l'épaisseur de glace qui se trouvait directement au-dessus de celui-ci.

— On dirait que nous sommes sous une crête de pression, commandant, annonça Stokes.

— Glace épaisse, 38 mètres.

Pacino fit venir l'adjoint de quart, l'enseigne de vaisseau Brayton.

— Brayton, préparez un schéma de recherche. Je veux savoir s'il existe de la glace mince dans toute cette zone. Pacino traça un carré de 3 nautiques de côté autour de la position estimée de l'Oméga.

— Commencez la recherche dans ce petit carré, puis progressez carré par carré, en vous éloignant du centre. Surveillez l'épaisseur de la banquise et prévenez-moi à l'instant où vous détecterez de la glace mince.

Avant de quitter le PCNO, Pacino jeta un œil sur le sondeur de glace. 31 mètres, encore de la glace très épaisse.

La possibilité de ne pas trouver l'Oméga avant son retour au port frappa soudain Pacino comme un coup de massue, une massue qui aurait été tenue par un certain Alexis Novskoy.

Pendant toute la nuit, le *Devilfish* fit des allers-retours sous la glace, le sondeur en émission, sans succès. Rien que de la glace épaisse et des crêtes de pression.

A 08 h 10 Z, le *Devilfish* dut descendre à 120 mètres pour éviter une crête de pression particulièrement profonde. De retour au PCNO, Pacino regardait le sondeur, de plus en plus impatiemment au fur et à mesure que la glace s'épaississait. 27 mètres, 30 mètres, 34 mètres... Il jeta un coup d'œil à la carte et remarqua qu'ils exploraient actuellement le carré le plus à l'est de la zone qu'il avait tracée la veille au soir. Apparemment, à l'est de la position estimée de l'Oméga, il n'y avait que de la glace épaisse. C'était sans espoir. Pacino traça une nouvelle zone sur la carte, évitant cette fois toute la partie est du domaine. De nouveau, il fit venir l'adjoint de quart.

— Il n'y a que de la glace épaisse ici. Ramenez nous dans l'ouest, vers cette partie de la zone de recherche. Nul n'est à l'abri d'un coup de chance ! Nous trouverons peut-être cette polynia dans ce coin-là.

Brayton calcula la route à suivre pour rejoindre la zone fixée par le commandant.

— Glace épaisse, 40 mètres, annonça Stokes de son poste de quart devant le sondeur de glace.

Brayton se rapprocha et lui donna les nouvelles instructions du commandant ainsi que la route à suivre. Stokes hocha la tête et grimaça en jetant un coup d'œil au sondeur de glace avant de donner l'ordre de barre.

— A gauche 15, venir au 2-7-0.

Quelques minutes plus tard, pendant une fraction de seconde, l'épaisseur de la glace passa brutalement de 29 mètres à 80 centimètres, puis à 32 mètres.

— Revenez rapidement au 0-9-0, dit Pacino à Stokes.

— Zéro la barre, à droite 15, ordonna Stokes sans même attendre la fin de la phrase du commandant.

— La barre est 15 à droite, cap actuel 0-1-5, pas de cap ordonné.

— Bien, dit Stokes.

Pacino jeta un coup d'œil plein d'espoir à Stokes, tout en se demandant si la faible épaisseur de glace qu'ils venaient d'apercevoir n'était pas due à une réflexion fantôme du faisceau ultrasonore. Mais, alors qu'ils passaient à nouveau sous la partie la plus épaisse de la crête de pression, l'épaisseur de glace repassa brutalement de 28 mètres à moins d'un mètre, en quelques secondes. Une montagne à l'envers, au-dessus du massif. La polynia.

— Gouvernez comme ça ! ordonna Stokes, maîtrisant à peine son excitation.

Le *Devilfish* quitta le dessous de la crête de pression et arriva sous un vaste lac de glace mince, dont la longueur approchait 4 000 mètres. Enfin, nous y voilà, pensa Pacino.

— Brayton, dessine le contour de la polynia et reporte-le sur la carte, demanda Stokes à son adjoint qui se dirigea aussitôt vers la table traçante à l'avant tribord du PCNO.

La table traçante était davantage qu'une simple boîte plate équipée d'un couvercle en plexiglas transparent. A l'intérieur de la boîte se trouvait un dispositif électromécanique qui recevait les informations cap et vitesse du *Devilfish,* et qui déplaçait un petit curseur lumineux de façon proportionnelle au déplacement réel du bâtiment. Brayton scotcha une feuille de papier calque sur le dessus de la table traçante et commença, minute par minute, à porter au crayon bleu la position du *Devilfish* et l'épaisseur de la glace. Toujours en route à l'est, la banquise restait mince, et Brayton continua à porter ses points.

3 800 mètres plus loin, la glace redevint épaisse et le sondeur afficha à nouveau cette forme caractéristique de montagne inversée, jusqu'à ce que l'épaisseur de la banquise se stabilise vers 26 mètres.

Brayton saisit un crayon orange au moment où le *Devilfish* quittait la polynia, porta la position sur le calque et reprit la cadence d'un point par minute, toujours en orange tant que la glace restait épaisse.

A l'aide des indications de Brayton, Stokes explora les contours de la polynia, une opération longue et fastidieuse mais qui pouvait se révéler essentielle pour la survie du bâtiment. Si une voie d'eau ou un incendie devait se produire, le *Devilfish* tenterait de rejoindre au plus vite la polynia et de faire surface à travers la glace. Il était essentiel de bien en connaître la position et la forme, de façon à ce qu'en cas d'urgence, sans sondeur de glace, le commandant sache approximativement où il avait une chance de pouvoir faire surface.

Cette méthode ne relevait pas de la très haute technologie et datait des années 50, mais au moins elle donnait satisfaction. Elle continuerait d'ailleurs à fonctionner même si tous les ordinateurs du bord étaient hors service.

Une fois la polynia dessinée sur la carte, Pacino fit réduire la vitesse de façon à ne conserver que l'erre suffisante pour pouvoir gouverner. Il coiffa le casque de l'interphone et se dirigea vers la plate-forme du périscope.

— Sonar, du commandant, dit-il au micro, nous sommes sous la glace mince, au milieu d'une polynia d'environ 2 nautiques sur 3. Il est possible que l'Oméga y soit en surface. Recherchez le contact en site positif maximal.

Pacino regarda l'écran du répétiteur sonar, passant en revue les différents graphiques les uns après les autres. Rien, la mer était vide, ils étaient seuls.

— *CO de sonar, même au site positif maximal, nous n'avons aucun contact bande large sur l'Oméga.*

— Et en bande étroite ? questionna Pacino.

— *Commandant de sonar ; à cette vitesse l'antenne n'est pas rectiligne, mais de toute façon, nous n'avons rien non plus en bande étroite.*

L'enfoiré ne devait pas se trouver dans cette

polynia, conclut Pacino. Alors que Stokes maintenait le sous-marin à 2 nœuds, Pacino retourna à la table à cartes pour déterminer une nouvelle zone de recherche. Peut-être le satellite avait-il un message en attente qui donnait une nouvelle position ou des renseignements frais sur l'Oméga ? Non, dans ce cas, il aurait certainement reçu un message ELF lui demandant de remonter à l'immersion périscopique pour prendre la vacation[1].

Cela ne pouvait signifier qu'une chose. L'Oméga devait encore se trouver en surface, quelque part dans cette zone. Pacino leva les bras et attrapa l'anneau de commande de hissage du périscope.

— Tour d'horizon au périscope n° 2, annonça-t-il au CO.

— Immersion 100 mètres, vitesse 2 nœuds, répondit automatiquement Stokes.

— Je hisse, dit Pacino en faisant tourner l'anneau d'un quart de tour.

Les circuits hydrauliques grognèrent sous l'effort demandé pour vaincre la forte pression hydrostatique et hisser le périscope à cette immersion. Lentement, le bloc optique affleura le haut du puits et continua son ascension jusqu'à atteindre la fin de course haute.

Pacino sortit les poignées et orienta le site du périscope vers le haut, d'une rotation de la main gauche. Il ne vit rien que l'eau sombre, jusqu'à ce qu'il regarde pratiquement à la verticale. Une faible clarté était perceptible, diffusant à travers la glace en surface.

— Stokes, faites-nous remonter doucement à 60 mètres, vitesse 2 nœuds.

Stokes donna les ordres nécessaires.

Pacino fit lentement tourner le périscope, regardant vers le haut, cherchant de la glace brisée ou un

1. Recevoir les messages émis à intervalles réguliers par le satellite de télécommunication *(N.d.T.)*.

signe quelconque de l'Oméga. L'interphone crachota.

— *CO de sonar nous avons un transitoire... non, de très nombreux transitoires azimut 2-7-5.*

Pacino se concentra sur son périscope. L'azimut 2-7-5 se trouvait à bâbord arrière. Le sonar pouvait très bien avoir perçu le mouvement d'un gros morceau de banquise commençant à bouger et à refermer la polynia. Celle-ci ne subsisterait pas très longtemps, dans ce cas. La banquise pouvait parfaitement écraser la coque d'un sous-marin qui restait malencontreusement en surface au moment où les deux lèvres d'une polynia se ressoudaient. L'Oméga avait peut-être entendu les mouvements de la glace et était en train de plonger afin d'éviter les problèmes.

Quelque chose de sombre obscurcissait la vue au périscope, actuellement réglé au site maximal, à peu près 70 degrés. Pas tout à fait à la verticale, mais presque.

— *CO de sonar, nous avons... des bruits mécaniques large bande... probablement des bruits de vapeur, certainement en champ proche... transitoires... vapeur... CO, nous avons un contact sous-marin exactement à la verticale !*

— Sonar du commandant, bien reçu, dit Pacino, faisant un effort pour mieux distinguer la tache noire, au-dessus, qui s'agrandissait, devenait une ligne puis une silhouette, et occupait maintenant plus de la moitié du champ de vision du périscope. Pacino fit quelque peu redescendre le *Devilfish* pour mieux voir la silhouette dans son ensemble.

20 mètres plus bas, il ne pouvait toujours pas apercevoir les deux extrémités du mastodonte qui flottait au-dessus de lui, mais s'il descendait encore, il ne verrait plus rien, l'eau absorbant la lumière ambiante.

Voilà l'Oméga, se dit Pacino, et ce sous-marin était plus gros qu'il n'avait même osé l'imaginer. A côté d'un tel géant, le *Devilfish* avait vraiment l'air d'un nain. Il devait y avoir de la place pour au moins dix Piranha à l'intérieur de ce monstre. Quel espoir pouvait-il bien avoir de vaincre ce Léviathan ? Il se souvint alors que dans les entrailles de la bête se trouvait l'homme qui avait assassiné son père. Le même homme qui le menaçait maintenant, lui, son bâtiment et son équipage.

En écartant le visage du bloc optique de son périscope, il s'aperçut que les regards de tout l'équipage étaient fixés sur lui. Pacino était le commandant, et tous ses hommes avaient été tellement entraînés à lui faire confiance que c'en était devenu pour eux une seconde nature. De plus, hormis la mutinerie, ils n'avaient pas d'autre alternative. Pacino fut tenté de prendre le micro, de leur parler, de leur expliquer. Mais ce n'était pas son rôle.

Il reprit la veille au périscope et appela Stokes.

— Stokes, je prends la manœuvre. Rappelez au poste de combat. Faites prendre la situation super silence. Remplissez les tubes 1 et 2, et ouvrez les portes extérieures. Lancez les gyroscopes des torpilles Mark 50 des tubes 1 à 4. Faites prendre les dispositions pour démarrer la stabilisation.

Tandis que Stokes s'affairait, Pacino regardait l'Oméga, au-dessus. Un instant, il souhaita que les ordres de Donchez aient été plus simples, comme purement et simplement de couler l'Oméga, par exemple, mais il réalisa rapidement que cela lui était interdit. Interdiction de lancer, sauf en cas de légitime défense, tels étaient les ordres. Mais bien sûr, si l'Oméga lançait une arme contre le *Devilfish*, alors là...

— Attention CO, commença Pacino, l'Oméga est en surface dans la polynia au-dessus de nous. L'Oméga est le but, son baptême est Oscar. Nous allons nous placer exactement sous Oscar, stabilisation en fonction, et nous mettrons la stabilisation toute à monter, jusqu'à entrer en collision avec lui. Nous replongerons aussitôt et observerons les réactions du but. S'il nous attaque, nous aurons prouvé qu'il est animé d'intentions hostiles, comme nous l'a demandé COMSUBLANT. Et si c'est le cas, nous l'enverrons par le fond...

Pacino jeta un coup d'œil circulaire dans le PCNO.

— Si le but ne fait rien ou tente d'entrer en contact avec nous, il sera temps de décider s'il est vraiment amical ou s'il cherche à nous abuser. On y va !

« Et que pourrais-je bien faire si l'Oméga refuse de répondre à ma provocation ? » se demanda Pacino. Lancer ? Si ce Russe restait passif, il n'aurait pas l'autorisation de l'attaquer. Ce serait illégal... D'accord, salopard, donne-moi une bonne excuse pour te descendre, ne me force pas à en inventer une.

Pacino retourna à son périscope et vint à l'immersion de 210 mètres, cap à l'est, le tiers arrière du *Devilfish* juste sous l'Oméga, qui faisait cap au nord, formant un angle droit avec lui. Pacino jeta un coup d'œil sur l'arrière. Le compartiment réacteur du *Devilfish* se trouvait exactement à l'aplomb de la coque du *Kaliningrad.* De cettc façon, le massif et les périscopes seraient épargnés en cas de choc violent. Il pourrait encore en avoir besoin plus tard, pour traverser la couche de glace mince de la polynia.

Océan Glacial Arctique
En surface dans la polynia
FS Kaliningrad

Le capitaine de vaisseau Vlasenko ouvrit son placard, espérant y trouver son arme de service. Rien. Il l'avait probablement laissée derrière lui, dans sa chambre. Oui, ce devait être, ça, il l'avait simplement oubliée dans sa chambre. Il ne s'agissait après tout que d'un pistolet de cérémonie. Peut-être même avait-il évité de porter ce genre de choses depuis l'époque du *Leningrad,* tentative inconsciente de se débarrasser de tout ce qui pouvait ressembler de près ou de loin à Novskoy.

Ce qu'il avait l'intention de faire serait beaucoup plus difficile sans arme. Peut-être même impossible. Mais il fallait arrêter cela. La seule façon d'y parvenir consistait à reprendre le commandement de son bâtiment à Novskoy. Au-dessus de lui, Vlasenko entendit le chuintement hydraulique du hissage d'un mât, lui rappelant que Novskoy devait se trouver devant la console radio au PCNO. Il avait assez attendu. Si l'amiral avait vraiment l'intention de lancer une attaque, il pouvait en donner l'ordre d'une minute à l'autre.

Vlasenko avait vraiment essayé de se convaincre que ce déploiement n'était qu'un exercice. Mais il avait vu Novskoy dissimuler des papiers sous la carte, ainsi que la carte elle-même. Comment pouvait-il nier l'évidence ? Le plan d'opération qu'il avait entrevu dans le dossier rouge lui avait glacé le sang.

La veille au soir, Vlasenko était allé au PCNO pour vérifier la météo au périscope et s'était aperçu que Novskoy avait quitté le local en emportant sa pile de messages avec lui. Alors que Novskoy était absent, un message était arrivé. Vlasenko l'avait retiré de l'imprimante et l'officier de quart, le capitaine de corvette Ivanov, lui avait tapoté l'épaule, lui rappelant de ne pas toucher aux communications destinées à l'amiral. Vlasenko l'avait envoyé paître.

Le message lui avait fait l'effet d'une décharge électrique. Il provenait de l'*Alexandre Nevsky* et était adressé à Novskoy. Le *Nevsky* était un sous-marin pratiquement neuf, de type Alpha. Sorties de l'imprimante laser, les lettres capitales bien nettes dansaient encore devant ses yeux.

> *NOUS NE SERONS PAS À POSTE À TEMPS. HEURE D'ARRIVÉE DEVANT PORTSMOUTH, NEW HAMPSHIRE, EST 12 H 30 GMT SOIT H PLUS TROIS HEURES ET DEMIE. MES INTENTIONS SONT DE CONTINUER*

JUSQU'À ZONE DE PATROUILLE, UN DÉCALAGE DE L'HEURE H ME PARAISSANT PROBABLE EN RAISON DES CONDITIONS MÉTÉO.

Il semblait donc que la carte ne recouvre pas uniquement un plan théorique : le *Nevsky* était bien en route pour une position au large des côtes américaines.

Et que pouvait bien signifier l'heure H ? L'heure de passer à l'attaque ?

Si le *Nevsky* était en retard de trois heures et demie à 12 h 30 GMT, cela mettait l'heure H à 09 h 00 GMT. Mais quel jour ? Aujourd'hui ? Demain ? Vlasenko jeta un coup d'œil sur la pendule, qui indiquait 08 h 50 GMT. Si c'était aujourd'hui, il restait dix minutes !

Une mise hors service de la radio interdirait momentanément la transmission du mot-code de lancement des missiles. Mais elle serait fatalement réparée. Saboter la radio après avoir détruit toutes les pièces de rechange ? Le *Kaliningrad* avait trop de circuits de secours et de redondances. Dans certains cas, les armoires électroniques assuraient plusieurs fonctions simultanément. En croyant détruire des systèmes de transmission, vous pouviez très bien endommager la commande des barres de plongée ou de l'usine à oxygène. Même dans le meilleur des cas, les transmissions pourraient être réparées et le mot-code serait émis.

Il pourrait ordonner au CGO d'ouvrir les armoires de stockage des armes de poing en prétextant une inspection, et prendre un pistolet automatique. Le seul problème était qu'Ivanov, le CGO, qui pour un temps assumait également les fonctions de commandant en second, était actuellement de quart au PCNO. Il était le seul à détenir les clés des armoires, qui ne pouvaient réglementairement être ouvertes que par lui. Le capitaine de vaisseau Vlasenko lui-même ne pouvait pas prendre ces clés sans enfreindre ses propres ordres permanents. S'il faisait remplacer Ivanov au PCNO ou s'il lui demandait les clés, l'amiral soupçonnerait certainement quelque chose. Et attendre qu'Ivanov quitte normalement son quart à la prochaine relève était trop risqué... La relève avait lieu à midi, soit dans plus de trois heures.

Vlasenko avait envisagé d'informer ses officiers des projets de Novskoy, mais la plupart éprouvaient du respect — ou de la peur — vis-à-vis de celui-ci. Il était tout de même le commandant de la Flotte du Nord. L'ordre d'arrêter l'individu ne serait sans doute pas très bien reçu parmi les officiers et, même s'il réussissait à obtenir leur adhésion en bloc, il serait certainement impossible que Novskoy n'en soit pas informé. Il n'était plus temps de tergiverser. Ne rien faire s'avérait bien trop dangereux.

Il haïssait la décision qu'il allait prendre, mais il ne voyait pas d'autre issue. C'était son problème, sa responsabilité. Il prit une profonde inspiration, quitta sa chambre et se rendit sur l'arrière, dans un petit atelier situé au pont 3. Il ouvrit une armoire à outils et détacha une grosse clé plate de son support.

Il repartit sur l'avant et remonta la longue échelle qui menait au PCNO, la clé dans la main droite. Il aurait largement préféré un bon pistolet.

Il approchait du haut de l'échelle, faisant attention à ne pas cogner la clé sur les échelons métalliques, toujours sans idée précise de la façon dont il allait l'utiliser. Il pourrait la déposer dans un coin et, lorsqu'il serait temps, aux alentours de 09 h 00, il assommerait Novskoy et l'enfermerait dans un magasin en tranche C. Une fois Novskoy mis hors d'état de nuire, il pensait raisonnablement que personne d'autre ne se substituerait à lui pour mener à bien son plan diabolique. Connaissant l'habitude de Novskoy de tout contrôler lui-même, il était fort probable qu'il avait donné comme instruction à la Flotte de ne pas lancer les missiles de croisière avant d'avoir reçu le mot-code. Sinon, pourquoi rester en surface dans cette polynia ?

Vlasenko avait encore deux échelons à monter. Il percevait clairement les conversations dans le PCNO, les officiers à leurs postes de quart. La clé était lourde. Les mains de Vlasenko étaient moites. Qu'arriverait-il si on le voyait avec cet outil ? Quelle explication pourrait-il bien donner ?

Vlasenko, tenant la clé cachée derrière sa jambe droite, commença à se hisser de la main gauche.

La clé lui échappa des mains au moment où Ivanov annonçait son arrivée au PCNO. L'outil, en tombant, fit un vacarme épouvantable et atterrit six mètres plus bas.

Novskoy jeta un coup d'œil à Vlasenko.

— Eh bien ! Vlasenko, demanda-t-il, recherchant son pistolet de la main. Qu'est-ce qui vous amène au PCNO... avec une clé plate ? Vous pensez sans doute réparer la console de conduite de tir ? Ivanov, appelez le capitaine d'armes, tout de suite !

Ivanov, abasourdi, regarda d'abord Vlasenko, puis Novskoy, en empoignant le téléphone.

Novskoy garda son pistolet pointé sur Vlasenko, jusqu'à l'arrivée du premier maître capitaine d'armes.

Vlasenko regarda ses officiers, mais n'en vit aucun qui soit prêt à demander des explications à l'amiral. Qui pourrait donc les en blâmer ? Il se tourna vers Novskoy.

— Amiral, pourquoi provoquez-vous donc les Américains ? Pourquoi êtes-vous prêt à les attaquer ?

Les officiers, surpris, regardaient les deux hommes.

— J'ai vu votre plan d'attaque, amiral.

— Il s'agit d'un exercice, imbécile. Vous vous détruisez vous-même pour un simple exercice. Je crains, Vlasenko, que vous ne soyez devenu fou. J'en suis désolé pour vous et pour toutes ces années passées à essayer de faire de vous un homme. Vous n'êtes pas digne de porter l'uniforme.

— Amiral, votre flotte ne peut pas agir sans

ordres de votre part. C'est pourquoi nous sommes actuellement en surface. Vos opérations commencent dans... cinq minutes ? C'est bien l'heure à laquelle vous transmettrez votre message, celui censé donner l'ordre de lancer les missiles ?

Il cherchait en partie une confirmation, mais l'expression sur le visage de Novskoy, l'absence de toute dénégation, le bruit de la sûreté de son pistolet qu'il enlevait... ne laissait place à aucun doute. C'était l'amiral, et non Vlasenko, qui paraissait être devenu fou, pour avoir transformé un déploiement déjà menaçant en une agression caractérisée...

Le capitaine d'armes était arrivé au PCNO. Il regarda les deux hommes, hésitant un instant devant l'étrange spectacle de l'amiral tenant en joue le commandant du *Kaliningrad* avec un pistolet automatique.

— Premier maître, mettez le capitaine de vaisseau Vlasenko aux arrêts.

Novskoy jeta un coup d'œil circulaire et regarda la pendule. Elle affichait 08 h 56.

— Faites-le monter dans la sphère de sauvetage avant et fermez le panneau. Placez un factionnaire au bas de l'échelle. Quand nous plongerons, nous lui trouverons une cellule quelque part.

— Amiral, je peux enfermer le commandant dans un magasin dès maintenant, dit le premier maître Danalov.

— Non, pour le moment, je veux être certain de ses actes. Emmenez-le en haut, fermez le panneau et montez la garde. A propos, veillez à isoler le circuit de largage de la sphère de sauvetage. Nous ne voudrions quand même pas que le pauvre homme fasse exploser les boulons de liaison et parte rouler sur la glace. Je lui réserve une bien meilleure punition.

L'échelle menant à la sphère de sauvetage était haute de trois mètres et conduisait au panneau inférieur. Le capitaine d'armes, pistolet au poing, trouvait surréaliste d'avoir à pousser son commandant en haut de l'échelle. Un instant, Vlasenko envisagea de frapper Danalov du pied et de tenter de le désarmer. Mais il était toujours dans la ligne de mire de Novskoy, qui avait le doigt sur la détente.

Juste avant d'ouvrir le panneau de la sphère et de quitter le PCNO, Vlasenko jeta un coup d'œil à Ivanov, espérant un mouvement quelconque de sa part. Ivanov semblait paralysé. Tout s'était passé bien trop vite, réalisait Vlasenko. Il était trop tard, maintenant. Il se rendit compte qu'il aurait dû montrer les plans de Novskoy à Ivanov et aux autres...

Il faisait complètement noir dans la sphère. En tâtonnant pour trouver l'interrupteur, Vlasenko ne sentait que la paroi de titane, froide et humide. Quand il réussit à trouver le bouton, il chercha comment influer sur le scénario qui allait se jouer. Il ne voyait aucune solution.

La sphère mesurait 6 mètres de diamètre. Elle pouvait accueillir vingt-quatre hommes en situation d'urgence. Des bancs de bois étaient disposés contre la paroi, mais la plupart des occupants se tiendraient debout ou assis sur le plancher pendant une remontée d'urgence. Le panneau de commande, sur bâbord, présentait un manomètre d'immersion, actuellement à zéro, et un circuit de commande des boulons explosifs de largage de la sphère. C'était ce circuit que Novskoy avait ordonné de déconnecter.

Vlasenko essayerait quand même. Il retira le cache d'un commutateur marqué « ARMEMENT » et le plaça en position « ARMÉ ». Juste au-dessous se trouvait un gros bouton vert marqué « LARGAGE DE LA SPHÈRE ». Il appuya sur le bouton.

Aucun témoin ne s'alluma. Aucun boulon n'explosa, ainsi qu'il s'y attendait.

Il remit l'interrupteur du haut sur « NORMAL » et replaça le cache. En dessous du circuit se trouvait un levier de largage manuel. Il le tira, mais il était, lui aussi, verrouillé d'en bas.

Dernière possibilité : le panneau supérieur.

Le panneau était verrouillé par six lourdes griffes

métalliques reliées à un volant de manœuvre central. Vlasenko agrippa le volant, surpris de le sentir si froid, et essaya de le faire tourner.

Sans succès.

Rien d'étonnant non plus, puisque le panneau s'ouvrait vers l'extérieur, juste devant le massif en forme de goutte d'eau. Au moment de faire surface, quand le massif du *Kaliningrad* avait percé la couche de glace mince de la polynia, de l'eau de mer était restée dans le logement du panneau supérieur et avait gelé, bloquant le système d'ouverture.

Et cela valait mieux pour lui. Son uniforme ne lui aurait offert que peu de protection contre le froid. Il n'aurait pas survécu dix minutes à l'extérieur.

Finalement, Vlasenko s'assit sur l'un des bancs. Il n'y avait pas de ventilation dans la sphère, pas de renouvellement d'air, pas de chauffage. Il ne fallut pas longtemps pour qu'il grelotte, en proie à un terrible sentiment de frustration.

Novskoy s'assit sur la chaise rembourrée face au terminal de télécommunication. Il était temps de taper le message qu'il devait transmettre à la Flotte.

Derrière lui, Ivanov regardait au périscope d'attaque, en rotation lente, observant la tempête autour du *Kaliningrad.* Les flocons de neige étaient aussi gros que des balles de ping-pong. La visibilité se réduisait.

En dessous du *Kaliningrad,* un sous-marin nucléaire américain de type Piranha, du nom de *Devilfish,* était stoppé à plus de 200 mètres d'immersion, dans les profondeurs sombres et glacées de l'océan Arctique.

A 8000 kilomètres du *Kaliningrad,* cent vingt sous-marins nucléaires d'attaque attendaient le message de Novskoy.

L'amiral finit de le taper, et le relut une dernière fois.

Origine : Commandant de la Flotte du Nord/embarqué à bord du Kaliningrad
Destinataires : Tous sous-marins de la task force NF-1
Date/heure : 19 décembre 08 h 50 GMT
Objet : préparation du lancement conformément à l'ordre d'opération scellé NF-211-9

Texte

1. Ce message autorise et ordonne aux destinataires d'exécuter les préparatifs nécessaires au lancement de missiles SSN-X-27 sur les objectifs désignés dans l'ordre d'opération référence NF-211-9 du 13 décembre.
2. Je vous demande d'ouvrir l'enveloppe scellée n° NF-211-9 et de programmer les missiles SSN-X-27 sur les objectifs désignés.
3. le 18 décembre, des inspecteurs des Nations unies ont assisté à la destruction de ce qu'ils pensaient être les derniers missiles de croisière SSN-X-27.
4. Le déploiement en cours est destiné à forcer les Etats-Unis à détruire leurs propres missiles de croisière lancés par sous-marins.
5. Des missiles SSN-X-27 de combat portant des marquages les identifiant comme des armes d'exercice ont été embarqués à bord de vos bâtiments.
6. Vous ne lancerez qu'après réception d'un mot-code authentifié, prévu être envoyé vers 09 h 10 GMT
7. Signé : amiral Alexis Novskoy, commandant en chef de la Flotte du Nord.

15

Dimanche 19 décembre
08 h 59 GMT

Océan Glacial Arctique
Sous la calotte polaire

— Commandant, annonça Stokes, la stabilisation est parée. Immersion 210 mètres, vitesse horizontale nulle, vitesse verticale nulle.

Pacino était au périscope, regardant la faible lueur diffusée par la glace, loin au-dessus :

— Bien. Attention CO...

Les conversations se turent instantanément, le silence inquiétant troublé seulement par le sifflement des consoles électroniques et la note plus sourde de la ventilation.

— C'est parti. Après la collision, soyez prêts à reprendre aussitôt le contrôle du bâtiment et à redescendre en immersion. Central, faites passer à tous les compartiments, se disposer pour une collision et être parés à rendre compte des avaries. Central, chassez à la caisse de tenue automatique d'immersion des auxiliaires 2 jusqu'à ce qu'elle soit vide. Annoncez la vitesse verticale.

Cette manœuvre périlleuse pouvait mal tourner, se dit Pacino. Si le système de tenue automatique d'immersion ne fonctionnait pas bien, le *Devilfish* risquait de remonter avec de la dérive et d'entrer en collision avec la banquise. La provocation n'était pas une mince affaire... S'il remontait d'une immersion moins profonde, le choc ne serait sans doute pas assez puissant pour affecter l'Oméga.

Pacino n'avait donc aucune garantie de succès, trop de variables, trop d'impondérables. Mais ne rien faire, c'était accepter l'idée de perdre l'Oméga s'il appareillait brusquement de la polynia. Ce sous-marin était bien trop silencieux. C'était maintenant ou jamais.

Robertson, le mécanicien du tableau central de sécurité-plongée, saisit le *joystick* de commande de la stabilisation et le poussa sur la position « CHASSE », pour admettre de l'air à haute pression dans la caisse de réglage des auxiliaires 2, chasser l'eau de mer qu'elle contenait et alléger ainsi le bâtiment.

L'affichage digital de l'immersion commença à changer. La remontée était amorcée.

— La caisse des auxiliaires 2 est vide, commandant. J'arrête la chasse, rendit compte Robertson.

Pacino releva les poignées du périscope et le rentra, de façon à ce qu'il ne soit pas endommagé lors de la collision.

— 200 mètres, commandant, annonça Lanscomb, le maître de central assis entre les deux barreurs, légèrement en retrait. Vitesse de remontée, 1 mètre par seconde... 2 mètres par seconde... 3 mètres par seconde...

Au tableau de plongée, l'immersion diminuait de plus en plus rapidement. Le *Devilfish* commença à prendre de la gîte sur bâbord. Pacino et Stokes regardaient la bulle de l'inclinomètre qui indiquait 10 degrés. La traînée du massif expliquait un tel roulis lors de la remontée. Les filets d'eau passant à grande vitesse le long de la coque étaient déviés par le massif qui agissait comme un frein, les faisant se coucher sur le côté. Pacino agrippa une poignée de maintien soudée sur le bâti du répétiteur sonar.

Maintenant, à 160 mètres exactement en dessous

de l'Oméga, le *Devilfish* remontait à sa vitesse maximale, en assiette 0, mais avec une gîte stable de 15 degrés sur bâbord. Un ascenseur express de 4 500 tonnes se précipitait vers le sous-marin le plus moderne du monde à travers les eaux sombres de l'océan Glacial Arctique.

Océan Glacial Arctique
En surface dans la polynia

L'amiral Novskoy jeta un coup d'œil sur la pendule fixée à la cloison avant du PCNO et réglée sur l'heure de Greenwich, comme d'habitude. Tandis qu'il regardait s'égrener les secondes avant l'heure fatidique, il parcourut encore une fois son message.

« Court et officiel », se dit Novskoy. Il tapa la séquence de touches suivante : « ATTENTION POUR ÉMETTRE ». L'ordinateur répondit : « PARÉ ». Il était temps. Novskoy entra : « ÉMISSION ». Et l'ordinateur afficha : « ÉMISSION EN COURS... ».

Il ne restait plus que dix minutes à attendre, d'ici 09 h 10, pour décider du lancement des missiles et envoyer l'ordre à la Flotte. Novskoy avait dit à Dretzski, lors de sa visite au chantier de Severomorsk, que ce déploiement avait pour but de forcer les Américains à accepter l'exigence russe de destruction totale de toutes les armes nucléaires. Il en était également persuadé, au moins jusqu'à un certain point. Il reconnaissait également qu'il était prêt à aller plus loin, si cela se révélait nécessaire, à prendre le même genre de mesures que celle qu'il avait prise des années plus tôt, à l'encontre du *Stingray.* Ses bâtiments étaient en place, et la taupe, le général Tyler, avait déployé l'énergie nécessaire pour convaincre les autorités américaines qu'il ne s'agissait que d'un exercice. Les Yankees croiraient-ils à un changement soudain ? Penseraient-ils que la menace était réelle ? Certainement pas si l'information venait de Tyler, encore moins si elle provenait d'un amiral russe. L'emploi des armes s'avérait donc indispensable. Jamais plus une telle opportunité ne se présenterait. En fait, s'avoua-t-il, il n'avait jamais cru que ce déploiement ne resterait qu'une simple menace...

Alors que l'ordinateur du *Kaliningrad* commençait à transmettre l'ordre de préparation au satellite Cosmos 21 par l'intermédiaire de la chaîne UHF et de l'antenne multifonction, Novskoy savait qu'il n'aurait pas besoin des dix minutes avant d'envoyer l'ordre d'exécution. Sa décision était déjà prise depuis longtemps.

Océan Glacial Arctique
Sous la calotte polaire

La caisse des auxiliaires 2 était maintenant complètement remplie d'air et agissait comme un ballon, entraînant le *Devilfish* à toute allure vers le haut, en direction de l'Oméga.

— 120 mètres, commandant, annonça Lanscomb, le maître de central. Vitesse ascensionnelle stable à 6,5 mètres par seconde.

« Moins de vingt secondes », se dit Pacino. « Mais ensuite ? »

— 100 mètres, vitesse ascensionnelle 6,7 mètres par seconde...

— 50 mètres, 6,8 mètres par seconde...

Ce fut le dernier compte rendu qu'entendit Pacino avant la collision.

Atlantique Ouest
FS Vladivostok

L'officier transmissions, devant sa console, aperçut le regard de Krakov. Le *Vladivostok* recevait un message par l'antenne radio du périscope. Le témoin rouge clignotant qui venait de s'allumer indiquait que ce message avait été émis sur la fréquence d'urgence.

Une poussée d'adrénaline fit oublier son estomac rebelle à Krakov.

L'officier transmissions retira la copie papier de l'imprimante laser et la tendit au commandant.

— Officier de quart, faites disposer le missile SSN-X-27. Conservez la veille au périscope et la veille radio, puis prévenez-moi immédiatement de tout trafic arrivée. Je vais au coffre avec le commandant en second pour retirer le plan d'attaque et le code d'authentification.

— Commandant — l'officier de quart avait du mal à articuler ces mots —, est-ce vraiment un exercice ou bien...

Krakov jeta un œil vers son commandant en second, Anatoly Tupov, lui faisant signe de se taire de la main.

— Non, dit Krakov, ce n'est pas un exercice.

Krakov et Tupov se précipitèrent vers la chambre du commandant, un pont plus bas. Dans un coin, derrière la porte, se trouvait le coffre qui contenait les documents du temps de guerre. Krakov seul connaissait la combinaison de la porte extérieure. Il manipula la molette, les mains moites, et ouvrit la porte au second essai.

Au moment où il se redressait, il entendit la diffusion générale :

— *Au poste de combat missile, au poste de combat missile, ceci n'est pas un exercice, ceci n'est pas un exercice !*

Tupov avait la charge de la combinaison de la porte intérieure. Il eut plus de difficultés. Les coffres étaient conçus de telle façon qu'il était impossible à un homme seul d'accéder aux documents du temps de guerre. Avec un code d'authentification pris dans ce coffre, il aurait été possible d'émettre un faux message déclenchant une attaque nucléaire ou d'envoyer un faux cessez-le-feu après un ordre d'attaque valide. Le message de Novskoy demandant de prendre les dispositions préparatoires pour une attaque missile aurait très bien pu être émis par n'importe qui possédant une radio réglée sur la fréquence d'urgence. Le message d'exécution, quand il arriverait, devrait comporter une combinaison de chiffres et de lettres qui correspondait exactement à celle contenue dans l'enveloppe scellée marquée NF-008. Tous les codes d'authentification étaient en permanence sous le contrôle de deux officiers ou enfermés dans un coffre à double combinaison. Si le message d'exécution était complet, avec la bonne authentification, il serait reconnu valide et exécutoire.

Krakov tendit à Tupov le paquet de codes d'authentification. Tandis que ce dernier cherchait l'enveloppe marquée NF-008, il décacheta l'ordre d'opération. Le pli contenait une simple feuille de papier dactylographiée dont le premier paragraphe présentait les conditions générales à réunir pour un lancement de missiles, et en particulier le besoin absolu d'un mot-code d'exécution. Krakov le parcourut rapidement, puis se concentra sur la partie importante, le dossier d'objectif :

VICTOR III NUMÉRO DE COQUE 29
FS VLADIVOSTOK

Objectif principal : Norfolk, Virginie, USA
Base navale de Norfolk
Base des sous-marins
Quai n° 7
Délai d'exécution : soixante secondes après réception de l'ordre de lancement

La latitude et la longitude de l'objectif étaient indiquées avec une précision du dixième de seconde d'arc.

Lorsque Krakov et Tupov remontèrent au PCNO, l'équipage était au poste de combat et attendait impatiemment.

— Le missile est-il disposé ? demanda Krakov à l'officier torpilleur.

— SSN-X-27 sous tension, gyro démarré, réservoir pressurisé, tout est nominal. Je suis paré à entrer les coordonnées du but.

Krakov tendit la position de la base navale américaine à l'officier torpilleur.

— Programmez le missile.

Il n'y avait plus rien d'autre à faire, simplement à attendre que la petite lampe rouge de la console de télécommunication se mette à clignoter, signifiant la réception du mot-code d'exécution du lancement.

Mais le *molniya* n'arrivait pas. A 09 h 12 GMT, il avait déjà deux minutes de retard.

— Annoncez la situation du missile, aboya impatiemment Krakov à l'officier torpilleur.

— Tout va bien, commandant, tous les lumineux sont verts, nous sommes parés pour le lancement, le missile est toujours sur alimentation externe.

— Passez le missile sur alimentation interne.

— Bien reçu, commandant, répondit l'officier torpilleur qui pianota sur son clavier.

— Le missile est sur alimentation interne, commandant.

— Bien, dit Krakov, en regardant sa montre pour la sixième fois.

Océan Glacial Arctique
En surface, dans la polynia

Novskoy eut moins de temps qu'il ne le pensait pour préparer le second message ordonnant l'exécution du lancement.

Les secondes parurent s'écouler au ralenti.

Novskoy, une main sur la console de télécommunication, était en train de se lever lorsque le bâtiment entier sembla se soulever. Il n'avait pas la sensation d'avoir été projeté, c'était plutôt comme si la rambarde entourant le puits du périscope était remontée brusquement vers lui, le frappant brutalement à l'abdomen. Il se sentit partir. Son corps, touché en dessous du centre de gravité, passa par-dessus la rambarde. Pratiquement à l'horizontale, son dos heurta le fût du périscope arrière.

Il eut rapidement l'impression de descendre le long du périscope vers le pont, qui semblait lui-même très incliné. Sa tête heurta la plate-forme du périscope avec un craquement sinistre et il perdit conscience, entraîné dans un tourbillon d'étincelles.

Océan Atlantique Ouest
USS Billfish

Le capitaine de frégate Harrison Toth IV monta sur la plate-forme des périscopes de l'USS *Billfish*, écartant de l'épaule l'épais rideau noir qui servait à isoler l'officier au périscope de la lumière ambiante du PCNO. A l'extérieur du rideau, le local n'était jamais totalement sombre, du fait de la lueur provenant des consoles du CO, des manomètres du tableau de sécurité-plongée et des lumineux du panneau de commande des ballasts. Dans ces conditions, s'il ne portait pas de lunettes rouges, l'opérateur risquait de perdre sa vision nocturne.

L'officier de quart, au périscope n° 2, cherchait à percer l'obscurité de la nuit. Bien qu'il soit 09 h 00 Z, heure de Greenwich, il n'était que 04 h 00 heure locale, et l'aube survenait très tard au mois de décembre, même aussi loin vers l'est. Le soleil devait se lever à 07 h 03.

Le *Billfish* roulait dans la mer formée, pistant le sous-marin russe type Akula, le *Vladivostok*, à l'immersion périscopique, 153 nautiques à l'est de Norfolk, Virginie. L'Akula, désigné à la conduite de tir sous le baptême Kilo, naviguait également à l'immersion périscopique.

— Bien, disait l'officier de quart à l'opérateur de la DLA, qui venait de lui rendre compte.

Toth serra les dents, réalisant qu'il allait sans doute avoir des ennuis avec la DLA, ce dont il n'avait pas vraiment besoin à une si courte distance de l'Akula.

— Commandant, dit l'officier de quart, sans cesser de regarder dans son périscope, les torpilles Mark 49 des tubes 3 et 4 sont sous tension depuis plus d'une heure. Les gyros chauffent. Les torpilleurs voudraient mettre les armes sur repos.

— Quelle est la situation des armes des tubes 1 et 2 ?

Toth n'avait pas vraiment envie de mettre ses torpilles hors tension alors que le Russe était en portée.

— Les tubes 1 et 2 sont chargés avec des Mark 49 Hullbuster Mod A, tubes secs.

— Je voudrais l'avis de l'officier ASM. J'ai besoin d'avoir le barillet de mon six-coups complètement chargé lorsque je me retrouverai face à ce salopard.

— Doit-on remplir les tubes 1 et 2, commandant ?

— Non, cela ferait du bruit et pourrait alerter notre copain, là-bas.

— *CO de sonar,* crachota l'interphone dans l'oreille de Toth, *nous percevons des transitoires dans l'azimut de Kilo... des bruits d'eau... le remplissage d'une capacité... craquements de coque... Kilo est probablement en train de descendre en immersion... CO, je confirme. Augmentation du nombre de tours sur Kilo. Il plonge et accélère.*

— Sonar de CO, bien reçu, répondit le lieutenant de vaisseau Culverson, jetant un coup d'œil à Toth.

— Commandant ?

Toth fixait la ligne de points qui s'affichait sur la console n° 2 de la conduite de tir.

— Faites-nous descendre sous la couche et passez le CO en éclairage blanc.

— Central, immersion 183 mètres, ordonna Culverson. Je rentre le périscope n° 2.

L'officier de quart enfila une paire de lunettes à verres rouges et fit éclairer le PCNO. Il écarta le rideau du périscope et une lumière blanche aveuglante inonda le compartiment.

L'assiette du bâtiment augmenta jusqu'à 10 degrés alors que le maître de central exécutait l'ordre d'immersion. Au passage à 100 mètres, l'épaisse coque d'acier émit un grognement sourd suivi d'un craquement sec.

Kilo se trouvait à peine à 1 500 mètres sur l'avant bâbord.

FS Vladivostok

Le *Vladivostok* quittait l'immersion périscopique pour descendre à 50 mètres, l'immersion de lancement du missile.

Le capitaine de vaisseau Krakov était furieux de ne pas avoir reçu le message d'exécution du lancement, qu'il attendait de l'amiral Novskoy.

— Commandant, dit Tupov, nous devrions remonter à l'immersion périscopique pour attendre ce message.

— Anatoly, il s'agit sûrement d'un problème d'émetteur. Un bâtiment américain est peut-être arrivé jusqu'à Novskoy sur le *Kaliningrad*. Il n'y aura pas de message. Nous ne pouvons pas contacter les autres sous-marins de la Flotte sans violer le silence radio. Je connais les intentions de l'amiral. Nous devons continuer. Nous lancerons conformément aux directives reçues dans le message de préparation de 08 h 50 Z.

USS Billfish

Alors que le *Billfish* atteignait l'immersion de 183 mètres, la trace bande large suivie par le sonar faiblit puis disparut. Kilo venait de s'évanouir dans la nature. Toth grimaça.

— *CO de sonar, Kilo est en site positif très fort, supérieur à 10 degrés. Le rapport signal sur bruit se détériore très rapidement... Nous l'avons perdu.*

— Sonar du commandant, est-il possible que Kilo soit toujours au-dessus de la couche ?

— *CO de sonar... oui, c'est probable.*

Toth fit un signe du pouce à Culverson. Remontez là-haut.

FS Vladivostok

— Immersion 50 mètres, commandant, rendit compte l'officier de quart.

Krakov se tourna vers la DLA.

— Rendez compte de l'état du SSN-X-27 !

— Autotest terminé, bon fonctionnement, répondit Vasili Geronmyy, l'officier ASM. Tous systèmes nominaux. Horloge correcte. Navigation correcte, coordonnées acquises. Plate-forme inertielle alignée.

— Annoncez les éléments du but.

Geronmyy tapa quelques touches et lut à haute voix la réponse de l'ordinateur.

— Base navale de Norfolk, quais des sous-marins, explosion aérienne à une altitude de 50 mètres.

— Réglage de la charge ?

— 1,1 mégatonne. (Geronmyy se retourna pour regarder Krakov.) Selon le plan d'opération, si le missile arrive au point prévu, nous devrions détruire les quais des sous-marins mais aussi les bâtiments de l'état-major des sous-marins de l'Atlantique, ceux de l'état-major de la Flotte de l'Atlantique, ainsi que la plupart des installations de la base navale de Norfolk. La base d'aéronautique navale voisine devrait également être rendue hors d'usage.

— Ouvrez la porte extérieure, ordonna Krakov.

USS Billfish

— *CO de sonar ; nous avons repris le contact sur Kilo. Il est certainement au-dessus de la couche.*

— Sonar du commandant, bien reçu, répondit Toth. Avez-vous d'autres informations sur Kilo, quelque chose de particulier ou d'inhabituel ?

— *CO de sonar, affirmatif, nous percevons à l'instant des transitoires en provenance de Kilo... un grattement métallique... Commandant, Kilo ouvre quelque chose... probablement une porte extérieure de tube lance-torpilles.*

Toth jura en lui-même. Quand il était chef de module sonar, il n'y avait pas de « probablement ». C'était blanc ou noir, une porte de tube ou pas.

— Sonar du commandant, Kilo a-t-il ouvert une putain de porte de tube ou pas ?

— *CO de sonar.... affirmatif !*

Le chef du module sonar n'avait toujours pas l'air très sûr.

Qu'allait-il se passer si ce type était réellement en train de leur tirer dessus ? Fallait-il vraiment attendre que ce salaud de Russe ait lancé pour pouvoir riposter ? Evidemment ! C'était la conduite imposée par les règles d'engagement, mais son instinct lui hurlait que non.

Toth regarda la console n° 2. La solution était téléréglée dans les Mark 49 des tubes 3 et 4, qui commençaient à surchauffer. Cependant, il faudrait au moins cinq minutes pour que les torpilles des tubes 1 et 2 soient parées.

Le capitaine de frégate Harrison Toth ouvrit la bouche pour ordonner la mise sous tension des armes aux tubes 1 et 2. Simplement au cas où.

FS Vladivostok

— *Missile passé sur alimentation interne, commandant.*

— Attention pour lancer, ordonna Krakov.

— *Paré, commandant.*

— 5, 4, 3, 2, 1, lancez !

— *Feu !* hurla Geronmyy, appuyant sur le bouton de mise de feu.

Le bâtiment tressauta et les tympans de Krakov claquèrent.

USS Billfish

— *CO de sonar, transitoire de lancement sur Kilo !*

— Nom de Dieu, qu'est-ce que c'est que ce bordel ? explosa Toth. Y a-t-il une torpille dans l'eau ou pas ?

— Sonar du commandant, est-ce que Kilo a lancé, oui ou non ?

L'interphone resta silencieux quelques secondes, puis :

— *CO de sonar, il n'y a pas de torpille à la mer, mais nous avons bien entendu un transitoire de lancement.*

« Une chasse à vide[1] », pensa Toth.

— Sonar du commandant, ce bruit pouvait-il être une chasse à vide ?

— *Non, commandant... je pense plutôt à un raté de lancement. Nous percevons de nouveaux transitoires, il est peut-être en train de disposer un autre tube.*

— Avez-vous des indices de contre-détection ? Sait-il que nous sommes là ?

— *Négatif commandant.*

« Mais alors, sur qui lance-t-il ? se demanda Toth. A moins que... ce ne soit pas une torpille... alors ça pourrait être... Oh ! nom de Dieu, un missile de croisière... »

1. Manœuvre d'un tube lance-torpilles qui a pour but de vérifier le bon fonctionnement de celui-ci *(N.d.T.)*.

16

19 décembre, 09 h 14 GMT

Océan Atlantique Ouest
FS Vladivostok

Le commandant Krakov était furieux.

— Qu'est-ce qui s'est passé ?

— *Une soupape de surpression s'est ouverte sur le circuit de lancement du tube, commandant, le missile est toujours à bord, rendit compte l'officier ASM. Le patron torpilleur travaille dessus.*

— Pouvons-nous mettre le missile dans un autre tube ?

— *Non, le tube 4 est le seul qui peut recevoir le SSN-X-27, commandant.*

— Vous en avez pour longtemps ?

— *Une heure environ pour remplacer la soupape.*

— Trop long. Redisposez le tube, refermez la soupape et prévenez dès que paré.

— *Commandant, ça pourrait marcher, mais il y a de fortes chances pour que la soupape s'ouvre à nouveau.*

— Je pense que c'est le moment ou jamais de tenter notre chance, dit Krakov. Refermez cette saloperie de soupape. Fermez la porte extérieure, vidangez le tube, passez le missile sur alimentation externe et faites-lui un test complet. Vous avez trente secondes !

« Chantier de merde », pensa Krakov. Un missile de 10 millions de roubles bloqué par une toute petite soupape de 40 roubles. Et en plus, le pic de courant lors de la reconnexion du missile pourrait détériorer l'engin et ne lui laisser qu'une arme inerte, inutilisable.

— Rendez compte, exigea Krakov impatiemment.

— *Tube vidangé. Missile sur alimentation externe. Test en cours... terminé... pas d'erreurs. Tout va bien, le missile est disponible, commandant.*

— Remplissez le tube, ouvrez la porte extérieure et reprenez la séquence de lancement.

« Saloperie de soupape », se dit Krakov. Pourvu qu'elle fonctionne, cette fois...

USS Billfish

— Sonar, du commandant, qu'est-ce qui se passe ? hurla Toth dans l'interphone.

— *Commandant, de nombreux transitoires en provenance de Kilo. On dirait qu'il a fermé la porte et vidangé le tube.*

« Il doit se disposer pour un nouveau lancement », se dit Toth. Ou alors, peut-être bien qu'il fait vraiment des chasses à vide, après tout. Il se demanda s'il avait assez de preuves convaincantes pour lancer sur ce Russe. Les règles d'engagement étaient claires sur ce point et la réponse absolument négative.

— *CO, Kilo est en train de remplir un tube... la porte extérieure s'ouvre...*

— Ça suffit ! Le but est Kilo, lancement d'urgence tube 3 ! ordonna Toth.

FS Vladivostok

— *Missile sur alimentation interne, commandant.*

— Attention pour lancer, ordonna Krakov.

— *Paré, commandant.*

L'officier ASM avait pris une liaison par téléphone autogénérateur avec le patron torpilleur, au poste avant, au cas où la soupape s'ouvrirait à nouveau.

— 5, 4, 3, 2, 1, lancez !

— *Feu !* cria l'officier ASM en appuyant sur la commande de lancement.

Pour la seconde fois ce matin-là, le bâtiment trembla et les oreilles de Krakov accusèrent violemment la brutale surpression.

Avant que Krakov ait pu demander si le missile était parti, l'eau de mer mise en pression dans le tube avait commencé l'éjection de la capsule étanche qui contenait le missile SSN-X-27 à charge nucléaire. Pendant le parcours de l'engin dans le tube, les accéléromètres de la centrale inertielle de navigation enregistrèrent la poussée du lancement.

2 g, 20 mètres par seconde carré.

Le calculateur de guidage du missile compara les 2 g mesurés avec le seuil d'accélération que lui indiquait son programme. Ce seuil était réglé à 1,8 g. Le calculateur nota avec satisfaction que la condition requise était bien réalisée.

Il arma l'allumeur du propulseur. Destination : Norfolk.

USS Bilffish

L'ordre de lancement d'urgence donné par Toth était une action réflexe, utilisée en général en autodéfense face à un sous-marin hostile. Cette action avait été répétée des milliers de fois quand le bâtiment n'était pas au poste de combat et que seuls l'officier de quart et un opérateur étaient présents. Ironie du sort : la tactique employée pour les lancements d'urgence était dérivée de celle des Russes.

Sans autre ordre, le lieutenant de vaisseau Culverson passa la console n° 1 en mode « Urgence » et afficha l'azimut et le défilement de

Kilo. Il passa aussitôt à la console n° 3 et télérégla la torpille du tube 3 avec ces éléments.

« Paré », se dit Culverson.

Le maître de central avait empoigné la diffusion générale et hurlé dans le microphone, saturant complètement les haut-parleurs.

— *Lancement d'urgence tube 3 !*

L'annonce était destinée aux torpilleurs, afin qu'ils sachent pourquoi un de leurs tubes était mis en œuvre en télécommande. La diffusion prévenait également les opérateurs sonar, de façon à ce qu'ils se préparent à suivre la torpille à l'écoute. Enfin, elle constituait un rappel automatique au poste de combat.

Culverson se précipita sur la commande de mise de feu et la tourna de 90 degrés vers la droite, sur la position « PARÉ ».

— Paré, dit-il, se parlant plus à lui-même qu'à quelqu'un d'autre au PCNO.

Il tourna le commutateur de mise de feu de 180° sur la gauche, à la position « FEU ».

— Feu ! hurla-t-il.

Le bâtiment vibra et l'air sous pression se détendit brusquement en poussant le piston de lancement, faisant claquer les tympans de l'équipage. Automatiquement, Toth regarda son chronomètre. Pas mal. Culverson avait lancé la torpille en quatorze secondes. C'était probablement le record de vitesse au sein des sous-marins de COMSUBLANT.

Le PCNO commençait déjà à se remplir du personnel accourant à son poste de combat. Quelques-uns avaient l'air hagard, certains étaient franchement nerveux, d'autres, enfin, étaient encore à moitié endormis. Ces derniers se réveillèrent instantanément en constatant qu'il ne s'agissait pas d'un exercice.

— *CO de sonar, lancement nominal,* murmura l'écouteur dans l'oreille de Toth.

Avec le même détachement apparent, Toth ordonna la phase suivante, s'interrogeant brièvement sur ses sentiments, ou plutôt sur son absence de sentiments, comme s'il observait la scène de très loin.

— *Lancement d'urgence tube 4 !*

Une nouvelle séquence se déroula, identique à la précédente. Culverson se pencha au-dessus de la console 3, toujours debout, prêt à assurer le filoguidage des deux torpilles.

— *CO de sonar, seconde torpille lancée normalement. La première torpille est en mode actif... La seconde également.*

Culverson était rouge d'émotion.

— Perceptions torpille 1 ! Torpille 1 en autoguidage, commandant ! Perceptions torpille 2... perceptions... perceptions... autoguidage, torpille 2 en autoguidage !... Perte des informations torpille sur les deux armes, commandant !

La première explosion secoua le bâtiment, lui imprimant un roulis de 15 degrés sur tribord. La seconde onde de choc arriva alors que le *Billfish* se redressait, l'empêchant de continuer à rouler vers bâbord.

Toth se permit un semblant de sourire, jusqu'à ce que le chef de module sonar lui rende compte :

— *CO de sonar, explosions sur Kilo et bruits de rupture de coque... attendez... CO, nous avons... nom de Dieu, allumage d'un propulseur à poudre dans l'azimut de Kilo !*

Le petit sourire de Toth se transforma en une grimace pitoyable.

Il avait attaqué trop tard pour empêcher l'Akula de lancer son missile.

USS Devilfish

Le choc dû à la collision du *Devilfish* et de l'Oméga avait projeté les vingt et un hommes du PCNO vers le plafond, y compris Pacino. Une vilaine coupure barrait le front du maître de central qui avait percuté violemment le diffuseur de ventilation qui amenait de l'air frais au-dessus du tableau de pilotage. Le commissaire, Alan Crane, à peine conscient, restait étendu sous le GZ manuel.

Pacino ne souffrait que de contusions, ayant pu s'agripper à une poignée sur l'une des consoles du sonar. Le sous-marin accusait un fort roulis sur tribord ainsi qu'une assiette positive importante, inclinant le bâtiment de 20 degrés sur tribord et de 15 degrés sur l'arrière. Le coin avant tribord du PCNO était maintenant 3 mètres plus haut que le coin arrière bâbord.

Le compartiment était totalement silencieux, hormis un petit sifflement dû à une légère fuite sur une vanne d'air.

— Central, affichez avant 6, régime cavitant, ordonna Pacino. Mettez les barres de plongée toutes à descendre.

— Avant 6 affiché, commandant, annonça le pilote, se frottant la taille là où la ceinture de sécurité qui le retenait à son siège l'avait blessé.

— L'hélice cavite.

Un grognement sourd et un raclement venant de l'arrière et du sommet du massif emplissaient le PCNO.

— Le massif touche la glace, annonça le maître de central.

— Nous avons probablement percuté l'Oméga, commandant, dit Stokes en frottant son cou endolori. Je pense que les bruits bizarres qu'on entend à l'arrière viennent de là.

— Stokes, rendez compte des avaries dans tous les compartiments.

— Bien, commandant, et il décrocha un téléphone.

Rapier se releva enfin, encore étourdi de s'être démis l'épaule en heurtant la console n° 2 de la DLA.

Pacino attendit, espérant que le *Devilfish* pourrait replonger sous l'effet de la vitesse. Il fallut une longue minute d'angoisse pour que le bâtiment réponde enfin, raclant la glace et la coque de l'Oméga. Les bruits cessèrent alors et le sous-marin accéléra. L'assiette négative devint plus importante, mais le roulis s'annula soudain. L'indicateur d'immersion, bloqué à 32 mètres depuis l'accident, recommença à cliqueter, lentement d'abord, puis en un staccato de plus en plus rapide.

— 70 mètres, commandant, annonça le maître de central, vitesse 15 nœuds et pas de cap ordonné.

— Central, affichez vitesse maximum, ordonna Pacino. A gauche toute, venir au 0-7-0. Immersion 300 mètres.

C'était un ordre d'urgence, donné délibérément d'une voix posée. Les ordres de Pacino avaient paru sortir l'équipage de son engourdissement, les hommes semblaient heureux d'avoir enfin quelque chose à faire.

« Boum ! Boum ! Boum ! Boum ! »

Les quatre pompes primaires passèrent en grande vitesse, en réponse à l'ordre de montée en allure. Leur descente en immersion depuis la banquise et le *Kaliningrad*, au-dessus, avait rempli la mer d'une incroyable cacophonie, bruits de coque se contractant sous l'effet de la pression, bruits de propulsion. Pacino se demanda si l'Oméga avait déjà le contact sur eux. Etaient-ils également en état de choc, blessés, incapables de réagir ?

« Très bien, espèce de salaud, pensa Pacino, tu me cherches, tu vas me trouver. »

FS Kaliningrad

Les yeux de Novskoy étaient ouverts, mais il était incapable de distinguer nettement le motif du revêtement de sol qui dansait devant lui. Lentement, il ramena ses bras douloureux sous lui et poussa pour se redresser. Il sentit un élancement violent dans le dos, à l'endroit où il avait percuté le fût du périscope. Sa tête et ses épaules tremblaient, mais rien ne semblait cassé. Il se releva en titubant, remarquant que l'angle de roulis n'était pas seulement le fait de ses sens perturbés : quelque chose de sérieux avait dû arriver au *Kaliningrad*.

Qu'avait-il bien pu se passer ? Par quoi avaient-ils été heurtés ? Si la polynia s'était simplement refermée, le choc n'aurait pas pu être aussi brutal. Novskoy jeta un coup d'œil circulaire au compartiment. Ivanov, l'officier de quart, gisait, le visage dans le puits du périscope, inconscient ou peut-être pire encore. Des hommes se ruaient dans le compartiment depuis l'échelle d'accès arrière. L'infirmier se précipita vers Ivanov, qui venait d'ouvrir les yeux et tentait de bouger la tête.

— Qu'est-il arrivé ? demanda Ivanov en grimaçant.

Novskoy ne répondit pas. D'un regard, il embrassa le compartiment et les consoles, toutes éteintes. Les ordinateurs devaient s'être plantés sous l'effet du choc. Il alla jusqu'au tableau de distribution électrique qui alimentait le système de combat, déclencha les disjoncteurs des calculateurs puis les réenclencha. Les écrans s'animèrent quelques instants, puis redevinrent gris. Il espérait que les énormes machines informatiques étaient en train de se reconfigurer automatiquement.

« Dépêchez-vous », pensa Novskoy, en fixant la console du système de transmissions. Finalement, elle s'alluma et afficha : « AUTOTEST EN COURS. VEUILLEZ PATIENTER S'IL VOUS PLAÎT. »

Novskoy grimaça. Le comble, un ordinateur poli. Le message s'effaça, remplacé par l'image d'état du système.

Il marcha jusqu'au central, où, petit à petit, l'équipage reprenait son poste. Novskoy lut le message d'état, frustré, fixant une seule ligne au milieu de ce fatras d'informations : « ANTENNE MULTIFONCTION : CIRCUITS COUPÉS — PAS DE RÉPONSE DE L'ANTENNE — SYSTÈME HORS SERVICE. »

L'impact de ce qui les avait touchés avait fracassé

l'antenne multifonction ou l'avait rendue inutilisable. Serait-il encore possible de transmettre des ordres à la Flotte ? Il explora l'image d'état, cherchant les informations concernant l'antenne UHF de secours. L'ordinateur affichait : « ANTENNE UHF AUXILIAIRE : PARÉE — CIRCUIT HYDRAULIQUE DE HISSAGE : INDISPONIBLE. »

L'antenne elle-même fonctionnait. Seuls les circuits hydrauliques qui permettaient de la hisser étaient hors d'usage. Il suffirait de la sortir manuellement, à l'aide de la pompe de secours. Novskoy voyait sa Flotte comme un pistolet dont le chien était relevé, prêt à tirer, et il avait le doigt posé sur la détente. Il imaginait ses sous-marins attendant impatiemment des instructions. La collision venait de lui forcer la main. Il n'avait plus envie de réfléchir à une éventuelle solution diplomatique. Son prochain message serait l'ordre de lancement. Il n'aurait jamais dû attendre, le mot-code aurait dû être transmis il y a longtemps déjà. C'était le destin.

Il venait de terminer le branchement de la pompe manuelle de secours sur le circuit de hissage de l'antenne UHF quand le *Kaliningrad* fut secoué d'un tremblement brutal.

Novskoy regarda Ivanov, penché sur la console du sonar. Ivanov regarda à son tour l'amiral, une lueur de compréhension éclairant son visage. Alors que le bâtiment vibrait fortement sous l'effet d'un raclement au niveau de la quille, Novskoy se précipita à la console sonar.

— Qu'en pensez-vous, Ivanov ? demanda Novskoy.

— Ecoutez, répondit-il.

Venant d'en dessous, le bruit d'une grosse hélice était nettement audible, dominant même le raclement. Après un dernier choc, on n'entendit plus que cette hélice dont le grondement diminua rapidement.

— Un sous-marin ! dit Novskoy... Soit un des sous-marins russes de la Flotte du Pacifique ou, plus probablement, le sous-marin d'attaque américain dont la présence avait été annoncée par Dretzski.

Quatre « boum ! » violents se réverbérèrent sur la coque et dans l'eau, trahissant l'azimut de fuite du sous-marin qui avait abordé le *Kaliningrad.*

Ivanov manipulait l'une des consoles du sonar, passant rapidement d'une image à une autre. Sans même lever les yeux, il dit à Novskoy :

— C'est un sous-marin d'attaque américain, un Piranha. Il était probablement là à nous espionner.

— Comment nous a-t-il trouvés ?

— Ils s'éloignent à vitesse maximale, amiral, nous devons les neutraliser...

Les instructions permanentes de Novskoy à la Flotte du Nord autorisaient et même encourageaient le tir d'une torpille de combat sur un sous-marin étranger en cas de pistage ou de collision sous la calotte glaciaire. Ivanov le savait parfaitement.

— Non, dit Novskoy.

Il fallait avant tout transmettre le mot-code à la Flotte.

— Amiral, dit Ivanov, l'intrus s'enfuit, nous devons le poursuivre, conformément à vos ordres permanents. Nous reprendrons notre mission lorsque l'Américain sera au fond.

— Non, nous restons ici. J'ai un message urgent à transmettre.

— Amiral, insista Ivanov, ce Yankee doit s'attendre à une attaque et être prêt à lancer ses torpilles. N'est-ce pas simplement une question de vie ou de mort pour nous ?

Novskoy approuva de la main. Ivanov était probablement dans le vrai. Après l'attaque et le naufrage de 1973, il ne faisait aucun doute que l'US Navy attendait sa revanche. Cependant, l'Américain tirerait-il sur le *Kaliningrad* en temps de paix, ou du moins ce qui en tenait lieu aujourd'hui ?

Il poursuivit son raisonnement... Ils attaqueraient sûrement s'ils faisaient le lien entre ses émissions radio et les sous-marins déployés au large des côtes américaines. Et s'ils avaient la capacité de déchiffrer ses messages ? Ils chercheraient certainement à couler le *Kaliningrad* avant que le mot-code n'ait pu être envoyé.

Novskoy n'avait plus le choix, le message radio devrait attendre.

— Ivanov, faites plonger le bâtiment, entrez la solution sur le sous-marin américain dans la DLA et préparez le lancement d'une Magnum.

Ivanov s'interrompit. Le personnel de quart sembla se figer. Toutes les conversations s'arrêtèrent.

— Amiral, une arme nucléaire pourrait nous endommager. Il faudrait que je passe les réacteurs en surpuissance et que j'utilise le système d'injection de polymères. Ne croyez-vous pas que nous devrions utiliser une torpille classique de 533 mm ? Ou plusieurs ?

— Pas assez rapide. Le Piranha va s'enfuir et la torpille arrivera au bout de son carburant. Lancez cette grosse Magnum et éloignez-nous d'ici en vitesse.

— A vos ordres, amiral.

USS Devilfish

— Commandant, j'ai la liste des avaries, dit Stokes en raccrochant le combiné. Pas mal de problèmes. Le bouilleur et l'usine de conditionnement d'air au bromure dc lithium sont indisponibles. Pratiquement tous les circuits fuient au niveau des brides et des raccords. Les cales se remplissent lentement d'eau de mer, mais rien de dramatique, la pompe d'assèchement étale sans difficulté. Les fuites les plus importantes sont probablement localisées sur le circuit primaire du réacteur. Le niveau de radiation augmente rapidement dans le compartiment. Fuites d'air HP et d'eau de mer sur les hydroréacteurs avant. On essaie de les isoler, mais le système de tenue automatique d'immersion est fichu. Le sonar est sérieusement endommagé. L'antenne linéaire remorquée est morte. Nous avons dû écraser la gouttière en fibre de verre ou même couper le câble tracteur. Plus de contact bande étroite sur *Sierra*.

— Que donne la sphère ?

— Apparemment, pas de problème, commandant.

— Bon, il ne nous reste plus qu'à suivre *Sierra* en bande large seulement.

— Commandant, intervint Rapier depuis la console n° 2, *Sierra* est dans le baffle, maintenant. Nous n'avons plus de contact. Je propose de venir de 20 degrés à droite ou à gauche pour le sortir du baffle.

Pacino secoua la tête. Rapier fit une grimace d'incompréhension.

— Distance depuis la collision ?

— 2 000 mètres, répondit Stokes, après un coup d'œil à la table traçante.

« Distance minimale d'activation des torpilles russes », pensa Pacino.

— *CO de sonar, euh... nous percevons des transitoires azimut 0-7-0 à la limite droite du baffle... Nous interceptons un sonar actif... C'est un sonar à impulsions courtes, il mesure la distance... L'Oméga utilise son sonar Blocks-of-Wood en sectoriel sur nous. Il va probablement lancer...*

Bien. L'Oméga les avait entendus et contre-attaquait. La mesure de distance immédiatement avant un lancement d'arme était une tactique russe bien connue. Au PCNO, les officiers se tournèrent vers Pacino, attendant qu'il les sorte de cette situation périlleuse.

— Eh bien ! second, il semble que l'Oméga soit vraiment hostile, après tout ! Sommes-nous prêts à lancer ?

— Commandant, dit Rapier en songeant aux sous-marins russes patrouillant au large des côtes américaines, cette fois-ci, on va le baiser.

FS Kaliningrad

Pour Novskoy, les minutes suivantes passèrent comme dans un brouillard, conséquence de la blessure qu'il avait reçue lors de la collision, ou de la tension du moment. Il observait Ivanov faire plonger le bâtiment et mettre cap à l'est, à l'opposé du sous-marin américain, essayant de mettre suffisamment de distance entre eux pour permettre le bon fonctionnement de la Magnum — trop près, elle pourrait détecter et attaquer le *Kaliningrad.* Il ne semblait pas entendre les conversations autour de lui.

— Distance du but : 1 500 mètres au sonar actif, annonça Ivanov.

— Torpille Magnum mise au tube 6, remplissage en cours, rendit compte Chekechev, l'officier ASM.

— Distance but, 2 000 mètres au sonar actif. Lancement possible. Azimut 2-8-0, vitesse 65 km/h.

— Magnum du tube 6 sous tension, gyro lancé, autotest terminé correct. Téléréglages effectués, dit Chekechev.

— Ouvrez la porte extérieure tube 6.

Ivanov se tourna vers le maître de central, le lieutenant de vaisseau Katmonov :

— Pour le PCP, affichez 110 % de puissance sur les deux réacteurs.

Chekechev annonça :

— Porte extérieure du tube 6 ouverte. Turbopompe d'alimentation en carburant de la Magnum lancée, la pression augmente...

— Le PCP rend compte que les deux réacteurs sont à 110 % de la puissance nominale, annonça Katmonov, vitesse 80 km/h.

— Pression carburant correcte sur la Magnum. On est paré à lancer, dit Chekechev.

— Attention pour lancer, ordonna Ivanov, cinq... quatre... trois... deux... un... lancez !

— Feu tube 6 !

Le bâtiment trembla, juste un peu, lorsque l'arme

de gros diamètre fut éjectée de son tube de lancement.

— Démarrez l'injection de polymères et annoncez la vitesse, ordonna Ivanov.

— Injection en fonction. La vitesse se stabilise aux alentours de 85 km/h, dit Katmonov.

— La Magnum a rejoint son cap d'interception, rendit compte Chekechev.

— Notre vitesse, 90 km/h, dit Katmonov.

— La Magnum accélère jusqu'à vitesse maximale.

— Annoncez les éléments du but, demanda Ivanov.

— Plus de contact sonar actif sur le but, répondit Chekechev. La Magnum est dans l'azimut du but et le masque.

— Bien. Distance du point d'impact estimée.

— Distance du point d'impact, 15 kilomètres, vitesse 91 km/h, un record, commandant.

Ivanov en prit bonne note. A sa connaissance, la vitesse maximale jamais atteinte par un sous-marin russe était 80 km/h.

Chekechev reprit :

— Distance du point d'impact, 16 kilomètres, annonça Chekechev. Encore 4 kilomètres pour sortir de la zone dangereuse.

— Vitesse stabilisée à 91 km/h, dit Katmonov.

— Le but ? demanda Ivanov.

— Plus de contact sur le but, dit Chekechev, la Magnum masque tout et nous allons trop vite.

— Distance du point d'impact ?

— Distance actuelle : 16,5 kilomètres.

Ils faisaient route à l'est à une vitesse hallucinante, les polymères lubrifiant la coque et diminuant sa résistance à l'avancement dans l'eau froide. Chaque minute les éloignait du point d'impact et les rapprochait de la sécurité. Mais la distance à la polynia augmentait également, retardant d'autant la transmission du mot-code de Novskoy. Il intervint alors :

— Faites demi-tour et ramenez-moi vers la polynia, dit-il à Ivanov.

— Mais, amiral, rétorqua sèchement Ivanov, choqué, nous allons retourner dans la zone dangereuse du fait de l'explosion !

— Demi-tour, faites route à l'ouest !

Ivanov fixa Novskoy, puis :

— Amiral, je ne peux pas faire ça. Cet ordre est suicidaire.

USS Devilfish

— *CO, de sonar, de nouveaux transitoires azimut 0-7-0... CO, détection torpille ! Bruits d'hélice correspondant à ceux d'une torpille de gros diamètre ! Nom de Dieu, c'est une Magnum !*

— Commandant, ce fumier vient de nous lancer une torpille nucléaire ! dit Rapier, une main sur son écouteur.

Pacino ne dit rien. L'Oméga venait d'entreprendre ce qu'il espérait. C'était enfin la confrontation attendue.

Il prit une profonde inspiration et donna rapidement toute une série d'ordres.

— Stoppez !

Pacino regarda l'aiguille du loch descendre rapidement les graduations du cadran, de 34 nœuds à presque zéro, pleinement conscient des regards de l'équipage posés sur lui.

— Passez la propulsion sur le moteur électrique de secours et dites au PCP de mettre le réacteur en alarme, d'arrêter les pompes primaires, de démarrer la réfrigération de secours et de fermer les vannes closes ainsi que les aboutissants[1] de vapeur.

Rapier, la sueur perlant au front, accoudé à

1. Gros sectionnements à commande manuelle qui permettent d'isoler le générateur de vapeur de la machine. Ils sont situés en aval des vannes closes *(N.d.T.)*.

la console n° 2 de la DLA, leva les yeux vers Pacino. Celui-ci venait d'ordonner l'arrêt complet de la production d'énergie dans tout le bâtiment, la seule source électrique disponible restant alors la batterie.

Finalement, Stokes retrouva sa voix pour dire :

— Commandant, nous aurons cette torpille dans le cul dans moins de trois minutes. Nous devons fuir.

Rapier acquiesça, regardant son chronomètre.

— Commandant, ce n'est pas possible, tu ne peux pas rester comme cela à attendre sans rien faire, ici, sous la glace. Sans réacteur ni vapeur, et sans le système de tenue automatique d'immersion. Il nous faudra filer au moins 2 nœuds sur le moteur électrique de secours pour conserver une certaine manœuvrabilité. La batterie sera vide en vingt minutes, peut-être moins. Sous la glace, nous ne pouvons pas nous récupérer. Il est possible que nous ne puissions même pas être en mesure de relancer le réacteur dès maintenant.

L'heure n'était plus à la discussion. Pacino regarda Rapier dans les yeux.

— Second, avec tous les systèmes arrêtés, cette torpille ne nous entendra jamais. Elle passera à côté de nous comme si nous étions invisibles. Si nous continuons à fuir à vitesse maximale, nous avons le choix entre deux options : être ouverts en deux comme une vulgaire boîte de conserve par une crête de glace ou volatilisés par cette Magnum. Nous ne pouvons pas la prendre de vitesse, cette saloperie file au moins 60 nœuds.

La main de Stokes tremblait lorsqu'il empoigna le micro et transmit les ordres à l'arrière.

Dès la mise en alarme du réacteur, la ventilation s'arrêta en sifflant. L'atmosphère du compartiment devint immédiatement moite et les lampes du plafond s'éteignirent.

Le cœur et les poumons du *Devilfish* venaient de s'arrêter.

Il dérivait doucement vers le sud, sous l'effet du courant et de la faible vitesse fournie par le moteur électrique de secours, une tête nucléaire de 100 kilotonnes se précipitant vers lui à 60 nœuds.

17

Dimanche 19 décembre,
09 h 17 GMT

Océan Atlantique Ouest

Le conteneur du SSN-X-27 était moins dense que la mer et léger de l'avant. En quittant le tube 4 du *Vladivostok,* il était déjà animé d'une vitesse de 40 km/h sous l'effet de la chasse et commençait à prendre une trajectoire ascendante. Deux gouvernes horizontales, légèrement orientées vers le haut, s'étaient déployées à l'arrière de la capsule dès la sortie du tube. L'engin s'éleva jusqu'à la surface de l'Atlantique, laissant loin derrière lui l'épave du *Vladivostok* en train d'imploser et de couler.

Il avait été lancé à une immersion de 50 mètres. Il lui faudrait environ trente secondes pour crever la surface, chacune de ces trente secondes étant essentielle au bon fonctionnement du missile qui effectuait des tests internes et armait ses chaînes pyrotechniques. Un seul échec obligerait l'engin à passer en inerte et à achever prématurément sa mission.

Mais tout fonctionna parfaitement.

Derrière le missile, les deux torpilles Mark 49 du *Billfish* touchèrent le *Vladivostok* au milieu et sur l'avant, perforant les superstructures et la coque épaisse, et créant une sphère de gaz chauds en expansion de plus de 30 mètres de diamètre.

L'expansion des gaz était bien trop lente pour gêner le missile. La désintégration du *Vladivostok* ne représentait, elle non plus, aucun intérêt pour lui. Séparé depuis longtemps déjà de son système de conduite de tir, l'engin était totalement indépendant. Autonome.

Alors qu'il se trouvait encore à 10 mètres de profondeur, l'onde de choc due aux explosions atteignit le missile. Son seul effet fut de le propulser encore un peu plus vite vers la surface, qu'il atteignit sans problème, bien à l'abri dans sa capsule étanche. Le capteur d'émergence indiqua que l'avant du conteneur avait traversé les vagues et se trouvait maintenant dans l'air.

Les trente-deux boulons explosifs éjectèrent la coiffe avant dans le ciel sombre de l'aube où elle tournoya sur elle-même avant de retomber dans la mer.

Le reste du conteneur, à moitié émergé et comme suspendu entre deux vagues, servit de plate-forme de lancement. Le programme du calculateur de bord provoqua l'exécution de la commande suivante et mit à feu un petit inflammateur situé tout à l'arrière du moteur à poudre de l'étage d'accélération.

L'inflammateur explosa, provoquant l'allumage du carburant solide du propulseur d'accélération et extrayant le missile de son conteneur. La capsule coula aussitôt, entraînée vers le bas par la force de réaction.

Le missile s'élança vers le ciel sous une accélération de 4 g, qui lui permit d'atteindre la vitesse de 600 km/h en moins de cinq secondes. Trois secondes plus tard, le propulseur à poudre s'éteignit. Le missile entama alors une trajectoire balistique au sommet de laquelle il détecta le passage par l'accélération zéro. Au début de la trajectoire descendante, vers 500 mètres d'altitude, il mit à feu huit boulons explosifs, provoquant la séparation du propulseur d'accélération, désormais inutile.

L'entrée d'air se déploya sous le fuselage de l'engin, forçant l'air frais de l'Atlantique dans le compresseur de son turboréacteur. Sous l'effet de la vitesse, l'air entraîna les aubes du compresseur qui accéléra rapidement, tournant presque sans frottement sur ses paliers.

Lorsque la vitesse de rotation du turboréacteur atteignit plusieurs milliers de tours par minute, le calculateur estima qu'il était temps de commencer l'injection de carburant. Une pompe, également mue par l'air extérieur dont la vitesse était maintenant de l'ordre de 400 km/h, pressurisa le réservoir de kérosène. Le missile observa l'augmentation de pression dans la tuyauterie d'injection. Quand la vitesse de rotation atteignit une valeur fixée, une électrovanne s'ouvrit, autorisant le passage du carburant vers les six injecteurs de la chambre de combustion.

A l'intérieur de cette dernière, la température de l'air était très élevée, du fait de la forte augmentation de pression due aux aubes du compresseur. Il ne manquait plus que l'étincelle des bougies d'allumage pour qu'une bouffée de fumée noire, témoignant d'une combustion imparfaite du carburant, ne s'échappe de la tuyère à l'arrière du missile.

L'engin mit en fonction ses six bougies. Instantanément, la température dans la chambre de combustion augmenta de plusieurs centaines de degrés et le mélange air/carburant s'enflamma avec une vitesse proche de celle d'une explosion.

Les gaz brûlants traversèrent la turbine, montée sur le même axe que le compresseur — le rôle de la turbine étant d'entretenir la rotation du compresseur durant le vol.

Les gaz furent enfin forcés à travers la tuyère qui les accéléra jusqu'à une vitesse supersonique, créant la force de propulsion. Le turboréacteur enfin en fonction, le missile sentit s'établir la poussée de 50 000 newtons. Il avait atteint son régime de croisière.

En même temps qu'il démarrait son réacteur, l'engin déploya deux petites ailes horizontales, de forme carrée, disposées au niveau de son centre de gravité, et redressa sa trajectoire pour rejoindre son profil de vol.

Juste à temps. Son altitude n'était plus que d'une dizaine de mètres au-dessus de la mer.

A 790 km/h, la bombe à hydrogène d'une puissance de 1,1 mégatonne fonçait vers son objectif.

USS Devilfish

Le compartiment propulsion se trouvait tout à l'arrière du sous-marin et s'étendait du sas de sauvetage arrière jusqu'au presse-étoupe de ligne d'arbre, près des safrans des barres et de l'hélice. Le compartiment, de forme conique, était le plus vaste du bord. L'atmosphère y était humide et terriblement chaude, malgré la température très basse de l'océan Glacial Arctique, à cause des gros tuyautages de vapeur qui y déployaient leurs méandres.

Le PCP était implanté presque à l'avant du compartiment, au niveau supérieur et à tribord. Il avait la taille d'un grand placard à balais. Trois pupitres faisaient face à l'avant et un grand tableau de commande occupait tout l'espace disponible sur la cloison arrière. Quatre hommes y assuraient le quart en permanence.

L'homme le plus proche de la porte du PCP se tenait debout devant le volant d'acier qui commandait l'admission de vapeur aux turbines de propulsion. Son pupitre, KM, lui permettait de surveiller toute la partie vapeur et affichait des pressions et des températures qui permettaient de surveiller le pouls de l'ensemble de l'installation.

Juste à côté, à toucher l'opérateur KM, se trouvait l'officier marinier atomicien chargé du réacteur. La partie inclinée de son pupitre KR portait une représentation symbolique des circuits principaux de la chaufferie nucléaire, qui faisait apparaître clairement les deux boucles primaires.

Entre les boucles, le cœur du réacteur était dessiné, et une poignée pistolet en faisait saillie. Elle commandait le mouvement des absorbants de contrôle. Pour démarrer la réaction en chaîne, chauffer les circuits primaires et secondaires, et par conséquent produire la vapeur nécessaire aux turbines, il fallait retirer lentement les absorbants du cœur du réacteur. Au contraire, lorsque le réacteur était critique et en puissance, les absorbants ne faisaient varier que la température du cœur.

La partie verticale du pupitre KR était truffée de galvanomètres indiquant diverses températures et pressions, ainsi que la puissance délivrée par le réacteur, graduée de zéro à 150 %. Au-dessus de 100 %, le cadran était peint en rouge sang. Aucun réacteur de propulsion navale n'avait jamais dépassé 103 % à la mer. Peu après 100 %, le cœur du réacteur commencerait à avoir de sérieux problèmes, dont probablement un début de fusion. Au-delà de 130 %, la fusion deviendrait importante, irradiant gravement l'équipage.

Le pupitre de commande de l'usine électrique, dénommé KE, était appuyé à la cloison tribord. Il supportait les télécommandes de tous les disjoncteurs principaux alimentant les circuits du bord. L'ingénieur de quart, un officier spécialement formé à la conduite d'une installation de propulsion nucléaire, se tenait derrière l'opérateur KM. Son rôle consistait à superviser les actions de l'équipe de quart, tant au PCP que dans tout le compartiment machine.

L'ingénieur de quart au poste de combat était le capitaine de corvette Matthew Delaney, un garçon plutôt enveloppé et qui semblait grimacer en permanence. Delaney, extrêmement sérieux et consciencieux, était parfois en conflit ouvert avec Pacino qui, lui semblait-il, ne prêtait pas assez attention aux dangers potentiels induits par le réacteur. Contrairement aux réacteurs nucléaires civils dont le cœur présentait une densité de puissance faible, un réacteur militaire pouvait se volatiliser en cas d'accident grave. Les ingénieurs baptisaient pudiquement cette catastrophe du doux nom « d'accident de prompt-criticité ». Delaney, lui, l'appelait simplement : une explosion nucléaire.

L'ordre de mettre le réacteur en alarme prit Delaney au dépourvu. Il aurait pu concevoir un échange de torpilles avec le Russe. On disait d'ailleurs que c'était déjà arrivé, dans les mêmes conditions, sous la glace. Ce lancement d'armes était en général accompagné des ordres habituels, vitesse maximale, barème d'urgence, cavitation autorisée, et le sous-marin fonçait jusqu'à ce qu'il soit rattrapé par la torpille ou que celle-ci ait épuisé son carburant.

Delaney, bien que servant à bord comme ingénieur chargé de la propulsion, était également formé pour commander ultérieurement un sous-marin. L'US Navy tenait à ce que tous ses officiers soient polyvalents. Ce qui se passait au PCNO n'était donc pas un mystère pour Matt Delaney. Par contre, l'ordre de mettre le réacteur en alarme en était un.

Au lieu de se lancer dans l'habituelle course folle à pleine vitesse, le pacha venait d'ordonner de stopper. Une grave erreur, pensa Delaney. Il était bien conscient que le *Devilfish* risquait effectivement de se faire couper en deux en heurtant une crête de glace. Mais une telle collision, c'était un peu comme un coup de dés. Peut-être bien que oui, peut-être bien que non... Mais on ne pouvait pas jouer avec une torpille russe. Si le but ne fonçait pas pour sauver sa vie, il avait autant de chances de survie qu'un agneau qui regarde sans bouger un loup affamé dans le blanc des yeux.

« Pacino doit faire le mort », se dit Delaney. Mais sous la glace, il ne pourra pas remonter à la surface une fois que la batterie sera épuisée. Delaney allait avoir besoin de courant pour redémarrer le réacteur, et en particulier pour remettre en fonction les grosses pompes primaires. Sans énergie pour le faire, c'en serait fini du sous-marin.

Pire encore : la perte du système de tenue automatique d'immersion après la collision avec l'Oméga signifiait que le *Devilfish* devrait garder un peu d'erre en avant pour pouvoir conserver un minimum de manœuvrabilité, une autre bonne raison pour laisser le réacteur en fonction. Sans vapeur, ils devraient utiliser le moteur électrique de secours, un autre gros consommateur d'électricité. La batterie serait vide en un quart d'heure, et sa fin signifierait certainement celle du *Devilfish*.

Delaney n'aimait pas les ordres qu'il recevait du PCNO, mais il respectait les règlements de la marine, le guide d'emploi du réacteur et les Dix Commandements. A contrecœur, il donna les ordres nécessaires :

— KR, passez les quatre pompes primaires en petite vitesse. Mettez le réacteur en alarme et arrêtez les pompes.

L'opérateur KM, un premier maître hargneux dénommé Manderson, accusa réception de l'ordre et plaça les commutateurs de chacune des pompes primaires sur petite vitesse. Les voyants d'état passèrent de « Grande vitesse » à « Petite vitesse ». Manderson se leva et ouvrit un petit capot en plexiglas transparent qui protégeait un interrupteur rotatif rouge, marqué « Alarme manuelle ». Par-dessus son épaule, Manderson jeta un coup d'œil à Delaney qui hocha la tête. Il actionna le commutateur. Alors que les contacts n'étaient pas encore arrivés en position de repos, une douzaine de phénomènes se produisirent presque simultanément dans le réacteur. Et, pour Delaney, tous ces événements étaient de mauvais augure.

Le klaxon d'alarme du réacteur résonna brusquement. Des voyants rouges clignotèrent, indiquant que les barres de contrôle du groupe 1, le groupe en manœuvre, étaient au fond du réacteur.

L'indicateur de puissance réacteur passa de 15 %, valeur normale à l'autonomie électrique sans propulsion, à zéro.

La température primaire tomba en quelques secondes de 257 à 253 degrés et continua à descendre.

L'octavemètre, sur KR, passa de zéro à moins 1 octave par minute lorsque la puissance neutronique s'écroula.

Et ce n'était là que les indications visibles sur les panneaux de commande du réacteur.

Plus loin sur l'avant, dans le compartiment de la chaufferie nucléaire, le courant alimentant les électro-aimants d'accrochage des six barres de contrôle du groupe 1 fut coupé brutalement par la manœuvre du commutateur d'alarme manuelle. Sous l'effet de ressorts normalement maintenus bandés par l'attraction magnétique, les pinces, qui retenaient les barres de contrôle accrochées aux mécanismes chargés de régler leur hauteur dans le cœur, s'ouvrirent. De gros ressorts verticaux poussèrent violemment les barres vers le bas, tout au fond du réacteur.

Celles-ci étaient faites d'un élément curieux, appelé hafnium, qui avait la particularité d'agir comme une éponge pour les neutrons, produisant l'énergie nécessaire pour faire tourner l'hélice du *Devilfish*. Au moment où les six barres de contrôle furent insérées complètement dans le cœur, presque tous les neutrons libres furent absorbés par le hafnium et non par un noyau d'uranium 235. Le combustible ne recevant plus de neutrons, les fissions s'arrêtèrent rapidement.

Les atomes d'uranium, noyés dans la masse des éléments combustibles gainés de zirconium, ne se divisèrent plus et ne produisirent plus de chaleur. L'arrêt de la source chaude fut immédiatement mesuré par les capteurs installés dans le cœur : le flux neutronique était devenu nul et la température des parois du combustible avait déjà baissé sensiblement.

L'eau primaire ne se réchauffa plus lors de son passage sur les éléments combustibles et il devint très rapidement impossible de produire de la vapeur pour alimenter les turbines du compartiment machine, sous peine de refroidir complètement l'ensemble du réacteur.

Durant quelques instants, le hurlement des alarmes fut accompagné par le miaulement des turbines qui s'arrêtaient, passant de 3 600 tours par minute à zéro.

Pour Delaney, cela représentait les cris d'agonie du *Devilfish*.

L'opérateur KR ouvrit les disjoncteurs des turbo-alternateurs quand la pression de vapeur disparut. Le bâtiment n'était plus alimenté que par sa batterie. Les ventilateurs brassant l'air du bord ralentirent puis stoppèrent. Plus rien ne sortit des bouches de ventilation et l'atmosphère devint rapidement chaude et moite après l'arrêt du système de conditionnement d'air. Pour quelque temps encore, la chaleur emmagasinée maintiendrait la température à bord du *Devilfish* au-dessus de celle de l'océan Glacial Arctique, mais bientôt, il ferait aussi froid dedans que dehors.

— Acquittez l'alarme réacteur et fermez les deux vannes closes, puis les aboutissants, ordonna Delaney.

Le klaxon d'avarie s'arrêta, plongeant le PCP dans un silence inquiétant. Manderson manœuvra encore deux commutateurs, et deux sectionnements de 20 centimètres de diamètre se fermèrent, obturant le passage de la vapeur du générateur vers les turbines et interdisant également le redémarrage rapide du réacteur.

— Disposez la réfrigération de secours du réacteur en circulation naturelle et passez la propulsion sur le moteur électrique. Arrêtez la dernière pompe primaire.

L'opérateur KR siffla entre ses dents :

— Chef, la batterie en a pour vingt minutes, à ce régime de décharge.

Delaney acquiesça de la tête et attrapa le micro de l'interphone.

— Central de PCP, réacteur en alarme, machine bas les feux, vannes closes fermées, autonomie sur la batterie : vingt minutes environ.

Vingt minutes. « La torpille arrivera d'une seconde à l'autre », pensa-t-il.

Le son aigu des émissions sonar de l'autodirecteur de la torpille nucléaire russe à leur poursuite était maintenant clairement audible à travers la coque du *Devilfish,* ainsi que les échos sur les crêtes de glace du voisinage.

Océan Atlantique Ouest
USS Bilfish

L'étrange sentiment de détachement qui l'avait habité jusque-là quitta brutalement le capitaine de frégate Toth. Le temps parut s'accélérer sous l'effet de la montée d'adrénaline due à la peur. Il avait entendu parler d'une telle déformation de la perception du temps, mais n'y avait jamais cru. Il jeta un œil au lieutenant de vaisseau Culverson, qui se tenait figé dans sa combinaison de travail bleue.

Le *Billfish* avait envoyé l'Akula par le fond, mais seulement après que ce dernier ait eu le temps de lancer un missile de croisière en direction des Etats-Unis d'Amérique. Vers Norfolk, en Virginie. Chez eux.

— Central, je prends la manœuvre, cria Toth. Affichez 20 nœuds régime manœuvre, immersion 18 mètres, assiette plus 20, et on se dépêche !

Malgré les ordres d'urgence, il avait l'impression que l'équipage du *Billfish* obéissait lentement, comme englué dans de la mélasse.

De toute façon, il était trop tard. Le poste torpilles

du *Billfish* ne contenait rien qui soit susceptible d'inquiéter un missile de croisière en phase d'accélération. Leur seul allié était le temps. Le missile était subsonique. Son temps de vol serait sans doute d'une quinzaine de minutes.

Avec le message d'alerte envoyé à CINCLANTFLEET et à la Maison-Blanche, peut-être qu'un chasseur aurait le temps de décoller et de descendre le missile. A supposer qu'un avion convenable soit prêt, qu'un pilote soit paré à décoller et qu'il n'y ait pas de retard de transmission du message aux autorités compétentes. Ce serait vraiment juste et tout se jouerait sans doute à une ou deux minutes près.

C'était tout ce qui séparait Norfolk, Virginie, de son annihilation.

— Central, annoncez le passage à 8 nœuds.

20 nœuds était une vitesse bien trop élevée pour venir à l'immersion périscopique. 9 nœuds étaient déjà suffisants pour arracher le périscope.

Le sous-marin prit de l'assiette positive, forçant Toth à agripper une poignée fixée au plafond du compartiment. Il sentit le bâtiment vibrer sous la poussée puissante de l'hélice.

— Vitesse 8 nœuds, commandant, annonça le maître de central.

— Stoppez. On reprendra la vue au périscope n° 2, répondit Toth en empoignant le micro de la diffusion générale.

— *Le CGO, l'officier transmissions et le patron radio sont demandés immédiatement au PC radio. Je répète, immédiatement.*

— 18 mètres, commandant.

Le bâtiment avait retrouvé son assiette horizontale.

Il sembla à Toth que le périscope mettait une heure à sortir de son puits. Il regarda dans l'azimut de l'Akula et sentit son cœur s'arrêter. La trace blanche laissée par le propulseur d'accélération du missile dessinait un arc presque parfait dans le ciel matinal, un joli feu d'artifice du 4 Juillet[1]. Au moment où Toth l'observait, la trace blanche s'arrêta brusquement. Plus de flammes à l'arrière du missile. Juste une parabole de fumée gravée dans le ciel.

Le propulseur d'accélération avait fini de brûler et le turboréacteur prenait le relais. L'engin n'était plus visible, pas seulement du fait que le propulseur d'accélération avait été largué, mais aussi parce qu'il volait au ras des vagues, en dessous de l'horizon, peut-être à 15 mètres au-dessus de l'eau.

Le pire était cependant la direction de la trace de fumée. Toth avait espéré que l'onde de choc due à la détonation des deux torpilles Mark 49 aurait fait dévier le missile de sa trajectoire.

Rien de tel. Le panache de fumée était orienté plein ouest, la direction exacte de Norfolk.

Toth passa le périscope à Culverson.

— Je vais au PC radio. Vous avez la manœuvre, faites rompre du poste de combat.

Le message d'urgence rendant compte d'une attaque nucléaire avait reçu le nom de code de OPREP 3 PINNACLE, pour quelque raison obscure. C'était juste un nom bizarre désignant un message préformaté, contenant essentiellement des combinaisons de chiffres, destiné à la Maison-Blanche. Le simple fait d'envoyer un tel message allait créer une sacrée agitation chez COMSUBLANT et CINCLANTFLEET.

A 09 h 17 GMT, Toth fit hisser l'antenne multifonction et transmit en UHF chiffré ce message extraordinaire et inquiétant jusqu'au satellite de télécommunication, sous la forme d'une émission brève.

Une fois le message parti, il n'y avait plus rien à faire à l'immersion périscopique. Pourtant, Toth voulait y rester, désireux de savoir si les émissions radio de COMSUBLANT allaient s'arrêter bientôt,

1. Date de la fête nationale américaine *(N.d.T.)*.

ce qui démontrerait leur anéantissement. Il voulait également savoir si l'ordre d'exécution du plan prévu en cas de guerre par CINCLANTFLEET serait envoyé en Flash. Ce plan prévoyait les actions à mener et les positions à rallier en cas de conflit ouvert.

Toth marcha lentement vers l'avant du PCNO. L'équipage avait les yeux fixés sur lui. Il s'éclaircit la voix.

— Culverson, venez à 200 mètres, 10 nœuds. Commencez la recherche d'un autre sous-marin russe. Conservez la situation supersilence. Faites sortir l'antenne filaire et prenez la veille VLF et ELF, au cas où quelque chose d'intéressant serait transmis par COMSUBLANT.

Il resta debout à proximité du répétiteur du sonar, près de la plate-forme des périscopes, cherchant un autre bâtiment russe et attendant que d'éventuelles instructions lui parviennent par radio, à travers l'antenne filaire qui s'allongeait maintenant à la surface de la mer — ou bien pire, que rien du tout ne lui parvienne d'un état-major réduit en cendres.

Il était temps de se préparer pour la suite.

— Culverson, dites à l'officier transmissions d'ouvrir le coffre top secret et de me sortir les instructions de CINCLANTFLEET pour le temps de guerre.

18

19 décembre, 09 h 24 GMT

Océan Glacial Arctique
Sous la calotte polaire
USS Devilfish

— Commandant, la DLA chauffe, il va falloir l'arrêter.

Le capitaine de corvette Steve Bahnhoff, l'officier ASM, avait l'air très ennuyé.

Pacino lui fit signe d'attendre. Il avait encore une chose à régler avant de pouvoir éteindre le système de combat Mark 1.

— Deux minutes depuis le lancement de la Magnum, dit Rapier à Pacino, le pressant de riposter.

— Bien reçu, second.

Qu'avait bien pu penser son père, vingt ans auparavant, une vieille torpille soviétique lancée à ses trousses ? Patch avait-il même eu le temps de réaliser ce qui lui arrivait ? Une image lui traversa l'esprit : son père se noyait en crachant un mélange de sang et d'eau de mer.

L'heure de la vengeance avait sonné.

Pacino sentait que son équipage attendait ses ordres. Le silence était palpable dans l'atmosphère lourde et humide. Pas de grondement sourd de la ventilation. Pas de sifflement du système de navigation inertielle. Seule, la moitié des plafonniers, le sonar et la DLA étaient sous tension.

Bahnhoff rompit le silence.

— Commandant, avarie de la DLA... C'est une avarie de disque dur. Nous sommes passés sur bande magnétique.

Ce qui signifiait que le système serait vingt fois plus lent et qu'un seul mode de visualisation serait disponible.

Pacino n'eut pas le temps de répondre.

« Chik ! Chik ! Pip ! Chick ! Chick ! Pip ! »

— *CO de sonar ; la Magnum effectue une mesure de distance !*

Pacino demeura silencieux.

Bahnhoff leva les yeux sur lui.

— La température de la DLA est de 75°C, nous allons la perdre très bientôt, commandant.

Mais Pacino devait attendre. La Magnum s'approchait toujours. La DLA tiendrait-elle jusqu'à ce que la torpille soit passée ? Plus important encore, le *Devilfish* s'en tirerait-il ?

La torpille Magnum, numéro de série 0011779, se propulsait dans l'eau glacée de l'Arctique grâce à un moteur à combustion externe. Le carburant et le comburant se mélangeaient dans une chambre de combustion et les gaz chauds étaient dirigés vers deux turbines actionnant les deux arbres d'hélices concentriques. La conception du moteur n'était pas récente mais elle était ingénieuse. Les hélices contrarotatives tournaient à la limite de la cavitation. La surface de la torpille, recouverte d'un enduit glissant, lui permettait d'atteindre 110 km/h, sa vitesse maximale de navigation. 110 km/h. La torpille la plus rapide au monde. Cependant, à cet instant, la Magnum avançait sous la glace à vitesse moyenne, à peine 70 km/h, pour améliorer la réception sonar. Elle aurait bien le temps d'accélérer ensuite, une fois le but localisé.

La Magnum commença par « écouter » alors qu'elle se dirigeait vers le point d'interception qui lui avait été indiqué par le *Kaliningrad* au moment du lancement. Une grande partie de sa mémoire était occupée par les signatures acoustiques des sous-marins nucléaires américains. Des enregistrements de chaque type de sous-marin avaient été recueillis, analysés puis chargés dans le calculateur de la torpille. Ultérieurement, la signature individuelle de chacun des sous-marins américains avait également été introduite. Les données correspondant au numéro de coque du *Devilfish,* SSN-666, avait été entrées quelques minutes auparavant. Les résultats de son dernier passage sur le polygone d'écoute avaient été dérobés par un agent placé chez DynaCorp International Sound Analysis Division et indiquaient que le SSN-666 présentait une légère anomalie par le travers quand les pompes primaires étaient en petite vitesse. A forte vitesse, les pompes étaient si bruyantes que la torpille n'avait besoin d'aucune donnée particulière.

Au bout d'un certain temps, la Magnum, n'ayant rien entendu, passa en mode actif. Elle continua à avancer, « pensant » que le SSN-666 se trouvait exactement sur son avant. Elle attendait d'en percevoir l'écho et la signature.

USS Devilfish

— Second, dispose la Hullcrusher du tube 1 en mode passif, grande vitesse, avec trajectoire résiduelle, entrée en phase de récupération après 10 000 mètres de parcours, dans l'azimut de l'Oméga. Mêmes réglages pour les torpilles des tubes 2, 3 et 4 avec récupération à 15 000 mètres pour la torpille du tube 2, 20 000 mètres pour le tube 3 et 25 000 mètres pour le tube 4.

Pacino parlait d'une voix posée, mais l'évocation

rapide, quelques instants auparavant, de la mort de son père lui laissait un goût amer dans la bouche.

— Commandant, demanda Rapier, tu es sûr que tu ne préfères pas une recherche sinueuse active ? En actif, avec le filtre Doppler, tu te débarrasserais des bruits de la glace. La recherche sinueuse permettrait de couvrir une zone incomparablement plus grande...

— Non, interrompit sèchement Pacino, se demandant comment Rapier trouvait le courage de discuter dans ces conditions, alors que le niveau des émissions sonar de la Magnum augmentait toujours davantage.

Pacino fixa les écrans de la DLA. La torpille en recherche sinueuse effectuait des zigzags en cap et en immersion, afin que son sonar explore une très large zone. Ce programme fonctionnait à merveille en eau libre, loin de tout obstacle. Pour attaquer sous la glace, Pacino avait choisi de faire rejoindre une zone d'attente à ses torpilles, puis de les faire tourner en cercle jusqu'à interception d'un but ou épuisement du carburant. Sans la moindre idée d'une solution sur le *Kaliningrad,* lancer en recherche sinueuse active ou passive n'avait aucun sens. La portion d'océan couverte par les torpilles serait bien trop petite pour avoir la moindre chance de faire but. Au moins, avec ces réglages, les torpilles écouteraient-elles sur tout l'horizon. Quant au programme actif, il n'était simplement pas envisageable. Les émissions des torpilles alerteraient immédiatement l'Oméga.

Avec un peu de chance, une des torpilles trouverait bien le *Kaliningrad.* La méthode n'offrait que peu de garanties de succès, mais, après tout, c'était quand même mieux que rien.

— Si tu lances quatre torpilles en mode actif, répondit Pacino à Rapier, la banquise entière va résonner des émissions sonar. Nous n'avons pas de solution, sans défilement ni vitesse. L'Oméga peut se trouver n'importe où dans cet azimut. Les cercles en passif sont notre seule chance. Vas-y, second, programme les torpilles, dépêche-toi !

— Bien, commandant, murmura Rapier.

Les impulsions sonar de la Magnum étaient maintenant audibles directement à travers la coque, sans l'aide d'aucun appareil. Leur niveau augmentait à chaque instant. « Pendant combien de temps cet engin allait-il continuer à se rapprocher ? », se demandait Pacino.

— Nous ne pouvons pas lancer avant que la Magnum ne soit passée en éloignement, ce qui signifierait qu'elle ne nous a pas détectés. Dans ce cas, j'ai l'intention de balancer tout ce que j'ai en soute.

Rapier acquiesça.

— *CO de sonar,* grésilla l'écouteur de Pacino, *nous avons perdu l'Oméga dans le bruit.*

Pacino et Rapier se regardèrent un long moment. Le Russe avait disparu. Les torpilles ne serviraient à rien, maintenant. Pacino continua, comme s'il n'avait pas entendu la nouvelle information.

Pacino dut élever la voix pour couvrir le bruit des émissions sonar et des hélices de la Magnum :

— Second, désactive le mur pour toutes les torpilles.

— Commandant, si tu désactives le mur, nos propres armes peuvent revenir sur nous et nous attaquer !

— Je sais, second, mais tu as entendu, nous n'avons même plus d'azimut sur l'Oméga. Il peut se trouver n'importe où. C'est le moment de prendre quelques risques...

Les deux hommes s'arrêtèrent un instant pour écouter le sifflement de la torpille à tête nucléaire qui fonçait vers eux.

L'opérateur de la table traçante avait le regard fixé sur les deux officiers. L'émission sonar de la Magnum lui vrilla un instant les oreilles et il tourna la tête vers bâbord, comme s'il pouvait apercevoir la torpille assaillante à travers la paroi d'acier de la coque épaisse.

La tonalité aiguë des impulsions sonar s'était graduellement faite plus grave. Le bruit des hélices, assourdi lui aussi, ne provenait plus de bâbord, mais de tribord.

Pacino regarda Rapier.

— Nous l'avons leurrée.

— On l'a baisée, ajouta Rapier, soudainement joyeux, se décontractant brusquement.

— *CO de sonar ; nous avons un Doppler bas sur la Magnum, elle a passé son GPA et s'éloigne.*

— Sonar, du commandant, dit Pacino dans le micro de l'interphone, pas de réaction de l'Oméga ?

— *CO, de sonar ; rien du tout, pas de contact...*

Le soulagement de Pacino fut de courte durée.

— Attention CO ! cria-t-il. Nous avons gagné un peu de temps, mais la Magnum peut revenir quand elle aura réalisé qu'elle s'est faite avoir. Je vais essayer de lancer quelques torpilles avant que la DLA ne surchauffe et ne nous lâche. Comme nous n'avons pas de solution sur le but, je ferai au mieux, à l'intuition.

Pacino, en sueur et excité par une forte décharge d'adrénaline, s'arrêta un instant et jeta un coup d'œil circulaire à ses officiers. Il se sentait flotter, dans un état second.

— Attention pour lancer tube 1... ordonna-t-il d'une voix basse et posée. Entrée en phase de récupération à 10 000 mètres du point de lancement, cercles en mode passif...

Le *Kaliningrad* n'avait pas pu obtenir une route précise du *Devilfish* avant de lancer la Magnum. La torpille était donc programmée pour remonter l'azimut et atteindre un point d'interception, là où devait se trouver son but, le sous-marin dont le numéro de coque était 666, environ dix minutes plus tard.

Le sonar de la Magnum passa en mode actif, émettant des impulsions acoustiques dans la mer et recueillant les échos pour détecter sa cible. Son logiciel avait été modifié pour tenir compte de l'environnement particulier de la banquise. En temps normal, la torpille se serait accrochée sur n'importe quel retour bien net, mais ici, sous la glace, les stalactites et les crêtes de pression renvoyaient également des échos semblables à ceux d'un sous-marin.

Pour distinguer les objets fixes de ceux en mouvement, le sonar de la Magnum appliquait un filtrage Doppler au signal reçu. Une impulsion qui revenait exactement à la fréquence à laquelle elle avait été émise était simplement ignorée. Seules les impulsions qui subissaient un changement de fréquence vers le haut ou vers le bas, signifiant qu'elles avaient été réfléchies par un objet en mouvement, étaient prises en compte par le traitement du signal. Si l'objet se rapprochait de la source des émissions, les ondes sonores apparaissaient comprimées et leur fréquence augmentait. Au contraire, la réflexion sur un objet en éloignement dilatait les ondes sonores, faisant baisser la fréquence. Ce phénomène était facilement observable au passage d'un train, par exemple, son sifflement paraissant aigu lorsqu'il se rapprochait pour descendre d'un ton à l'instant de son passage.

La torpille ne traitait donc pas les échos sonar ordinaires, qui n'étaient que de simples réflexions dues à la glace environnante, mais cherchait ceux dont la fréquence avait changé. Bizarrement, aucun signal ne franchit le filtre Doppler. Pas de décalage en fréquence. Rien que des faux échos causés par la glace environnante.

La torpille était embarrassée. Elle se trouvait maintenant à 17 kilomètres du *Kaliningrad* et devait avoir probablement dépassé son but, le SSN-666, sans le détecter. Le programme de la Magnum lui enjoignait de s'éloigner jusqu'à 20 kilomètres de son point de lancement et, si elle ne percevait aucun indice de présence de sa cible, de se retourner pour tenter une nouvelle fois de trouver sa cible sur le trajet retour. Mais en aucun cas elle ne devait s'approcher à moins de 10 kilomètres du point de lancement.

A 20 kilomètres, la Magnum renonça. Elle n'avait rien détecté. Il était temps pour elle de rebrousser chemin et d'aller exploser au hasard, dans la zone ou son but lui avait été indiqué par le *Kaliningrad.* Conformément à sa programmation, la torpille mit son gouvernail 5 degrés à droite et vira de 180 degrés en moins d'une minute, faisant maintenant cap à l'est, en route vers le point de lancement.

Après un trajet retour de 14,5 kilomètres sans aucune perception sur le but, la torpille arma sa tête nucléaire. Elle était, pour ainsi dire, résignée, sinon déçue. Cela aurait été bien plus réconfortant d'exploser à proximité de la coque du 666. Mais au moins, l'explosion à moins de 10 kilomètres du but lui causerait-il quelques dommages.

La Magnum ne pensait pas à ce qui lui arriverait après. Elle n'avait qu'un seul et unique but : atteindre la position qui lui avait été fixée et exploser. Ce qui se passerait plus tard n'était plus son problème.

USS Devilfish

La torpille Mark 50 Hullcrusher avait attendu longtemps dans le tube du *Devilfish.* Son gyroscope et son calculateur de guidage étaient en fonction depuis plus de deux heures maintenant, et le réservoir de carburant maintenu pressurisé. Elle avait été programmée pour attaquer l'Oméga dès que celui-ci avait été détecté, environ quinze minutes plus tôt. Toutes les deux ou trois minutes, la solution était actualisée.

La porte extérieure du tube était ouverte. L'interstice entre le tube et la torpille était plein d'eau de mer à la pression extérieure. Cette eau avait chauffé, sous l'effet de la chaleur produite par l'arme, mais la tête acoustique, logée dans le nez aplati, était froide, soumise à la température extérieure.

L'arme se prépara lorsqu'elle reçut un signal électrique particulier à travers son fil de guidage. Ce signal lui indiquait, outre la dernière solution sur le but, qu'elle allait être lancée dans la minute qui suivait.

La torpille était prête et attendait.

— Sous-marin paré, rendit compte Stokes.

— Solution parée, annonça Scott Brayton.

— Torpille parée, cria Bahnhoff.

Pacino s'arrêta un instant. C'était la première fois qu'il lançait sur un but sans en avoir une quelconque perception. En effet, il avait toutes les chances de rater son coup, en particulier sous la glace. Mais il valait bien mieux essayer de lancer, même dans ces conditions. Ce serait stupide de couler avec toutes les armes à bord. Pacino donna l'ordre.

— Lancez sur le dernier azimut sonar !

— *Paré,* dit Brayton, dc la console n° 2.

— Attention pour lancer, cria Bahnhoff.

— *Lancez !*

Une décharge d'adrénaline survolta Pacino.

— Feu !

Bahnhoff actionna le commutateur de lancement.

En l'absence des bruits de la ventilation et de la centrale inertielle de navigation, le lancement de la torpille parut encore plus violent que d'habitude. L'onde de pression sembla deux fois plus forte. Pacino bâilla pour soulager ses tympans malmenés. Le lancement d'une torpille de combat résonnait d'une façon toute particulière. Cette fois-là, c'était pour de vrai...

— Torpille partie tube 1, lancement normal, commandant, annonça Rapier.

— *CO de sonar, la torpille a démarré. Je l'ai à l'écoute.*

Un relais s'ouvrit sur le côté gauche de la torpille quand l'alimentation externe se coupa. L'arme était maintenant autonome, ne dépendant plus du tube ou du sous-marin lanceur. Les électrodes du détecteur de départ furent court-circuitées par l'eau de mer au moment de l'arrachement du prolongateur, provoquant l'armement de la première des nombreuses sécurités.

Durant un bref instant, la torpille perçut un bruit violent... de l'eau sous pression pénétrait par des lumières à l'arrière du tube, pour l'éjecter du sous-marin. L'arme subit une puissante accélération. L'écoulement des filets d'eau autour d'elle l'assourdissait complètement. Pourrait-elle détecter sa cible ?

Derrière la torpille, le fil de télécommande se déroulait à travers un orifice ménagé dans l'axe du propulseur ainsi que depuis une bobine restée dans le fond du tube du sous-marin. Le fil resterait immobile dans l'eau, ne subissant aucune traction, se déroulant par les deux bouts. Le sous-marin disposait d'une certaine longueur de fil, qui lui permettait de manœuvrer sans perdre le contrôle de l'engin. La torpille déposait derrière elle son propre fil, au fur et à mesure de son déplacement.

L'ensemble permettait de donner des ordres à l'arme, et en particulier de lui indiquer les changements de route du but. Il transmettait également les perceptions de la torpille au sous-marin lanceur. Celui-ci pouvait également détecter une rupture du fil, ce qui indiquait en général qu'elle avait atteint son but et explosé.

Une seconde sécurité s'effaça alors que le *Devilfish* s'éloignait rapidement sur l'arrière de la torpille. Un accéléromètre détecta le passage à trois g et ferma un relais, initiant l'inflammateur d'un petit générateur de gaz situé juste à côté de la chambre de combustion principale. Celle-ci monta en pression et atteignit la température d'auto-inflammation du carburant qui fut alors injecté et se mit à brûler, entraînant la turbine du moteur de l'arme. Elle accéléra ensuite jusqu'à la vitesse de transit.

— Attention pour lancer tube 2, cria Pacino, entrée en phase de récupération à 15 000 mètres, cercles à plat, mode passif, sécurité anti-retour désactivée, mur désactivé.

— Sous-marin paré, rendit compte Stokes.

— Solution parée, annonça Brayton.

— Torpille parée, cria Bahnhoff.

— Lancez sur le dernier azimut sonar ! ordonna Pacino.

— Paré, dit Stokes.

— Attention pour lancer, cria Bahnhoff.

— Lancez ! ordonna Pacino

— Merde ! souffla Bahnhoff, d'une voix blanche. Nous avons perdu la DLA.

Les trois consoles de la direction de lancement des armes Mark 1 s'étaient éteintes.

Il sembla soudain à Pacino que le PCNO se mettait à bouillir, sans doute sous l'effet de la chaleur résiduelle de l'arrière et de celle que dégageaient les hommes au poste de combat. D'un revers de main, il essuya la sueur qui coulait de son front.

Rapier retira son écouteur. Il était inutile de s'inquiéter des graphiques et du sonar, à présent.

— Voilà, c'est fini, commandant, sauf si tu décides de redémarrer le réacteur.

— Où en est la batterie ? lui demanda Pacino.

Rapier décrocha un téléphone.

— Chef, combien de temps encore dans la batterie ?

Rapier écouta la réponse et raccrocha, le visage fermé.

— Dix minutes, commandant. Il est probablement déjà trop tard pour redémarrer le réacteur.

Pacino regarda dans le vide.

— Eh bien ? demanda Rapier.

— Eh bien ! quoi ? répondit Pacino tranquillement.

— Vas-tu te décider à faire diverger ce satané réacteur, oui ou non ?

Pacino secoua la tête.

— Pas encore, second. Reste tranquille.

Rapier allait parler, mais il se ravisa.

Océan Atlantique
40 nautiques à l'est de Norfolk, Virginie

Le missile de croisière à charge nucléaire SSN-X-27 volait à un peu moins de 800 km/h. La mer défilait sous les ailes de l'engin, sa faible altitude accentuant l'impression de grande vitesse. Le missile calculait. Dans quelques minutes, il serait à la verticale des plages de Virginia Beach. A l'horizon, on apercevait les lumières des hôtels, des restaurants, de la promenade du bord de mer. Il était pourtant environ quatre heures du matin, en ce dimanche de décembre.

Le missile fit un point à l'aide des étoiles visibles dans le ciel et s'estima un tout petit peu trop au sud. Il exécuta les corrections nécessaires. La trajectoire, cette fois, était parfaite.

Encore 7 kilomètres jusqu'à la plage. Il était temps de commencer la séquence d'armement. Après un contrôle complet du système, le missile fit tourner une épaisse plaque d'acier, alignant deux orifices. Le détonateur se trouvait maintenant en face de la charge relais, destinée à transmettre l'explosion aux six charges principales de trinitrotoluène.

A une altitude de 10 mètres, le missile survola la plage de Virginia Beach, à 35 kilomètres de la base navale de Norfolk et des trente-sept bâtiments de COMSUBLANT et de CINCLANTFLEET.

Pendant ce temps, son fuselage était balayé par les impulsions électromagnétiques de l'avion de guerre électronique EA-6B, 15 nautiques derrière lui.

Norfolk, Virginie
Etat-major de COMSUBLANT

L'amiral Richard Donchez sentit une main sur son épaule.

— Amiral, nous avons une urgence, réveillez-vous. Donchez regarda sa montre. Dimanche matin, un peu après quatre heures. Il avait somnolé dans la salle de briefing, depuis deux heures du matin. Il ne s'était pas senti aussi fatigué depuis qu'il avait commandé le *Piranha,* bien des années auparavant.

Malgré la promesse qu'il s'était faite à lui-même, il n'avait pas quitté la salle de situation. Il avait même décidé de s'installer à l'état-major pendant tout le week-end. Il assumait également les fonctions d'OGP, officier général de permanence, puisqu'il était le seul officier général présent sur la base en ce dimanche matin. Il représentait COMAIRLANT, COMSURFLANT et CINCLANTFLEET.

Il leva les yeux et aperçut de nombreuses personnes autour de lui : l'officier de quart, le capitaine de corvette Kodiak, un jeune indien Cherokee ; à sa gauche, le lieutenant de vaisseau Vinny Bentson, un officier des services de renseignement ; sur la droite de Kodiak, le maître principal Ron Carter, un spécialiste des transmissions et le chef de l'équipe de quart.

— Que se passe-t-il ? demanda Donchez à Kodiak.

— Amiral, nous venons de recevoir un message Flash du *Billfish* qui se trouve 155 nautiques dans le 0-9-0 de Norfolk. Ce message est un OPREP-3 PINNACLE. Le *Billfish* a lancé sur un sous-marin russe type Akula après qu'il ait tiré un missile de croisière. L'Akula est par le fond, mais le missile est toujours en vol. L'objectif probable est Norfolk, il est pour nous, amiral. Le missile est un SSN-X-27 qui emporte une bombe à hydrogène d'une puissance d'une mégatonne.

Donchez luttait pour reprendre pied. Le missile assaillant était évidemment un missile de combat, les Russes ne prendraient jamais de tels risques pour lancer simplement un missile d'exercice. Tout était de sa faute. De sa faute. S'il s'était montré un peu plus persuasif, un peu plus décidé avec l'amiral McGee... Son regard revint sur Kodiak et trente ans d'entraînement lui permirent de se ressaisir. Il réagit d'une façon presque automatique.

— Kodiak, demanda-t-il rapidement, vous m'avez parlé de combien de missiles ?

— Un seul, amiral, objectif Norfolk.

— La Maison-Blanche et le Pentagone sont-ils au courant ?

— Affirmatif, nous avons leurs accusés de réception.

Donchez tentait de mettre rapidement de l'ordre dans ses idées. Ce missile annonçait probablement une attaque coordonnée de plus grande envergure. Ou peut-être même une frappe délibérément non coordonnée. « Lancez sitôt paré. » Donchez jeta un coup d'œil à la carte de l'Atlantique où clignotaient les X rouges.

— Kodiak, appelez l'officier de suppléance de COMAIRLANT et faites décoller d'urgence un avion de guerre électronique EA-6 et un avion radar Hawkeye, s'il y en a un de disponible. Je me fiche de savoir s'il est à terre ou dans le proche Atlantique, nous avons besoin d'une surveillance radar si d'autres missiles sont lancés contre nous. Faites décoller d'urgence autant de chasseurs qu'ils peuvent en mettre en l'air. La menace immédiate est le missile assaillant signalé par le *Billfish*. Descendons celui-ci d'abord et nous nous occuperons des autres après, s'il y en a. Allez, vite !

Kodiak se précipita vers le téléphone protégé.

— Bentson, aboya Donchez, ouvrez le coffre. Trouvez-moi l'authentification du jour. Faites passer les sous-marins au stade d'alerte maximale, DEFCON ONE[1].

Bentson partit en courant, attrapant au passage un autre officier qui possédait la seconde combinaison du coffre.

— Maître principal, dit Donchez à Carter, envoyez un message à tous les sous-marins à la mer : « Vous demande veiller à l'apparition de transitoires de lancement. En cas de lancement présumé, vous avez ordre de couler votre contact. » Envoyez un message Flash à l'*Allentown* au large de Severomorsk. Dites-lui de rester en permanence en immersion périscopique, en réception satellite. Dites-lui également de se préparer à lancer une salve de douze missiles de croisière Javelot.

Carter relut ses notes, reçut l'approbation de Donchez et disparut.

Donchez décrocha un téléphone protégé et demanda à l'opérateur de le mettre en communication avec la salle de situation, au sous-sol de la Maison-Blanche. Il rendit compte des détails des dispositions qu'il venait de prendre, les fit collationner pour être sûr que le Président serait bien informé, raccrocha et appela l'amiral McGee.

Trente secondes plus tard, Donchez faisait décoller un hélicoptère en direction de la maison de l'amiral McGee.

— Combien de temps depuis le lancement ? demanda Donchez.

— Quatre minutes, amiral.

— Avons-nous déjà des avions en l'air ?

Kodiak avait un combiné téléphonique collé à l'oreille.

1. A ce stade d'alerte, les armées doivent être prêtes à répondre immédiatement à toute agression, ou à mener des actions offensives. Cette situation n'est normalement prise qu'en temps de guerre *(N.d.T.)*.

— L'*Enterprise* avait un EA-6B en alerte. Les ordres permanents de l'amiral McGee. Il vient de décoller et se trouve à peu près 250 nautiques au nord-est. Il devrait annoncer un contact radar sur le missile incessamment.

— O.K. ! Tout cela est bien joli, mais ça ne servira à rien si nous n'avons pas de chasseur pour descendre cette saloperie d'engin.

— Amiral, nous avons un F-14 qui était en entraînement à l'appontage de nuit sur la base aéronavale d'Oceana.

— Bien.

— Il faut l'armer, le F-14 roule en ce moment même sur la piste d'Oceana et les armuriers de service vont lui monter des missiles Mangouste, à autodirecteur infrarouge. Il devrait être paré dans une minute ou deux.

— Nom de Dieu, Kodiak, dites-leur de se dépêcher. Ce missile arrive à plus de 900 km/h, il nous reste neuf minutes, dix au maximum.

— Oui, amiral, je suis en contact avec la tour de contrôle d'Oceana.

Le maître principal Carter appela Donchez depuis le fond de la pièce.

— Excusez-moi, amiral, vous avez le Président au téléphone sur la ligne protégée n° 2.

Avant de décrocher le combiné, il donna un autre ordre à Kodiak.

— Kodiak, faites-moi décoller ce foutu F-14. Il est notre seule chance.

— Ici Donchez, monsieur le Président...

Moscou
Le Kremlin
Salle de conférence du président de la Russie

Le colonel Dretzski avait imaginé un plan en cas d'échec de Novskoy. Un seul missile avait été lancé et le reste des bâtiments déployés avaient apparemment décidé de ne pas faire feu. Le plan de Novskoy ne semblait pas se dérouler comme prévu. Dretzski décida de placer ses pions auprès du Président. Il fallait maintenant faire le maximum pour empêcher une frappe de représailles contre son pays.

Dretzski se demanda ce qui avait bien pu se passer, pourquoi Novskoy avait décidé de lancer au lieu de faire chanter les deux superpuissances, comme il l'avait promis. De plus, puisqu'il avait décidé d'attaquer, pourquoi la Flotte avait-elle refusé de lancer ? Et pourquoi ce missile unique ? S'agissait-il d'un problème de transmissions ? Quelle ironie, si la cause de l'échec du chef-d'œuvre de Novskoy n'était qu'un simple circuit électronique défectueux !

Dretzski était affecté à Yasenevo, l'endroit où l'on recevait les photographies des satellites de reconnaissance. Il avait passé tout le week-end là-bas, somnolant entre deux passages de satellites, se faisant réveiller à chaque survol de la côte Est des Etats-Unis.

La salle de conférence dans laquelle il se trouvait n'était pas aussi spartiate que celle du premier directoire du KGB. La cheminée était assez grande pour y rôtir un cochon entier. Un feu de bois y crépitait et chauffait la pièce. Une splendide table d'acajou très longue, autour de laquelle étaient disposés de profonds fauteuils en cuir, en occupait le centre. Le plafond élevé était rehaussé d'or, et les murs recouverts de boiseries sculptées. Le mobilier somptueux semblait dater de l'époque de la grande Catherine.

Dretzski s'assit en bout de table, près du Président. De l'autre côté, se tenaient le général Pallin, chef du premier directoire du KGB, qui paraissait sur le point d'assassiner Dretzski et M. Maksoy, le directeur central du KGB, l'air absent, comme d'habitude.

L'amiral Barisov, curieusement, était assis du même côté que Dretzski, ainsi que Fasimov, le ministre de la Défense. Le ministre des Affaires étrangères, Kirova, n'était pas là. Voilà pourtant une réunion qu'il ne fallait pas manquer ! pensa Dretzski.

Le colonel commença.

— Je vous prie de m'excuser, monsieur le Président, et il se tourna vers Yulenski, mais nous devons faire face à une situation d'extrême urgence. Il y a à peine quelques minutes, en surveillant le déploiement de l'amiral Novskoy, notre satellite a détecté en infrarouge le lancement d'un missile de croisière au large des côtes de Norfolk, en Virginie, Etats-Unis d'Amérique...

Dretzski s'arrêta un instant. Toute l'attention des participants lui était maintenant acquise.

— Dretzski, dit le Président, soudainement tendu, êtes-vous en train de me dire qu'il s'agit d'un accident ? Que quelqu'un a accidentellement lancé un missile ?

— C'est bien cela, monsieur le Président.

— Un missile d'exercice, certainement, dit Maksoy sortant de sa torpeur. Nous avons détruit nos missiles de combat, les Nations unies en ont été témoin.

— C'est également ce que nous pensions, répondit Dretzski.

Le Président finirait rapidement par savoir ce que Novskoy avait mijoté. Le plan de l'amiral était maintenant définitivement condamné... Il était sans doute préférable pour Ivan Ivanovitch Dretzski qu'ils apprennent la vérité de sa bouche. Il jouerait le héros vertueux qui vient de découvrir une conspiration... C'est sûr, il ne serait pas très populaire, mais au moins, il devrait pouvoir éviter la prison ou le passage par les armes.

— Juste après notre dernière réunion, continua-t-il, j'ai demandé à une équipe du premier directoire de vérifier les sites de destruction des missiles SSN-X-27, ceux que nous avons montrés aux experts des Nations unies.

— Et alors ? s'enquit le Président.

— Nous avons découvert que les têtes détruites, en fait, ne contenaient pas de plutonium. La matière fissile avait été remplacée par de l'argile, à laquelle avaient été ajoutés des radio-éléments émetteurs alpha, pour donner le change. Les propulseurs à poudre avaient également été substitués, mais présentaient le même aspect, la même couleur et la même consistance que les vrais blocs. Le chef de l'équipe d'inspection a tiré au pistolet dans un de ces propulseurs. Il aurait dû lui exploser à la figure et le tuer instantanément. Au lieu de cela, il ne s'est rien passé... Il vient d'en rendre compte voici quelques minutes, malheureusement au moment du lancement du missile de croisière.

— Mais alors, où se trouvent les missiles de combat ? interrompit l'amiral Barisov.

— A bord des sous-marins nucléaires d'attaque de la Flotte du Nord. En ce moment même, ces cent vingt sous-marins sont en patrouille à des positions d'attente, à moins de 200 kilomètres au large de la côte des Etats-Unis.

— Tout cela est-il aussi grave que je le crois ? demanda le Président, tendu, le visage congestionné.

— Cela signifie, monsieur le Président, que la Flotte de l'amiral Alexis Novskoy est armée de missiles de croisière antiterre à charge nucléaire SSN-X-27 de combat, et que celui-ci a l'intention d'attaquer l'Est des Etats-Unis d'Amérique...

Le Président en resta muet de saisissement et Dretzski se demanda un instant s'il ne commençait pas une crise cardiaque. Il sembla se reprendre et demanda conseil aux participants. Dretzski était prêt.

— Monsieur le Président, je vous propose d'appeler votre homologue américain sur le téléphone rouge. Dites-lui que vous avez été trompé, ce qui n'est que la vérité. Parlez-lui des armes nucléaires de Novskoy. Suggérez-lui de couler les sous-marins de la Flotte du Nord, pour notre salut à tous. Je recommande fermement de ne pas envoyer nos bâtiments ou nos avions dans la zone. Les Américains prendraient sans doute cela pour une provocation ou une menace supplémentaire. Je vous propose enfin d'envoyer un message à la Flotte, disant que Novskoy s'est rendu coupable de crimes contre l'humanité et qu'ils ne doivent exécuter aucun ordre de lancement. Ils doivent également faire surface et rentrer à leurs bases.

Le Président, sans un mot, fit signe à Fasimov et à l'amiral Barisov de le suivre et se précipita hors de la salle de conférence, en direction du centre de télécommunications.

« Ils n'exécutent pas toujours le porteur de mauvaises nouvelles », pensa Dretzski.

Mer de Barents
10 nautiques au large du complexe naval de Severomorsk
USS Allentown

Le capitaine de frégate Henry Duckett lut le message OPREP-3 de COMSUBLANT, qui demandait à l'*Allentown* de se préparer à lancer, puis le tendit à l'officier de quart qui le parcourut et en resta abasourdi.

— Rappelez au poste de combat, dit Duckett, se demandant si tout cela était bien réel et essayant de ne pas penser.

L'officier de quart, le lieutenant de vaisseau William Mills, démarra l'installation de lancement et appela la page écran permettant de désigner son objectif au missile du tube 1, puis passa au tube 2 et prépara ainsi tous les missiles, jusqu'à celui du tube 12.

Leur position de lancement se trouvait à 10 nautiques au large d'une base navale russe majeure. Dès le tir du premier missile, un radar les localiserait et un avion, un escorteur ou un croiseur, viendrait les réduire en bouillie, pensa Mills. Il semblait bien que l'*Allentown* soit soudain devenu un pion que l'on pouvait sacrifier.

19

Dimanche 19 décembre
09 h 31 GMT

Virginia Beach, Virginie
Base aéronautique navale de Oceana

Le capitaine de corvette Todd Nikels ajusta la lanière de son masque à oxygène sur son casque. Les armuriers terminaient à l'instant le chargement des missiles air-air infrarouge Mangouste. Ils n'avaient eu le temps d'embarquer que deux missiles, un sous chaque aile du chasseur supersonique F-14. Nikels fit signe aux armuriers de s'écarter et poussa la manette des gaz à mi-course. Les deux turboréacteurs avaient tourné au ralenti pendant tout le chargement des missiles, en violation flagrante des procédures standard de la marine. Mais, après tout, il s'agissait d'un cas de force majeure.

— Tour de contrôle Oceana de Valley Forge, dit Nikels dans sa radio, je roule vers la piste 0-8. Demande autorisation de décoller et un vecteur vers le nord-ouest.

— *Valley Forge, autorisation de décoller piste 0-8, vecteur de montée 3-2-5.*

Nikels frôla l'imprudence pour atteindre la piste. Son F-14 n'avait jamais roulé aussi vite, mais il ne lui restait que quelques minutes, voire même quelques secondes.

Derrière Nikels, le lieutenant de vaisseau Brad Tollson, le RIO[1], était chargé de la navigation et des armes. Sa dernière affectation avait été l'école des pilotes d'essais de Pax River, concurrente de Top Gun, dont Nikels était lui-même fraîchement sorti. Les deux jeunes diplômés pensaient chacun représenter un « Don de Dieu » à l'aviation. En temps normal, les deux pilotes d'un F-14 constituaient l'équipe la plus soudée que l'on puisse trouver dans la marine. Mais Nikels n'avait pas encore pu cerner l'impénétrable Tollson.

Le balisage de la piste s'alignait maintenant devant le F-14 de Nikels et semblait l'inviter à se précipiter vers le ciel. Il poussa la manette des gaz à fond, enclencha la pleine postcombustion et commença à dévaler la piste. Il sentit l'accélération le coller à son siège au moment où les deux gros turboréacteurs atteignaient leur pleine poussée.

L'aiguille du badin marqua enfin 170 nœuds et Nikels tira doucement sur le manche, donnant aux ailes juste assez de portance pour soulever le chasseur du béton. D'un seul mouvement de la main gauche, il rentra le train et les volets. Une fois en configuration lisse, le chasseur accéléra brutalement jusqu'à 300 nœuds. Il vira à gauche avec trois g d'accélération et prit pour cap le point d'interception du missile de croisière. Dans son casque, il entendait Tollson discuter avec l'avion radar EA-6B, lui donnant une nouvelle route de rapprochement vers le missile.

A une altitude de 100 pieds, Nikels fit pivoter les ailes du F-14 vers l'arrière et passa le mur du son. La moitié des vitres de Virginia Beach explosèrent sous l'effet du double bang. Nikels se fichait éperdument du verre brisé !

1. Radar Intercept Officer *(N.d.T.)*.

Océan Glacial Arctique
Sous la calotte polaire
FS Kaliningrad

Le capitaine de corvette Vladimir Ivanov fixait l'amiral Novskoy. Il aurait largement préféré que Vlasenko soit en ce moment au PCNO, plutôt qu'aux arrêts.

— Amiral, commença Ivanov, nous devons continuer vers l'est. Il ne faut pas ramener le *Kaliningrad* dans le rayon dangereux de l'explosion de la Magnum.

Novskoy se sentit soudain très fatigué. S'il ne pouvait pas revenir à la polynia et transmettre le mot-code d'exécution d'une façon ou d'une autre, son plan échouerait. Il était peut-être déjà trop tard. Si un sous-marin américain était venu le chercher jusqu'ici, qu'était-il arrivé aux autres bâtiments de sa Flotte ? Et maintenant, cet imbécile d'Ivanov voulait fuir !

— Des hommes sont en train de mourir, nos camarades sous-mariniers, lui dit Novskoy. La totalité de la Flotte du Nord est au large des côtes américaines. Je dois les prévenir. Je suis certain que les Américains leur donnent la chasse en ce moment même. Nous devons retourner à la polynia, nous devons absolument revenir vers l'ouest.

— Amiral, l'explosion de la Magnum va nous réduire en miettes, nous devons continuer à nous éloigner.

— Non, dit Novskoy, montrant le graphique affiché sur la DLA. Regardez, la Magnum a dépassé le point d'interception prévu depuis plus de deux minutes. S'est-elle retournée ?

Ivanov se pencha sur la DLA.

— Non, elle est toujours stable au cap 2-8-0.

— Et le point d'impact théorique est dépassé depuis plus de deux minutes...

— Bien sûr, amiral, soit la torpille est en chasse du sous-marin américain, soit elle a perdu son but.

— Elle est accrochée, Ivanov. L'Américain est plus rapide que nous le pensions, voilà tout. Il doit également être équipé d'un système d'injection de polymères.

— Mais, amiral, la Magnum pourrait simplement l'avoir perdu et continuer dans l'azimut, comme il est prévu qu'elle le fasse.

— Non, vous avez entendu l'Américain quand il a fui après la collision. Il faisait autant de bruit qu'un train de marchandises au galop. Vous avez entendu ses pompes primaires passer en grande vitesse. Et, rappelez-moi, il était bien à sa vitesse maximale, lorsque vous avez lancé la Magnum ?

— En effet.

— Alors, au nom du ciel, pourquoi ralentirait-il ou stopperait-il avec une torpille nucléaire aux fesses ?

— Mais, amiral, s'il avait tout arrêté à bord et était devenu complètement silencieux ?

— Ce n'est pas une tactique américaine.

Novskoy était également pédant. Autrefois, il avait enseigné dans les écoles de la marine.

— Que feriez-vous, vous, Ivanov, si vous étiez le commandant de ce sous-marin américain ?

— Je fuirais à toute allure, certainement.

— Correct. La Magnum est accrochée et ce sous-marin américain est en fuite. Revenez vers l'ouest. Si le Yankee court, la Magnum le poursuit et la zone dangereuse de l'explosion sera beaucoup plus à l'ouest que la polynia. Ramenez-moi là-bas, que je puisse transmettre mon message à la Flotte.

— Bien, amiral, dit Ivanov vaincu. A droite 5, venir au 2-7-0.

Le central accusa réception de l'ordre et les 60 000 tonnes du sous-marin nucléaire d'attaque russe commencèrent à venir lentement par la droite en direction de l'ouest, vers la polynia, afin de transmettre le mot-code de l'amiral Novskoy.

Bien que Vlasenko ait passé une demi-heure dans la sphère de sauvetage en titane, la température à l'intérieur restait toujours en dessous de zéro. Depuis la collision, il s'était assis sur un banc de bois, observant sa respiration se condenser en un nuage de vapeur dans l'air glacé, essayant d'imaginer la situation à bord, sans autres éléments que les bruits qu'il percevait. La collision devait s'expliquer par le fait que le sous-marin américain les avait pistés. Mais avait-il pu éviter l'envoi du message criminel de Novskoy ?

Vlasenko avait senti la coque frémir sous l'effet d'une accélération. Quelques minutes plus tard, il entendit le bruit caractéristique d'un lancement de torpille. Le bâtiment avait pris de la gîte sur tribord, puis sur bâbord, dans une giration serrée sur la droite. La coque avait de nouveau vibré sous l'effet de la vitesse, puis tout était redevenu calme. Le système d'injection de polymère amortissait les vibrations hydrodynamiques dues à l'écoulement de l'eau sur la coque.

Il semblait clair que Novskoy avait lancé une arme sur l'intrus, puis avait accéléré à fond... L'arme devait être une Magnum. Une torpille à charge conventionnelle ne pouvait pas provoquer d'avaries au sous-marin lanceur, mais une Magnum pouvait les envoyer par le fond s'ils se trouvaient à moins de 20 kilomètres du point d'explosion. Etrangement, pourtant, quelques minutes plus tard, le bâtiment avait de nouveau ralenti et pris de la gîte, probablement à cause d'une giration. Cela n'avait aucun sens, il n'avait pas perçu l'onde de choc de l'explosion de la Magnum ! Après tout, ce n'était peut-être pas une Magnum... Vlasenko détestait cette situation : de commandant, il était devenu simple passager clandestin dans cette sphère de sauvetage, privé de toute information utile à un moment crucial.

Il essaya de se distraire en calculant mentalement

la quantité d'air contenue dans la sphère et sa propre consommation d'oxygène. Il estimait avoir suffisamment d'air pour douze à vingt-quatre heures, selon son activité.

Il avait également réalisé qu'il ne vivrait pas la moitié de ce temps... Le froid lui enlevait toute résistance, à la fois physique et mentale. C'était extrêmement pénible. Il sentait la circulation sanguine ralentir dans les jambes et les bras, ses orteils étaient déjà insensibles, ainsi que le bout de ses doigts. Ses oreilles brûlaient sous la morsure du froid et l'air glacé lui desséchait les narines. Il souffrait... Combien de temps encore pourrait-il supporter tout cela ?

La torpille Mark 50 Hullcrusher « sentit » la poussée de son propulseur. Elle n'avait jamais fonctionné sur alimentation interne auparavant, ayant simplement été passée au banc-test.

Obéissant à sa programmation, elle commença à mesurer la distance du point de lancement en comptant le nombre de tours de la ligne d'arbre de son propulseur, de façon à savoir quand commencer la trajectoire circulaire de récupération.

Sept minutes après le lancement, la torpille atteignit le point qui lui avait été fixé et réduisit sa vitesse en commençant un cercle à plat par la gauche. Tout en tournant, elle écoutait les informations fournies par son sonar passif.

Rien dans le nord.

Rien dans l'ouest.

La torpille continua sa giration.

Rien dans le sud.

Elle se prépara alors pour une longue série de cercles à petite vitesse, avant de trouver son but.

Deux minutes après qu'Ivanov ait ordonné la giration, le sous-marin était revenu en route à l'ouest.

Quand le *Kaliningrad* arriva à proximité de la polynia, il commença à réduire son allure. Pendant tout le transit, Ivanov surveilla la Magnum qui continuait à s'éloigner dans l'ouest, et se trouvait maintenant à plus de 20 kilomètres.

C'est cet instant que la Magnum choisit pour se retourner, cap à l'est, conformément à son programme, et pour faire route vers le *Kaliningrad*. Personne à bord n'entendit ou ne détecta le retournement de la Magnum. Parce qu'au même instant, l'Oméga entrait dans le cône de recherche de l'autodirecteur d'une torpille américaine.

La torpille Hullcrusher cerclant à 5 nautiques de son lanceur, le *Devilfish,* entendit un grand bruit, azimut 1-3-0, provenant probablement d'un sous-marin.

La torpille rechercha des instructions dans les lignes de code de son programme. Le premier ordre qu'elle trouva lui enjoignit de virer en direction du bruit et de faire de petits zigzags. Elle obéit à ses instructions. Le bruit passa de droite à gauche de son axe, puis de gauche à droite, identifiant ainsi la source sonore comme un but valide se trouvant droit devant elle.

Le second ordre lui demandait de rendre compte au lanceur qu'elle avait détecté son but, et l'arme, docile, émit le signal convenu dans son fil de télécommande.

Le troisième ordre lui demandait d'accélérer jusqu'à 50 nœuds. Le propulseur monta en régime, et elle atteignit rapidement la vitesse demandée. Le but se trouvait exactement sur son avant.

La torpille exécuta la séquence d'armement de sa charge militaire et mit en fonction le détecteur de champ magnétique qui lui indiquerait la proximité d'une coque métallique. Elle n'avait plus longtemps à attendre. Dans quelques secondes, sa mission serait terminée.

Exactement en gisement zéro, le but se rapprochait rapidement, mais il se mit à défiler si vite qu'il disparut soudain.

La torpille mit son gouvernail tout à droite, la force d'inertie poussant le carburant sur le côté gauche du réservoir, désamorçant pratiquement la pompe de gavage. Quelques instants plus tard, sur l'avant, elle reprit le bruit du propulseur du but. Le bâtiment allait vite, mais ralentissait. La distance diminuait.

Plus près, en rapprochement.

Encore plus près.

La torpille vit bientôt passer le propulseur du *Kaliningrad* juste au-dessus d'elle et s'estima alors sous le milieu de la coque. Elle surveillait son détecteur magnétique de proximité qui ressentait la présence de l'acier comme une série de chatouillements électriques. En quelques fractions de seconde, une séquence d'actions automatiques se déclencha.

Les détonateurs explosèrent et communiquèrent l'inflammation aux 300 kilos d'explosif brisant contenus dans la charge militaire. La torpille se transforma en une boule de feu colossale et sa conscience s'évanouit.

L'explosion était orientée dans la direction exacte du maximum de flux magnétique, focalisant 90 % de l'énergie délivrée en direction de la coque de l'ennemi. Hormis sans doute une torpille à charge nucléaire, cette focalisation était la meilleure solution pour causer de sérieux dommages à un sous-marin à double coque, et peut-être même la seule.

La boule de feu provoquée par l'explosion fit fondre l'acier de la coque extérieure au droit de la tranche B, exactement au milieu de l'Oméga, perforant un trou de 5 mètres de diamètre. Les batteries extérieures étaient logées dans l'espace annulaire entre les deux coques et absorbèrent une partie de l'énergie de l'explosion. Elles furent réduites à l'état de plaques planes, qui se brisèrent en miettes.

L'onde de choc atteignit alors la coque épaisse, frappant en premier les couples extérieurs qui la renforçaient. Quatre couples fluèrent, flambèrent et se brisèrent, déchirant la feuille de titane constituant le bordé auquel ils étaient soudés, laissant une brèche béante, de forme ovale, d'une longueur maximale de 2,40 mètres. L'onde de choc repoussa le titane et pénétra le *Kaliningrad* dans la soute à gazole prévue pour alimenter le diesel de secours. La tranche B se trouvait juste sur l'arrière du compartiment réacteur, et le gazole servait également à absorber les radiations nucléaires, créant un écran entre le compartiment machine et le cœur.

Vu de l'extérieur, les dommages causés par la torpille Mark 50 Hullcrusher, la fierté de COMSUBLANT et de l'industriel DynaCorp International Underwater Systems Division, se résumaient à peu de choses. Une batterie d'accumulateurs détruite et une fuite de gazole. Mais l'important était ce qui se passait à l'intérieur de la coque épaisse.

FS Kaliningrad

L'onde de choc créée par la torpille américaine avait sérieusement ébranlé le bâtiment.

— Qu'est-ce que c'était ? demanda Ivanov.

— J'ai entendu une explosion, dit Chekechev.

— Sonar, rendez compte ! aboya Novskoy.

— Le sonar est planté, amiral ! La DLA également. Les télécommunications et la navigation fonctionnent encore. Il est probable que les ordinateurs de la tranche B sont en avarie. Cela signifie que nous ne pouvons plus lancer d'armes !

Novskoy fit un arrêt-marche sur le disjoncteur principal alimentant le sonar et la DLA. Sans succès, les consoles restaient sans vie.

Et sans sonar ni système de combat, le *Kaliningrad* n'était plus une plate-forme offensive. Il n'était plus capable de détecter, de pister et d'engager le sous-marin américain. Mais il pouvait décemment espérer que l'Américain serait par le fond d'ici peu de temps, la Magnum lui permettant de prendre sa revanche. Elle avait du carburant pour soixante à quatre-vingt-dix minutes de chasse, et n'avait été lancée que depuis vingt-trois minutes. Mais sans sonar ni DLA, pensait Novskoy, il serait difficile de rentrer à Severomorsk. Au moins, la console des transmissions fonctionnait encore. Il n'avait qu'à atteindre la polynia pour transmettre l'ordre d'attaque...

Sans sonar, il n'avait plus aucun moyen de se rendre compte que la Magnum s'était retournée et faisait maintenant cap sur un point situé à environ 8 kilomètres à l'est de la polynia.

Ivanov jeta un coup d'œil sur Novskoy, un téléphone à la main.

— Les circuits radio sont intacts, amiral. Une fois dans la polynia, nous serons encore capables de transmettre votre message.

Novskoy approuva d'un signe de tête.

— Je voulais faire implanter tous les ordinateurs dans la tranche F, à l'avant, mais Vlasenko insistait pour que les différents systèmes soient répartis. Si les quatre calculateurs avaient été à l'avant comme je l'avais projeté, le bâtiment aurait conservé ses pleines capacités.

— Pas tout à fait, amiral, dit Ivanov en vérifiant le tableau d'avaries, la soute à gazole de la tranche B est en communication avec la mer. La coque épaisse est endommagée sur plus de la moitié de sa circonférence. Une autre explosion comme celle-ci et nous serions coupés en deux.

— Il n'y aura pas d'autre explosion. La Magnum va résoudre le problème des Américains, et très bientôt.

— J'aimerais que nous ayons notre sonar, amiral. Sans lui nous devrons estimer les contours de la polynia. Nous n'avons également aucun moyen de savoir si la Magnum s'est retournée vers nous.

— Nous trouverons la polynia, déclara Novskoy

péremptoirement, et la Magnum trouvera les Américains.

Le *Kaliningrad* poursuivait sa route vers l'ouest, approchant de la crête de pression qui marquait l'extrémité est de l'ovale de la polynia.

Norfolk, Virginie
Altitude 30 mètres

Le capitaine de corvette Todd Nikels imprima au F-14 un dernier virage à 5 g et grogna sous le facteur de charge, alors que l'avion prenait le vecteur d'interception vers le missile de croisière SSN-X-27.

— Quinze secondes jusqu'à l'interception, annonça Tollson. Oui, c'est bon, contact radar, je suis sur échelle 5 nautiques, vas-y, rapproche-toi de cette saloperie, sa vitesse est à peine de 600 nœuds.

Nikels arma ses missiles infrarouges Mangouste et retint sa respiration, attendant que Tollson lui annonce leur arrivée au point de lancement. Dans la pénombre du petit matin, il ne chercha pas le contact visuel avec l'objectif.

— Distance... 1,5 nautique... viens de 5 degrés sur la gauche... C'est bon. Attention... Feu !

Nikels appuya sur le bouton de son manche et sentit le tressaillement du F-14 lorsque le propulseur du missile Mangouste s'alluma et que celui-ci quitta son rail, sous l'aile gauche, en direction de son objectif. Momentanément aveuglé, Nikels cligna rapidement des yeux en annonçant à Tollson par l'interphone :

— Missile 1 parti.

— Bien reçu, répondit Tollson, attention pour lancer le 2... Feu !

Nikels appuya une seconde fois sur le bouton et la nuit s'illumina à nouveau de la lueur de départ d'un missile Mangouste. Cette fois, le pilote avait fermé les yeux pour conserver sa vision nocturne et pouvoir suivre le missile jusqu'à l'impact.

— Missile 2 parti. La poursuite est-elle accrochée ?

— O.K. ! poursuite accrochée, répondit Tollson.

Nikels regarda les traînées laissées par les missiles Mangouste, qui filaient vers le SSN-X-27 lancé par le *Vladivostok*. Ils étaient maintenant au-dessus de la clôture entourant la base navale de Norfolk.

Océan Glacial Arctique
Sous la calotte polaire
Sphère de sauvetage avant du FS Kaliningrad

Le choc de l'explosion avait brusquement sorti Vlasenko de son engourdissement. Le titane de la sphère de sauvetage était si froid que sa joue le brûlait à son contact. Au prix d'un gros effort, il redressa la tête de la paroi à laquelle elle était appuyée, abandonnant un peu de peau et de chair sur le bordé métallique. Cette blessure était le dernier de ses soucis. Il se trouvait maintenant en état d'hypothermie sérieuse, s'il pouvait en juger par l'insensibilité totale de ses membres. S'il avait tenu un miroir, il aurait pu se rendre compte que ses lèvres étaient déjà bleues.

Il essaya de se forcer à bouger, luttant contre la douleur et le froid... L'intrus devait avoir réussi à lancer une torpille, et le simple fait d'être en vie lui prouvait que l'ennemi n'avait pas utilisé d'arme à charge nucléaire. Au moins, les rapports de renseignement qu'il avait lu à Severomorsk apparaissaient-ils corrects sur ce point. Les explosifs classiques étaient relativement inefficaces contre la double coque de titane et d'acier du *Kaliningrad,* et Vlasenko fut parcouru d'un bref sentiment de fierté pour ce bâtiment, le sien, qui venait de survivre à une attaque directe.

Il tendit l'oreille, attendant le bruit caractéristique d'un autre lancement d'arme, mais rien. Bizarre. S'il avait été en charge, il aurait lancé d'autres armes, même après une salve de Magnum. Pourquoi les tubes restaient-ils silencieux ?

USS Devilfish

Une forte explosion se réverbéra, provenant du côté bâbord du PCNO.

L'équipe de quart, manifestant bruyamment sa joie, pensa que l'Oméga était en train de couler. Pacino, impassible, fit signe à ses hommes de rester calmes.

A cet instant, ils perçurent un bruit faible et aigu venant de tribord. Une hélice rapide venant de... l'ouest... la direction dans laquelle s'était éloignée la Magnum.

Le capitaine de frégate Jon Rapier blêmit.

— Commandant, elle revient. La Magnum. Nous l'avons leurrée une fois, mais...

— Je sais, second. Elle exécute probablement un programme par défaut. Autrement, pourquoi se serait-elle retournée ? Il est possible que cette torpille revienne exploser par ici, avec ou sans contact sur nous, une explosion méchante, juste pour emmerder le monde.

— Pour nous, ça pourrait être bien pire qu'un simple emmerdement, commandant.

Pacino regarda Rapier qui se tenait devant la plate-forme du périscope, l'air dubitatif.

Pacino ne disposait malheureusement d'aucune réponse.

— Oui, second, en effet, bien pire qu'un simple emmerdement.

FS Kaliningrad
Sphère de sauvetage avant

Le capitaine de vaisseau Vlasenko essaya d'entendre les bruits du PCNO. Que pouvait-il bien se passer là en bas ? Novskoy se rapprochait-il de l'ennemi pour riposter ? Revenait-il vers la polynia dans l'espoir de transmettre son message de fin du monde ? Aucun bruit ne filtrait, le silence était total.

Une nouvelle pensée lui vint. Et si le sous-marin qui les avait attaqués était russe ? L'état-major de la Flotte du Nord avait peut-être fini par percer à jour le plan de Novskoy et envoyé un sous-marin pour l'arrêter. Cette probabilité n'était pas si stupide, après tout. Un autre sous-marin russe aurait sans doute pu essayer une collision avant d'attaquer, pour empêcher l'émission du message et tenter de libérer un équipage retenu en otage par Novskoy. Cette pensée le réconforta et il se prit à espérer le succès de l'autre sous-marin. Qui l'état-major aurait-il pu envoyer ? Le *Smolensk* ? Le *Novgorod* ? Le *Leningrad* ? Quelle ironie, Novskoy coulé par le *Leningrad*, son ancien sous-marin !

Comment pouvait-il les aider ? Il n'avait rien pour frapper sur la paroi et faire du bruit... Quoique, il y avait bien le levier de la commande manuelle de largage de la sphère. Mais il réalisa aussitôt que le sous-marin attaquant n'avait pas besoin de bruit supplémentaire. Il avait déjà localisé le *Kaliningrad* de façon suffisamment précise pour lancer une torpille, et allait sans doute bientôt leur donner le coup de grâce avec une Magnum.

Était-il normal d'espérer le naufrage de son propre bâtiment ? Après un instant de réflexion, il décida que cette perspective était préférable à la réalisation du plan diabolique de Novskoy. La simple pensée de la perte de son sous-marin, et accessoirement de sa propre vie, le rendait tout de même malade.

Alors que Vlasenko était assis dans le froid glacial de la sphère de sauvetage, essayant de comprendre ce qui se passait malgré le peu d'éléments dont il disposait, la charge nucléaire de la torpille Magnum lancée par le *Kaliningrad* débuta son explosion, à une distance de 7 kilomètres seulement.

20

Dimanche 19 décembre
09 h 45 GMT

Le calculateur de guidage de la Magnum envoya une impulsion électrique de forte intensité dans le détonateur primaire de la tête nucléaire. La petite charge d'explosif se volatilisa, transmettant l'onde de détonation à six inflammateurs secondaires qui, à leur tour, explosèrent à moins de 10 microsecondes d'intervalle. Chaque inflammateur secondaire entraîna la détonation de la charge de trinitrotoluène qui lui était associée et dont la forme faisait penser à celle d'une part de tarte. Leurs pointes faisaient face au centre de la section avant de la Magnum et les six charges explosèrent à l'unisson. Plus précisément, elles implosèrent. En effet, les charges de TNT étaient conçues pour créer une onde de pression se déplaçant vers l'intérieur de la torpille. Cette onde de choc, en progressant vers l'intérieur de l'arme, rencontra une pièce de plutonium de forme toroïdale et la comprima violemment, jusqu'à ce qu'elle prenne la forme d'une sphère parfaite, très dense.

Alors que la densité augmentait pendant la compression, le plutonium atteignit sa masse critique. De nombreuses fissions spontanées s'étaient produites depuis que le matériau radioactif instable avait été installé dans la charge de la Magnum, un an auparavant, mais chacun des neutrons émis avait fui dans l'espace, inutile. Maintenant que le plutonium était fortement comprimé, les neutrons issus des fissions spontanées ne s'échappaient plus. La probabilité pour qu'ils atteignent un autre noyau de plutonium était bien plus élevée, puisque la densité de ceux-ci était immensément supérieure. En fait, chaque neutron résultant d'une fission spontanée naturelle provoquait la fission d'un autre noyau de plutonium, le scindant en deux fragments inégaux et produisant une forte quantité d'énergie ainsi que trois nouveaux neutrons. Ces trois neutrons frappèrent trois nouveaux noyaux de plutonium, créant ainsi une réaction en chaîne en progression extraordinairement rapide, jusqu'à ce que pratiquement tous les noyaux de plutonium présents aient fissionné et relâché leur énergie.

Le phénomène n'avait pas duré plus de 50 microsecondes. Le résultat en était une explosion nucléaire, une bombe A.

Mais ce n'était qu'un début. Au centre du tore de plutonium, avait été monté un réservoir contenant du deutérium, sous la forme d'eau lourde. La réaction de fission était en fait destinée à amorcer la réaction de fusion, procurant suffisamment d'énergie aux noyaux de deutérium pour fusionner deux à deux et donner de l'hélium. La fusion presque totale du deutérium produisit une fantastique quantité d'énergie qui porta les restes de la Magnum et la mer environnante à une température proche de celle du soleil, soit plusieurs millions de degrés.

600 mètres plus haut, un morceau de la banquise, épaisse de 30 mètres à cet endroit, fut soulevé dans les airs. Une série de fissures apparurent et se propagèrent jusqu'à 70 kilomètres du point d'explosion. Le fragment de glace, juste à la verticale de la Magnum, fut projeté à une altitude de plusieurs centaines de mètres, au centre d'un immense geyser de vapeur d'eau contaminée. La sphère de gaz brûlants grossit rapidement, atteignant un diamètre de

500 mètres. Mais l'océan Glacial Arctique était plus fort qu'une bombe à hydrogène. Les immensités glacées finirent par refroidir la boule de gaz en expansion et par la faire se résorber.

La sphère gazeuse s'effondra sur elle-même, se transformant en milliards de petites bulles remontant vers la surface, dans l'eau radioactive.

Malgré sa disparition, l'onde de choc due à l'explosion persistait. Elle se propagea à la vitesse du son dans les profondeurs de l'océan, plus de 1 500 mètres par seconde, réfléchie par la glace en surface et par le fond de la mer. Elle formait un mur de pression compact, qui s'éloignait rapidement du point de l'explosion.

Sur sa trajectoire, l'onde de choc volatilisa des centaines de crêtes de glace, vaporisant même quelques stalactites. Une stalactite longue et effilée, de la taille et de la forme de l'Empire State Building, mais à l'envers et sous l'eau, se désintégra instantanément en plusieurs milliards de fragments de quelques dizaines de centimètres de diamètre.

L'onde de choc se diffusa dans toutes les directions, tuant sur son passage les rares poissons et animaux qui vivaient dans cette zone Arctique. Il lui fallut trois secondes pour atteindre le *Devilfish* qui dérivait alors dans un courant venant du nord, à environ 3 kilomètres de la limite ouest de la polynia. Il fallut un peu plus de temps, environ cinq secondes, pour qu'elle frappe le *Kaliningrad*.

Au fur et à mesure de sa propagation, l'onde de choc perdait de sa puissance. Mètre après mètre, elle s'atténuait, sa force destructrice se répandant sur une zone de plus en plus large, augmentant proportionnellement au carré de la distance depuis le point d'explosion. Le *Devilfish* se trouvait à 5 000 mètres de la Magnum, le *Kaliningrad* à environ 7 000. On pouvait s'attendre à ce que les deux bâtiments subissent à peu près les mêmes dommages, mais cette différence de 2 000 mètres fit que l'onde de choc qui frappa le *Devilfish* fut environ deux fois plus puissante que celle qui toucha le *Kaliningrad* — mais c'était déjà bien plus qu'il n'en fallait...

A une centaine de mètres sous la banquise, et à plusieurs kilomètres de la polynia d'origine ainsi que de celle formée par l'explosion, les deux sous-marins étaient en danger mortel.

Norfolk, Virginie
Base navale de Norfolk

Les deux pilotes du F-14 observaient la base que le missile de croisière survolait à cet instant, oubliant les deux missiles Mangouste.

Le premier missile perdit son objectif et plongea vers le sol, explosant sur l'autoroute 64. Le cratère qu'il provoqua s'élargissait sur trois files.

Le second missile fonçait vers la tuyère brûlante du SSN-X-27, comme il le devait, mais, à 200 mètres de la cible, l'autodirecteur infrarouge tomba en panne, le Mangouste devint aveugle et s'éloigna vers le nord, sans but, jusqu'à épuisement du propulseur. Il plana vers le sol et atterrit sur le toit d'un des nombreux bâtiments administratifs de la base de Norfolk. Le corps écrasé et déformé de l'engin gisait, inerte, et se consumait lentement.

Le SSN-X-27, après avoir échappé à l'attaque de Nikels et de Tollson, approchait maintenant du coin nord-ouest de la base, là où se trouvaient les quais des bâtiments de surface et des sous-marins.

Océan Glacial Arctique
Sous la calotte polaire
FS Kaliningrad

Il n'y eut aucun avertissement avant que l'onde de choc de l'explosion nucléaire n'atteigne le *Kaliningrad.* Le sonar étant hors service et la torpille à plus de 7 kilomètres, il était impossible de l'entendre.

L'Oméga avait ralenti pour approcher de la polynia et était venu au nord. En manœuvrant ainsi, il avait exposé la blessure infligée par la torpille américaine, sur le côté bâbord de la tranche B, dans la soute à gazole. La déchirure remontait jusqu'à mi-hauteur le long du flanc du sous-marin et quatre couples étaient brisés.

L'onde de choc frappa le côté bâbord du bâtiment, faisant monter localement la pression de l'eau de mer à plus de 85 bars. Si ses deux coques avaient été intactes, le sous-marin aurait simplement roulé sous le choc, et seuls les ordinateurs du système de combat, les parties plus fragiles, auraient probablement subi des avaries relativement mineures. Mais du fait de cette large déchirure en tranche B, l'intégrité structurelle du bâtiment n'était plus assurée.

Le *Kaliningrad* se brisa en deux, sèchement, comme une branche morte.

Le PCNO connut immédiatement une accélération de 7 g sur tribord, puis de 3 g sur bâbord. Tout ce qui n'était pas solidement fixé aux parois, y compris les hommes, se trouva projeté d'un bord sur l'autre. Le compartiment n'était pas conçu pour de tels impacts : pas de rembourrage, pas d'angles arrondis, tout était pratiquement métallique — caissons, sièges, consoles, coque, tuyautages et périscopes. Et tout le reste était en verre : les écrans des ordinateurs, la table de navigation, les divers tableaux. L'énorme puissance de l'impact réduisit tout en miettes et fit voler à grande vitesse dans le PCNO de petits fragments de verre et de métal. Le local se transforma instantanément en un gigantesque hachoir pour cette chair humaine si vulnérable. Quelques fractions de seconde plus tard, il ne resta pas un seul homme indemne, ou même simplement conscient.

La partie arrière du bâtiment, les restes de la tranche B et des compartiments machines coulèrent par l'arrière. La turbine HP tribord se détacha de son bâti, alors que la coque se cassait en deux. Il fallut moins de deux minutes à cette partie du sous-marin pour atteindre 2 000 mètres, son immersion de destruction étant moins profonde que celle de l'ensemble du bâtiment puisque les cloisons étanches intérieures étaient moins résistantes que la coque épaisse.

L'ingénieur Mikhail Geroshkov était le seul homme encore conscient dans la partie arrière, tandis qu'elle coulait à pic, avec 60 degrés d'assiette positive. Il était assis et sanglé dans un siège au PCP en tranche A. L'éclairage s'était éteint et la batterie de secours avait été détruite par la torpille américaine. L'obscurité totale rendait la perspective de la mort encore plus effrayante.

Mikhail Geroshkov commença à prier, comme sa mère le lui avait appris, des dizaines d'années plus tôt. Autrefois, il désapprouvait cette pratique réactionnaire, et voilà qu'à présent, il récitait ses prières à voix haute. La partie arrière de la coque était maintenant pratiquement verticale et, dans son siège sur la plate-forme du PCP, il reposait sur le dos comme un cosmonaute dans sa capsule.

— Notre Père qui êtes aux Cieux...

La cloison avant de la tranche A fut écrasée par la pression à une immersion de 1 970 mètres. Une onde de pression comprima l'atmosphère des compartiments propulsion comme l'air dans les cylindres d'un moteur diesel, faisant monter instantanément la température à plusieurs milliers de degrés.

Durant un bref instant, le PCP fut éclairé par la lueur du front de flamme qui approchait, précédant de peu l'onde de pression. Geroshkov eut quelques millisecondes pour apercevoir ce mur brûlant qui se précipitait sur lui à la vitesse du son, 5 500 km/h, mais n'eut pas le temps d'ouvrir la bouche pour hurler. Lorsque l'onde de pression atteignit la cloison arrière du PCP, Mikhail Geroshkov s'était volatilisé dans l'atmosphère infernale.

La moitié arrière du *Kaliningrad* toucha le fond de l'océan Glacial Arctique. Le cratère et le champ de débris qu'il produisit était large d'un kilomètre et long de quatre.

Le puissant sous-marin nucléaire d'attaque, l'orgueil de la Flotte du Nord, n'était plus désormais qu'un cercueil de titane.

USS Devilfish

Aucun de ceux qui se trouvaient au PCNO du *Devilfish* à 09 h 45 GMT n'aurait accepté qu'on le considère comme chanceux. Evidemment, tous ignoraient ce qui venait d'arriver aux hommes piégés dans la partie arrière du *Kaliningrad*.

Pacino n'avait même pas pensé à s'agripper quelque part, persuadé que l'explosion de la Magnum le condamnait à mort. Il était simplement resté là, immobile, sur la plate-forme des périscopes, les bras croisés sur la poitrine.

L'onde de choc de l'explosion nucléaire frappa tout d'abord l'hélice, puis passa longitudinalement à travers le *Devilfish,* lui imprimant une énorme accélération de 4 g vers l'avant. Les pilotes et le maître de central, sanglés dans leurs sièges, n'avaient pas d'appuie-tête. Ces trois hommes furent si violemment poussés que leur nuque se brisa. Le maître de central, cependant, ne mourut pas ainsi, mais d'asphyxie, lorsqu'une vertèbre lui perfora le larynx. Les quatre hommes armant les consoles de la DLA furent précipités sur l'arrière, victimes de fractures, de contusions diverses et de profondes coupures. Après le passage de l'onde de choc, le PCNO résonnait des gémissements des blessés.

L'accélération fit d'abord tomber Michael Pacino et le projeta par l'échelle qui menait sur l'arrière du pont inférieur, à proximité du panneau d'accès au tunnel du réacteur. Sa chute n'avait été amortie que par le corps de Miller, un jeune matelot tout récemment embarqué, qui armait le téléphone autogénérateur du pont 2. Celui-ci s'était fracturé le crâne en heurtant la cloison. Pacino avait atterri sur le ventre de Miller, qui avait suffisamment atténué le choc pour lui éviter une fracture, sans toutefois empêcher une sérieuse entorse de l'épaule et un bon coup sur la tête.

Etourdi, il se passa la main sur le front : elle était pleine de sang. Il se demanda un instant s'il s'agissait réellement du sien. Il contempla quelques secondes le cadavre du jeune homme. Pacino entendait à peine les plaintes de l'équipage. Elles semblaient provenir presque exclusivement du PCNO, au-dessus. Il se releva péniblement et glissa sur le pont couvert de sang en remontant l'échelle. Alors qu'il avançait, il perçut un nouveau bruit qui s'ajouta aux cris d'agonie, le bruit effrayant de l'eau de mer envahissant les cales du *Devilfish*.

FS Kaliningrad

A l'arrière de la tranche C, la structure d'acier et de titane était déchiquetée à l'endroit où le bâtiment s'était brisé en deux.

La cloison résistante avant du compartiment réacteur était intacte. La cuve du réacteur 2 fut arrachée de son supportage et projetée sur la cloison arrière, qu'elle défonça. Le fluide primaire gicla des boucles brisées et arrosa l'intérieur du compartiment. L'eau de mer s'engouffra alors dans le compartiment réacteur par la brèche dans la cloison, et se mélangea brusquement avec le sodium liquide s'échappant du circuit primaire éclaté. Instantanément, le mélange sodium-eau de mer explosa, avec deux fois plus de puissance que la charge de combat d'une torpille de 533. La cloison arrière fut complètement arrachée, laissant s'échapper la cuve du réacteur n° 2 qui sombra 4 kilomètres plus bas, au fond de l'océan. La réaction eau-sodium continua, fit fondre les couples du compartiment, et finalement la cloison avant, qui céda. L'eau de mer se précipita en tranche D.

La perte de la partie arrière du bâtiment avait rendu la section avant complètement instable, incapable de tenir l'immersion. La voie d'eau en tranche F avait encore aggravé le phénomène, ajoutant le poids de l'eau de mer embarquée à celui du sous-marin. La partie avant du *Kaliningrad* prit rapidement de l'assiette négative et de la gîte sur bâbord. Celle-ci augmenta d'un coup lorsque les armes stockées sur les rances tribord se désarrimèrent et tombèrent sur bâbord.

Au milieu de la tranche F, une gerbe d'étincelles jaillit lors de la chute de l'une des torpilles, enflammant instantanément le peu de carburant qui avait fui de l'une des armes. Comme une réaction en chaîne, cette explosion amorça la combustion du carburant des autres torpilles et quelques secondes plus tard, sous l'effet de la chaleur, les charges des torpilles explosèrent, créant une brèche dans la coque épaisse et brisant ses aménagements internes.

La cloison avant de la tranche E flamba et se déforma sous la violence de l'explosion, mais résista. L'autre compartiment du *Kaliningrad* encore intact était la sphère de sauvetage avant, au-dessus de la tranche E.

L'amiral Novskoy gisait, inconscient, au bord du puits du périscope, une profonde blessure à la tête. Il souffrait également d'innombrables petites coupures, hématomes et foulures, mais il était apparemment le seul survivant au PCNO, protégé de l'onde de choc par le tableau de pilotage du central.

Ivanov, officier de quart et commandant par intérim, s'était tenu devant le tableau de sécurité plongée, surveillant le lieutenant de vaisseau Katmonov. Il fut projeté dans l'échelle montant à la sphère de sauvetage avant et heurta la cloison bâbord, une surface relativement lisse conçue pour permettre de monter dans la sphère de sauvetage sans accrocher les vêtements. Il percuta Danalov, le capitaine d'armes, et sentit ses os se briser sans éprouver aucun mal. Il s'évanouit aussitôt. Quand il revint à lui, la douleur le vrillait comme une décharge électrique.

Le lieutenant de vaisseau Katmonov, le maître de central, sanglé dans son siège, avait survécu. Atteint à la colonne vertébrale, en état de choc, il regardait droit devant lui, fixant le poste de pilotage maintenant éteint, et il attendait...

Le capitaine de corvette Viktor Chekechev, l'officier ASM, était debout devant la DLA au moment de l'explosion de la Magnum. Il fut projeté contre le périscope. Atteint au dos, il rebondit vers sa console et fut déchiqueté par les éclats de verre des écrans. Il s'était cassé trois côtes en heurtant le périscope. L'une d'elles avait perforé son poumon gauche et l'artère pulmonaire, provoquant une hémorragie mortelle.

Le seul membre de l'équipage présent au PCNO au moment de l'explosion était le capitaine d'armes, Dimitri Danalov. Il était en faction au bas de l'échelle d'accès à la sphère de sauvetage, où était enfermé Vlasenko. L'onde de choc l'avait propulsé dans la cloison lisse au droit de l'échelle, sur laquelle il s'était simplement fracturé le nez. Mais l'accélération sur bâbord projeta un missile — le corps d'Ivanov, lancé à plus de 40 mètres par seconde. La tête de Danalov porta violemment contre la cloison. L'accélération sur tribord le lança sur le mécanisme d'ouverture du panneau inférieur de la sphère de sauvetage. S'il avait heurté le mécanisme quelques centimètres plus à droite, il s'en serait sorti avec seulement une petite fracture, mais il n'eut pas cette chance. Le système d'ouverture était constitué d'un petit volant horizontal qui actionnait les six griffes du panneau. Une poignée de manœuvre était soudée sur l'extérieur du volant, à l'horizontale, et en permettait la commande manuelle. La tête de Danalov alla cogner la poignée de manœuvre, et celle-ci lui traversa le front et lui pénétra le cerveau. Le choc fit tourner le volant et Danalov finit par retomber. Il respirait encore quand il s'effondra sous son propre poids, laissant un peu de cervelle sur la tige métallique. A l'instant où le carburant d'une Magnum s'enflamma en tranche F, son cœur cessa de battre. Et quand ce qui restait du *Kaliningrad* franchit l'immersion de 1 000 mètres en assiette moins 40 degrés, Dimitri Danalov avait cessé de vivre.

USS Devilfish

Pacino se releva et courut au PCNO, il avait mal partout, mais au moins, il était à peu près indemne. Autour de lui, l'ambiance sonore était cauchemardesque, le bruit de l'eau qui envahissait les fonds, les cris et les plaintes provenant du PCNO, plus faibles maintenant, lui déchiraient le cœur. L'odeur même du bâtiment avait changé. Peu de temps auparavant, le *Devilfish* sentait la transpiration, l'ozone et la graisse de cuisine. Il était maintenant envahi par les odeurs de l'eau de mer, du fluide hydraulique, de l'isolant brûlé et, dominant le tout, de la chair carbonisée.

L'éclairage fonctionnait toujours dans l'étroite coursive. En se dirigeant vers le PCNO, Pacino trébucha sur un cadavre qui gisait à moitié dans la coursive, à moitié dans le local sonar. Le maître principal DSM Jethro Helms était mort les yeux fixés au plafond, la bouche pleine de sang. Lorsque Pacino l'enjamba, le plafonnier s'éteignit. « La batterie », pensa-t-il. Le compartiment batterie avait dû être envahi par l'eau de mer, provoquant un gigantesque court-circuit. Le *Devilfish* était sans doute en train de mourir, sans électricité, son volume intérieur se remplissant d'eau de mer et du chlore dégagé par la batterie.

Il atteignit le PCNO, sans hésiter malgré l'obscurité. Il connaissait par cœur la disposition des lieux, après ces longues années passées à la mer sur les sous-marins de la classe Piranha. Il sentit le pont se dérober sous lui et glissa dans le noir. Il tendit la main vers l'interrupteur d'un fanal de secours, sans très bien savoir s'il avait glissé sur de l'huile ou du sang.

L'éclairage revint alors qu'il tâtonnait toujours pour trouver le commutateur, mais il l'alluma tout de même, pour prévenir une nouvelle coupure générale. Il réalisa que la seule source d'énergie restant au bâtiment était sa batterie. Quand elle serait épuisée, le *Devilfish* ne serait plus qu'une épave incontrôlable, flottant entre deux eaux, incapable de maintenir son immersion.

Il lui fallut plusieurs secondes pour se rendre compte de ce qui se passait au PCNO. Le compartiment était rempli de fumée. Personne ne bougeait. Le personnel de quart gisait sur le pont, au milieu du verre brisé des écrans de la DLA et du sonar. La table traçante avait explosé dans le petit recoin entre les armoires électroniques et le bordé tribord.

Les pilotes et le maître de central étaient encore sanglés dans leurs sièges, la tête formant un angle inhabituel avec les épaules. Pacino ne trouva pas Nathaniel Stokes, l'officier de quart. Celui-ci était effondré sur la plate-forme des périscopes, un combiné téléphonique sur le visage. Il était à moitié enseveli sous les décombres du répétiteur sonar. Jon Rapier était assis sur un siège de la DLA, la tête sur le clavier, les bras ballants. Derrière lui, la console n° 2 était en flammes et l'enseigne de vaisseau Scott Brayton était tombé entre le siège et la partie basse de la console n° 3.

L'enseigne de vaisseau Brett Fasteen, l'opérateur de la console n° 1, gisait sur le pont, les bras et les jambes dans une attitude curieuse, la poitrine reposant sur le sol et le visage tourné vers le plafond. Steve Bahnhoff et Ian Christman avaient disparu, mais il restait encore des coins sombres et des piles de débris que Pacino n'avait pas le temps d'explorer. Il entendit le claquement sec d'un arc électrique. Le bruit de la voie d'eau s'était arrêté, laissant le local dans un silence de mort.

Pacino saisit le micro de la diffusion générale.

— Chef, ici le commandant.

Pacino se parlait à lui-même. Le fil du micro était coupé. Il le jeta au sol et saisit le combiné téléphonique sur la poitrine de Brayton :

— PCP, ici le commandant. Chef, prenez la liaison autogénérateur avec le central !

La voix du capitaine de corvette Matt Delaney parvint enfin à Pacino, qui posa sa question avant que Delaney n'ait fini d'annoncer :

— *Ici l'ingénieur.*

— Chef, rendez compte des avaries !

Delaney criait, comme si la liaison avait été mauvaise. Ou peut-être simplement parce qu'il avait peur, pensa Pacino. Il en avait le droit.

— *Voie d'eau au circuit de circulation principale bâbord, isolée par la fermeture d'urgence. Nous avons embarqué à peu près 60 centimètres d'eau dans les cales et j'ai besoin de la pompe d'assèchement, mais elle exigerait trop d'énergie de la batterie. Il reste peut-être cinq minutes de jus. Nous avons eu une fuite importante au circuit primaire. Je ne suis pas sûr que la fuite vienne des boucles, mais je les ai isolées avec les robinets-coudes et la fuite s'est arrêtée. Nous étions en train de surveiller la pression des deux boucles quand vous avez appelé... O.K. ! C'est la boucle tribord.*

La voix de Delaney se fit plus distante, alors qu'il donnait des ordres à son équipe au PCP.

— *Commandant, vous êtes encore là ?* demanda la voix inquiète de Delaney.

— Je suis là, chef !

— *Je rouvre la boucle bâbord... O.K., ça semble bon, le niveau pressuriseur tient. Commandant, il va falloir redémarrer le réacteur en urgence. Si nous attendons, nous n'aurons plus assez de courant pour redémarrer une pompe primaire !*

— Chef, relancez le réacteur en utilisant les procédures d'urgence. Réchauffez les turbines au barème exceptionnel, en commençant par les turboalternateurs. Je veux de la propulsion dans quatre minutes.

— *Vous l'aurez dans trois, commandant.*

Pacino reposa lentement le combiné et alla examiner le commandant en second.

Rapier respirait, sa joue était chaude au toucher. Pacino le secoua doucement, essayant de le ranimer. Rapier gémit et bougea légèrement la tête.

— Allez, mon vieux, réveille-toi...

Rapier ouvrit les yeux, les ferma, puis les ouvrit à nouveau. Il avait les pupilles complètement dilatées.

Pacino se mordit la lèvre, se retourna et se précipita hors du PCNO, jusqu'au pont 2. Il parcourut ainsi 15 mètres vers l'avant, puis descendit l'échelle qui menait au poste torpilles. Il se figea en ouvrant la porte.

C'était bien pire que ce qu'il avait imaginé.

FS Kaliningrad

Il semblait à Novskoy qu'il se trouvait dans un long tunnel sombre, fermé par une porte aux dessins compliqués. Comme les parois du tunnel se dissolvaient, Novskoy réalisa qu'il fixait de très près le revêtement du sol du PCNO, le visage à même la surface froide du pont. Il sentit un chatouillement électrique et un goût de cuivre dans la bouche. Du sang. Il passa la langue à l'intérieur de sa joue et trouva la coupure, là où il s'était profondément mordu.

Le tunnel avait fini de se dissoudre, mais il ne voyait toujours pas distinctement. Il tenta de se relever, sans succès, pris d'un malaise et d'une vague de nausées. Quand ces sensations refluèrent, il essaya à nouveau de se redresser, lentement, et remarqua que sa tête se trouvait dans le puits du périscope et ses pieds plus haut, au niveau du pont.

Il se passa la main sur le crâne, et la ramena couverte d'une substance brunâtre. Il devait s'être ouvert le cuir chevelu. Il essaya de sortir de cette position délicate et s'aperçut en fait qu'il était déjà presque debout.

Ce qui signifiait que le *Kaliningrad,* ou du moins ce qu'il en restait, coulait presque verticalement.

Novskoy ne regrettait pas de perdre son bâtiment, ni même de mourir, mais l'impossibilité de transmettre le *molnyia* le rendait malade. Son plan magistral pour neutraliser les Etats-Unis mourrait avec lui, à bord du *Kaliningrad.* Il avait vécu pour écrire l'Histoire... et au lieu de cela, semblait-il, il coulerait avec le sous-marin le plus moderne du monde, tout juste une note en bas de page, certainement pas un chapitre entier dans les livres de classe des générations futures.

Il chercha les autres officiers dans le PCNO, foulant ce qui avait été la cloison avant. Le local n'était plus éclairé que par les fanaux de secours dont les faibles faisceaux laissaient de nombreuses zones d'ombre.

Le lieutenant de vaisseau Vasili Katmonov continuait à regarder fixement le poste de pilotage éteint, toujours attaché dans son siège, le corps pendant mollement dans les sangles. S'il n'avait gémi, Novskoy l'aurait cru mort.

A la gauche de Katmonov, sous l'échelle de la sphère de sauvetage avant, Danalov s'était effondré en un petit tas, le visage très pâle, un trou dans le front.

Sous le siège de Katmonov, le capitaine de corvette Vladimir Ivanov regardait le sang couler de son bras. Son visage n'exprimait que de la douleur et il tenait sa jambe fracturée à deux mains. La respiration difficile d'Ivanov était le seul bruit nettement audible dans le compartiment.

A la droite de Katmonov, sur la cloison avant,

désormais presque horizontale, le capitaine de corvette Viktor Chekechev gisait à moitié dans l'ombre. La partie inférieure de son corps était invisible, mais le reste ne laissait guère d'espoir. Son visage était d'une pâleur mortelle, sa respiration inégale, du sang gouttait de sa bouche. Novskoy se dirigea vers Chekechev, mais un malaise le prit et il tomba, atterrissant lourdement sur le siège de Katmonov. Après un instant de repos, la tête entre les genoux, le malaise passa et il recouvra ses sens.

La sphère de sauvetage, pensa-t-il, il faut que je parvienne à la sphère. Il rampa à travers le PCNO jusqu'au panneau de commande et actionna le commutateur d'ouverture électrique du panneau inférieur. Rien ne se passa.

Luttant contre la nausée, il chercha un levier ou n'importe quelle barre de métal. Rien. Le local n'avait pas été conçu pour avoir besoin d'un quelconque levier ou d'une rallonge de purge.

Si l'assiette n'avait pas été si forte, il aurait peut-être pu atteindre la clé que Vlasenko avait laissé tomber, celle avec laquelle le capitaine de vaisseau avait tenté de le tuer.

Il remonta jusqu'au panneau inférieur de la sphère et commença à frapper avec une lampe torche, espérant que Vlasenko l'entendrait et ouvrirait la sphère de l'intérieur.

Aucune réponse.

21

Dimanche 19 décembre
09 h 50 GMT

Norfolk, Virginie
Base aéronavale de Norfolk

L'amiral Casper « Bobby » McGee, CINCLANT, le commandant en chef pour l'Atlantique, sauta de l'hélicoptère et courut vers la passerelle menant au DC9 qui attendait en bout de piste, réacteurs au ralenti. Il avait à peine atteint le haut de la passerelle quand l'équipe au sol la retira et fit signe au pilote que la voie était libre. McGee trébucha au moment où le pilote mit les gaz à fond, le béton de la piste 0-5 commençant à défiler sous les ailes alors que l'équipage luttait pour fermer la porte de l'avion.

McGee n'avait jamais vraiment cru à la possibilité d'une attaque contre le territoire des Etats-Unis. Le Nicaragua, le Panama, l'Irak n'étaient que des pièces évoluant sur l'échiquier international, loin du sanctuaire américain. Jusqu'à ce qu'un coup de fil, à peine dix minutes plus tôt, le prévienne qu'un missile était en vol vers Norfolk. L'hélicoptère avait atterri dans son jardin quelques instants après, alarmant les voisins ensommeillés. Dans l'avion, McGee écoutait son aide de camp lui résumer la situation, la position des sous-marins ennemis et des bâtiments américains en pistage.

Il repensa à la conversation qu'il venait d'avoir avec l'amiral Donchez. Comment avait-il bien pu négliger le fait qu'une nation... ou un traître appartenant à cette nation... possédant 27 000 armes nucléaires, une nation en lambeaux, pouvait être tentée de faire usage de ses armes une dernière fois ? Comment était-il possible que le général Tyler se soit aussi lourdement trompé et ait aussi mal analysé la situation ? Sans doute une bonne question à laquelle il faudrait apporter une réponse le lendemain matin...

Le module cryptographique de la liaison satellite UHF protégée NESTOR, émit des bruits étranges pendant la synchronisation. Alors que le DC9 continuait à monter vers l'est à plein gaz, McGee prit la communication en provenance de la Maison-Blanche.

Norfolk, Virginie
Etat-major de COMSUBLANT

La voix du Président, suffisamment claire dans le téléphone crypté, agaçait l'amiral Donchez. En particulier lorsque cette voix lui donnait des ordres qui allaient à l'encontre de sa propre perception de la situation.

— Monsieur le Président, cent vingt sous-marins nucléaires d'attaque russes sont déployés au large de nos côtes. L'un d'eux vient de lancer un missile de croisière à charge nucléaire en direction de Norfolk.

— Amiral, mes conseillers me disent que vous l'avez descendu, qu'il n'y a plus aucun danger et qu'aucun autre missile ne sera lancé. Je viens de recevoir l'assurance formelle du Président Yulenski que ce déploiement et ce lancement de missile étaient une « regrettable erreur »... J'ai confiance en sa parole. Il ordonne immédiatement le retrait de la Flotte du Nord et a donné pour consigne aux sous-marins de transiter en surface.

— Peut-il également ressusciter les morts ? Monsieur le Président, j'avais reçu des informations à propos de cette opération, il y a déjà plusieurs jours et, à ce moment-là, personne ne voulait en entendre parler. Le général Hermann X. Tyler ne croyait pas au « scénario catastrophe ». A propos, monsieur le Président, je tiens à vous signaler que nous n'avons pas encore descendu ce missile.

— Dick, dit l'amiral McGee intervenant dans la conversation, il vaudrait mieux écouter le Président...

— Donchez, dites à vos sous-marins de ne pas tirer sur les Russes, ordonna le Président. Appelez-les par TUUM et dites-leur de faire surface. S'ils n'obtempèrent pas, vous êtes autorisés à entrer en collision avec eux, mais surtout, ne tirez pas dessus ! Vous avez bien compris ?

— Monsieur le Président, dit Donchez, nous avons actuellement un sous-marin type Los Angeles, l'*Allentown,* armé de missiles de croisière Javelot, au large des côtes nord de la Russie. Il est en alerte, un mot de votre part et il lance ses douze engins.

— Amiral, rappelez ce sous-marin. Maintenant, nom de Dieu !

— Donchez, ici McGee. Nous contrôlons la situation, ne rendez pas les choses encore plus difficiles.

— Quelle est votre heure d'arrivée au point Charlie ? Donchez voulait savoir quand le contrôle opérationnel de la Flotte serait transféré à McGee, lorsqu'il serait à plus de 100 nautiques de Norfolk.

— Dans dix minutes environ, je vous rappellerai sur NESTOR.

— Bien reçu, dix minutes jusqu'au point Charlie, et j'obéirai à vos ordres, dit Donchez, essayant de maîtriser la colère qui perçait dans sa voix. Je rappellerai l'*Allentown,* mais je vous propose de continuer à envisager une riposte à niveau.

Le Président avait déjà quitté la liaison.

Océan Glacial Arctique
Sous la calotte polaire
Sphère de sauvetage avant du FS Kaliningrad

Quand l'onde de choc frappa le bâtiment et la sphère de sauvetage, Vlasenko avait été projeté d'une paroi contre l'autre. Un instant, il se demanda s'il était devenu aveugle. Il sentit quelque chose de chaud et réalisa que du sang lui coulait dans les yeux. La sphère avait basculé. Il comprit que le bâtiment avait entamé sa descente finale vers les profondeurs de l'océan.

Le grondement sourd d'une nouvelle explosion en tranche F lui prouva qu'il ne lui restait que 30 secondes tout au plus pour essayer d'accéder au PCNO, faire monter le maximum de personnes dans la sphère de sauvetage et se larguer du sous-marin en perdition. Il se demandait s'il était suffisamment proche de la fine glace de la polynia pour espérer atteindre l'air libre. C'était sa seule chance.

Vlasenko retira du panneau de commande le levier de largage manuel de la sphère et l'inséra entre les rayons du volant d'ouverture du panneau inférieur. Grognant sous l'effort, il tira sur le levier, jusqu'à ce que le volant se débloque, et fut très surpris de le voir se mettre à tourner tout seul. La rotation du mécanisme effaça les griffes de fermeture du panneau, qui ne portait désormais plus que sur le surbau. Il se recula d'un bond lorsque le panneau s'ouvrit brusquement.

Vlasenko aperçut l'amiral Alexis Novskoy qui s'agrippait à l'échelle d'accès, arma posément son coup et lui écrasa son poing sur le visage. L'amiral s'écroula sans bruit, retombant dans l'obscurité du PCNO détruit.

Mer de Barents
10 nautiques au large de Severomorsk
USS Allentown

Tout l'équipage avait les yeux fixés sur le capitaine de frégate Henry Duckett lorsque le radio lui tendit le message Flash. Ils attendaient l'ordre de lancement des Javelot.

Duckett lut le message, le souffle court, à la fois soulagé et déçu.

Il tendit le message à Mills, l'officier de quart.

— Et merde ! commandant, je n'y comprends plus rien. D'abord ils nous font monter ici au plus vite, ensuite ils nous font armer notre pistolet avec le doigt sur la détente et maintenant ils nous demandent d'oublier tout ça et de rentrer tranquillement à la maison.

Duckett secoua la tête.

— Faites rompre du poste de combat, repassez les Javelot en situation croisière et prenez cap au 3-0-0, vitesse 18 nœuds. Allez, on se tire de ce trou à rats. Et vite !

Norfolk, Virginie
Etat-major de COMSUBLANT

Le haut-parleur qui diffusait les communications radio avec le F-14 venait juste de faire entendre :

— *Et merde ! les missiles Mangouste sont passés à côté, ce n'est pas possible : les deux ! Le SSN-X-27 est toujours en approche.*

L'équipage du F-14 redevint silencieux. Dans la salle de situation de COMSUBLANT, l'amiral Richard Donchez monopolisait l'attention. Il plissa les yeux en fixant le capitaine de corvette Kodiak.

— Kodiak, vérifiez que le DC9 de CINCLANT est au point Charlie. Si c'est le cas, passez-moi l'amiral McGee.

Kodiak acquiesça de la tête. Jusqu'à ce que l'amiral McGee ait pu s'éloigner de plus de 100 nautiques de Norfolk, Donchez resterait le patron, mais lorsque le DC9 arriverait au point Charlie, il devrait passer le commandement à McGee.

— Amiral, le DC9 est au point Charlie, annonça Kodiak.

Donchez saisit le combiné rouge du radio téléphone et appuya sur le bouton.

— Nathan Hale, de Underdog, parlez.

Un long silence, puis :

— Nathan Hale, j'écoute, répondit la voix déformée de McGee. Parlez, Underdog. Le haut-parleur assourdissait la voix de McGee, débutant chaque conversation par un bip marquant la synchronisation des équipements cryptographiques.

— Exécutez la procédure point Charlie. Je répète, exécutez la procédure point Charlie, dit Donchez, transférant le contrôle opérationnel de toute la flotte de l'Atlantique à l'amiral McGee dans son DC9. Officiellement, cette opération était désormais du ressort de McGee, ainsi que de celui du Président et du général Tyler.

— Dick, ici McGee, bien reçu, point Charlie. Je prends le commandement opérationnel.

Il y eut une petite pause après laquelle McGee reprit :

— Bonne chance, Dick, et à bientôt.

La voix de Donchez était rocailleuse lorsqu'il dit à Kodiak :

— Kodiak, prenez la liaison avec le pilote du F-14. S'il n'y a pas encore pensé tout seul, vous lui demanderez s'il se souvient encore de ce qu'est un kamikaze.

Mer de Barents
USS Allentown

Le capitaine de frégate Henry Duckett entendit un long grondement sourd sans l'aide d'aucun appareil, directement à travers la coque épaisse, suivi d'une sorte de vibration qui secoua tout le bâtiment. L'*Allentown* se mit à trembler et le grondement se fit plus fort, puis diminua jusqu'à disparaître. De sa chambre, Duckett courut jusqu'au PCNO et monta sur la plate-forme du périscope.

Le maître principal DSM Jameson émergea du module sonar.

— Le bruit que vous venez d'entendre, commandant, est une explosion sous-marine, azimut nord-nord-est, elle couvrait un large secteur. Apparemment, elle a eu lieu sous la glace.

— S'agissait-il de l'implosion d'une coque ?

— Non, dit Jameson, secouant la tête. Le sonar est sourd, 10 degrés de chaque côté de l'azimut.

— Le sonar est sourd ? Mais ce genre de phénomène ne peut être provoqué que par des bulles ou par les échos d'une... explosion nucléaire !

Jameson fixa Duckett dans les yeux.

— Tout juste, commandant, nous pensons qu'il s'agit d'une explosion nucléaire. Un test était-il prévu dans les environs ? Possédez-vous quelque chose dans le bulletin de renseignements concernant des essais russes sous la banquise ?

Duckett secoua la tête négativement.

— Y a-t-il un sous-marin américain dans les parages sous la glace ?

— S'il y en a un, je ne suis pas censé le savoir, dit Duckett.

— Un Français ? Un Anglais ?

— Non, je ne crois pas.

Mais Duckett en savait plus qu'il n'en disait. L'officier renseignement de la 12e escadrille lui avait parlé de l'étrange déploiement des Russes. Il avait aussi évoqué la possibilité d'une mission de recueil de signature acoustique, une opération secrète incluant un pistage couvert. Quel était ce sous-marin dont on lui avait parlé ?

Le *Devilfish*.

— Oh ! merde, dit lentement Duckett. C'était à

peine croyable, mais le Russe avait dû descendre le *Devilfish.* Hormis les Russes, le long de la côte, seuls le *Devilfish* et l'*Allentown* se trouvaient à une latitude aussi élevée, tous les autres sous-marins étant requis par le déploiement au large des côtes américaines. Cela signifiait que l'*Allentown* allait devoir passer sous la glace afin de se rendre compte de ce qui s'était passé. Duckett n'avait jamais apprécié ce petit malin de Pacino et son fichu bateau, mais ils étaient avant tout des sous-mariniers américains.

— Que se passe-t-il ? demanda le commandant en second, le capitaine de corvette Pat Bishop, d'une voix nasillarde et haut perchée. Cette voix énervait prodigieusement Duckett, ainsi d'ailleurs que son propriétaire. Le second était compétent, mais faux comme une pièce de trois francs. Duckett l'avait surpris plus d'une fois à déformer ses ordres et avait essayé de le débarquer, malheureusement sans succès.

— Tu n'as pas entendu l'explosion ? demanda Duckett.

Puis, se tournant vers Jameson :

— Avez-vous une idée de la distance ?

— Négatif, commandant.

Duckett se rendit sur l'arrière du PCNO et se pencha sur la table à cartes. Il traça l'azimut de l'explosion.

Le trait de crayon sur la carte s'enfonçait dans la banquise.

— Commandant, intervint Bishop, tu ne penses pas sérieusement à aller faire un tour là-haut, n'est-ce pas ?

Duckett prit une pointe sèche et estima le temps nécessaire pour se rendre jusqu'au pôle.

— Si c'est ce que tu es en train de mijoter, permets-moi de te rappeler que ce bâtiment n'est pas équipé du système de tenue automatique d'immersion obligatoire pour naviguer sous la banquise. De plus, nous ne possédons pas de sondeur de glace. Les barres de plongée avant ne pivotent pas et ne permettent pas de casser la glace avec le massif. Et même si elles pivotaient, souviens-toi que le massif de ce sous-marin n'est pas en acier épais de 6 centimètres, comme celui des Piranha, mais en fibre de verre montée sur une structure en aluminium. Si tu voulais faire surface dans une polynia, tu aplatirais le massif comme une crêpe. Enfin, nous n'avons pas les cartes et pratiquement aucun équipement polaire. Pour couronner le tout, nous n'avons pas reçu d'ordres de COMSUBLANT. Il faudrait émettre pour demander l'autorisation et, si près des côtes russes, ils nous détecteraient certainement.

— Tu as fini ? demanda Duckett calmement.

— J'ai fini, commandant.

— C'est bien, parce que tu as absolument raison. Tu viens d'énumérer toutes les excuses possibles pour ne pas faire route vers le nord.

— Très bien, commandant, je suis heureux que tu sois d'accord avec moi, et il retourna dans sa chambre.

— Mon Dieu, marmonna Duckett, mais où la direction du personnel va-t-elle donc pêcher ce genre de phénomène ?

L'officier de quart, l'enseigne de vaisseau Mills, entendit avec plaisir le murmure du commandant. Il partageait tout à fait cet avis.

— Mills, appela Duckett, venez vers le nord, cap au 0-1-5, vitesse 15 nœuds, en direction de la banquise, sur le relèvement des explosions. Faites commencer les préparatifs pour la navigation sous la glace. Cela fait un moment que je n'ai pas eu l'occasion d'aller faire un tour par là-bas.

Océan Glacial Arctique
Sous la calotte polaire
USS Devilfish

Delaney ne perdit pas de temps pour ordonner la remise en route du réacteur nucléaire. Les procédures qu'il s'apprêtait à exécuter auraient fait s'évanouir d'horreur un opérateur de l'industrie nucléaire civile... La procédure de divergence d'urgence était si dangereuse qu'on ne la pratiquait qu'à plus de 50 nautiques des côtes. Ce jour-là, Matt Delaney pourrait juger du savoir-faire des concepteurs de chaufferies nucléaires de Naval Reactors[1]. Ce démarrage imposerait au réacteur des contraintes plus fortes que jamais, sans tenir compte des efforts déjà dus à l'explosion de la Magnum.

Delaney commença la divergence avec une chaufferie nucléaire en piteux état. Dans la batterie, il ne restait de l'énergie que pour quelques minutes, même au faible régime de décharge actuel. Le niveau du fluide primaire était dangereusement bas, en raison de la fuite sur la boucle tribord. Cela revenait à redémarrer la centrale de Three Mile Island au beau milieu de l'accident.

Delaney jeta un coup d'œil circulaire à ses instruments. La température du circuit primaire était descendue à 177 degrés. Pour la ramener à 260 degrés, Delaney emploierait une vitesse de réchauffage exceptionnelle. En temps normal, le cœur était réchauffé à la vitesse d'un degré par minute, pour ne pas induire de contraintes thermiques excessives dans l'acier de la cuve du réacteur, déjà fragilisée par les radiations. Le barème exceptionnel n'avait jamais été utilisé auparavant. Les contraintes accumulées pourraient faire sauter le couvercle du circuit primaire, ou fissurer les 15 centimètres d'acier des parois de la cuve.

Même si le réchauffage se passait bien, la chaufferie ne serait qu'à moitié disponible. La fuite avait déversé de l'eau fortement radioactive du circuit primaire dans la cale du compartiment réacteur. La

1. Organisme chargé de la propulsion nucléaire dans l'US Navy, depuis la conception des chaufferies jusqu'à leur démantèlement *(N.d.T.)*.

circulation principale bâbord était inutilisable, isolée à la coque après la voie d'eau. Il ne restait donc plus qu'une seule boucle primaire et un seul bord vapeur pour alimenter un turboalternateur et une turbine de propulsion.

Tout cela en supposant qu'il puisse faire diverger le réacteur et démarrer une pompe primaire suffisamment rapidement.

On pensait habituellement qu'un réacteur nucléaire ne pouvait pas exploser comme une bombe. En cas de fonte du cœur, il était exact que l'uranium naturel mélangé au zirconium des gaines et à l'hafnium des barres de contrôle ne pouvait pas atteindre la masse critique nécessaire à l'explosion. La clé du problème était l'enrichissement. Le réacteur du *Devilfish* n'abritait pas un cœur à uranium naturel, dont la densité de puissance était faible. Le combustible nucléaire utilisé était enrichi à une forte teneur en uranium 235 et était capable de délivrer la même puissance qu'un cœur à uranium naturel environ trente fois plus gros. Si le combustible devait fondre, il existait une petite chance d'atteindre la masse critique. Dans le jargon, ce genre de phénomène était appelé un « accident de criticité », en clair, une explosion.

Dans la réalité, si un tel accident se produisait, Delaney n'aurait pas à s'en préoccuper très longtemps... Il commença donc à donner les ordres nécessaires au réveil de la bête.

— Enclenchez la clé magique. Isolez la réfrigération de secours, fermez XC-9. Equilibrez la vanne close tribord et ouvrez-la. Démarrez la pompe primaire n° 2 en petite vitesse.

Le maître Manderson, l'opérateur KR, se leva et tira sur la manette de commande en forme de T de la pompe primaire. Avec un claquement des clapets de non-retour, la pompe démarra. Le compteur d'ampères-heure de la batterie se mit immédiatement à cliqueter.

— On décharge à 800 ampères, chef ! annonça l'opérateur KE.

Delaney grimaça. Ils tiraient une forte intensité d'une batterie pratiquement épuisée. Cette divergence allait être une sacrée course contre la montre.

— Alimentez les électro-aimants d'accrochage des croix.

Manderson saisit la poignée pistolet au centre du tableau de commande et la fit tourner sur la position « Enclenchement ».

Le chronomètre du PCP égrenait les secondes. Le compteur d'ampères-heure cliquetait trois fois par seconde, chaque cliquetis rapprochant le *Devilfish* de la perte totale d'énergie.

— Les barres du groupe 1 sont accrochées, rendit compte Manderson en relâchant la poignée pistolet.

— KR, faites monter les barres jusqu'à la cote de divergence, puis amenez l'octavemètre à 12 octaves par minute. On réchauffera le circuit primaire jusqu'à 260°C.

Manderson procéda au retrait des barres de contrôle du cœur du réacteur, plus vite qu'il ne l'avait jamais fait. Il devait tenir la poignée pistolet poussée vers le haut, en position « Montée », et luttait contre le puissant ressort de rappel. Un redémarrage d'urgence s'exécutait normalement avec un taux de croissance de la population neutronique, qui traduisait directement le niveau de puissance du réacteur, de 5 octaves par minute, soit déjà dix fois plus qu'un réacteur civil. Aujourd'hui, Delaney avait ordonné un taux de croissance de 12 octaves par minute, amenant l'aiguille de l'indicateur en butée. Ce réacteur les réduirait à l'état de miettes phosphorescentes si le démarrage ne s'effectuait pas parfaitement.

— Démarrez la pompe primaire n° 4 en petite vitesse, demanda Delaney alors que le réacteur commençait à fournir de la puissance.

Manderson tira la poignée en T. Le compteur d'ampères-heure cliqueta encore plus vite.

— Chef, nous perdons la batterie, rendit compte l'opérateur KR. Il faut réduire la consommation de courant !

— Pas question, trancha Delaney. Allez, Manderson, réchauffe-moi cette saleté de primaire !

Manderson continua à monter les barres de contrôle. Alors qu'elles se trouvaient à 32 centimètres au-dessus de la cote de divergence, l'aiguille de l'indicateur de température du circuit primaire frémit, puis se déplaça nettement vers le haut. 180°C... 200°C... 240°C...

Au fur et à mesure de la montée en température du cœur, des bruits bizarres et de plus en plus soutenus parvenaient du compartiment réacteur.

— Chef, tout va sauter, ce sont les contraintes thermiques ! cria Manderson.

Delaney cria à son tour, un œil sur la tension batterie maintenant dangereusement faible :

— Continuez le réchauffage, c'est notre seule chance !

— 260°C, chef !

Delaney empoigna la diffusion machine.

— Exécutez le réchauffage d'urgence du turboalternateur tribord !

— Chef, la batterie n'en a plus que pour quelques secondes !

— Tiens bon !

Mais Delaney savait parfaitement que l'opérateur KE ne pouvait rien faire de plus pour prolonger la vie de la batterie. S'ils la perdaient maintenant, les pompes primaires ne pourraient plus faire circuler l'eau du cœur vers le seul générateur de vapeur utilisable. Le *Devilfish* ne s'en remettrait pas. C'était maintenant ou jamais.

Du compartiment machine monta le hurlement du turboalternateur maltraité que les mécaniciens faisaient accélérer jusqu'à sa vitesse de rotation normale en quelques secondes, au lieu des minutes habituellement nécessaires.

Delaney sortit la tête du PCP, pour apercevoir un officier marinier en sueur qui lui cria :

— Le turboalternateur tribord est à 3600 tours, régulateur enclenché. Paré au couplage.

Bien avant que l'officier marinier ait fini sa phrase, Delaney avait déjà ordonné à l'opérateur KE :

— Prendre la configuration électrique C, sur le turboalternateur tribord.

L'opérateur KE n'avait pas besoin qu'on le lui dise. Au moment où il chargeait le turboalternateur, le disjoncteur de la batterie s'ouvrit : elle était complètement épuisée.

Pas une demi-seconde de trop !

Le poste torpilles était complètement détruit et la cale envahie par l'eau de mer. Pacino était debout dans 80 centimètres d'eau et contemplait les dégâts. Il se savait pas comment la voie d'eau s'était arrêtée. Il n'y avait plus âme qui vive dans le compartiment, simplement quelques hommes qui flottaient, le visage dans l'eau. Quelqu'un avait dû mourir en isolant cette voie d'eau, sauvant ainsi le bâtiment.

Les torpilles éventrées gisaient çà et là, laissant fuir leur carburant auto-oxydant. Pacino se souvint tout à coup que ce carburant extrêmement réactif pouvait continuer à brûler dans l'eau. L'eau de mer devait fuir dans le compartiment batterie à travers les joints du panneau d'accès, ce qui signifiait que le dégagement de chlore, produit par la réaction du sel et de l'acide sulfurique contenu dans l'électrolyte des éléments, allait se produire incessamment.

Pacino tendit la main vers un poste de repos, au plafond du compartiment, et saisit un masque à air respirable qu'il enfila aussitôt, aspirant une goulée d'air au parfum métallique.

Le panneau batterie se souleva brutalement, laissant échapper un nuage de gaz vert sous pression, le chlore. L'eau de mer se précipita par le panneau grand ouvert. L'explosion de la batterie était inéluctable, dans vingt, peut-être trente secondes...

Pacino prit une profonde inspiration et débrancha le flexible de son masque de la prise d'air respirable. Il courut vers le PCNO, pensant qu'il n'avait aperçu pour l'instant qu'un seul survivant, Jon Rapier. Dans la coursive centrale, il remarqua que l'éclairage était toujours en fonction, malgré le noyage de la batterie. Delaney devait avoir réussi ! Il accéléra le pas, une faible lueur d'espoir dansant devant les yeux.

La batterie explosa avec un bruit sourd. Pacino atteignit le PCNO deux ponts au-dessus du poste torpilles, la poitrine en feu. Il n'avait pas respiré depuis en bas. Il tâtonna un instant pour brancher le flexible de son masque sur la prise située au-dessus des restes fumants de la console n° 3. Après avoir aspiré quelques goulées d'air, il fut heureux de remarquer d'autres flexibles pendant d'autres prises d'air. Il aperçut Rapier qui le regardait, toujours assis sur son siège, lui aussi équipé d'un masque à air respirable.

La diffusion générale se mit à hurler :

— *Central de PCP, configuration électrique C sur le turboalternateur tribord. Propulsion disponible sur la turbine tribord. Nous sommes limités à 20 nœuds.*

Pacino se précipita sur le micro.

— Chef, ici le commandant, la voix de Pacino résonnait dans tout le bord, réglez la vitesse à 20 nœuds, donnez-moi tout ce que vous avez !

Après une seconde d'hésitation, il ajouta :

— Dégagement de chlore au poste torpilles. Capelez les masques à air respirable.

Le *Devilfish* atteignit péniblement 16 nœuds sur sa seule turbine de propulsion. Pacino se dirigea vers le central et dégagea la sangle du siège du pilote.

Un cliquetis de ceinture, une faible poussée, et le pilote s'effondra sur le cadavre du maître de central. Pacino s'agenouilla sur le siège et jeta un coup d'œil aux instruments. Le gyrocompas fonctionnait encore. Il regarda l'aiguille du loch décoller lentement de zéro et s'arrêter vers 16 nœuds, puis mit la barre à gauche pour venir au 0-3-0, en direction de la polynia. Naviguant au jugé, il pouvait très bien manquer la polynia, trop à droite, trop à gauche ou trop loin...

Mais une chose était parfaitement claire. Ils étaient toujours sous la glace épaisse. S'ils ne pouvaient pas gagner la polynia, lui et son équipage, il rejoindrait son père, au fond de l'océan Glacial Arctique.

Norfolk, Virginie
Base aéronavale de Norfolk

Pour le missile de croisière SSN-X-27, l'heure avait sonné. Il était temps de faire exploser la charge qu'il transportait. Une épaisse plaque d'acier tourna d'un quart de tour, alignant les deux sous-ensembles du détonateur principal. Le calculateur de guidage envoya une impulsion électrique dans le détonateur qui explosa en une boule de feu miniature. L'onde de détonation se propagea aux six inflammateurs, puis aux explosifs en forme de part de tarte encerclant le tore de plutonium et le réservoir de deutérium sous la forme d'eau lourde.

Le front de détonation atteignit les six inflammateurs. Deux microsecondes plus tard, l'implosion du plutonium commença.

Le capitaine de corvette Todd Nikels n'avait pas eu besoin qu'on lui rappelle ce qu'était un kamikaze. Il estimait le missile de croisière à environ 500 mètres sur son avant, survolant les quais des sous-marins, déserts à cette heure. Les ailes du F-14 étaient déjà ramenées en arrière, lui permettant de passer en supersonique. Nikels poussa brutalement la manette des gaz à fond et se sentit cloué à son siège par l'accélération brutale, alors que le chasseur fonçait vers le missile de croisière. Celui-ci parut grandir et, en quelques secondes, il se trouva juste un peu à droite et au-dessus du F-14. Nikels tira sur le manche, amenant le bord d'attaque de son aile droite au contact du missile.

Le F-14 volait maintenant à Mach 2. L'aile du chasseur découpa le missile juste en avant de l'entrée d'air, et le SSN-X-27, déjà en train d'exploser, se pulvérisa en fragments minuscules.

Le missile de croisière détruit devenait pratiquement inoffensif malgré le nuage de plutonium qu'il avait produit. Comparée aux dégâts d'une explosion nucléaire, une faible contamination de surface était négligeable.

Pour Nikels, c'était la bonne nouvelle.

La mauvaise était que son aile droite avait été sectionnée au niveau du renforcement de l'attache avec le fuselage, arrachant le turboréacteur droit et l'entrée d'air. Les débris de l'aile découpèrent également le stabilisateur et la gouverne de profondeur droits. Le carburant contenu dans l'aile et le fuselage s'embrasa instantanément.

Nikels regarda son avion se désintégrer. Quand l'engin commença à basculer, incontrôlable, il sentit un violent souffle d'air : la verrière s'arrachait du cockpit. Ce n'est qu'à ce moment-là qu'il réalisa que son copilote, Brad Tollson, avait initié la séquence d'éjection.

Nikels essaya de ramener les bras contre sa poitrine et de saisir le rideau d'éjection au-dessus de sa tête. Apparemment, Tollson était bien en avance sur lui. Les cartouches des sièges explosèrent avant que Nikels n'ait eu le temps de se mettre en position d'éjection. Le cockpit s'éloigna brutalement. Comme il sortait de la verrière, il eut le bras droit arraché par le courant d'air à 1 200 nœuds, la vitesse du F-14. Les vestiges du chasseur explosèrent en une large boule de feu.

Le sang coulait à flots de sa blessure à l'épaule et il eut la chance de perdre connaissance...

Deux secondes plus tard, son parachute s'ouvrit, à peine 3 mètres au-dessus du béton du quai n° 7 de la base navale de Norfolk. Le corps de Nikels toucha le sol à la vitesse de 600 nœuds, se répandant sur plus de 100 mètres. Le plutonium de la bombe H qu'il venait de détruire le contamina immédiatement.

22

Dimanche 19 décembre
09 h 56 GMT

Océan Glacial Arctique
Sous la calotte polaire
USS Devilfish

Pacino se représenta mentalement la géographie de la glace autour de lui. Il avait toujours pris soin de garder en mémoire la position du *Devilfish* par rapport à la polynia, exactement comme on le lui avait enseigné au cours de commandement. Il estimait que le sous-marin se trouvait à peine à un nautique du coin sud-ouest de la polynia... un nautique seulement et il pourrait faire surface comme si de rien n'était. Un bref message pour demander du secours et ce serait la fin du cauchemar.

L'enthousiasme de Pacino aurait pris un sérieux coup s'il avait pu apercevoir les pupitres de Delaney : étant donné l'état du réacteur, la polynia demeurait aussi inaccessible que si elle s'était trouvée à l'autre bout du monde.

Sous les yeux de Delaney, l'accident de Three Mile Island se reproduisait et il ne pouvait rien y faire.

La fuite primaire sur la boucle tribord n'avait pas été complètement isolée par la fermeture des robinets-coudes, ainsi qu'il l'espérait. Ces sectionnements, dont le rôle consistait à protéger le circuit primaire en cas de rupture de l'une des boucles, n'étaient plus étanches. Probablement en raison du choc. Les robinets-coudes avaient laissé fuir le précieux liquide primaire dans la cale du compartiment depuis le réchauffage du réacteur. L'eau primaire était radioactive, et l'alarme contamination se déclencha dans les compartiments machines, à l'arrière du couple 57, l'entrée du tunnel réacteur.

Delaney avait bien essayé de compenser les pertes par la pompe de relevage, mais les réserves d'eau distillée se trouvèrent rapidement épuisées. Le bouilleur, qui produisait de l'eau douce à partir de l'eau de mer, était hors service depuis la collision. De toute façon, il n'aurait pas eu un débit suffisant.

Delaney avait ainsi été obligé de relever le circuit primaire avec de l'eau de mer, bien que l'ensemble de la chaufferie ait été conçu pour empêcher tout introduction de sel dans les délicats composants nucléaires. Le chlore pouvait corroder la cuve du réacteur en quelques heures, voire en quelques minutes, et les corps chimiques en solution dans l'eau de mer s'activaient rapidement, augmentant le niveau général de la radioactivité du circuit primaire. La pompe de relevage pouvait à peine étaler le débit de fuite ; en quelques minutes, la pompe prit feu dans un nuage de fumée noire. Sans relevage, l'accident de perte de réfrigérant commença.

Delaney, impuissant, vit le niveau du pressuriseur tomber de 127 centimètres à 25 en moins d'une minute. Le pressuriseur était l'organe qui permettait à l'eau du circuit primaire de rester liquide à la température de 270°C. Quand il serait vide, toute l'eau du circuit primaire se transformerait brutalement en vapeur.

Le klaxon d'incident du réacteur rompit le silence inquiétant qui régnait au PCP.

— Pression basse boucle bâbord, chef ! cria

Manderson. Insertion pression basse. Les barres en manœuvre descendent.

Le réacteur sentait la dépressurisation venir et tentait de réagir en diminuant la puissance extraite, faisant descendre les barres de contrôle, conformément à sa programmation.

— Acquittez le klaxon et arrêtez l'insertion programmée, ordonna Delaney.

Il tirerait tout ce qu'il pourrait de ce réacteur. Il était foutu, de toute façon, et qui sait, peut-être ne se trouvaient-ils qu'à quelques centaines de mètres de la polynia. Lorsque le niveau du pressuriseur tomba à zéro, l'eau du circuit primaire commença à bouillir dans la cuve. Le klaxon, acquitté quelques secondes plus tôt, se remit à hurler au PCP.

— Niveau bas pressuriseur, chef. Arrêt du chauffage.

Comme la pression tombait rapidement, Delaney ordonna l'arrêt du réacteur.

— Manderson, mettez toutes les barres en insertion jusqu'à l'alarme.

— Les barres ne descendent pas, chef. Le combustible doit commencer à fondre.

Le cœur du réacteur se découvrit, faisant bouillir les dernières gouttes d'eau du circuit primaire. Les éléments combustibles fondirent et formèrent une flaque brûlante au fond de la cuve dont les parois commençaient également à se liquéfier. Jusqu'à maintenant, Delaney n'avait pas rendu compte à Pacino au PCNO. Et de toute façon, qu'aurait pu faire le commandant ?

Un nouveau klaxon retentit au PCP, annonçant un niveau élevé de radiations dans le compartiment machine. Delaney saisit le micro qui pendait du plafond.

— *Commandant, ici l'ingénieur. Le réacteur est en alarme. Le cœur est découvert et le combustible fond. La batterie est morte et nous n'avons plus de vapeur. Je vous suggère de chasser rapide pour remonter en... pour remonter vers le haut.*

Delaney lâcha le micro, il faisait soudain très froid au PCP.

FS Kaliningrad

Vlasenko descendit le long de l'échelle d'accès au PCNO, maintenant inclinée à plus de 50 degrés. Tout son corps lui faisait mal. Il trébucha sur quelque chose de mou... Novskoy. Une précédente blessure devait lui avoir fait perdre conscience car il n'avait pas frappé particulièrement fort.

Une soudaine explosion détourna son attention du mécanisme de largage de la sphère, et il jeta un coup d'œil sur bâbord pour apercevoir la console de classification du sonar en flammes. L'assiette était trop importante pour qu'il remonte et se rende compte de ce qui s'était produit exactement, mais il n'avait pas besoin de s'approcher pour déterminer la cause de l'explosion : un couple intérieur à la coque épaisse s'était écrasé sur la console. La coque commençait à céder et un filet d'eau apparut au pied du meuble. Vlasenko regardait la fuite, refusant de croire que cette structure de titane, d'une si haute technologie, s'était finalement brisée. Le fluage du titane signifiait à coup sûr que l'immersion actuelle était supérieure à 2 000 mètres, bien qu'aucun indicateur ne soit encore en état de marche. Le clignotement de mauvais augure du fanal de secours le ramena brutalement à la réalité.

Il pleuvait sur lui maintenant. Le sous-marin coulait en position verticale, et la cloison avant de la tranche E était devenue le pont. Vlasenko se rendit compte que l'échelle d'accès à la sphère de sauvetage était parfaitement horizontale. Il réalisa qu'il ne lui restait plus que quelques secondes avant l'implosion du compartiment. Il décida de tenter d'embarquer Katmonov, le maître de central, dans la sphère de sauvetage. Il essaya de déboucler le harnais qui sanglait Katmonov dans son siège, mais le poids du corps l'en empêcha. Il l'abandonna donc et attrapa Ivanov par les aisselles. Celui-ci respirait encore faiblement, à moitié inconscient. Vlasenko le tira jusqu'à l'échelle d'accès, le déposa dessus et entra dans la sphère. Il lui attrapa les mains et le tira à l'intérieur, à travers le panneau.

La tranche E vibra, et la voie d'eau augmenta. Le tableau de pilotage était maintenant sous 10 centimètres d'eau. Vlasenko retourna auprès de Chekechev pour vérifier s'il respirait encore. Il était mort. Du sang gouttait de sa bouche. Vlasenko sentit monter un accès de fureur — contre Novskoy, et contre le sous-marin qui les avait attaqués.

L'eau arrivait maintenant au niveau du panneau de la sphère de sauvetage. S'il attendait encore, elle se remplirait et il se noierait. Il retourna vers Katmonov toujours suspendu à son harnais, le visage à moitié immergé. A demi inconscient, il ne pouvait se redresser pour se maintenir à l'air libre et toussait tandis qu'il cherchait à respirer, avalant de l'eau.

Vlasenko prit une profonde inspiration et plongea pour tenter de dégager la boucle du harnais avant que le pauvre garçon ne se noie. Mais l'eau montait trop vite, submergeant maintenant le dossier du siège. Les doigts de Vlasenko, engourdis par le froid, ne purent débloquer la fermeture.

Les poumons en feu, Vlasenko fit surface et respira, crachant l'eau sale du compartiment. Il réalisa brutalement que ses pieds ne touchaient déjà plus le fond.

Une détonation puissante secoua ce qui restait du bâtiment, suivie par une seconde.

Les armes explosaient en tranche F.

Vlasenko replongea, en tirant sur la chemise de Katmonov. Alors qu'il progressait dans l'obscurité, il sentit une main agripper son bras.

Katmonov était toujours bien vivant !

Vlasenko trouva à nouveau le harnais et tira dessus de toutes ses forces. En vain. Il essayait d'ouvrir la boucle une dernière fois lorsqu'enfin, elle céda. Il réussit à extraire Katmonov de son siège et à le remonter à la surface. Il aperçut Novskoy et une vague de découragement l'envahit, lui ôtant pratiquement toute envie de vivre.

Il regarda la voie d'eau, au-dessus, et tira Katmonov jusqu'au panneau de la sphère, à demi submergée. La tâche semblait facile, maintenant que l'homme flottait. Vlasenko était sur le point de pénétrer dans la sphère et de fermer le panneau derrière lui, lorsqu'il aperçut, sortant de la pénombre, le visage de Novskoy.

Il pensa que l'amiral était mort, mais quand il nagea pour s'écarter et rejoindre le panneau, les yeux de Novskoy s'ouvrirent d'un coup ; l'amiral le regarda fixement et s'agrippa fermement à sa manche et à son col.

Plus le temps de discuter ni même de repousser Novskoy par la force, bien qu'il en soit fortement tenté. Quels que soient ses sentiments, il serait sans doute plus rapide de faire entrer Novskoy dans la sphère que de l'en empêcher. Alors qu'il le tirait à l'intérieur, l'amiral perdit conscience.

Une fois dans la sphère, il s'aperçut que Novskoy s'était effondré, le visage dans l'eau sale et glacée. Il le redressa, lui appuya le dos sur la paroi de titane et plongea pour fermer le panneau. Il dut mettre toute son énergie dans cet ultime effort.

Quand il se retourna, l'amiral était retombé dans l'eau. Une fois encore, il le releva et lui fit agripper une poignée. Ivanov et Katmonov, les yeux ouverts, tremblaient de tous leurs membres. Ivanov, tenant à deux mains sa jambe blessée, se balançait doucement d'avant en arrière, submergé de douleur.

Vlasenko se traîna jusqu'au panneau de commande de la sphère, lorsque soudain le fanal de secours s'éteignit, probablement court-circuité. Dans l'eau froide qui engourdissait ses membres, il tâtonna pour trouver le panneau de commande et en chercha le coin supérieur droit. Il ferma les yeux, priant pour que la sphère se dégage du sous-marin mortellement blessé. La commande claqua en position « largage ».

Rien ne se produisit.

USS Devilfish

A peine un nautique jusqu'à la polynia, et voilà que ce foutu réacteur décide de fondre !

Pacino ne pouvait pas en vouloir à Delaney. Lui-même n'aurait certainement pas pu faire mieux.

Il lâcha le manche de commande des barres et se dirigeait vers le tableau des ballasts au moment où l'éclairage s'éteignit. La ventilation s'arrêta une fois de plus et le PCNO redevint silencieux, éclairé seulement par l'unique fanal que Pacino avait allumé peu de temps après l'explosion de la Magnum.

Il brancha son masque sur la prise d'air située au-dessus du tableau central de sécurité-plongée, regardant vers le plafond, comme s'il était possible ainsi de deviner l'épaisseur de la glace au-dessus du *Devilfish*. La glace devait bien avoir 30 mètres d'épaisseur à cet endroit, se dit Pacino, et une telle épaisseur de banquise était à peu près aussi solide qu'un bon mètre et demi d'acier. Et même s'il parvenait à atteindre 20 nœuds avec la chasse rapide, la glace n'allait-elle pas les écraser ? Il n'existait qu'une seule façon d'en être sûr. Essayer, nom de Dieu !

Pacino se prépara à chasser rapide à tous les ballasts. Il posa la main sur le distributeur de chasse rapide du groupe avant et le tira à fond.

Les six clapets à bille dans les tuyautages d'air HP s'ouvrirent avec un claquement sec et mirent en communication les bouteilles d'air à 250 bars avec les ballasts pleins d'eau de mer du groupe avant. En expansion, l'air sous pression chassa l'eau de mer des ballasts, rendant le *Devilfish* léger de l'avant.

Pacino, assourdi par le bruit de la chasse, regardait le PCNO se remplir de condensation. Il tira le distributeur de chasse rapide du groupe arrière en position ouvert. Le bruit de la chasse se fit encore plus violent. Les ballasts arrière se vidèrent à leur tour. Quelques secondes plus tard, les bouteilles du système de chasse rapide étaient vides d'air, et tous les ballasts du *Devilfish* vides d'eau de mer.

Plein d'espoir, Pacino fixa l'indicateur d'immersion, guettant les indices d'une remontée.

Rien.

Evidemment, il ne fonctionnait plus : sans électricité, le réacteur arrêté, la batterie noyée et dégageant du chlore... Pacino saisit une lampe torche accrochée à côté du tableau de commande des ballasts et en dirigea le faisceau vers l'un des antiques manomètres Bourdon, un système ne nécessitant pas d'électricité pour mesurer la pression. Ils étaient profond. 270 mètres. Il faudrait un moment avant que le Bourdon ne détecte une amorce de remontée.

Pacino perçut le premier indice favorable en regardant l'inclinomètre à bulle du bâtiment. Il indiquait une assiette positive, ils avaient commencé leur ascension. L'eau des cales devait se précipiter vers l'arrière, pensa-t-il, le sous-marin prenant de l'assiette beaucoup plus rapidement que lors des chasses rapides habituellement exécutées en exercice. Il espérait que l'assiette positive ne permettrait pas à l'air de s'échapper des ballasts et, Dieu les en préserve, de renvoyer le *Devilfish* vers le fond.

Il éclaira le PCNO du faisceau de sa lampe torche, apercevant les visages hébétés sous les masques à air respirable. Et même dans l'hypothèse où ils traverseraient la glace épaisse de 30 mètres, comment pourrait-il les faire sortir du bâtiment ? Et s'il réussissait à les extraire de la carcasse du sous-marin, que deviendraient-ils ensuite, là-haut, dans les conditions impitoyables du Grand Nord ?

Concentre-toi sur la remontée, se dit-il à lui même. Le manomètre d'immersion indiquait 235 mètres. Au moins allaient-ils dans le bon sens.

Pacino respirait l'air sec du circuit de secours, qui

sentait le renfermé, attendant, mais quoi exactement ?

FS Kaliningrad

Vlasenko se pencha pour tirer le levier de largage manuel. Il avait disparu, bel et bien perdu dans l'eau noire qui emplissait à moitié la sphère de sauvetage. Il plongea par deux fois et finit par le trouver. Il tâtonna un long moment dans l'obscurité avant de regagner le panneau de commande, et remit le levier en place, le tirant avec force pour larguer la sphère.

Une fois de plus, rien ne se produisit.

Epuisé, frustré, Vlasenko se laissa aller en arrière, contre la paroi glacée, puis rechercha le support de la lampe torche. Au moins, mourrait-il la lumière allumée. Ce fut long, mais il finit par la trouver, la retira de son support et manœuvra l'interrupteur. Sa faible lueur jaune éclaira à peine l'intérieur de la sphère.

La sphère vibra violemment alors que la tranche E s'effondrait et implosait sous l'effet de l'immersion. Vlasenko dirigea le faisceau de la lampe vers le manomètre d'immersion — 2 100 mètres, et il coulait encore ! L'orientation de l'intérieur de la sphère montrait que le bâtiment était toujours en assiette – 90 degrés, les bancs de bois bizarrement à la verticale, un panneau d'un côté de la sphère, et l'autre en face de lui.

L'air dans la sphère n'était plus aussi froid qu'auparavant, maintenant qu'ils étaient quatre à y respirer, mais il était plus lourd. L'eau, en revanche, était glacée. Vlasenko décida qu'il n'y avait plus aucun espoir. Il eut envie de se saisir du pistolet de Novskoy et de se tirer une balle dans la tête. Il jeta un coup d'œil à l'amiral. Le pistolet avait disparu, perdu pendant l'explosion.

Les parois de la sphère craquèrent, commençant

à se déformer, à céder sous la pression. Ce ne serait plus très long maintenant.

Le manomètre d'immersion indiquait 2 375 mètres.

Le *Kaliningrad,* ou du moins ce qu'il en restait, tressauta encore. Un grondement prolongé et puissant se propagea à travers l'eau, le titane et l'acier, se terminant par un bruit de métal déchiré. Le choc projeta la tête d'Ivanov contre la paroi de titane qui se déformait et l'assomma.

La dernière tranche du sous-marin venait d'imploser sous l'énorme pression d'immersion.

Vlasenko éclaira Ivanov et vit du sang sur son col. Il secoua la tête et fut soudain envahi d'une curiosité morbide, déplacée dans ces circonstances tragiques... Il voulait connaître la pression d'écrasement de la sphère de sauvetage.

Il éclaira à nouveau le manomètre d'immersion, s'attendant à y lire environ 2 500 mètres. Au lieu de cela, l'aiguille affichait 1 900 mètres. 1 900 mètres ?

La sphère avait un comportement différent, maintenant : elle vibrait et se balançait. Cela ne ressemblait pas aux mouvements habituels d'un sous-marin à la mer, mais plutôt à ceux d'une feuille morte qui tombe de son arbre, hormis le fait que la sphère montait au lieu de descendre. La dernière explosion devait certainement l'avoir libérée de son dispositif de retenue. Il regarda à nouveau l'immersion : 1 800 mètres... 1 750... Ils remontaient rapidement, malgré l'eau qu'ils avaient embarquée par le panneau et qui alourdissait l'ensemble. Vlasenko jeta encore un coup d'œil au manomètre, toujours incrédule : 1 000 mètres. Ils s'élevaient comme une bulle du fond de la mer, et bientôt, ils seraient en surface.

Mais en surface, il y a de la glace épaisse...

L'aiguille continua sa course vers la gauche : 500 mètres... 400... 300...

Vlasenko essayait de préparer les hommes au choc qui allait se produire lorsque la sphère remontant à grande vitesse des profondeurs entrerait en collision avec la glace. Il attrapa des brassières de sauvetage et des rations de survie enveloppées dans du plastique, et les utilisa pour capitonner le plafond de la sphère. La sphère remontait toujours de travers, instable. Un dernier coup d'œil à l'immersion, 50 mètres, qui diminuait rapidement. Il espérait seulement que la glace avait été brisée par l'explosion.

La sphère de sauvetage du *Kaliningrad* heurta la banquise à la vitesse de 5 mètres par seconde. Le manomètre d'immersion indiquait moins de 5 mètres, peut-être même seulement un mètre en regardant bien. Ils flotteraient donc ici, séparés du monde extérieur par un simple mètre de glace.

Vlasenko n'avait plus aucune sensation dans les bras ni dans les jambes. Il s'allongea sur le banc avec les blessés, attendant le sommeil et la fin du froid.

USS Devilfish

Le *Devilfish* remontait vers la surface avec une assiette positive de 45 degrés, accélérant jusqu'à 19 nœuds, sous l'effet de l'énorme flottabilité que lui procuraient ses ballasts pleins d'air. Pacino s'agrippait au tableau central de sécurité plongée, les yeux rivés au manomètre Bourdon. Se trouvant environ 1 800 mètres au sud-ouest de la polynia, ils allaient devoir tenter de faire surface à travers la glace épaisse. Il restait encore un acte de commandement à Pacino, choisir de fermer les yeux ou de les garder ouverts pendant les derniers mètres de la remontée.

Il décida de les garder ouverts. 100 mètres... 70... 50...

Il changea brusquement d'avis et ferma les yeux.

23

Dimanche 19 décembre
09 h 58 GMT

Océan Glacial Arctique
Sur la banquise

La crête de pression à la bordure sud-ouest de la polynia était épaisse de 25 mètres. Les molécules qui formaient la structure cristalline de la glace étaient restées figées depuis des siècles, cette région n'ayant pas connu d'eau à l'état liquide depuis des millénaires. Pendant tout ce temps, la glace avait été aussi solide que du béton, constituant une partie de la structure massive de la banquise.

A 09 h 45 GMT, une explosion nucléaire s'était produite sous la glace, à 5 kilomètres au nord-ouest. Son effet principal avait été de former un réseau de fissures très fines dans la masse mais, sous l'effet de la température très basse et du poids de la glace, ces fissures avaient déjà commencé à se ressouder.

A 09 h 58, un sous-marin nucléaire d'attaque de 4 500 tonnes entra en collision avec la surface inférieure de la banquise. Le sous-marin avait une vitesse de 9 mètres par seconde. La puissance de l'impact était équivalente à celle d'une locomotive lancée à plus de 350 km/h, ou à celle de douze obus d'artillerie de 500 kilos tirés à bout portant. Ou encore à celle d'une petite explosion nucléaire.

La glace se pulvérisa, comme frappée par le poing de Dieu.

La sphère sonar du *Devilfish* fut enfoncée, aplatie comme une crêpe d'acier sur la cloison avant qui s'ouvrit comme un fruit mûr. Une fois la coque épaisse du compartiment avant déchirée, la glace cessa de résister et un trou de 30 mètres de diamètre se forma. Des blocs de glace furent éjectés vers le haut et sur les côtés, se brisant en petits fragments aux arêtes coupantes.

La coque cylindrique du *Devilfish* passa à travers le trou dans la glace, découpant le massif à la base, à l'endroit de son raccordement avec le pont du sous-marin. Le bâtiment continua sur sa lancée et atterrit sur la banquise comme une sorte de baleine géante. Il glissa au sommet d'une petite crête et s'arrêta à plus de 80 mètres de l'ouverture béante qu'il avait forée dans la glace, sur la pente descendante de la crête de pression. Au bas de cette faible déclivité, 300 mètres plus loin, se trouvait la polynia visée par Pacino. Le PCNO, déjà dévasté par l'onde de choc de la Magnum, se modifia brutalement. Jusque-là, le compartiment avait conservé sa forme et sa symétrie. La collision avec la banquise fractura les couples d'acier de la coque épaisse. L'énergie de la force de décélération projeta en avant les hommes, les consoles, les sièges et de nombreux fragments de métal, en une véritable pluie de chair et d'acier. Plusieurs des hommes qui avaient survécu au premier choc, comme le lieutenant de vaisseau Rod Van Dyne, l'officier chargé du sonar, furent tués instantanément.

Pacino fut projeté la tête la première dans le panneau de commande des ballasts, à l'avant bâbord du PCNO. Le masque à air respirable s'enfonça dans l'épaisseur du pupitre, et la tête de Pacino encaissa le reste du choc. Le masque glissa lorsqu'il s'effondra, les bras ballants, sur le siège du maître de central. Il resta là un instant avant de tomber sur le pont, face au panneau de commande. Le sol était glissant d'huile, de sang ou d'eau de mer. Dans la faible lumière du fanal, il aurait été impossible de le préciser.

Quelque part sous la glace, pas très loin du *Devilfish,* une sphère de titane de 90 tonnes abritait quatre personnes qui peu à peu perdaient conscience à cause du froid extrême.

Vers 10 h 01 GMT, l'éruption était terminée.

Le gros sous-marin noir, le nez écrasé, gisait sur la glace avec une gîte de 20 degrés sur bâbord. L'étrange bête de métal venue des profondeurs reposait là, inerte. L'intérieur du bâtiment était comme l'extérieur.

Rien ne bougeait.

Cela faisait longtemps que Pacino était ainsi allongé. La lumière ambiante était très faible. Son visage était froid à l'endroit où il restait en contact avec l'acier du pont. Il essaya d'identifier la console devant laquelle il se trouvait, mais il ne l'avait jamais vue sous cet angle auparavant.

Il entendit une voix lointaine.

— Commandant, vous allez bien ? La voix était assourdie et étouffée.

Pacino essaya de ramper vers la voix. Ce fut long et pénible.

— Manderson, le commandant a perdu son masque, remettez-le lui. Je vais essayer d'ouvrir le panneau d'accès passerelle.

Il devenait difficile de respirer. Pacino ne voyait rien, un nuage devant les yeux. Il avait l'impression d'avoir la tête dans un aquarium. Il lutta pour rester conscient, et lorsque l'air sec au goût métallique lui remplit les poumons, son brouillard mental se dissipa lentement. Il sut où il se trouvait. Bravant la douleur, il se releva lentement et s'appuya au panneau de commande des ballasts, désormais éteint.

L'ingénieur, Matt Delaney, essayait de débloquer le panneau d'accès au sas passerelle. Il semblait coincé. Pacino trouva sa lampe torche et chercha une rallonge au plafond du compartiment. Cette barre d'acier, longue d'1,20 mètre, était utilisée pour ouvrir et fermer les sectionnements d'alimentation en air comprimé du clapet de tête du schnorchel et de la coupole qui permettait l'entrée de l'air frais dans le bord. Les sectionnements, cachés au milieu de câbles et d'autres tuyautages, étaient implantés trop haut pour pouvoir être manœuvrés à la main. Pacino la trouva, la libéra de son support et marcha péniblement jusqu'au panneau.

Il voyait suffisamment clair pour rejoindre Delaney et enfiler la rallonge entre les rayons du volant de manœuvre du panneau. Les deux hommes poussèrent de toutes leurs forces sur ce levier improvisé et le volant céda, libérant le panneau. Pacino jeta un coup d'œil au PCNO dans la lumière blafarde de la lampe de poche tenue par Manderson. Ils gîtaient sur bâbord, en assiette légèrement négative. Plusieurs flexibles de masques à air respirable serpentaient sur le pont, alimentant des masques appliqués sur le visage d'hommes pour la plupart inconscients. Le pire était certainement de regarder les cadavres qui ne portaient pas de masques.

— Commandant !

Delaney avait ouvert le panneau d'accès au sas passerelle. Le problème était que le sas passerelle avait tout simplement disparu ! Une lumière blanche éclatante inondait le PCNO. Et avec elle, s'engouffra une bouffée de l'air glacial de l'Arctique.

Pacino se rendit jusqu'au panneau et regarda en l'air, puis il gravit l'échelle et passa la tête vers la lumière.

Il retira son masque et prit une profonde inspiration. L'air extérieur était si froid qu'il lui brûla les poumons. Le paysage était spectaculaire et le ciel couvert, mais n'importe quel type de ciel était le bienvenu après ce qu'avait enduré le *Devilfish*. Pacino s'aperçut que le massif avait été complètement arraché, le panneau d'accès au sas passerelle se trouvant maintenant au niveau du pont. La partie arrière de la coque semblait intacte mais la sphère du sonar et la charpente avant avaient disparu, écrasées. Le diesel devait certainement avoir été mis hors service.

C'était à peine croyable : le sous-marin reposait sur la glace et ne flottait pas dans une polynia. Ils ne s'étaient pas simplement contentés de percer un trou dans la glace, mais l'avaient carrément traversée pour venir se poser sur la banquise. Pacino mit un certain temps à se convaincre qu'il ne rêvait pas.

Un sous-marin nucléaire de 4 500 tonnes posé sur la surface de la banquise. Combien de temps la glace pourrait-elle supporter une charge aussi lourde concentrée sur une si faible superficie ? Une glace suffisamment fragile pour que nous puissions la traverser de part en part... »

— Chef, dit Pacino, nous devons immédiatement abandonner le *Devilfish*.

— Commandant, il doit faire - 30°C dehors, et nous ne pouvons pas faire sortir l'équipage avant d'avoir récupéré les équipements polaires.

— Rassemblez tous les hommes valides et dépêchez-vous de sortir ces foutus équipements. La majeure partie est stockée dans le local ESM et au secrétariat. L'abri est rangé au local ventilation. Dépêchez-vous ! Dieu seul sait combien de temps encore le *Devilfish* pourra rester sur la glace avant de s'enfoncer. Envoyez quelques hommes faire le tour du bâtiment et aider les blessés à rejoindre le PCNO. Nous sortirons par ce panneau. Tout le personnel de l'arrière est-il passé à l'avant ?

— Ils sont tous là, et encore en vie, mais je ne sais pas pour combien de temps... Nous avons bien pris 800 ou 900 rems lors de la fonte du combustible du réacteur. Et vous, à l'avant, vous avez dû en prendre à peu près la moitié.

Les deux hommes savaient pertinemment qu'une dose de radiation de 1 000 rems ne laisserait aucun survivant.

Delaney rassembla une demi-douzaine d'hommes

et partit vers l'arrière pour récupérer les équipements polaires.

Le maître Manderson essayait de ranimer les hommes du compartiment. Pacino marcha jusqu'à la coursive sur l'arrière du PCNO et s'arrêta à la porte de sa chambre.

Celle-ci était équipée d'un fanal de secours que Pacino alluma, sachant très bien ce qu'il allait découvrir. Tout était détruit. Rien de récupérable. Il était sur le point de sortir lorsqu'il aperçut le Jolly Roger, toujours accroché au mur dans son cadre. Il brisa le sous-verre et arracha le pavillon de son support, puis en fit une boule et le fourra dans sa poche. Il quitta la chambre et, pris d'un regret, y retourna pour éteindre le fanal. Une sorte de marque de respect, comme fermer les yeux d'un mort. Pacino revint au PCNO où Delaney lui tendit une pelisse qu'il enfila aussitôt. L'équipage fit passer les équipements polaires à travers le panneau, et quelques instants plus tard, ils étaient tous dehors.

Pacino se retrouvait seul au PCNO, en compagnie de Delaney, qui avait un pied sur l'échelle, prêt à abandonner le bâtiment.

— Allez, commandant, dépêchez-vous, insista Delaney. Chaque seconde à bord vous irradie un peu plus et, comme vous le disiez, la banquise peut s'effondrer d'un instant à l'autre.

— J'arrive tout de suite. Assurez-vous que l'équipage monte le camp suffisamment loin du *Devilfish*. Quand la glace craquera, ce serait tout de même dommage qu'elle emporte avec elle le peu d'hommes qu'il nous reste.

Delaney acquiesça, hésitant un instant, puis gravit l'échelle. Michael Pacino demeurait désormais seul dans le PCNO de son sous-marin blessé à mort. Il était debout à côté des restes fumants de la DLA et regardait la plate-forme des périscopes. Il réalisa que son commandement du *Devilfish* se terminait là et remarqua l'autre Jolly Roger sur la cloison arrière du PCNO, le crâne et les deux fémurs blancs se détachant clairement sur le fond noir, encadrés par la devise brodée du *Devilfish* : « Tout essayer, même tricher ». Eh bien ! cette fois-là, il avait vraiment essayé. Il remarqua à peine le retour de Matt Delaney, qui lui saisit le bras et le força à quitter le bâtiment.

Pacino, assis sur un sac de couchage près de la paroi de l'abri, sirotait un café fumant que venait de lui tendre Jon Rapier. Il contemplait la tête de bélier peinte sur la tasse, l'emblème du *Devilfish*.

L'abri polaire était une bulle de polyéthylène semi-rigide au centre de laquelle était installé un bruyant générateur diesel qui fournissait chaleur et lumière. Ils avaient suffisamment de vivres pour nourrir tous les survivants pendant plusieurs jours. En plus de Pacino, Rapier et Delaney, trente autres hommes d'équipage s'en étaient sortis vivants.

Trente-trois rescapés potentiels, sur un équipage de cent vingt-sept hommes. « Un bien médiocre taux de survie », pensa Pacino, même si quelques heures auparavant, l'ensemble de l'équipage paraissait condamné par la Magnum russe. Quelques hommes seulement étaient encore inconscients, deux blessés à la tête, les autres avec des lésions internes.

Il neigeait dehors, par 30 degrés au-dessous de zéro, sans vent. Le soleil devait être très bas sur l'horizon. C'était le jour Arctique, ici, qui durait des mois à cette latitude. Rapier avait disposé des feux de Bengale autour de l'abri, dans l'espoir qu'un satellite détecte la chaleur produite, déclenchant ainsi une mission de secours. Pacino finit sa tasse et la posa sur le sol étanche de l'abri. Complètement épuisé, il ferma les yeux. « Je vais dormir un quart d'heure », se dit-il.

Le bruit d'une explosion proche, un énorme craquement, réveilla Pacino en sursaut.

Cela provenait des alentours du *Devilfish.*

Dans l'abri, les hommes se levèrent d'un bond et se ruèrent à l'extérieur, certains oubliant même leur parka.

Pacino regarda par-dessus la crête de glace en direction du sous-marin. Cette nouvelle scène d'horreur resterait elle aussi à jamais gravée dans sa mémoire. Le sous-marin commença à glisser le long de la déclivité constituée par la crête de glace, comme au ralenti, puis accéléra doucement. On aurait dit un traîneau radioactif de 4 500 tonnes. Sous les pieds de Pacino, la banquise trembla lorsque le sous-marin arriva sur la glace mince de la polynia, qui s'effondra instantanément. Le bâtiment s'enfonça dans l'eau noire. L'hélice et les barres arrière disparurent en premier. Glissant bruyamment au bas de la pente, le sous-marin prit de l'erre en arrière et plongea. Le *Devilfish* prit de l'assiette positive et coula rapidement, entouré d'une myriade de bulles. Pacino vit le panneau d'accès passerelle à travers lequel il était sorti quelques heures auparavant s'enfoncer dans l'océan Glacial Arctique. L'avant du sous-marin, écrasé et déformé par la collision avec la glace, restait seul encore visible, puis disparut lui aussi dans un geyser d'écume. De l'USS *Devilfish,* il restait simplement un trou dans la glace mince de la polynia.

Pacino grimaçait. Il avait envie de crier mais savait qu'il lui fallait à tout prix se contenir. Il pouvait seulement détourner les yeux de cette vision de cauchemar.

24

Dimanche 19 décembre
12 h 30 GMT

Océan Glacial Arctique
Sur la banquise

Devant Pacino, le monde n'était qu'un fatras de blanc et de gris. Il ne distinguait pourtant rien du ciel, de la neige ni de la glace, sinon un mélange de nuances de blanc. C'était cependant le décor extraordinaire de la scène qu'il revivait en pensée, encore et encore, le naufrage du *Devilfish* dans l'océan Glacial Arctique.

Alors qu'il progressait difficilement sur la pente neigeuse de la crête, le vent se mit à souffler, lentement, tout d'abord, puis de plus en plus violemment. Les flocons de neige lui collaient au visage. Derrière lui, il entendait les voix excitées de ses hommes, qui lui parvenaient, confuses, déformées et affaiblies par les bruits du vent et de la neige. Après ce qui lui sembla des heures, il parvint à la grande bulle de l'abri. La neige volait maintenant horizontalement, soufflée par le vent mordant de l'Arctique.

De l'épaule, il écarta les lourds rideaux de l'entrée et gagna son sac de couchage. L'abri était désert. Pacino plongea dans son duvet et s'adossa contre la paroi. Dehors le vent hurlait, accumulant la neige contre le mur. Le générateur diesel grondait au centre de la bulle, aspirant l'air frais par le tube intérieur d'un schnorchel à double paroi, qui débouchait au milieu du toit. Les gaz d'échappement étaient rejetés par le tube extérieur, réchauffant ainsi l'air admis et l'atmosphère intérieure.

Pendant un long moment, Pacino resta assis contre le mur, regardant autour de lui. L'abri demeurait vide, on ne pouvait entendre que les bruits du vent et du moteur. Etrange... mais il était bien trop fatigué pour se demander où étaient les autres. Il finit par sombrer dans une profonde torpeur.

Rapier avait regardé Pacino s'éloigner vers l'abri. Il l'avait appelé, mais en vain. Laissons-le, avait-il décidé.

Au bas de la crête s'ouvrait le trou aux bords déchiquetés qui avait englouti le *Devilfish*. La surface libre de la mer, très sombre, clapotait doucement. Quand le vent força, le côté le plus éloigné du trou fut presque entièrement masqué par la neige et le brouillard. Les hommes, qui s'étaient rassemblés sur la pente descendante de la crête du côté du trou, commencèrent à faire demi-tour pour retourner vers l'abri lorsque Stokes cria pour appeler Rapier. Stokes se trouvait au bas de la pente et désignait le trou avec son doigt.

Rapier ne comprenait pas ce que voulait dire Stokes. Il ne pouvait voir que ce satané trou dans la glace. Quand il descendit la pente, le brouillard se leva un peu et il put en apercevoir l'autre côté.

Quelque chose de gris et de rond était apparu à la surface de l'eau. L'objet avait une forme trop parfaite pour être un simple bloc de glace. Rapier se précipita, rejoignant Stokes.

— Qu'est-ce que c'est que ce bordel ? demanda Stokes.

Rapier secoua la tête.

— Je n'en sais rien, il faut aller voir.

Les contours de l'objet se précisèrent comme ils approchaient du bas de la pente. C'était une sphère, une sphère métallique qui flottait sur l'eau, portant un panneau circulaire sur l'un des côtés. L'attention était immanquablement attirée par les lettres cyrilliques rouges, imprimées au pochoir autour du panneau.

Rapier regarda longuement la sphère.

— Stokes, vous souvenez-vous du naufrage du *Komsomolets,* il y a quelques années ? Quelques personnes purent remonter à la surface dans une sphère de sauvetage, mais toutes moururent peu de temps après. Je ne me souviens plus exactement des détails.

— Vous pensez que cette chose provient de l'Oméga ? Une sphère de sauvetage...

— Habituellement, leurs sous-marins sont équipés de sphères, et cette inscription bizarre, autour du panneau, ressemble bien à du russe.

— Second, vous croyez qu'il y aurait quelqu'un là-dedans ?

Rapier observa la glace autour de la sphère, essayant d'en évaluer l'épaisseur.

— Peut-être, peut-être pas. Elle s'est sans doute simplement larguée toute seule du reste du bâtiment pendant le naufrage. S'il y a quelqu'un à l'intérieur, il doit être mort de froid ou par manque d'oxygène, depuis le temps.

« D'un autre côté, pensa-t-il, s'il existait des survivants à l'intérieur, on pourrait les interroger et savoir pourquoi ils avaient lancé la Magnum après la collision. Il pourrait même y avoir des documents importants à bord. »

— Vous autres, restez ici. Stokes, venez avec moi.

Lentement, les deux hommes s'avancèrent sur la glace, franchissant les 30 mètres qui les séparaient du côté opposé du trou, jusqu'à la sphère qui flottait tout près du bord. Rapier saisit une poignée qui dépassait de la surface grise et fit pivoter la sphère jusqu'à ce que le panneau se trouve en face de lui.

De chaque côté, de petites entailles dans la surface lisse formaient comme un marchepied. Rapier s'agrippa et se hissa jusqu'au panneau, posant les pieds dans les empreintes.

— Stokes, restez où vous êtes. Retenez la sphère pour qu'elle ne s'éloigne pas du bord !

Rapier lutta longtemps pour manœuvrer le volant afin d'effacer les griffes de verrouillage et d'ouvrir le panneau.

L'odeur à l'intérieur le fit pratiquement vomir. Il retint sa respiration et regarda en bas, tentant de percer l'obscurité. Au bout d'un moment, il se releva et appela Stokes.

— Il y a quatre hommes là-dedans. Je ne sais pas comment ils vont. Appelez les autres et faites amener des cordes de l'abri.

Rapier regarda à nouveau dans la sphère et secoua la tête. « Pauvres types », pensa-t-il, se demandant comment il pouvait éprouver ce genre de sentiment pour des gens qui avaient tout de même coulé son sous-marin et tué ses camarades. Mais ici, dans cet enfer glacé, ils restaient tous des êtres humains avant tout.

Océan Atlantique Ouest
150 nautiques dans l'est-nord-est de Norfolk
Altitude 6 000 pieds

Le DC9 de la marine orbitait au-dessus d'un point du plateau continental, au large de la côte Est des Etats-Unis. L'amiral Casper « Bobby » McGee regardait par un hublot, observant un escorteur, un avion de patrouille maritime P-3 Orion et son hélicoptère qui évoluaient autour d'un point dans la mer. Ce point se transforma brusquement en un geyser d'écume blanche au milieu duquel se profila la forme noire d'un sous-marin nucléaire d'attaque russe, facilement identifiable à son massif en forme de goutte d'eau, à son étrave ventrue et à l'appendice ellipsoïdal installé à l'arrière, au-dessus de la barre de direction. Un Victor III. Il vint immédiatement cap au nord-est, prenant le chemin du retour.

L'aide de camp s'installa à côté de l'amiral et considéra la scène.

— Voilà ce qui est en train de se produire tout au long de la côte, dit le capitaine de frégate.

— Vous en avez combien ? demanda McGee.

— Avec celui-ci, nous en sommes à cent cinq sous-marins nucléaires d'attaque russes en surface, conformément aux ordres du Président Yulenski. Si je compte bien, il doit en rester quinze, non, attendez, le *Billfish* en a coulé un, il en reste donc quatorze. Une fois en surface, ils sont chacun surveillés au moins par une unité américaine, un sous-marin, un bâtiment de surface, un Viking, un P-3, un hélicoptère LAMPS, et même, dans certains cas, des bâtiments et des hélicoptères des garde-côtes.

— Et les quatorze encore en plongée ? S'ils choisissaient de dire à Yulenski d'aller se faire foutre ?

L'aide de camp secoua la tête.

— Le SOSUS tient les cent dix-neuf contacts, et en particulier les quatorze qui ne sont pas encore en surface. Nous ne sommes pas absolument certains que tous soient pistés par un sous-marin américain. Chaque fois que l'un des nôtres passe le contrôle d'un SNA russe qui a fait surface à un avion, il replonge aussitôt et commence une nouvelle recherche. Les mathématiques sont pour nous. Soixante-six sous-marins d'attaque américains, aidés par des avions de patrouille maritime, des hélicoptères et le SOSUS, contre quatorze SNA russes. Nous avons un rideau d'intercepteurs en l'air en permanence, tout au long de la côte Est, pour détruire tout missile de croisière lancé de la mer. Nous maintenons également déployée une ligne de bâtiments de surface qui émettent par sonar et ratissent de la côte vers le large.

McGee hocha la tête et prit le message que lui tendait le radio. Il regarda son aide de camp.

— Quatre autres sous-marins viennent de faire surface, il n'en reste plus que dix.

McGee s'assit et s'offrit le luxe de fermer les yeux un instant.

La matinée avait vraiment été très longue.

Washington DC
Le Pentagone
Bureau du chef d'état-major des armées

Le général Hermann Xavier Tyler renvoya les membres de son état-major, les analystes civils et les officiers chargés du renseignement, qui finissaient de le mettre au courant de la situation, et leur serra la main. Une fois que le dernier d'entre eux eut passé la porte, il s'attarda sur l'une des pages du compte rendu. Elle décrivait les intentions probables des sous-marins russes au large des côtes, dévoilées par le lancement, sans doute prématuré, d'un missile de croisière.

Tyler emporta le dossier dans son bureau et contempla le paysage. Il possédait la vue la plus agréable de tout le Pentagone. Il s'écarta de la fenêtre et s'assit à son bureau, dans son fauteuil de cuir. Les nombreux souvenirs de sa longue carrière dans l'Air Force décoraient son bureau. Il avait volé à bord de chasseurs F-104 Starfighter et F-4 Phantom, et servi dans des unités de missiles stratégiques Minuteman et des escadrilles de bombardiers B-52.

Tyler sortit un stylo et une calculette, griffonna, termina son calcul. Etant donné la décélération due aux os et aux tissus, avec une vitesse initiale subsonique à la sortie du canon, la balle traverserait quand même son cerveau de bas en haut suffisamment rapidement pour qu'aucun nerf n'ait le temps d'enregistrer la moindre douleur. Il ne sentirait rien. Il posa son stylo et déverrouilla le tiroir, en bas à droite. Le revolver Smith & Wesson 357 Magnum lui parut lourd. Il ouvrit la boîte de cartouches et remplit les six alvéoles. Cinq de trop, mais le revolver serait ainsi mieux équilibré dans sa main. Il fit claquer le barillet en le remettant en place dans le corps de l'arme et releva doucement le chien.

Le canon avait un goût métallique, rien de vraiment étonnant, nota-t-il en l'enfonçant dans sa bouche. Il jeta un dernier regard au panorama qui s'étendait devant lui, la ville de Washington DC, toujours intacte, et il pressa la détente.

Il constata avec stupeur que ses calculs étaient faux : la souffrance lui parut interminable.

Norfolk, Virginie
Etat-major de COMSUBLANT

Le jour se levait, mais aucun rayon du soleil ne filtrait dans la salle de situation de COMSUBLANT, profondément enterrée. L'amiral Richard Donchez semblait sortir vaincu d'un match de boxe de quinze rounds. Des cernes profonds et sombres soulignaient ses yeux injectés de sang. Son havane favori était éteint. Il en tira un nouveau de sa veste et essaya de l'allumer, mais évidemment, son vieux briquet Piranha était vide. Exténué, il se tenait devant la carte de l'océan Glacial Arctique, sur laquelle la limite de la banquise était dessinée en vert. L'ordinateur mettait à jour les graphiques et, tandis qu'il regardait, les X rouges et noirs furent remplacés par des cercles rouges et noirs, à environ 400 nautiques au sud du pôle, au nord de la Nouvelle-Zemble.

Les cercles indiquaient des naufrages. Alors que Donchez observait la carte sans y croire, l'officier de quart se précipita vers lui.

— Amiral, dit le capitaine de corvette Sam Lockover, le SOSUS annonce deux explosions aux positions indiquées il y a quelques heures. Ils ont, enfin... Apparemment, ils ont omis de rendre compte des explosions à cause de la priorité donnée au pistage des sous-marins russes au large de nos côtes...

— Allez-y.

— La première explosion était classique, la seconde... nucléaire.

Lockover s'interrompit, le regard de Donchez était meurtrier.

— Après la seconde détonation, le SOSUS a perçu l'implosion d'une des coques, celle de notre bâtiment dans le nord, le *Devilfish*, ou celle de l'Oméga qu'il pistait. Quelques minutes plus tard, le SOSUS a détecté une chasse rapide, suivie de peu par la collision de l'une des coques avec la banquise. Le bruit de ce choc a été si énorme que nous pensons qu'aucune structure métallique n'aurait pu résister à un impact aussi violent.

— Tout cela n'est que théories et hypothèses, dit Donchez, un goût de cendre dans la bouche.

Il se pouvait que le *Devilfish* soit au fond, et que Michael Pacino et son équipage soient morts. Ou bien peut-être restaient-ils coincés dans une polynia, sans radio.

— Appelez COMAIRLANT, et faites envoyer un C-130 ou un P-3 sur les lieux, peut-être un des avions de Keflavik, de Norvège ou d'Alberta, s'ils peuvent en faire décoller un rapidement. Appelez la cellule « Renseignement photographique » de la CIA et demandez des clichés normaux et infrarouges de la position indiquée par le SOSUS au prochain passage du satellite KH-17. Il y a peut-être quelqu'un là-bas, sur la banquise.

— Amiral, dit Lockover, soudain très mal à l'aise à l'idée de devoir annoncer cette nouvelle à Donchez, une tempête fait rage dans l'Arctique, depuis le Groenland jusqu'à la Sibérie. Le vent souffle très violemment et les chutes de neige sont abondantes. Les avions sont cloués au sol. COMAIRLANT n'enverra pas de mission dans la zone, pas de P-3 ni de C-130. Nous pourrions éventuellement faire décoller un jet pour une mission de reconnaissance à haute altitude, mais je doute fort que nous apercevions quoi que ce soit à travers la tempête. Le KH-17 vient de passer au-dessus de la banquise. Kodiak est en ce moment au téléphone avec la CIA.

Kodiak raccrocha et marcha vers eux. Donchez attendait.

— Le satellite n'a rien vu, amiral, pas le moindre indice, pas même un ours polaire. Il y a des chances pour que nous ne puissions rien détecter à travers ce blizzard... et plus probablement, pour qu'il n'y ait plus rien à voir.

« Exactement comme en 1973 », pensa Donchez, un autre sous-marin américain coulé au pôle par un Russe. Un autre Pacino envoyé par le fond. Incroyable !

— Le *Devilfish* avait-il envoyé un message SUBSUNK au satellite ?

Lockover secoua négativement la tête.

— Et du côté des Russes ? Un des leurs a-t-il transmis un message de détresse ?

— Amiral, nous avons interrogé leur ambassade, mais il semble que la confusion règne chez eux. De toute façon, même si un message de détresse a été émis, je pense que la tempête empêchera qui que ce soit d'aller là-bas pendant un moment, une bonne semaine au moins, peut-être même davantage.

Donchez jeta un coup d'œil à la carte de l'Arctique, cherchant l'*Allentown*. Le X le représentant clignotait, mais la position affichée n'était qu'estimée, le SOSUS étant incapable de l'entendre malgré son massif endommagé.

Un instant, il pensa à envoyer l'*Allentown* sous la banquise, puis rejeta cette idée. La perte d'un seul sous-marin suffisait largement. L'*Allentown*, de type Los Angeles, ne survivrait jamais sous la banquise... Pas de sondeur de glace Sharktooth, un massif fragile en matériau composite... Il se perdrait et ne referait jamais surface. Ces foutus Los Angeles représentaient vraiment un gigantesque pas en arrière dans la technologie des sous-marins.

— Quel est le Piranha actuellement le plus au nord qui ne soit pas en cours de pistage ? demanda Donchez.

Lockover pressa quelques touches sur un terminal d'ordinateur et revint avec une feuille de papier.

— Le *Barracuda* est au large des côtes du Maine, amiral.

— Faites-le rallier la position des explosions à vitesse maximale. Vite, nom de Dieu !

— Amiral, il ne lui reste que quelques jours de vivres. Le *Barracuda* allait entamer une période d'entretien au chantier de Portsmouth. Ils n'auront plus rien à manger en passant au large de l'Islande. De plus, ils n'ont pas d'équipements polaires à bord.

— Il est possible que nous ayons un équipage en train de mourir là-haut. Dites-lui de mettre la gomme. Je veux qu'ils me rendent compte dès qu'ils seront arrivés dans une polynia proche du point d'explosion déterminé par le SOSUS. Qu'ils surveillent la météo. A la première éclaircie, je veux un avion en reconnaissance au-dessus de la banquise.

Lockover se leva pour faire passer les ordres nécessaires.

Donchez observa la carte. Il avait fait tout son possible pour l'instant. Il appela l'amiral McGee à bord de son DC9 sur la liaison UHF protégée NESTOR. L'amiral pourrait peut-être obtenir une réponse des Russes.

Océan Glacial Arctique
Sur la banquise

Pacino se réveilla brutalement en entendant les hommes regagner l'abri, apparemment très excités. Rapier entra le premier, suivi de Stokes, puis des autres. Ils ramenaient des inconnus inconscients. Les visages des nouveaux arrivants étaient blancs de froid. Pacino s'approcha de son second, qui faisait déjà fondre de la neige pour préparer du café.

— Jon, que se passe-t-il ? Qui sont ces gens ?

Le visage de Rapier était couvert d'une croûte de neige et de glace qui commençait à fondre. Il fut surpris que Pacino l'appelle par son prénom, au lieu de l'habituel « second », mais ne le montra pas.

— Nous... nous avons trouvé — Rapier frissonna longuement —... il fait sacrément froid dehors. Nous avons trouvé une sphère de sauvetage, qui provient probablement de l'Oméga. Elle portait des inscriptions en russe. Elle était sous la glace et a été miraculeusement libérée par le naufrage du *Devilfish*.

Pacino se crispa.

— Nous avons sorti quatre types de la sphère, poursuivit Rapier. L'un avait déjà passé l'arme à gauche, et nous l'avons laissé sur la glace à côté de la sphère. Les autres sont pratiquement morts de froid.

Stokes et Delaney retirèrent les vêtements trempés et à moitié gelés des trois Russes, et les enveloppèrent dans des couvertures de laine. Les trois hommes étaient toujours inconscients. Pacino regarda leurs visages gris. Deux d'entre eux semblaient plus âgés, probablement des officiers mariniers anciens, ou ce qui en tenait lieu dans la marine russe. Il avait hâte d'entendre leur histoire, ce qui leur était arrivé à eux, comment ils avaient survécu dans la sphère et comment elle était remontée sous la glace.

Pacino demanda à ce qu'on les habille d'une parka de réserve et les observa, attendant qu'ils reprennent conscience. Il resta longtemps à côté des deux Russes, se demandant quelle avait été leur aventure, s'ils avaient de la famille. Pour la première fois depuis longtemps, il s'accorda quelques instants pour penser aux siens, à la dernière fois qu'il avait vu Tony, le week-end avant l'exercice avec l'*Allentown*, quand ils étaient allés tous les deux au parc du mont Trashmore. Et à Hillary, qui, du fond de sa mémoire, lui apparaissait plus désirable que jamais...

— Commandant, dit Rapier, le sortant de sa rêverie, le vent force dehors, et il neige vraiment beaucoup. La visibilité est tombée à moins de 30 mètres.

Pacino sortit de l'abri et fut surpris de voir combien le temps avait changé. L'horizon était invisible, la glace et le brouillard se fondant à quelques mètres devant lui. Un vent dément chassait horizontalement des flocons de neige de la taille d'une large pièce de monnaie, transperçant la parka de Pacino. En quelques secondes, le vent lui brûla les joues et les yeux. Pacino cracha vers le mur de l'abri. Comme il s'y attendait, le crachat gela avant de s'écraser sur la paroi de l'abri, où il se brisa en petits fragments. La température devait être descendue autour de -40°C, et le vent devait bien souffler à 50 nœuds. Il rentra dans l'abri, se demandant quelle serait la limite de sa résistance au vent. Après tout, l'abri n'était qu'une simple structure préfabriquée en forme de bulle, un peu mieux qu'une tente, mais certainement pas aussi efficace qu'un bâtiment en dur.

La nuit promettait d'être longue...

25

Lundi 20 décembre

Sur la banquise

Régulièrement, pendant la nuit, Pacino s'était rendu jusqu'au rideau à l'entrée et l'avait entrouvert pour laisser pénétrer un peu d'air. Chaque fois, la neige lourde et humide s'était accumulée devant le seuil, et il avait dû la dégager. L'abri était probablement devenu invisible de l'extérieur, complètement enseveli, mais la neige était également un bon isolant qui conservait la chaleur à l'intérieur de la bulle de polyéthylène et étouffait les bruits du dehors. Dans l'abri, on n'entendait plus que le grondement du diesel et le faible brouhaha des conversations.

— Si la tempête ne cesse pas rapidement, dit Rapier à Pacino, nous allons connaître de sérieux problèmes. Il ne reste plus qu'un seul jour de carburant pour le diesel, peut-être moins. C'est tout ce que nous avons pu emporter avec nous.

— Peut-être pourrions-nous arrêter le groupe pour économiser le carburant, proposa Pacino d'une voix lente et monotone. Il fait suffisamment chaud ici pour ne le faire fonctionner que vingt minutes toutes les heures.

— Je ne sais pas, la température tombe très vite. Le gazole gèlerait. De plus, nous perdrions du carburant à chaque démarrage. Et une fois le moteur arrêté à cette température, il risquerait de ne pas redémarrer.

— O.K. ! garde-le en fonction, dit Pacino légèrement agacé par cette conversation qui ne menait à rien.

— D'autre part, reprit Rapier, les batteries de la radio sont mortes. Nous avons appelé toute la nuit, sans réponse. L'émetteur ne fonctionnait d'ailleurs peut-être même pas. Aucun des radios n'a eu de contact. Et si nous avions pu joindre quelqu'un, personne ne pourrait arriver jusqu'à nous au milieu de ce blizzard.

— Tu as essayé les feux de Bengale ? demanda Pacino.

— Oui, le stock a été épuisé hier, tu le sais bien.

— Et pour ce qui est des vivres ?

— Il nous en reste pour deux jours, au maximum.

— Parfait, plus de feux de Bengale, plus de radio nous arrivons au bout de la nourriture et du gazole, et le blizzard ne veut pas s'arrêter.

Rapier baissa les yeux et regarda son café.

— Au moins, nous sommes vivants.

— Comment vont-ils ? Pacino désignait les Russes de la tête.

— Mieux, répondit Rapier. L'un d'eux a repris connaissance un instant, le plus vieux, puis s'est évanoui à nouveau. D'après le toubib, ils ont des engelures sur une bonne partie du corps et sont en état d'hypothermie assez sérieux.

Pacino finit son café et essaya de ne pas regarder l'emblème du *Devilfish* sur la tasse. Le breuvage était froid.

Rapier en avait terminé avec sa sinistre litanie. Pacino ferma les yeux et tenta de s'endormir, se laissant emporter par le ronronnement du diesel, emporter loin d'ici, loin de sa prison polaire...

Il fut réveillé par une soudaine agitation autour du groupe électrogène, là où se trouvaient les Russes. L'un d'eux, d'âge moyen, aux cheveux gris argenté, était dans les bras d'Ingle, l'infirmier, qui lui faisait avaler un peu d'eau. Il semblait désorienté et son regard allait de Pacino à Rapier.

Pacino s'adressa à lui.

— Parlez-vous anglais ?

Le Russe hocha la tête.

— Je suis le capitaine de frégate Michael Pacino, commandant le USS *Devilfish,* ou plutôt j'étais... mon bâtiment est par le fond, maintenant. Qui êtes-vous ?

— Youri Vlasenko, capitaine de vaisseau, de la Flotte du Nord. J'étais le commandant du *Kaliningrad.*

Pacino le fixait du regard, en proie à des sentiments contradictoires. Il parlait après tout au commandant du sous-marin russe Oméga. Il lui paraissait difficile d'être aimable après ce qui s'était passé. D'un autre côté, tous deux étaient des sous-mariniers, des rescapés. Il se posait des questions au sujet de l'amiral qui avait coulé le *Stingray.* Où était-il ? Mort ?

Vlasenko se tenait également sur la réserve, mais appréciait les prouesses des Américains :

— Mes compliments pour vos capacités de survie en climat polaire.

Pacino hocha la tête et décida de dire à Vlasenko qu'un de ses officiers gisait mort sur la banquise.

— Quand nous avons trouvé votre sphère de sauvetage, ou quel que soit le nom que vous donnez à cet engin, l'un d'entre vous était mort. Les trois autres ont survécu.

— Racontez-moi tout, commandant, j'étais aux arrêts, je ne sais pas ce qui s'est passé. Quand l'amiral Novskoy a compris que j'avais percé ses intentions, il m'a fait enfermer.

Novskoy. L'ennemi. Pacino jeta un coup d'œil au plus âgé des Russes qui reprenait conscience. Il avait le visage gris et ridé, sa respiration sifflait entre ses lèvres noires et gercées, sa peau était couverte d'engelures. Du sang avait coagulé au-dessus de ses sourcils, son visage était enflé et meurtri.

Vlasenko finit par rompre le silence, la voix étranglée par la colère.

— Voici l'amiral Alexis Novskoy, commandant en chef de la Flotte du Nord.

Pacino n'écoutait plus. L'amiral Novskoy, l'homme qui avait assassiné son père, celui qu'il considérait comme son ennemi personnel. Instinctivement, son poing droit se serra et il prépara son coup. Il se laissa pratiquement aller, jusqu'à ce qu'il regarde le visage de l'homme. Novskoy était à demi conscient, vaincu. On ne frappait pas un homme à terre. La fureur qu'il portait en lui s'était évanouie. Elle avait disparu au fond de l'océan avec le *Devilfish*. A présent, ils étaient tous dans la même situation, dans cette bulle blanche sur la banquise, attendant un secours de plus en plus improbable au fil des heures. Ils attendaient la mort.

Pacino laissa retomber le poing alors que Novskoy s'évanouissait à nouveau.

Norfolk, Virginie
Etat-major de COMSUBLANT

L'amiral Donchez franchit la porte anti-souffle et entra dans la salle de situation, accueilli par la mine grave de Kodiak, l'officier de quart.

— Aucune nouvelle de la banquise, amiral. Pas la moindre accalmie.

— Avez-vous obtenu quelque chose des Russes ? Ont-ils émis un signal de détresse ?

— Désolé, amiral, rien non plus de ce côté là.

Donchez leva les yeux vers la carte de l'océan Arctique. Un X bleu clignotait en mer de Barents, signalant la position estimée d'un sous-marin américain. La légende de la carte indiquait : USS *Allentown,* SSN-764.

— Des nouvelles de l'*Allentown* ?

— Non, amiral, mais nous n'attendons rien de lui, n'est-ce pas ?

— Non, en effet.

Donchez jeta un coup d'œil sur la carte de l'Atlantique, désormais pratiquement vide. Un seul X bleu clignotait encore : c'était le USS *Barracuda,* SSN-663.

— Nous avons de mauvaises nouvelles du *Barracuda,* le sous-marin que nous avons envoyé vers la banquise pour investiguer le point d'explosion... Il rend compte de la perte totale de son usine de conditionnement d'air au bromure de lithium. Il a également une fuite de fréon 114 sur la frigo-air de secours, qui pollue l'atmosphère du compartiment machine. Ils ont dû arrêter toute l'électronique à l'avant, le sonar, la DLA et la navigation. La température à l'arrière est montée à 50°C. L'équipage porte les masques à air respirable. Il faut que nous le fassions rentrer, amiral. Sans sonar, il est hors de question de le faire plonger. Son commandant attend une réponse.

« N'est-ce pas notre cas à tous ! » pensa Donchez.

— Dites au *Barracuda* de faire surface et de rentrer. Reste-t-il quelqu'un à la mer ? Un autre Piranha ?

— Quelques-uns pourraient appareiller dans la journée, peut-être même en quelques heures, mais il faudrait faire embarquer les vivres et les équipements Arctiques. De plus, ils ne seront pas sur place avant deux semaines. Amiral... nous n'avons pas de contact sous la glace, aucune signature infrarouge n'a été relevée aux six derniers passages du KH-17, et cette tempête est si violente que, même si hier encore il restait quelques survivants, il est peu probable qu'il y en ait encore aujourd'hui... Je crois que nous devons accepter la perte de l'équipage du *Devilfish.*

— Faites appareiller un remplaçant pour le *Barracuda,* répliqua Donchez en colère. Je veux qu'un Piranha fasse route au nord avant ce soir. Débrouillez-vous comme vous voulez, nom de Dieu. S'il y a le moindre problème, prévenez-moi.

Donchez quitta la salle de briefing et retourna à son bureau, pensant que les sous-marins de type Piranha devenaient bien trop vieux, et lui aussi, sans doute. Il fit le vide sur son bureau et s'approcha de la fenêtre qui surplombait la vaste pelouse et le monument élevé au *Stingray*, de l'autre côté de la rue. Deux grues levaient la plaque de marbre, se préparant à la déposer sur son socle.

Donchez resta là, immobile, se demandant ce qu'il allait bien pouvoir dire à Hillary Pacino et à son fils.

Sur la banquise

Novskoy n'avait pas repris conscience. Vlasenko, assis, racontait aux Américains l'histoire du *Kaliningrad* et de sa mission.

— Que signifiait le message qu'il tentait de transmettre ? demanda Pacino.

Vlasenko lui répondit, hésitant, se sentant presque personnellement responsable bien qu'il ait été enfermé dans la sphère par Novskoy.

Pacino regarda Novskoy, écœuré et frustré à la fois. Il était là, l'assassin de son père, l'objet de sa vengeance... et pourtant, quelle satisfaction tirerait-il de ce qu'il avait si ardemment désiré ? L'homme était déjà à moitié mort, son bâtiment également au fond de l'Arctique.

Pacino jeta un regard à Rapier, puis revint à Vlasenko.

— A-t-il réussi à transmettre l'ordre de lancement ?

Vlasenko se sentait épuisé, physiquement et moralement. Le vent hurlait au-dehors, secouant les parois de l'abri.

— Je ne sais pas. Je vous l'ai dit, j'ai été mis aux arrêts et enfermé dans la sphère. Avez-vous eu des nouvelles de votre état-major ?

— Commandant Vlasenko, il est difficile de recevoir des messages lorsqu'on navigue sous la glace.

Nous ne pouvons recevoir que des émissions ELF, qui transmettent l'information à une allure d'escargot.

— D'escargot ?

Pacino secoua la tête.

— En un mot, nous n'avons reçu aucune nouvelle de notre contrôleur. Mais... ajouta Pacino un frisson d'horreur dans la voix, peut-être COMSUBLANT a-t-il été détruit par un missile de croisière. Cela expliquerait qu'aucun secours ne nous soit encore parvenu.

— Avec un peu de chance, vous êtes entrés en collision juste à temps avec nous pour empêcher la transmission du mot-code...

— Peut-être, peut-être pas...

De l'autre côté de l'abri, le capitaine de corvette Matt Delaney eut une très violente quinte de toux. Rapier, Pacino et Vlasenko se précipitèrent vers lui. Delaney gisait dans son propre sang et avait des haut-le-cœur. L'infirmier tentait de lui dégager la gorge, et après quelques minutes, Delaney se sentit mieux et s'adossa à la paroi de l'abri.

— Il s'était évanoui, dit Ingle, l'infirmier, à Pacino, enveloppant Delaney dans une couverture. Il a pris une bonne dose de radiations, n'est-ce pas, commandant ?

— J'en ai bien peur.

— Ce sont probablement les premiers symptômes, dit doucement Ingle. Manderson et les autres hommes de quart à l'arrière ne vont sans doute pas tarder à présenter les mêmes.

Derrière Pacino, après un raté, le diesel toussa et finit par s'arrêter. L'abri, soudain, sembla se rétrécir dans le silence. Un bourdonnement résonnait encore dans les oreilles de Pacino, souvenir du bruit du moteur. Tous les hommes s'étaient rassemblés autour du groupe électrogène.

Pacino s'avança vers Rapier, qui tenait le bouchon du réservoir de gazole à la main.

— C'est la panne sèche, commandant. Tous les jerricanes de réserve sont vides.

Maintenant que le diesel s'était arrêté et que le bourdonnement avait disparu dans ses oreilles, Pacino pouvait percevoir plus nettement les hurlements du vent à l'extérieur, balayant la neige contre l'abri avec la force d'une sableuse.

— Commandant, commença Rapier, sans le diesel, nous n'avons plus ni chaleur ni électricité. Dans une heure, il fera la même température ici qu'à l'extérieur.

Pacino s'adressa à Vlasenko.

— Commandant, avez-vous dans la sphère quelque chose qui pourrait nous être utile ? Une chaufferette, une radio, un signal de détresse, des feux de Bengale ?

Vlasenko secoua la tête.

— Tous ces équipements se trouvaient dans la sphère de sauvetage principale. Celle-ci est une sphère auxiliaire, destinée au personnel de quart au PCNO.

— O.K. ! Ecoutez-moi tous ! cria Pacino. Rassemblez toutes les couvertures, les sacs de couchage et les vêtements autour du diesel, au centre de l'abri. Enfilez vos parkas, buvez de l'eau avant qu'elle ne gèle. Venez vous asseoir à côté du moteur. Sa chaleur résiduelle nous permettra de tenir un moment. Après cela, nous nous serrerons les uns contre les autres pour essayer de maintenir aussi longtemps que possible la température de nos corps. Nous ne pouvons qu'attendre la fin de cette tempête.

Lorsque les ordres de Pacino furent exécutés, Matt Delaney et quatre de ses hommes de quart à l'arrière étaient décédés. Leurs cadavres furent déposés contre la paroi, loin du groupe des survivants.

Pacino s'assit à côté de Rapier, pensant qu'il aurait dû rester à bord du *Devilfish.* Au moins, la fin aurait été rapide.

26

Mardi 21 décembre

Sur la banquise

Pacino respirait lentement entre ses lèvres gercées par le froid, l'air sifflant dans ses poumons. Il avait l'impression que chaque inspiration le gelait par l'intérieur.

Un brouillard de condensation très dense emplissait l'atmosphère de l'abri, et la température était tombée à – 40°C. La pièce semblait d'un blanc laiteux, ou peut-être Pacino était-il atteint de la cécité des neiges. Il essaya de bouger le bras droit, puis le gauche, sans succès. Aucun mouvement, aucune sensation. Il ne sentait plus rien dans les jambes depuis environ une heure. Sa vieille montre Rolex Submariner n'avait pas été conçue pour fonctionner dans de telles conditions. Ses aiguilles restaient gelées à 11 h 07. Il ne se souvenait plus s'il était 11 h 07 ou 23 h 07 lorsque la montre s'était arrêtée, ni même si elle indiquait l'heure de Greenwich ou celle de la côte Est des Etats-Unis. Les seuls muscles qui semblaient encore obéir à sa volonté étaient ceux de ses paupières, de sa poitrine — il respirait toujours — et de son cou. Tant qu'il le pouvait encore, il décida de jeter un coup d'œil circulaire à l'intérieur de l'abri, le dernier vestige de son commandement.

Le brouillard dans la pièce était trop dense pour voir à plus de cinq mètres, mais cela suffisait largement pour discerner les cadavres de ses hommes. Delaney et son équipe de quart à l'arrière, Manderson, Patterson et Taglia. On ne distinguait les morts des vivants que par la condensation qui s'échappait de la bouche de ceux qui respiraient encore. Une violente quinte de toux éclata à sa gauche et il put tourner la tête juste assez pour voir Stokes s'effondrer. L'homme du Kentucky avait cessé de vivre.

Pacino attendait le sommeil.

A l'extérieur, le vent soufflait à plus de 40 nœuds, avec des rafales à 50, chassant des tonnes de neige à l'horizontale. Celle-ci s'accumulait sur le côté de l'abri exposé au vent, lui masquant presque la lumière, remontant le long de ses parois, et menaçant de le faire s'effondrer à tout moment.

Un craquement très puissant suivi d'une vibration se fit entendre en provenance d'un point situé à environ 300 mètres à l'est de l'abri, à proximité de l'endroit où le *Devilfish* avait sombré, là où la sphère de sauvetage du *Kaliningrad* avait fait surface. Tout d'abord, un homme debout sur la glace mince n'aurait rien entendu, tellement le bruit du vent était assourdissant, mais bientôt, le craquement de la banquise masqua même la violence de la tempête. La peau de glace qui s'était reformée au-dessus du trou par lequel avait disparu le *Devilfish* se souleva d'un seul coup et éclata. Entre les blocs de glace une grande forme longue, noire et effilée apparut, le massif endommagé d'un sous-marin nucléaire d'attaque de la marine des Etats-Unis...

L'USS *Allentown*.

— Ouvrez le panneau ! Dépêchez-vous, nom de Dieu !

Le capitaine de frégate Henry Duckett était furieux. Après avoir détecté le bruit du diesel, et sans sondeur de glace, il lui avait fallu une éternité pour trouver une polynia. Le moteur s'était arrêté avant qu'il n'ait pu le localiser précisément. Dans l'environnement arctique, il ne servait à rien d'être simplement tout près. Duckett voulait faire surface juste sous le diesel. Toute tentative de sauvetage s'avérerait vouée à l'échec si des rescapés à moitié gelés devaient parcourir un kilomètre dans le blizzard.

Il avait finalement décidé que la polynia ne se trouvait pas trop loin et avait fait surface. L'arrière du massif en composite éclata sous le choc, détruisant l'antenne multifonction qui n'était pas protégée. La table traçante indiquait que le diesel devait se trouver à plus de 400 mètres de là, sur la glace épaisse. Cela n'avait aucun sens, mais après tout, quelle importance ? Le moteur s'était arrêté plus de vingt-quatre heures auparavant, et les chances de retrouver un homme vivant étaient maintenant infimes. Cependant, il devait tout tenter.

Duckett et son infirmier, Denny Halloway, attendaient au bas du sas d'accès passerelle, avec quatre autres hommes d'équipage. Duckett transpirait abondamment dans sa parka polaire. Halloway ouvrit le panneau inférieur du sas et alluma l'éclairage du long tunnel qui menait à la passerelle, 6 mètres plus haut, à travers l'avant du massif. Une fois là-haut, ils descendraient sur la glace en utilisant les échelons soudés sur le bordé extérieur.

Halloway monta dans le sas. Duckett attendit qu'il ait ouvert le panneau supérieur et ait rampé dans l'étroite passerelle. Avant de pouvoir sortir, il lui fallait ouvrir les volets qui assuraient la continuité de forme du massif. Duckett frissonnait déjà sous le froid extérieur, et la sueur sur sa peau accentuait cette sensation.

Une clarté blanchâtre venant du dessus illumina la partie haute du sas d'accès quand Halloway verrouilla les volets en position ouverte. Ils perçurent alors les hurlements de la tempête qui chassait la neige épaisse. Halloway cria à l'équipe de sauvetage de le suivre, mais son appel fut à moitié avalé par le vent.

Duckett escalada les derniers échelons avant la passerelle ; le vent glacial s'engouffra sous sa parka et son pantalon fourré, lui donnant soudain l'impression d'être nu. Il passa la tête au-dessus du pavois, et la tempête l'agressa violemment. Le vent devait bien souffler à 50 nœuds et la neige grise le cinglait comme si elle avait été tirée par un pistolet mitrailleur.

Duckett enjamba le rebord de la passerelle. L'entrejambe de son pantalon fourré et les semelles de ses bottes collaient au métal extraordinairement froid. La glace était loin en dessous et, avec cette mauvaise visibilité, le massif semblait désincarné, flottant dans la masse grise des rafales de neige.

Il posa enfin les pieds sur le pont qui dépassait à peine de la surface de la polynia, et jeta un coup d'œil à Halloway, debout sur le bord du lac de glace, qui lui criait quelque chose. Duckett lui fit signe qu'il n'entendait rien à cause de la tempête, et Halloway montra ses yeux du doigt en criant :

— Commandant, vos lunettes ! Mettez vos lunettes !

Duckett enfila ses lunettes à verres jaunes et rejoignit Halloway. Le reste de l'équipe sortit du massif et s'approcha. Duckett fit un tour d'horizon avec ses jumelles infrarouge.

— Commandant, regardez ! cria l'un des hommes en dominant le rugissement de la tempête. Il montrait un point, au-delà du gouvernail, qui avait traversé la glace loin derrière le massif. On pouvait apercevoir un tas de neige arrondi, trop régulier et trop parfait pour n'être qu'un bloc de glace.

Ils se hâtèrent vers la masse de neige en forme d'igloo et commencèrent à dégager l'objet. La bulle métallique était recouverte d'une épaisse couche de glace et de neige. Duckett essaya de monter au sommet en s'aidant d'une poignée.

— C'est une sorte de sphère, cria-t-il.

Le panneau était ouvert. Duckett, après avoir balayé la neige de la main, prit une lampe torche et éclaira l'intérieur.

— Il n'y a personne là-dedans, dit-il.

Il se releva et reprit sa recherche sur l'horizon.

— Vous voyez quelque chose ? cria Halloway à Duckett.

Duckett secoua la tête.

— Commandant, il y a une crête par là, un peu à l'ouest. Peut-être verrions-nous mieux une fois là-haut ?

Duckett fit signe à ses hommes de le suivre au sommet de la crête et tous les six se lancèrent dans une ascension qui leur sembla durer une éternité.

Au sommet de la crête, l'équipe s'arrêta et scruta les alentours. Duckett reprit ses jumelles infrarouge, toujours à l'affût d'une source de chaleur. Il s'arrêta brièvement dans un azimut, puis continua son tour d'horizon. Il stoppa de nouveau en direction du nord-ouest, vers l'autre côté de la crête.

— Vous avez quelque chose ? demanda Halloway.

— Je ne suis pas sûr, toubib, mais je pense distinguer quelque chose de bizarre par là.

Ils marchèrent derrière Duckett, qui s'arrêtait constamment pour regarder dans ses jumelles. Il finit par s'immobiliser au bas d'une petite pente et secoua la tête, sur le point de faire demi-tour.

— Allons un peu plus loin, commandant, dit Halloway, qui pensait avoir remarqué une éclaircie dans le blizzard en direction du nord-ouest.

Ils avancèrent encore et Duckett s'enfonça d'un coup dans un amoncellement de neige profonde. Il allait revenir sur ses pas quand sa botte toucha quelque chose de dur qui sembla céder légèrement sous son poids. C'était bizarre. Pas de la glace ni de la neige, mais quelque chose de... souple.

Lorsque la neige fut dégagée, Duckett aperçut un

morceau de plastique. Un matériau fabriqué par l'homme.

— Ce doit être une sorte d'abri, dit Halloway.

— Trouvez-moi l'entrée ! demanda Duckett, très excité.

Il fallut un moment pour y parvenir. C'était une sorte de sas à deux rideaux. Duckett passa le premier, retira ses lunettes et la capuche de sa parka. L'abri était glacial et dégageait l'odeur caractéristique de la chambre froide d'un abattoir. D'un coup d'œil, il aperçut les corps éparpillés, aucun ne bougeait.

Ils étaient arrivés trop tard.

Halloway avait ouvert son sac et sorti son stéthoscope. Il se pencha sur chaque corps, cherchant des signes de vie, puis regarda tristement Duckett et secoua la tête.

Duckett et ses hommes s'accroupirent et tentèrent de séparer les corps agglutinés autour du diesel arrêté. Les cinq premiers étaient morts, congelés. Il arriva au sixième. C'était Michael Pacino, les yeux enflés, les lèvres presque noires, le bas du visage très blanc, mais la peau pas encore gelée.

— Toubib, ici, tout de suite !

L'infirmier posa son stéthoscope sur la poitrine de Pacino.

— Son cœur a cessé de battre, annonça l'infirmier.

Un instant de silence dans l'abri. Duckett se releva et regarda de nouveau autour de lui.

— Seigneur !

Sandbridge Beach, Virginie

La voiture de service de l'amiral Richard Donchez s'arrêta devant la maison, une bâtisse de trois étages construite sur des pilotis enfoncés dans le sable de l'immense plage, juste au nord de la frontière avec la Caroline du Nord. Gravé sur une plaque de bois, on pouvait lire : PACINO.

Donchez descendit de sa voiture et grimpa les escaliers jusqu'à la porte d'entrée, trois mètres au-dessus de la plage.

Hillary Pacino l'accueillit et, malgré ce qu'il avait à faire, Donchez ne put s'empêcher de remarquer combien elle était séduisante, sans maquillage, dans son survêtement informe à l'emblème d'Annapolis.

— Bonjour, Dick, dit-elle. Entrez donc.

Quand elle aperçut la voiture de service qui attendait en bas, elle le regarda attentivement, remarquant qu'il était en uniforme.

— Maman, qui est-ce ? demanda la voix de Tony derrière elle.

Elle ne répondit pas.

— Hillary, dit Donchez, c'est à propos de Michael. Il y a eu un accident. Nous pensons que le *Devilfish* a coulé.

— Mon Dieu ! fut tout ce qu'Hillary réussit à articuler, avant de s'écrouler dans un fauteuil.

Au bout d'un moment elle parvint à lever les yeux vers lui.

— Que s'est-il passé ?

— Nous n'en sommes pas sûrs, mais il semble que le *Devilfish* rentrait plus tôt que prévu de sa mission, essayant d'être à quai avant Noël. Ils ont eu une voie d'eau, l'équipage n'a rien pu faire. Le réacteur s'est arrêté, et nous pensons que la batterie a explosé. Nous commençons les recherches dès maintenant... Je suis désolé, Hillary. Oh ! mon Dieu, je suis tellement désolé.

Il détestait ce mensonge, mais il avait reçu des ordres de la Maison-Blanche et du Pentagone. L'histoire se répétait...

Hillary se cacha la tête dans les mains et Tony commença à pleurer. Donchez s'accroupit et prit le garçon dans ses bras. Beaucoup plus tard, Donchez s'en alla, détestant les Russes, se détestant lui-même, haïssant la terre entière.

27

Mercredi 22 décembre

Océan Glacial Arctique
Sous la calotte polaire
USS Allentown

L'infirmier Denny Halloway était assis à son petit bureau, dans le local qui lui servait d'infirmerie. C'était là qu'il stockait ses médicaments. Duckett frappa deux fois à la porte.

— Toubib ?

— Entrez, commandant.

— Alors, demanda Duckett, sont-ils toujours en vie ?

— Oui, commandant. Rapier et les Russes dorment. Je pense que les Russes s'en sortiront. Pour Rapier... il est toujours dans un état critique. Quant au commandant Pacino, je ne suis pas sûr que nous lui ayons vraiment rendu service en le réanimant. Il est dans un coma profond. Il ne s'agit pas d'une simple hypothermie. J'ai vérifié son dosimètre, ainsi que celui de Rapier, vous savez, le petit stylo que vous portez à la ceinture et qui mesure les radiations.

— Et alors ?

— Eh bien ! Pacino et Rapier ont tous les deux été sérieusement irradiés. Cela semble toutefois pire pour Pacino. Ils doivent avoir été touchés par une torpille à charge nucléaire, ou alors le cœur de leur réacteur a fondu. Peut-être les deux.

Duckett pensa à la mauvaise entente qui régnait entre Pacino et lui. Cela datait de l'année de fistot de Pacino. Il se souvenait du ressentiment qu'il avait éprouvé à son égard : tout semblait lui être offert sur un plateau : les performances athlétiques, la réussite académique, l'élégance, l'assurance de soi... tout ce pourquoi lui-même devait lutter. Sans parler de ses coups d'éclat et de sa manière de se mettre en avant. Il l'avait brimé au point de le faire presque démissionner de l'Ecole Navale. Mais, après la mort de son père, il l'avait laissé tranquille. Il lui était cependant resté quelque chose de ce vieil antagonisme, comme après cet exercice où, de nouveau, Pacino avait pris le dessus.

Mais maintenant...

— Pacino vivra-t-il ? Pouvez-vous le sauver ?

— Commandant, il a été fortement irradié. Son état est aggravé par une hypothermie profonde. Le froid a ralenti la circulation sanguine dans ses bras et dans ses jambes. Il se peut qu'il faille l'amputer, qu'il ait besoin d'une transfusion de sang et d'une transplantation de moelle, ce qui est sacrément plus difficile à pratiquer : il est bien plus délicat de trouver un donneur de moelle compatible qu'un donneur de sang. Et il est dans le coma en raison d'un manque d'oxygène au cerveau, probablement dû à une défaillance cardiaque et pulmonaire partielle provoquée par le froid. Nous n'avons pas le matériel ici pour entreprendre tous les examens, mais il ne réagit ni à la lumière, ni au toucher, ni au bruit. Si vous mettez tout cela bout à bout...

Il n'eut pas besoin d'en dire plus. Duckett saisit le téléphone et appela l'officier de quart.

— Réglez la vitesse à 25 nœuds... Je sais, je sais, je prends le risque d'une collision avec la glace. Donnez-moi notre nouvelle heure probable d'arrivée à la limite de la banquise. Dès que nous y serons, nous viendrons à l'immersion périscopique et demanderons un hélicoptère par radio. Nous replongerons et continuerons à vitesse maximale, à la rencontre de l'hélicoptère.

— Toubib, une fois que nous serons en eaux libres, si nous parvenons à évacuer ces gars-là, où seront-ils transférés ?

— A l'hôpital naval de Faslane, en Ecosse. Ils ont un excellent service spécialisé dans le traitement de l'hypothermie. Peut-être pouvons-nous demander à bénéficier de ce docteur-miracle qui a pratiqué toutes ces transplantations de moelle épinière après l'explosion de Tchernobyl. Et nous chercherons un bon neurologue, quelqu'un qui en connaisse un bout sur les comas.

Duckett approuva de la tête et marcha lentement jusqu'au local sonar, vers l'avant. Un hôpital de fortune y avait été installé, constitué de quelques civières posées entre les armoires électroniques.

Michael Pacino était allongé sur l'une d'elles, enveloppé dans des couvertures, une perfusion dans le bras, deux tubes à oxygène lui pénétrant dans les narines. Un petit tuyau sortait de dessous la couverture et aboutissait dans un bocal, pour recueillir les urines. Son visage, couvert d'engelures, était complètement enveloppé de bandages humides. On ne pouvait voir que ses paupières et ses lèvres.

Un long moment durant, Duckett resta debout à regarder Pacino.

— Espèce de salopard, murmura-t-il, je n'ai pas tout à fait fini de te bizuter. Maintenant, sacré Bon Dieu, tu guéris et tu rentres chez toi, avec ta femme et ton fils. Toi et moi, plus tard, nous pourrons reprendre nos affaires là où nous en sommes restés.

Pacino, pour une fois, resta sans réponse.

Epilogue

Deux mois plus tard

Norfolk, Virginie
Quartier général de COMSUBLANT

— *Amiral, le capitaine de vaisseau Pacino demande à vous voir,* siffla l'interphone.

— Faites-le entrer.

Donchez se leva, fit le tour de son bureau et alla jusqu'à la porte pour accueillir Pacino, qui n'avait quitté l'hôpital naval de Portsmouth que la veille.

Pacino entra, se traînant sur des béquilles, et chercha un appui pour pouvoir tendre la main à Donchez. Il portait son uniforme noir ; au bas de sa manche avait été ajouté un galon doré supplémentaire, depuis sa promotion au grade de capitaine de vaisseau. Sa main tendue tremblait légèrement. Il était maigre, les joues creuses, et avait perdu dix kilos. Des cernes sombres marquaient profondément son visage. Ses cheveux, autrefois presque noirs, portaient maintenant de nettes traces argentées.

Donchez prit la main de Pacino et remarqua qu'elle était moite.

— Mikey, viens par ici et assieds-toi. Tu sembles franchement en meilleur état que la dernière fois.

Il avait rendu visite à Pacino la semaine précédente et l'avait trouvé pâle comme une momie.

— Eh bien ! tu te remets d'une façon incroyable ! Et ça, tu le dois en grande partie à ta volonté. Même les toubibs ne te donnaient pas beaucoup de chances de t'en sortir.

— Merci, répondit Pacino, la voix toujours rauque.

Il s'assit sur un canapé, en face de la baie vitrée qui donnait sur le monument à la mémoire du *Stingray*.

— Il a fière allure, vu d'ici, reprit-il, et Donchez savait de quoi il voulait parler.

— Je pense que ton vieux père l'aurait apprécié. Alors, je suis sûr que le capitaine de vaisseau Adams, ton chef d'escadrille, est content de ton retour ?

— Pas vraiment. Il ne sait que faire de moi. Et sans sous-marin, je ne lui sers pas à grand chose.

— Tu veux que je lui parle ?

Pacino ne répondit pas. Un silence embarrassé s'installa. D'une certaine façon, Pacino avait raison, pensait Donchez, il avait maintenant la réputation d'un commandant ayant perdu son bateau, et qui était rentré sans son équipage. La réalité des faits n'avait guère d'importance... Une fois de plus, les exigences de la politique internationale avaient commandé de garder le secret sur un affrontement nucléaire. Au moins la guerre froide faisait-elle rage à l'époque du *Stingray* ! Aujourd'hui, les Etats-Unis et la Russie étaient officiellement amis. Pacino, promu au grade de capitaine de vaisseau, allait recevoir la Navy Cross, proposée par l'amiral McGee en personne. Mais la Navy Cross ne représentait pas grand chose pour un homme qui avait commandé un sous-marin et qui l'avait perdu en mer.

— Amiral, dit Pacino, je venais pour vous remettre ceci.

Il chercha dans sa veste et sortit un morceau de papier plié à l'en-tête de la 7e escadrille. Donchez enfila ses lunettes. Cette lettre annonçait la démission de Pacino.

Donchez lui demanda calmement :

— As-tu sérieusement réfléchi ?

— Oui et non, amiral. Mais voilà où j'en suis maintenant. Plus tard, peut-être...

— Que feras-tu si tu quittes la marine ? insista Donchez.

Pacino haussa les épaules.

— La première chose que je ferai en sortant de l'hôpital — pour l'instant, ils poursuivent les examens pour savoir si j'ai besoin de cette greffe de moelle, à cause des radiations — sera de rentrer chez moi et de redécouvrir ma femme et mon fils.

— Mikey, quand tu auras remis de l'ordre dans ta vie personnelle, il faudra bien que tu fasses quelque chose. As-tu une idée quelconque ?

— Eh bien ! peut-être que s'ils veulent de moi, je retournerai à Annapolis. J'ai entendu parler de la création d'un nouveau poste à Rickover Hall, un poste de professeur de mécanique des fluides. Je pourrais travailler sur l'injection de polymères dans la couche limite. Au moins, maintenant, je suis sûr que cela fonctionne !

Et il ne souriait pas en disant cela.

— Cela me paraît intéressant... simplement, Mikey, s'il te plaît, ne coupe pas les ponts.

— Certainement pas, amiral. Et... merci de m'avoir envoyé pour cette mission. J'ai eu mon face-à-face avec Novskoy. Tout s'est passé de façon vraiment imprévisible, mais au moins notre collision avec le *Kaliningrad* a empêché Novskoy d'envoyer son message de lancement. Seigneur, quand j'y pense...

— C'est vrai. Nous avons eu de la chance de neutraliser ce missile de croisière SSN-X-27 quelques secondes avant qu'il n'explose. Sans toi, cent dix-neuf autres engins du même genre auraient bien pu nous tomber dessus.

— J'essayerai de me souvenir de ça, amiral, répondit Pacino en saluant et en quittant le bureau.

Aucun des deux hommes n'éprouva le besoin de

mentionner le pilote qui avait perdu la vie pour détruire cet unique missile de croisière. Il n'y aurait jamais de monument à sa mémoire. Sur ordres venant de très haut...

Près de Washington DC
Base aérienne d'Andrews

Les pneus de la limousine noire crissèrent quand elle s'arrêta brutalement. A l'intérieur, quatre hommes portaient costume et pardessus, lunettes de soleil réfléchissantes et holster d'épaule. Des Marines en treillis et armés de M-16 se rassemblèrent autour de la voiture. L'avion de transport Tupolev atterrit à l'est puis vint se ranger sur le parking de béton, à proximité de la voiture.

Une porte s'ouvrit juste derrière le cockpit, tandis que l'on roulait une passerelle d'accès vers l'avion. Quatre personnes, en pelisse de fourrure et chapka, descendirent les marches de la passerelle deux à deux. Derrière eux, suivaient huit soldats armés de Kalachnikov. Ils s'avancèrent vers la limousine, graves et impassibles.

Les quatre hommes sortirent de la voiture ; l'un d'eux ouvrit la porte arrière droite et tira par le bras un homme menotté. Les M-16 des Marines étaient prêts à faire feu, ainsi que les Kalachnikov des soldats russes. L'homme, les cheveux en bataille, paraissait âgé de plus de cinquante ans, peut-être même de soixante. Il fusillait d'un regard acéré tous les hommes autour de lui. On l'escorta jusqu'à la délégation russe qui le prit en charge.

On signa des documents, parla dans des radios, et on photographia la scène. Les Marines et les hommes de la limousine regardèrent l'individu menotté marcher vers le Tupolev. On le poussa dans l'avion. Une fois qu'il fut à l'intérieur, la passerelle fut retirée et la porte claqua. L'avion mit les gaz. Dans le hurlement de ses gros turboréacteurs, il roula jusqu'à la piste où il avait atterri quelques minutes plus tôt. Le Tupolev s'immobilisa pour un rapide point fixe, puis prit de la vitesse pour s'élancer dans le ciel en bout de piste. Il s'éloigna progressivement et finit par disparaître dans les nuages.

A bord de l'avion, Alexis Novskoy était sanglé dans un siège en toile qui faisait face à l'aile droite. Un homme en manteau et chapka s'avança vers lui et s'assit à ses côtés.

Novskoy le regarda.

— Colonel Dretzski, Ivan Ivanovitch... vous êtes venu...

Dretzski retira les menottes de Novskoy.

— Quand ils m'ont appris que je serais remis au KGB, je me suis demandé qui du KGB viendrait me chercher. Comment êtes-vous... comment avez-vous pu éviter les ennuis ? Que s'est-il passé exactement ?

— Un de nos sous-marins a lancé un missile avant d'en avoir reçu l'ordre, le *Vladivostok*. Il a alerté les Américains. J'ai dû annoncer à Yulenski que le KGB avait découvert une conspiration au sein de la Flotte du Nord. Yulenski a rappelé les sous-marins, s'est excusé auprès des Américains et a arrangé votre retour pour être jugé.

— Comme tout cela est bien pour vous, Dretzski, et comme c'est digne de notre Président.

— Je suis désolé, amiral, mais...

Novskoy l'interrompit de la main et lui demanda :

— Qu'est devenu Vlasenko ?

— Il est maintenant devenu un membre éminent du cabinet de Yulenski.

Novskoy grimaça, les poings serrés.

— Que s'est-il passé sous la banquise ? demanda Dretzski. Votre émetteur radio est tombé en panne ?

— Nous étions pistés par un sous-marin américain, répondit Novskoy, amèrement. Il est entré en collision avec nous, détruisant les antennes radio. Je lui ai donné la chasse, mais il a coulé le

Kaliningrad... Toutes ces années à construire ce merveilleux bâtiment... toute cette préparation... le plan... et tout ça en vain.

Dretzski secoua la tête.

— Lisez ceci, amiral, dit-il, tendant à Novskoy un exemplaire du *Washington Post* du jour.

La une titrait en caractères gras :

> *LE PRÉSIDENT CABINO À L'ONU : « PLUS D'ARMES NUCLÉAIRES. »*
>
> *TOUS LES MISSILES DE CROISIÈRE JAVELOT SERONT DÉTRUITS AU PLUS VITE. LES SUPERPUISSANCES NE DOIVENT PLUS POSSÉDER D'ARMES NUCLÉAIRES.*

— Croyez-vous à pareille farce ?

— Oui, nous y croyons. Vous avez réussi, amiral. Votre plan avait pour but de se débarrasser des Javelot, et voyez, c'est fait !

Novskoy hocha doucement la tête puis lut l'article. En bas de la page, un entrefilet sur deux colonnes indiquait :

> *LE CHEF D'ÉTAT-MAJOR DES ARMÉES SE SUICIDE AU PENTAGONE SANS RAISON APPARENTE.*

Novskoy leva les yeux du journal.

— L'Hameçon ? Vous l'avez fait exécuter au Pentagone ? Vous êtes vraiment bien meilleur que je ne le croyais.

Dretzski sourit.

— Non, amiral, il l'a fait tout seul. Il avait affirmé aux autorités américaines que notre déploiement était un exercice. Après le lancement du *Vladivostok,* il risquait d'être découvert. Il a choisi la meilleure solution pour s'en sortir.

Dretzski regarda attentivement Novskoy, se demandant s'il avait bien compris le message.

Les deux hommes ne parlaient plus. Les yeux de Novskoy étaient fermés et Dretzski crut que l'amiral s'était endormi.

— Vous savez, Ivan Ivanovitch, le retour vers la Russie est un long voyage pour un homme mort.

— C'est vrai, amiral, un très long voyage, répondit Dretzski, à présent certain que Novskoy avait bien compris où il voulait en venir.

Norfolk, Virginie
Etat-major de COMSUBLANT

Donchez regardait à travers la baie vitrée de son bureau. Une voiture de service noire s'arrêta au parking, derrière le chemin dallé qui menait au monument à la mémoire du *Stingray.* Un homme en uniforme en descendit et se traîna sur ses béquilles jusqu'au monument, une imposante stèle de marbre noir de 4 mètres de hauteur sur 2 mètres de largeur. Au sommet de la stèle, dans la masse du marbre, était gravée la silhouette d'un sous-marin de type Skipjack. La coque stylisée portait les lettres : USS *STINGRAY* SSN-589. Le monument était orienté nord-sud. Ou presque. Il pointait en fait vers le 0-1-4, l'azimut exact de l'épave du *Stingray* sous la banquise. La stèle portait le nom de tous les hommes qui avaient disparu avec le *Stingray,* et tout en haut, celui du capitaine de frégate « Patch » Pacino. Autour du monument, aux quatre points cardinaux, des torpilles Mark 37 étaient installées sur des socles de marbre noir. Les torpilles étaient peintes en noir brillant, de la couleur du marbre.

Donchez observa Michael Pacino tandis qu'il avançait lentement vers le monument, s'arrêtait au pied de la stèle et levait les yeux vers le nom de son père. Un moment plus tard, il retira une boule noire de sa poche, se pencha lentement et la déposa au pied de la stèle. Il se redressa, autant qu'il lui était possible avec ses béquilles, et salua longuement. Pacino retourna ensuite péniblement à sa voiture qui démarra aussitôt.

Donchez saisit sa casquette et quitta son bureau.

Il traversa la rue dans le soleil froid de ce matin de février et se dirigea vers le monument. Il s'arrêta à côté de l'une des torpilles peintes en noir et contempla la forme effilée de la coque de marbre du *Stingray*. Il s'avança au pied de la stèle et ramassa la boule déposée par Michael Pacino.

C'était un triangle de tissu noir, un pavillon bien plié. Il le déplia et aperçut la forme blanche de deux fémurs croisés surmontés d'une tête de mort. Un Jolly Roger, l'emblème des pirates.

L'hommage de Pacino à son père. Il se souvint alors d'une conversation qu'il avait eue de longues années auparavant avec Patch Pacino, à propos de l'intérêt d'envoyer le pavillon pirate au retour d'une mission importante. Voilà pourquoi Mikey avait toujours fait arborer le Jolly Roger sur le *Devilftsh.*

Donchez eut vraiment envie de faire quelque chose pour rendre hommage aux deux Pacino. Il n'était pas juste que le *Devilfish* n'ait pas son propre monument. Il chercha une idée, et l'évidence le frappa alors qu'il revenait à son bureau. Il se rendit jusqu'au mât de pavillon et largua la drisse du pavillon de COMSUBLANT, un emblème ordinaire sur un fond bleu triste. Il l'affala, défit les crochets et laissa tomber le pavillon de COMSUBLANT sur le trottoir. Il amarra le Jolly Roger à la drisse et hissa lentement le pavillon pirate en tête de mât. Il se recula pour admirer l'emblème qui se détachait clairement sur le ciel, se figea au garde-à-vous et salua.

A partir de ce jour-là, et aussi longtemps que l'amiral Richard Donchez demeura le commandant des forces sous-marines de l'Atlantique, le Jolly Roger flotta au-dessus des bâtiments de COMSUBLANT, à côté du Stars and Stripes.

Glossaire

Abattée d'écoute : le sous-marin entend mal sur son arrière (voir *Baffle*). Afin de s'assurer qu'il n'est pas suivi (« pisté »), il effectue à intervalles irréguliers un changement de cap d'au moins 60 degrés durant lequel il explore son ancien secteur arrière.

Accident de prompt-criticité : accident de type Tchernobyl, dans lequel le réacteur devient incontrôlable par l'apparition brutale d'un excès de réactivité. Ce type d'accident se traduit par une « petite » explosion nucléaire, une désintégration du cœur et une dissémination de matière fissile.

Acier HY 80 : acier spécial à haute limite élastique, soudable, dont on fabrique les coques épaisses de sous-marins.

Adjoint de quart : officier adjoint à l'officier de quart en cas de surcharge de celui-ci ou en situation particulière (voir *Officier de quart*).

ADV : vannes qui régulent l'admission de vapeur dans les turbines et donc la puissance qu'elles produisent. Ces vannes sont commandées du pupitre KM au PCP (voir *KM* et *PCP*).

Alarme : arrêt d'urgence du réacteur nucléaire, réalisé en insérant très rapidement les barres de contrôle dans le cœur du réacteur, à l'aide de ressorts.

Air respirable : réseau d'air de secours alimentant des masques individuels qui permettent de respirer dans une atmosphère polluée, par exemple après un incendie ou une contamination radioactive (par opposition aux autres circuits d'air, qui ne présentent pas les mêmes qualités de propreté, dénommés « air de service » ou « air outillage »).

ALR (antenne linéaire remorquée) : ensemble d'hydrophones passifs, remorqués derrière un sous-marin sur un câble dont la longueur peut atteindre plusieurs kilomètres. La partie active, l'antenne proprement dite, mesure environ 300 mètres de long. Cette antenne est utilisée pour détecter des bruits de très basse fréquence à de très grandes distances.

Ambiguïté d'azimut : lorsque un but est détecté avec l'antenne linéaire remorquée, son bruit peut provenir de deux directions symétriques par rapport à l'axe de l'antenne. Il faut résoudre l'ambiguïté en faisant évoluer le sous-marin et en déterminant la nouvelle direction d'où semble provenir le contact. On peut également tenter de corréler un contact bande étroite avec un contact provenant du sonar de coque. Les contacts sonar de coque ne sont jamais ambigus.

Ampère-heure : unité d'énergie électrique permettant de mesurer la capacité d'une batterie.

Annuler le lancement : ordre du commandant vers l'officier de tir permettant d'annuler une procédure de lancement de torpille déjà engagée.

Antenne filaire : les ondes radio ne se propageant pas dans l'eau, le sous-marin tire derrière lui un câble flottant qui remonte à la surface et capte les messages.

Antenne multifonction : antenne radio capable d'émettre et de recevoir dans une très large gamme de fréquence. Elle ressemble à un poteau téléphonique et dépasse du massif d'environ 6 mètres.

Antenne sphérique : sphère recouverte d'hydrophones, située dans le dôme avant du sous-marin, capable d'écouter dans toutes les directions (hormis dans le baffle). Cette antenne ne délivre pas seulement l'azimut d'un bruiteur, mais également le site d'arrivée des rayons sonores, ce qui permet de déterminer leur type de propagation (réflexion sur le fond ou sur la surface), et même, si le bruiteur est proche, de savoir s'il est au-dessus ou au-dessous du sous-marin porteur de la sphère.

Arme : torpille lancée par son propre sous-marin, par opposition à « torpille », qui désigne une arme hostile dirigée contre lui.

Arme de combat : arme utilisée en temps de guerre, par opposition à « arme d'exercice », dont la charge militaire est habituellement remplacée par un enregistreur destiné à restituer les performances de l'arme.

Arrêt chaud : le réacteur en arrêt chaud ne produit pas d'énergie, mais est maintenu à sa température normale de fonctionnement, de façon à permettre un redémarrage rapide.

ASROC : roquette anti-sous-marine. Il s'agit essentiellement d'une grenade anti-sous-marine propulsée par un moteur à poudre et lancée par les bâtiments de surface. La grenade peut être à charge nucléaire.

Assiette : inclinaison longitudinale du bâtiment. Pour faire descendre un sous-marin, on oriente les barres de plongée arrière pour donner de l'assiette négative (l'avant du sous-marin est alors plus profond que l'arrière).

Attention pour lancer : ordre du commandant vers les opérateurs de la DLA (voir ce mot), leur indiquant de se préparer à lancer une arme lors d'une attaque délibérée, par opposition au lancement réflexe en cas de menace détectée tardivement. La solution est alors envoyée à la torpille et le sous-marin prend les dispositions préparatoires au lancement.

Auxiliaire : a) élément mécanique qui concourt à une fonction plus complexe (pompe, compresseur, etc.) ; *b)* par extension, compartiment du bâtiment où sont regroupés la plupart des auxiliaires.

Azimétrie passive : ensemble de moyens permettant de déterminer la solution (distance, route et vitesse d'un but), en utilisant seulement un sonar passif. Le sous-marin manœuvre pour créer des vitesses radiales et latérales. Plusieurs manœuvres successives (ou branches) permettent de déterminer rapidement les éléments du but, tout en restant discret. La méthode fonctionne mal si le but fait lui-même de l'azimétrie passive. Le résultat en est une sorte de mêlée, dans laquelle aucun des bâtiments ne sait ce que fait vraiment l'autre. Dans le pire des cas, on doit alors recourir au sonar actif pour déterminer les éléments ou s'éloigner suffisamment pour reprendre complètement et discrètement une procédure d'azimétrie passive.

Azimut : relèvement d'un objet ou d'un contact, de 0 à 360 degrés — angle que fait la direction de ce contact avec le nord vrai. Un contact à l'est a un azimut de 090 degrés, etc.

Baffle : « cône de silence » dans lequel le sous-marin n'entend pas. Sur l'arrière de la plupart des sous-marins, la réception des sonars est perturbée par les bruits produits par la propulsion du bâtiment : turbines, hélice et autres équipements mécaniques.

Ballast : capacité qui ne peut contenir que de l'air ou de l'eau de mer. Pleins d'air, les ballasts maintiennent le sous-marin en surface, pleins d'eau, ils permettent au sous-marin de plonger. On évacue l'air des ballasts en ouvrant des orifices nommés « purges », et on remplit les ballasts d'air en y introduisant de l'air comprimé stocké dans des « groupes d'air » à bord du sous-marin. Cette opération s'appelle « chasser aux ballasts ».

Barre de direction : a) surface mobile verticale, équivalente du gouvernail d'un bâtiment de surface, qui commande le cap du sous-marin ; *b)* par extension, le manche qui commande l'orientation de la barre.

Barres de plongée arrière : surfaces mobiles horizontales, à l'arrière du sous-marin. Leur rôle est identique à celui des gouvernes de profondeur sur un avion. Elles commandent « l'assiette » du bâtiment.

Barres de plongée avant : surfaces mobiles horizontales, à l'avant du sous-marin, sur la coque ou le massif. Ces barres permettent de contrôler l'immersion du sous-marin.

Biologiques (voir *Bruiteur) :* bruits produits par les organismes vivant dans la mer. Les crevettes, les dauphins, les marsouins et autres baleines saturent la mer de leurs grognements, claquements, craquements ou cris. Ces biologiques peuvent parfois être confondus avec des bruits de sous-marin.

Bombardier : surnom méprisant donné aux SNLE (voir ce sigle) par les sous-mariniers d'attaque.

Bordé : partie courante de la coque épaisse, le bordé se compose d'une tôle d'acier ou de titane d'une épaisseur convenable pour résister à la pression d'immersion (3 à 5 cm). Le bordé est soutenu par des couples circulaires intérieurs ou extérieurs et, dans certains cas, par des longerons qui assurent la rigidité longitudinale de la coque.

Bouées acoustiques : petites bouées larguées par aéronefs, qui flottent à la surface, descendent un hydrophone dans la mer, écoutent les bruits de l'océan et les retransmettent par radio à l'aéronef lanceur. C'est une méthode qui permet de doter un avion de capacités sonar.

Bouilleur : alimenté par de la vapeur, le bouilleur distille l'eau de mer pour produire de l'eau douce pour la consommation de l'équipage et les besoins des installations propulsion.

Branche : trajet rectiligne effectué par le sous-marin entre deux manœuvres, afin de déterminer les éléments d'un but. Pendant une branche, l'officier de quart essaie d'établir une vitesse de défilement du contact stable et de déterminer une vitesse radiale du but. Deux branches permettent de définir une solution, une troisième de la confirmer. Une quatrième branche montre que le commandant hésite à attaquer. A l'école des commandants de sous-marins, à Groton, Connecticut, un grand panneau affiche cette maxime : « Non, vous n'avez pas besoin d'une branche supplémentaire ! »

Brasse : une brasse vaut 1,83 m.

Bruiteur : émetteur de bruit, de quelque nature qu'il soit (bâtiment de surface ou sous-marin, biologique, géolo gique, etc.).

Brûleur catalytique : appareil permettant d'éliminer de nombreux polluants, dont le monoxyde de carbone et l'hydrogène, de l'atmosphère du bord.

But prioritaire : désignation d'un contact sonar, radar, ESM ou visuel, comme le but à traiter ou à engager en priorité.

Cale : la partie basse de chaque compartiment du sous-marin. On y recueille les fuites éventuelles d'eau de mer, d'huile des circuits hydrauliques ou de graissage, l'eau de condensation, etc. Un système de pompes et de tuyautages permet d'assécher les cales.

Cap : la direction dans laquelle se déplace un bâtiment est appelée le cap, compté en degrés de 0 à 360 à partir du nord.

Carré : le carré des officiers est un lieu dont l'accès est réservé aux officiers et qui sert tout à la fois de salle à manger, de bureau pour les jeunes officiers, de salle de cinéma, de salle de briefing et de lieu de détente.

Cavitation : bruit engendré par l'hélice d'un bâtiment. La cavitation existe presque toujours sur les bâtiments de surface. A bord des sous-marins, le phénomène n'apparaît normalement que lors des accélérations. Une pale d'hélice se déplaçant dans l'eau produit une surpression d'un côté et une dépression de l'autre, tout comme l'aile d'un avion. La dépression tire le bâtiment en avant et la surpression le pousse. Lorsque la dépression devient trop forte, de petites bulles de vapeur apparaissent sur les pales. En s'éloignant de l'hélice, la pression redevient normale. La vapeur se condense alors brutalement et la bulle s'effondre sur elle-même dans un claquement sec. Ce phénomène est très nocif pour la discrétion acoustique du sous-marin.

CCN (compartiment chaufferie nucléaire) : ce compartiment regroupe tous les éléments de la chaufferie nucléaire, le réacteur, le pressuriseur, le générateur de vapeur et les diverses pompes de circulation. L'accès aux compartiments avant et arrière se fait à travers un tunnel protégé des radiations, ce qui est nécessaire car toute personne dans le CCN alors que le réacteur est en puissance, trouverait rapidement la mort sous l'effet des rayonnements.

CDT : commandant.

Chasse rapide : la chasse rapide permet de vider très rapidement les ballasts du sous-marin, en y injectant une grande quantité d'air sous pression, et de le ramener en surface d'urgence, en cas de voie d'eau par exemple. Les Russes utilisent un système de « déballastage » à base de générateurs de gaz : une charge pyrotechnique est mise à feu et produit une grande quantité de gaz qui vide les ballasts. Ce système évite l'emport de grosses bouteilles d'air comprimé, mais présente des risques plus grands.

CINCLANT : commandant en chef des Forces de l'Atlantique.

Circulation forcée : la circulation du réfrigérant du réacteur s'effectue à l'aide de pompes, par opposition à la circulation naturelle, qui n'en nécessite pas.

Circulation naturelle : le fluide primaire circule dans le réacteur sans l'aide de pompes, simplement par gradient de densité (l'eau chaude monte et l'eau froide descend). Ceci élimine l'emploi de pompes bruyantes et augmente la discrétion du sous-marin, mais limite la puissance maximale que l'on peut extraire du réacteur.

Clapet de non retour (CNR) : sectionnement qui ne permet le mouvement du fluide que dans une seule direction.

Clé magique : l'utilisation de la clé magique permet de désactiver un certain nombre d'automatismes destinés à arrêter le réacteur nucléaire en cas d'incident. Cette clé est détenue par le commandant qui peut seul en ordonner l'emploi, en situation d'urgence ou au combat, lorsqu'un arrêt du réacteur pourrait signifier la perte du sous-marin.

CO : partie tribord du PCNO (voir ce sigle) d'où l'on conduit les opérations du sous-marin.

COMINT : méthode d'obtention du renseignement par interception et décodage des communications de l'adversaire.

Commandant en second : officier adjoint au commandant, responsable devant celui-ci des questions administratives relatives à la vie courante du bâtiment. Au poste de combat, le commandant en second coordonne l'action de l'équipe CO et conseille le commandant. Le second remplace naturellement le commandant en cas de défaillance de celui-ci.

COMMSAT : satellite de télécommunications. Satellite en orbite géostationnaire qui permet de relayer les messages des navires vers la terre et de la terre vers les navires.

Commutateur d'alarme : commutateur électrique qui commande l'électro-aimant d'accrochage des barres de contrôle du réacteur sur les mécanismes chargés de les mouvoir en hauteur. Lorsque l'on ouvre ce commutateur, les électro-aimants d'accrochage se désexcitent, les barres de contrôle sont libérées et propulsées au fond du cœur sous l'effet de ressorts.

Compartiment : chaque tranche (voir *Tranche*) est divisée en compartiments (encore appelés « locaux ») qui reçoivent les équipements.

Compartiment machines : la tranche la plus à l'arrière du sous-marin, qui contient les organes liés à la propulsion (turbines, condenseurs, réducteur, ligne d'arbres, moteur électrique de secours, etc.).

COMSUBLANT : amiral commandant les sous-marins de l'Atlantique.

COMSUBPAC : amiral commandant les sous-marins du Pacifique.

Condenseur : appareil assurant le retour à l'état liquide de la vapeur qui a travaillé dans les turbines. Le condenseur est réfrigéré par de l'eau de mer amenée par deux circuits de très gros diamètre (la « circulation principale »). L'eau provenant de la vapeur condensée est reprise à la partie basse du condenseur par des pompes d'extraction et renvoyée au générateur de vapeur par des pompes alimentaires. Elle s'y transforme à nouveau en vapeur, travaille dans les turbines et le cycle recommence.

Console 1 : la console du système de combat la plus à l'avant, qui entretient habituellement les solutions du commandant et de l'officier en second, ou affiche la situation tactique (*visu une*).

Console 2 : deuxième console du système de combat, habituellement placée dans un mode différent de la console 1, de façon à pouvoir élaborer des solutions indépendamment de celle-ci, sous le contrôle du commandant en second.

Console 3 : console la plus en arrière du système de combat, habituellement réservée à la programmation et au lancement des armes.

Contraintes thermiques : contraintes induites dans l'épaisseur d'un métal soumis à une température différente sur chacune de ses parois. La partie plus chaude veut se dilater, alors que la partie plus froide voudrait se contracter. Des forces internes prennent alors naissance au cœur du métal, tendant à disloquer la pièce.

Couche : couche d'eau de quelques dizaines de mètres d'épaisseur au voisinage de la surface de la mer, de température plus froide ou plus élevée que la masse d'eau environnante, qui perturbe le trajet des rayons sonores.

Couche limite : région d'un fluide se déplaçant autour d'un objet solide dans laquelle l'écoulement du fluide est perturbé par le frottement avec l'objet. Cette couche limite est responsable de la traînée.

Couple : anneau d'acier (ou de titane) servant à renforcer la coque épaisse et lui permettant de résister à l'écrasement sous la pression de l'eau de mer.

Critique : état d'un réacteur nucléaire dans lequel la réaction en chaîne s'entretient d'elle-même, sans apport extérieur de neutrons.

Crête de pression : la banquise n'est pas, comme on pourrait le penser, faite d'un unique bloc de glace massif. Elle est en réalité constituée de nombreux « radeaux » qui dérivent les uns par rapport aux autres. Quand ces radeaux ont tendance à s'écarter, il se forme des polynias (voir ce mot). Au contraire, quand ils se rapprochent, les bords des radeaux se frottent violemment et la glace se développe vers le bas, en formant des crêtes sous-marines, comme de petites montagnes inversées, appelées crêtes de pression.

Cryptophonie UHF : système de radiocommunication qui crypte la voix avant transmission, et qui la décrypte à la réception. Peut être utilisé dans le monde entier, en passant par les satellites. Moyen de communication rapide et très sûr.

Dauphin : insigne de sous-marinier, porté à gauche sur la poitrine dans la marine américaine. (En France, le « macaron » se porte à droite.)

Défilement : la vitesse en degrés par minute à laquelle évolue l'azimut d'un contact. Un contact qui passe du 0-9-0 au 0-9-5 en une minute a un défilement de 1 degré minute droite. Un défilement fort traduit normalement la proximité des deux mobiles.

Demon : mode de traitement particulier du signal acoustique adapté à la mise en évidence des phénomènes très basse fréquence.

Deutérium : isotope lourd de l'hydrogène, dont le noyau comporte deux neutrons et un proton. L'eau lourde est formée de deutérium et d'oxygène. Ce corps est employé comme ralentisseur de neutrons (modérateur) dans certains réacteurs. Il est également utilisé dans certaines formules d'armes nucléaires.

Diffusion générale : réseau de haut-parleurs permettant de diffuser les communications d'intérêt général dans tout le bord.

Diffusion machine : identique à la diffusion générale, mais ne permet de joindre que les locaux des compartiments machine.

Diffusion opérations : identique à la diffusion générale, mais ne relie que les locaux opérationnels (CO, PCP, poste torpilles et passerelle lorsque le sous-marin est en surface).

Dispositif anti-retour (activé/désactivé) : dispositif de sécurité qui empêche l'arme de se retourner contre le sous-marin lanceur. Si la torpille évolue de plus de 160 degrés autour de l'axe lanceur-but, le système de guidage envoie un signal au calculateur de bord qui stoppe la propulsion de la torpille. Celle-ci coule par la suite.

Divergence : démarrage de la réaction en chaîne dans le réacteur, effectué par le retrait progressif, total ou partiel, des barres de contrôle du cœur (voir *Octavemètre*).

DLA (direction de lancement des armes) : ensemble de trois consoles où sont regroupées les commandes permettant la disposition et le lancement des armes. Egalement appelée improprement « conduite de tir ».

Doppler : effet responsable, entre autres, du changement de fréquence observé lors du passage d'une voiture de course. Lorsque la voiture s'approche, le son qu'elle émet est plus aigu, et lorsqu'elle s'éloigne, le son est plus grave. Quand un objet en mouvement se déplace, les ondes sonores qu'il émet sont comprimées sur son avant et dilatées sur son arrière. Un filtre Doppler permet de ne « voir » que les objets en mouvement.

Dosimètre : petit appareil portatif permettant à chacun de mesurer la dose de radioactivité qu'il reçoit durant son séjour à bord du sous-marin.

Double coque : type d'architecture de sous-marin dans laquelle la coque résistante à la pression (coque épaisse) est enfermée à l'intérieur d'une seconde coque non résistante. Les sous-marins de ce type sont extrêmement difficiles à endommager, mais au prix d'une forte augmentation du volume et du coût.

ELF (Extremely Low Frequency) : les ondes radio se propagent très mal sous l'eau. Seules les ondes de fréquence très basse (ELF) pénètrent suffisamment pour être reçues par un sous-marin en plongée profonde. Le débit de ces transmissions est extrêmement faible (une minute pour recevoir un seul caractère), et elles ne sont normalement utilisées que pour demander à un sous-marin de remonter à l'immersion périscopique pour interroger sa boîte aux lettres dans le satellite de communication.

En puissance : une chaufferie nucléaire est dite « en puissance » lorsqu'elle est capable de fournir de la vapeur pour la propulsion.

Equipe CO : équipe dont la tâche finale est d'amener une arme sur un but. Sous l'autorité du commandant, elle inclut les opérateurs sonar, les servants des consoles de traitement de l'information tactique et des divers graphiques ainsi que le commandant en second.

Equipe de central : l'équipe qui arme le central (voir *PCNO*), composée d'un pilote de plongée, qui commande les barres de plongée avant et arrière, d'un pilote de direction, qui commande la barre de direction, d'un mécanicien de TCSP (tableau central de sécurité-plongée, chargé de la surveillance de la sécurité du sous-marin en plongée et de la pesée) et d'un maître de central (responsable du bon fonctionnement général de l'ensemble et du déclenchement immédiat des actions de sécurité en cas d'incident).

Equipe de quart : l'ensemble des personnels remplissant des postes de quart.

ES : émission sonar.

ESM : ensemble des moyens passifs de guerre électronique, permettant d'analyser et de tirer avantage des signaux radar ou radio reçus d'une force ennemie.

Essais à la mer : période d'essais du bâtiment à la mer, conduite après la construction. Ces essais sont réalisés pour s'assurer que le bâtiment a été construit selon les spécifications imposées et qu'il est prêt à remplir sa mission.

Evolution du but : annonce utilisée pour prévenir l'ensemble des opérateurs du système de combat d'un changement possible dans les éléments route et vitesse d'un but. Une évolution du but dégrade la solution entretenue par le sous-marin, demandant une ou plusieurs nouvelles branches d'azimétrie pour déterminer la nouvelle solution.

Extraction : cette opération consiste à ouvrir un sectionnement qui soustrait de l'eau à la surface ou au fond (extraction de surface ou de fond) du générateur de vapeur, pour maintenir les qualités physicochimiques de l'eau du circuit secondaire.

Feuilles de chêne : les feuilles de chêne ornent les casquettes ou les coiffures de travail (*Ball caps*) des officiers américains d'un grade supérieur ou égal à capitaine de frégate (*Commander*).

Fission : réaction nucléaire dans laquelle un noyau radioactif se brise en plusieurs fragments, en relâchant une grande quantité d'énergie. Les fissions peuvent être provoquées ou spontanées. Le plutonium est sujet aux fissions spontanées, ce qui le rend tiède au toucher.

Flash : degré d'urgence le plus élevé pour un message radio. L'accusé de réception doit être effectué dans les secondes ou les minutes qui suivent.

Fluage : propriété d'un matériau qui se déforme avant de céder. Le titane flue avant de se briser.

Flux neutronique : nombre de neutrons présents dans une unité de volume pendant une unité de temps. Le flux neutronique caractérise le niveau de puissance du réacteur.

Fuite de vapeur majeure : rupture d'un des gros collecteurs d'arrivée de vapeur dans le compartiment machines, qui conduit à la mort par brûlure ou asphyxie du personnel de ce compartiment si l'on n'isole pas rapidement l'arrivée de vapeur à l'aide des vannes closes. Les fuites de vapeur sont également dangereuses car elles appellent un excès de puissance sur le réacteur.

Fusion : a) réaction nucléaire dans laquelle deux noyaux légers se combinent pour former un seul noyau plus lourd en dégageant une grande quantité d'énergie ; *b)* si la température s'élève trop dans le cœur, les éléments combustibles contenant l'uranium peuvent fondre et se rassembler au fond de la cuve du réacteur. A bord d'un sous-marin, cet accident extrêmement grave conduit à la perte du réacteur et à la dissémination probable de produits radioactifs dans l'environnement.

g : mesure d'accélération. Un g correspond à l'accélération de la pesanteur terrestre.

Gamma : rayonnement électromagnétique très énergétique émis lors d'une réaction nucléaire.

Gîte : inclinaison du bâtiment sur le côté.

GMT : heure du méridien de Greenwich, utilisée de façon universelle. Egalement appelée « heure Zulu », prononcer « Zoulou ».

GPS (Global Positioning System) : système de navigation très précis, utilisant un réseau de satellites. Egalement appelé, improprement, « SATNAV ».

Grenouille : argot de sous-marinier pour désigner une torpille. Ces engins vont dans l'eau et sont peints en vert, d'où une certaine analogie avec le batracien.

Griffes : pièces métalliques en forme de banane permettant de maintenir un panneau ou une porte étanche en position fermée.

Groupe en manœuvre : les barres de contrôle du réacteur sont divisées en plusieurs groupes que l'on peut relever ou abaisser séparément. Certaines barres sont complètement relevées et font partie du groupe de sécurité. Elles tombent au fond du réacteur en cas d'alarme. D'autres barres servent au réglage fin de la puissance du réacteur. Ces barres appartiennent au groupe en manœuvre.

Gyro : a) gyroscope ; *b)* par extension, compas utilisant un gyroscope.

Gyroscope à suspension électrostatique (GSE) : type particulier de gyroscope constitué d'une bille métallique en lévitation électrostatique tournant à très grande vitesse dans une enceinte sous vide. Par extension, le système de navigation inertielle (CIN : Centrale de Navigation Inertielle) qui emploie ce type de gyroscope.

GZ : graphique d'azimut représentant en abscisse l'azimut et en ordonnée le temps.

Hafnium : élément constituant la partie active des barres de contrôle des réacteurs nucléaires. Le hafnium a la propriété d'absorber les neutrons.

Hydrophone : microphone à usage sous-marin. L'hydrophone est le constituant de base de toutes les antennes acoustiques.

Immédiat : urgence élevée pour un message, qui doit être acheminé à son destinataire dans l'heure qui suit son émission.

Implosion : effondrement d'une coque sur elle-même sous l'effet de la pression extérieure.

Inclinaison : angle entre le cap du but et la ligne lanceur-but, comptée de 0 à 180 degrés droite ou gauche (voir dessin). Un bâtiment se dirigeant droit sur l'observateur sera vu en inclinaison 0. Si l'on voit le flanc droit d'un bâtiment, il sera en inclinaison droite, et inversement.

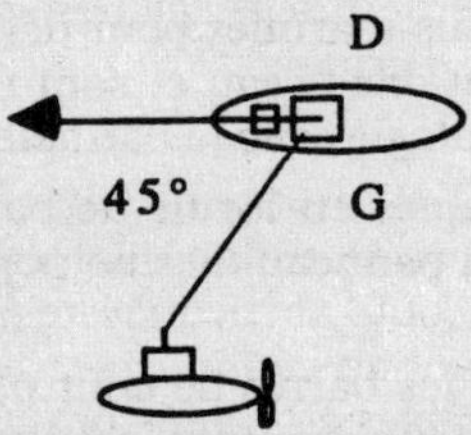

Inclinaison 45 gauche

Ingénieur de quart : officier ou officier marinier expérimenté qui effectue le quart au poste de conduite propulsion (PCP). Formé aux technologies nucléaires, il est chargé de superviser la mise en œuvre et le fonctionnement de toutes les installations propulsion, ainsi que de réagir aux avaries éventuelles.

Injection de polymères : l'injection, à partir de l'étrave du sous-marin, de polymères dans la couche d'eau de mer qui entoure le bâtiment (dite couche limite) réduit le frottement de l'eau sur les superstructures, et donc le freinage hydrodynamique. Elle permet d'augmenter de façon considérable la vitesse maximale du sous-marin pendant une période limitée, idéale par exemple pour parer une torpille adverse.

Insertion : afin de réduire le niveau de puissance du réacteur, on fait descendre les barres de contrôle du groupe en manœuvre dans le cœur. Cette insertion peut être soit manuelle, commandée par l'opérateur du pupitre KR, soit automatique, si l'instrumentation du réacteur détecte une anomalie qui doit être corrigée rapidement. Une insertion automatique peut être annulée par l'opérateur, par exemple dans le cas où elle est due à une avarie de la chaîne de mesure plutôt qu'à une anomalie réelle.

IP (immersion périscopique) : immersion à laquelle le sous-marin peut utiliser ses périscopes et aériens. Certaines activités ne sont autorisées qu'à l'immersion périscopique, comme par exemple les extractions, l'éjection des ordures par le SVO (sas vide-ordures) et la vidange des caisses sanitaires. Certaines opérations ne peuvent être conduites qu'à l'immersion périscopique, en particulier la réception des satellites de télécommunication et de navigation, ainsi que l'exploitation de la guerre électronique. Une remontée à l'IP ralentit le sous-marin car il est impossible de hisser un périscope à grande vitesse, sous peine de l'arracher.

IR : infrarouge.

Ivan le Fou : les sous-marins russes sont fréquemment pistés par les américains et ont pris l'habitude d'effectuer des abattées d'écoute particulièrement brutales, en accélérant et en venant au cap inverse, créant ainsi des conditions très favorables aux collisions. Ce type d'abattée d'écoute est connu sous le nom de « l'abattée d'Ivan le Fou ».

KE : pupitre de contrôle de l'usine électrique, implanté au PCP.

KH-17 : dernière génération de satellites de reconnaissance de la classe Bigbird. K-H est l'abréviation de Key-Hole (trou de serrure), ce qui est tout à fait approprié pour un satellite espion.

KM : pupitre de contrôle de la propulsion, implanté au PCP.

KR : pupitre de contrôle du réacteur, implanté au PCP.

LAMPS : acronyme désignant un hélicoptère léger multirôle, embarqué à bord des bâtiments de l'US Navy.

Lancement d'urgence : lancement de torpille selon une procédure simplifiée très rapide, habituellement en réaction à la détection tardive d'une menace immédiate.

Lancer le gyroscope : démarrer le gyroscope interne d'une arme. Le lancement du gyroscope doit être effectué pendant la phase de préparation du lancement de l'arme. Le gyroscope siffle et gêne parfois l'écoute.

Lancer sur le but futur : ordre donné par le commandant pour lancer une torpille sur l'azimut futur (azimut d'un but prédit par le système de combat, en fonction des éléments du but et du temps de parcours de la torpille), et non sur le dernier azimut vrai fourni par le sonar. A cet ordre, la torpille est téléréglée et, lorsqu'elle signale qu'elle est prête, le commandant peut ordonner soit : « Lancez », soit « Annulez le lancement ».

Large bande : a) bruit contenant toutes sortes de fréquences ; *b)* les sonars peuvent travailler en bande large, mode dans lequel ils écoutent la somme de toutes les fréquences produites par un bruiteur, ou en bande étroite, mode dans lequel ils n'écoutent qu'une seule fréquence particulière (ou « raie »), caractéristique du but à traiter. La portée de détection en bande large est généralement élevée sur les bâtiments de surface bruyants, et faible sur les sous-marins, qui sont silencieux.

Lutte ASM : lutte anti-sous-marine.

MAD : détecteur d'anomalie magnétique. Un détecteur embarqué sur un aéronef mesure les changements du champ magnétique terrestre causé par la présence de la coque en acier d'un sous-marin.

Manomètre Bourdon : un manomètre Bourdon est constitué d'un tube coudé en forme de point d'interrogation et fermé à une extrémité. Quand on injecte de la pression dans ce tube, il a tendance à se redresser. En mesurant sa déformation, on mesure la valeur de la pression. Cet appareil est utilisé en secours pour indiquer l'immersion d'un sous-marin.

Massif : improprement connu sous le nom de « kiosque », le massif abrite les aériens (périscopes) et la passerelle d'où est manœuvré le sous-marin lorsqu'il est en surface.

Mérou : propulseur auxiliaire rétractable, utilisé pendant les manœuvres de port ou en secours.

MES (moteur électrique de secours) : moteur électrique permettant de donner une vitesse de quelques nœuds au sous-marin en cas d'avarie de la propulsion principale (à vapeur).

Mur : pour empêcher la torpille de se retourner contre le sous-marin lanceur, un dispositif de sécurité, dénommé le « mur », arrête la propulsion de la torpille si celle-ci se rapproche à une distance prédéterminée du bâtiment lanceur. La torpille coule par la suite.

Navigation par relevé bathymétrique : un sondeur discret relève la profondeur et la forme du fond au-dessous du sous-marin. La comparaison du profil obtenu avec des cartes mises en mémoire dans un ordinateur permet de déterminer exactement la position du bâtiment. Ce système est très intéressant, car on obtient ainsi un point précis sans avoir à reprendre la vue et sortir une antenne.

Neutrons rapides : les neutrons émis par la fission d'un noyau d'uranium sont animés d'une grande vitesse et sont dits « rapides ». Pour que ces neutrons puissent à nouveau être captés par un noyau d'uranium et produire à leur tour une fission, il faut les ralentir afin qu'ils soient pratiquement à l'équilibre dans le milieu. Les neutrons ralentis sont dits « thermiques » ou « lents ».

Niveau pressuriseur : le niveau de l'eau contenue dans le pressuriseur est le premier indicateur d'une fuite primaire. Il est constamment surveillé, et des actions automatiques (insertion, alarme) y sont liées (voir *Réacteur à eau pressurisée*).

NMCC (National Military Command Center) : centre nerveux du Pentagone d'où seraient envoyés les ordres en cas de guerre nucléaire.

Nukes : a) sous-marins à propulsion nucléaire ; *b)* armes nucléaires ; *c)* personnel formé aux technologies nucléaires.

OCDQ : officier de quart.

Octavemètre : appareil qui mesure la croissance de la population neutronique en octaves par minute. La population neutronique caractérise le niveau de puissance du réacteur : au démarrage (la divergence), il faut maintenir la croissance de la population neutronique dans des limites strictes, sous peine de ne plus pouvoir contrôler le réacteur.

On lancera au prochain bien pointé : ordre du commandant indiquant à l'officier de tir (« adjudant de lancement ») de lancer sa torpille après une dernière mesure de l'azimut du but, en général faite au périscope.

OPREP-3 PINNACLE : message Flash envoyé directement à la Maison-Blanche et au NMCC, rendant compte d'une urgence opérationnelle requérant une action immédiate, comme par exemple une attaque nucléaire imminente.

Ops : opérations.

Pacha : surnom familier donné au commandant.

Parcours d'activation : parcours initial de la torpille, qui l'éloigne du sous-marin lanceur. Pendant le parcours d'activation, la charge militaire n'est pas armée ; l'autodirecteur de la torpille n'est pas démarré. Après ce parcours initial, la torpille commence sa recherche, en mode actif ou passif. La charge militaire n'est armée qu'après détection du but.

Passer sur nuit : éteindre les éclairages du PCNO, limiter la brillance des écrans des consoles et passer le reste du bâtiment en éclairage rouge. Cette situation est prise pour permettre au commandant et à l'officier de quart d'établir ou de ne pas perdre une bonne vision nocturne avant de remonter à l'immersion périscopique de nuit.

Passerelle : petit espace aménagé au sommet du massif d'un sous-marin, dans lequel se tient l'officier de quart lorsque le bâtiment est en surface. Egalement appelé « baignoire », car régulièrement envahi par les vagues...

Patron du pont : officier marinier qui exerce les fonctions d'officier de quart. Il est traditionnellement l'auxiliaire précieux du commandant en second pour toutes les questions relevant du personnel équipage et de la vie à bord. Il est normalement chargé d'aider au maintien de la discipline à bord.

PCNO (poste central navigation-opérations) : local du bâtiment d'où sont conduites toutes les actions importantes. Ce local est divisé en deux parties, le central, d'où sont contrôlées la plongée et la sécurité du sous-marin, et le CO (central opérations), d'où le commandant conduit son bâtiment au combat.

PCP (poste de conduite propulsion) : local d'où est télécommandé l'ensemble de la propulsion du sous-marin.

Pilote : a) personne possédant une grande expérience des approches et des chenaux menant à un port. Le pilote monte à bord avant d'entrer dans les eaux resserrées du port ou avant l'appareillage, et conseille le commandant. La présence du pilote à bord met le commandant dans une situation délicate car, si le pilote commet une erreur, le commandant, qui conserve la responsabilité ultime de son bâtiment, sera très certainement sanctionné ; *b)* opérateur des barres de plongée et de direction.

PIM (Position and Intended Movement) : un message qui contient le PIM exprime la position du sous-marin à une heure donnée, ainsi que la route et la vitesse qu'il compte adopter pendant les vingt-quatre prochaines heures.

Piste : terme générique qualifiant une détection, quel qu'en soit le moyen (vue, sonar radar, ESM). Une piste peut être amie ou ennemie. Equivalent à « contact ».

PMP : vitesse maximale pour laquelle les paramètres de fonctionnement des diverses installations sont respectés. Pour un sous-marin américain, les deux pompes primaires doivent être en grande vitesse et le réacteur à 100 % de sa puissance.

Point : position géographique (latitude-longitude) d'un bâtiment, déterminée par trois relèvements lorsque l'on est en surface et proche de terre, par satellite ou par profil bathymétrique en haute mer.

Polynia : terme tiré du russe désignant une surface d'eau libre entre deux morceaux de banquise. Les polynias sont créées par les incessants déplacements des énormes blocs de glace qui frottent les uns contre les autres. Elles se referment rapidement sous l'effet du froid, mais la glace peut y rester mince pendant plusieurs jours, exceptionnellement pendant plusieurs semaines. Dans les zones prises par les glaces, les sous-marins ne peuvent normalement faire surface que dans les polynias.

Pompes primaires : pompes de grandes dimensions, placées sur chaque boucle primaire, d'une puissance unitaire de 100 à 400 CV, qui font circuler le fluide primaire à travers le réacteur et le générateur de vapeur. Elles sont spécialement étudiées pour ne présenter aucune fuite.

Pompe de relevage : pompe à forte pression de refoulement chargée d'injecter de l'eau dans le circuit primaire en cas de fuite.

Pont : un bâtiment est subdivisé verticalement en plusieurs ponts (étages).

Poste de combat : le commandant rappelle au poste de combat pour disposer de la pleine capacité opérationnelle de son bâtiment et pour pouvoir faire face le plus rapidement possible aux avaries éventuelles.

Poste de combat de vérification : ensemble d'opérations permettant de mettre en marche et de vérifier tous les systèmes du sous-marin avant l'appareillage.

Poste de manœuvre : lorsque le sous-marin arrive en eaux resserrées, l'équipage est rappelé au poste de manœuvre et assure un certain nombre de fonctions de sécurité.

Poste de pilotage : ensemble de consoles d'où l'on procède à la plongée du sous-marin. Ce poste de pilotage ressemble au cockpit d'un 747, et est armé par deux pilotes (plongée et direction) et par le maître de central, qui se tient entre les pilotes et derrière eux.

Poste de quart : un poste de quart correspond à une fonction remplie par un individu (exemples : maître de central, opérateur KM, pilote de barres de plongée, etc.).

Prendre l'éclairage de jour : éclairer le PCNO en lumière blanche, de jour seulement.

Prendre la tenue de veille : disposer le sous-marin pour plonger.

Pressuriseur : voir *Réacteur à eau pressurisée.*

Propulseur : voir *Pump-jet.*

Propulseur de croisière : moteur d'un missile assurant son maintien en vol, par opposition à propulseur d'accélération, qui permet le décollage et l'acquisition de la vitesse de croisière.

Pump-jet : turbine à eau multiétage destinée à remplacer l'hélice d'un bâtiment. Ce dispositif est très silencieux et ne cavite pratiquement pas. Il présente cependant deux inconvénients par rapport à une hélice classique, une montée en allure moins rapide et une poussée plus faible.

Quart : a) intervalle de temps, habituellement d'une durée de 6 ou 8 heures, durant lequel une équipe donnée, de permanence devant certains appareils ou dans certains compartiments, assure la mise en œuvre du sous-marin ; *b)* l'officier qui est de quart (OCDQ officier chef du quart) est le représentant du commandant et, à ce titre, il a la responsabilité totale du bâtiment et exerce son autorité sur tout le personnel de quart dans tous les compartiments. Il peut être aidé par un adjoint à qui il peut « donner la manœuvre ». Cet adjoint ne s'occupe alors que de la manœuvre du sous-marin et du suivi des buts.

Quille : par abus de langage, on appelle quille d'un sous-marin le point le plus bas de la coque.

Rance : poste de stockage des torpilles.

Réacteur à eau pressurisée : type de réacteur de propulsion nucléaire équipant tous les sous-marins des marines occidentales et certains bâtiments russes. L'eau contenue dans le circuit primaire ralentit les neutrons et transporte la chaleur produite dans le circuit secondaire. Pour l'empêcher de bouillir, ce qui dégraderait de façon catastrophique les échanges thermiques, il faut la maintenir sous forte pression : c'est le rôle du pressuriseur.

Réacteur à sodium liquide : la chaleur produite par le cœur doit être transférée au circuit secondaire pour être utilisée. On peut employer différents fluides pour réaliser ce transfert, en particulier du sodium liquide qui présente des caractéristiques très intéressantes. Cette solution n'a pas été retenue dans les marines occidentales à cause de la très grande réactivité du sodium en présence d'eau.

Réducteur : mécanisme qui permet de passer d'une vitesse de rotation importante (turbines de propulsion) à une vitesse de rotation faible (arbre d'hélice). Ce mécanisme permet également d'embrayer deux turbines sur une seule ligne d'arbre. Malheureusement, le réducteur est une importante source de bruit.

Réfrigération de secours : circuit utilisant la circulation naturelle permettant d'évacuer la chaleur qui se dégage encore du cœur alors que le réacteur est à l'arrêt (la puissance résiduelle).

REM (Röntgen Equivalent Man) : unité de dose équivalente de radiation, qui permet de quantifier les dommages dus aux rayonnements sur les tissus humains. Cette unité permet de quantifier toutes les formes de radioactivité, alpha, bêta, gamma et neutrons. 1 000 rems entraînent une mort certaine, 500 rems une mort probable. La dose annuelle accumulée par les sous-mariniers est de l'ordre de 25 à 100 millirems, bien moins que la dose délivrée à l'organisme par une simple radio pulmonaire.

Revêtement anéchoïque : couche de mousse de caoutchouc, collée sur l'extérieur de la coque de certains sous-marins. Cette couche absorbe l'énergie incidente provenant d'un sonar actif et empêche la réflexion des impulsions, tout en diminuant la transmission à la mer des bruits internes au sous-marin. Analogue au matériau d'absorption des ondes radar sur un avion furtif.

RIO (Radar Intercept Officer) : copilote chargé des armes à bord d'un chasseur biplace de l'US Navy.

Robinets-coudes : sectionnements chargés d'isoler une des boucles du réacteur en cas de fuite primaire. Les robinets-coudes ont reçu ce nom du fait de leur forme évocatrice.

Rondier arrière : officier marinier sous les ordres de l'ingénieur de quart, qui va fréquemment contrôler le bon fonctionnement des diverses installations propulsion.

Sas lance-bombettes : petit tube lance-torpilles, utilisé pour lancer des artifices pyrotechniques de signalisation, des bouées de radiocommunication (qui peuvent transmettre avec un délai de plusieurs heures, alors que le sous-marin s'est beaucoup éloigné ; également utilisées pour prévenir d'un naufrage) et des leurres (en particulier antitorpilles).

Sas passerelle : sas d'accès qui relie l'intérieur du sous-marin à la passerelle, fermé par deux panneaux étanches.

Sas de sauvetage : sas permettant la sortie du personnel d'un sous-marin désemparé qui serait posé sur le fond à faible immersion. En temps normal, ce sas est utilisé pour mettre à l'eau ou récupérer des nageurs de combat.

Sasser : faire passer du personnel ou du matériel de l'intérieur à l'extérieur du sous-marin ou inversement, en utilisant un sas.

Schnorchel : mât hissable creux, destiné à admettre de l'air extérieur dans le sous-marin pour le fonctionnement des diesels, lorsque le réacteur est arrêté (identique à tube d'air).

Sectionnement à boisseau rotatif : vanne composée d'un corps fixe dans lequel peut tourner d'un quart de tour une grosse bille percée d'un trou.

S'éloigner du datum : chaque fois qu'un sous-marin a commis une indiscrétion majeure, sa première préoccupation est de s'éloigner du lieu où il a laissé une trace de sa présence. Parfois employé dans le sens de fuir.

Site (d'un périscope) : le site est l'angle fait par l'axe optique d'un périscope avec l'horizontale. Quand un périscope est calé au site zéro, l'opérateur regarde sur l'horizon.

Situation « silence patrouille » : disposition des équipements et des auxiliaires de façon à assurer une grande discrétion au sous-marin, sans empêcher la vie courante à bord. La maintenance des installations est autorisée, à condition de ne pas faire de bruit. Les opérations bruyantes, sont soumises à l'accord du commandant.

Situation « supersilence » : disposer les équipements et auxiliaires de façon à rendre le sous-marin le plus discret possible. Cette situation n'autorise la mise en œuvre que des systèmes strictement indispensables ; le personnel non de quart est obligatoirement couché, la cuisine est arrêtée, les douches, le lavage du linge, les chaussures à semelles rigides et le cinéma sont interdits. Le bâtiment passe en éclairage rouge pour rappeler à l'équipage la nécessité impérative de ne faire aucun bruit. Cette situation est prise lorsque le sous-marin est menacé ou qu'il accomplit une opération spécialement délicate, comme un pistage à courte distance.

Situation report : message d'urgence élevée permettant de rendre compte à une haute autorité d'un contact avec l'ennemi.

SNA : sous-marin nucléaire d'attaque.

SNLE : sous-marin nucléaire lanceur d'engins, qui porte des missiles balistiques intercontinentaux. Un effort particulier est fait pour la discrétion de ces sous-marins qui constituent la composante essentielle des forces de dissuasion. Ces bâtiments, en réception radio permanente, sont prêts à tout moment à répondre à l'ordre de lancement donné par le Président.

Solution : les éléments d'un but, distance, route et vitesse. La détermination de la solution est spécialement difficile lorsqu'on utilise un sonar passif. Elle est accomplie par une combinaison de manœuvres du sous-marin et de calculs réalisés sur le défilement et les radiales du but, manuellement ou à l'aide d'un calculateur.

Solution sur un but (avoir une) : avoir déterminé la distance, la route et la vitesse de la cible. On peut obtenir une solution manuellement ou automatiquement à l'aide du calculateur de lancement des armes.

Sonar actif : la mesure de l'azimut (encore appelé relèvement) et de la distance d'un contact peut se faire en émettant dans l'eau une impulsion sonore, puis en écoutant l'écho de cette impulsion réfléchie par le contact. Le temps entre l'émission de l'impulsion et le retour de l'écho donne la distance du contact, puisque la vitesse du son dans l'eau est connue. La direction d'où vient l'écho donne l'azimut du contact. Le sonar actif n'est normalement pas utilisé par les sous-marins car il trahit la présence et la position de celui-ci.

Sonar de flanc : l'un des assemblages d'hydrophones qui font partie du système sonar du sous-marin, montés sur la coque extérieure, environ au premier tiers avant du bâtiment. Ce sonar de flanc est utilisé essentiellement en secours du sonar sphérique, plus performant car moins bruité.

Sonar passif : mode normal de fonctionnement des sonars d'un sous-marin. Un sonar passif ne fait qu' « écouter » et n'émet rien dans l'eau. L'emploi d'un sonar passif rend plus difficile la détermination de la solution mais est parfaitement discret.

Sondeur : appareil à ultrasons destiné à mesurer la hauteur d'eau sous la quille du sous-marin. Les nouveaux systèmes sont discrets ; ils émettent des impulsions courtes à des fréquences variables.

Sondeur de glace : appareil à ultrasons permettant de détecter la présence de glace sur l'avant du sous-marin et de mesurer l'épaisseur de la banquise.

Soupape de surpression ou de sûreté : soupape tarée qui s'ouvre à une pression définie, de façon à protéger le circuit sur lequel elle est montée.

Sphère de sauvetage : dispositif utilisé à bord des sous-marins russes pour permettre à l'équipage de s'échapper d'un bâtiment en train de couler ou posé sur le fond et incapable de remonter par ses propres moyens.

SUBNOTE : route ordonnée à un sous-marin pour rejoindre une zone d'opérations.

Surbau : partie plane et polie, généralement en acier inoxydable, sur laquelle vient s'appuyer le joint chargé d'assurer l'étanchéité d'un panneau de sous-marin.

Système de combat : ce système informatique reçoit ses éléments de tous les senseurs du sous-marin et permet de déterminer une solution sur un ou plusieurs buts. Il permet également de programmer, de lancer et de télécommander les armes du sous-marin.

Table traçante : outil manuel de détermination de solutions. Efficace pour des contacts en route stable, difficile d'emploi si le contact évolue fréquemment, inutilisable en situation confuse.

Tenue automatique d'immersion (TAI) : système automatique permettant de maintenir le sous-marin très précisément à une immersion donnée. Ce système est utilisé par les sous-marins lanceurs de missiles pour maintenir leur immersion de lancement, et par certains sous-marins d'attaque pour établir une vitesse verticale donnée afin de faire surface sous la banquise.

Tenue de l'immersion : capacité à tenir l'immersion du sous-marin de façon précise. Ceci peut être fait soit manuellement, en admettant ou en pompant de l'eau de mer dans des capacités spéciales appelées régleurs, soit automatiquement. Il est spécialement important de bien tenir l'immersion lorsque le sous-marin est proche de la surface (immersion périscopique), car une erreur pourrait faire sortir le massif de l'eau et trahir le sous-marin.

Titane : métal très résistant que les Russes utilisent pour la fabrication des coques de sous-marins. Le titane est très cher et extrêmement difficile à souder. Il se travaille essentiellement par forgeage. Soumis à de très fortes contraintes, le titane flue avant de se briser.

Tour d'horizon périscope : pour assurer la sécurité anticollision de son sous-marin à l'immersion périscopique, le commandant sort un périscope à intervalles réguliers et regarde sur tout l'horizon. Il prévient l'équipe du PCNO qu'il va sortir le périscope en annonçant à haute voix : « Tour d'horizon périscope. » Le central annonce alors l'immersion et la vitesse, car une vitesse trop grande peut endommager le périscope.

Trajectoire balistique : trajectoire suivie par un objet non propulsé, qui n'est plus soumis qu'à la gravité, aux forces de Coriolis, au champ magnétique terrestre et aux forces aérodynamiques.

Trajectoire résiduelle : après une recherche sur une distance donnée, si la torpille n'a pas trouvé le but qui lui avait été désigné, elle entre en trajectoire résiduelle, qui durera jusqu'à l'épuisement de son énergie ou la découverte du but. Les trajectoires résiduelles peuvent être de plusieurs types, la recherche circulaire à plat ou hélicoïdale étant les plus utilisées.

Tranche : le volume intérieur d'un sous-marin est divisé longitudinalement en tranches repérées par une lettre de l'arrière vers l'avant (la tranche A étant la plus à l'arrière). Les tranches sont séparées par des cloisons dont certaines résistent à la pression. Elles divisent le bâtiment en plusieurs « compartiments refuges », dans lesquels, en cas de naufrage, le personnel peut survivre en attendant les secours.

Transducteur : voir *Hydrophone.*

Transitoire : indiscrétion de courte durée produite par un sous-marin, comme par exemple le bruit d'une clé qui tombe, le martèlement de chaussures sur les plaques de pont, le claquement des panneaux que l'on ferme trop brutalement, les extractions aux générateurs de vapeur, l'ouverture des portes avant des tubes lance-torpilles, etc.

Tube d'air : voir *Schnorchel.*

Turbine : dispositif mécanique tournant, à aubes, qui convertit l'énergie de pression, de débit, et l'énergie interne (température) d'un flux de gaz (vapeur ou gaz de combustion) en énergie mécanique.

Turbines de propulsion : turbines de grandes dimensions, alimentées par la vapeur produite par la chaufferie nucléaire, qui font tourner la ligne d'arbre à travers un réducteur.

Turboalternateur (TA) : turbine à vapeur entraînant un alternateur, qui produit l'énergie électrique du bord.

TUUM (téléphone sous-marin) : système de transmissions sous-marines permettant de communiquer à la voix entre deux sous-marins à faible distance l'un de l'autre.

Usine à CO^2 *:* équipement de maintien de la qualité de l'atmosphère du sous-marin, qui extrait le gaz carbonique (produit par la respiration de l'équipage, le diesel, le brûleur catalytique de monoxyde de carbone...) de celle-ci en faisant passer l'air sur un lit d'amine adsorbante.

Usine à oxygène : pour produire l'oxygène nécessaire à la vie de l'équipage, on électrolyse de l'eau distillée sous pression en présence de potasse. L'oxygène est injecté directement dans les circuits de ventilation du bord. L'hydrogène est rejeté à la mer, dans laquelle il se dissout aussitôt. L'usine à oxygène présente des risques sérieux en matière de sécurité à cause de la présence simultanée de trois ingrédients potentiellement dangereux : électricité, oxygène et hydrogène.

Vannes closes : vannes montées sur les gros collecteurs de vapeur bâbord et tribord, sur la cloison avant du compartiment machine. Elles servent à isoler la distribution de vapeur en cas de fuite importante dans le compartiment machine ou le CCN.

Visu une : mode particulier de visualisation de la situation tactique sur les écrans du système de conduite de tir : le sous-marin est présenté au centre et les différents contacts autour de lui.

VLF (Very Low Frequency) : ondes radio utilisées pour transmettre des messages radio aux sous-marins. Ces ondes pénètrent de quelques mètres dans l'eau. Voir également *ELF.*

VLS (Système de lancement vertical) : système de lancement des missiles de croisière Javelot, équipant les derniers SNA de type 688 Los Angeles, qui comprend une série de tubes verticaux emménagés dans les ballasts avant. Ce système permet également d'emporter davantage d'armes en limitant le volume du poste torpilles.

Volets de passerelle : des plaques d'acier ou de matériau composite sont mises en place avant de plonger, pour clore la passerelle et redonner au massif une bonne continuité de formes. Ces volets sont ouverts au retour en surface du sous-marin.

Waterfall : mode particulier d'affichage des signaux provenant du sonar. Les bruiteurs se présentent sous la forme de traces épaisses qui tombent du haut de l'affichage vers le bas et qui ressemblent à une cascade.

Zirconium : métal qui enrobe l'uranium du cœur pour l'isoler du circuit primaire et éviter toute dissémination de produits de fission dans le circuit primaire.

Zone d'opération : zone d'océan réservée pour un exercice ou une opération particulière. Certaines zones d'opération sont permanentes, d'autres créées selon les besoins.

Zulu : voir *GMT.*

Du même auteur :

Opération Seawolf, L'Archipel, 1994.

Composition réalisée par JOUVE

IMPRIMÉ EN FRANCE PAR BRODARD ET TAUPIN
Usine de La Flèche (Sarthe)
LIBRAIRIE GÉNÉRALE FRANÇAISE - 43, quai de Grenelle - 75015 Paris.
ISBN : 2 - 253 - 17024 - 0

31/7024/8